www.bbulmedia.com

www.bbulmedia.com

Perdurable 영원의
메모리즈
Memories

Perdurable
영원의
메모리즈
Memories

원 장편 소설 / DAHYANG ROMANCE STORY

Contents

프롤로그

조금 더 시간을 거슬러 가 보자는 소리가 들렸다.

곧이어 빛의 속도로 달리는 롤러코스터를 탄 채 어둠 속을 향해 빨려드는 기분이 들었다. 시작도 끝도 알 수 없는 심연의 어둠이 계속되는가 싶더니, 한순간 번쩍하는 강렬한 빛이 그를 에워쌌다.

무엇이 보이냐는 질문이 들려왔고, 그는 불가항력적으로 닫았던 입을 열었다.

※

하늘은 눈이 시리도록 화창했지만 라연의 눈앞은 금방이라도 비가 올 듯 부옇게 흐렸다. 라연은 땅에 끌리지도 않는 치맛자락을 괜스레 꽉 움켜잡으며 멀어지는 두 남자의 뒷모습을 아련히 바라보았다.

초라한 차림의 사노(私奴)천유가 화사한 백저포를 차려입은 주인 지겸의 뒤를 묵묵히 따르고 있었다.

"어쩌면 지겸 도련님은 걸음걸이도 저리 당당하신지. 아기씬 참말로 좋으시겠어요."

옆에서 호들갑을 떠는 몸종 분이의 목소리에 라연의 머릿속은 윙윙 어지럽게 흔들렸다. 하지만 라연에겐 조용히 하라 면박을 줄 조금의 기력조차도 남아 있지 않았다.

'조금만, 조금만 천천히 걷지…… 웬 걸음이 저리도 빠른지…….'

멀어지는 뒷모습만이라도 더 붙잡고 싶은데 눈물로 인해 점점 더 흐릿해지는 시야가 라연은 진정 야속하기만 했다.

'한 번만 돌아봐 줘. 한 번만.'

몇 걸음만 더 가면 대문……. 라연은 애가 닳는 심정으로 그의 뒷모습에 대고 기원했다. 금방이라도 무너질 것 같던 조금 전 그의 눈빛이 내내 마음에 걸렸기 때문이다.

"얼레? 천유 오라버니가 돌아보네. 아깐 말 걸어도 대꾸도 안 하더니. 이따가 살짝 가 볼까나."

들뜬 분이가 몸을 배배 꼬며 라연의 뒤에 슬쩍 몸을 숨겼다. 정작 천유의 시선은 다른 사람을 향하고 있었거늘…….

천유의 슬픈 눈빛이 허공에서 라연의 애절한 시선과 만났다. 짧아서 더 간절했던 두 사람의 눈 맞춤은 서두르라는 지겸의 재촉과 함께 끝이 났다. 그리고 곧 두 남자의 모습은 대문 너머로 사라졌다.

라연은 이내 자리를 뜨지 못하고 이젠 보이지도 않는 그의 흔적에서 쉽게 눈길을 거두지 못했다.

'어찌하여 시간은 이리도 빨리 지나가 버리는가…….'

라연은 기억 너머 천유가 이 집을 나가던 그때를 어렴풋이 떠올렸다.

『아버지, 천유는 아니 됩니다.』

눈물이 그렁그렁 매달린 라연이 바닥에 무릎을 꿇고 아버지에게 애원했다.

『천유는 네 것이라고, 출가할 때도 데려가라며 먼저 약속을 하신 분은 아버지십니다. 그런데 이제 와서 다른 집에 보내신다 하시면…….』

『어차피 너는 신대곤 대감의 며느리가 될 터이니 천유를 조금 일찍 그 집에 보낸다 하여 달라질 것은 없다. 이리 서운해할 필요가 없느니.』

『지금 보내 버리시면 천유가 어찌 저의 것이란 말입니까. 지겸 도령의 것이지요.』

『어허, 그만하거라. 네가 어릴 때부터 그놈을 가까이 두고 부린 터라 정이 든 것은 이해한다만, 이렇게 울고불고할 일은 아니지 않느냐. 게다가 신 대감이 모처럼 청을 해 왔는데 이제 와서 거절할 수는 없는 노릇이야.』

평소 라연의 말이라면 뭐든 들어주던 아버지도 이번만큼은 그녀의 청을 받아들이지 않았다. 결국 라연은 아버지 앞에서 속수무책, 눈물만 흘릴 뿐이었다.

차라리 아무것도 보이지 않는 캄캄한 밤이면 좋았으련만, 그날따라 밤하늘엔 둥근 달이 휘영청 밝게 떠 있었다. 게다가 뭇별은 또 왜 그리 빼곡히 박혀 있는지…….

하루 종일 울어 퉁퉁 부은 눈을 한 라연이 별당 앞마당에 시무룩하니 서 있었다.

뜰에 심어진 매화나무엔 꽃이 흐드러지게 피어 있었고, 간혹 바람이 불 때면 작고 여린 꽃잎들이 밤공기를 가르며 흩어져 날렸다. 라연의 한숨이 매화 꽃잎을 처연히 흔들다 사그라졌다.

『아기씨, 아직 밤공기가 찹니다.』

어둠 속에서 천유가 모습을 드러냈다. 달빛을 등지고 선 그의 얼굴은 그늘이 드리워져 잘 보이지 않았다.

라연은 밤 그늘에 가려진 그의 얼굴에 시선을 고정한 채 메마른 음성으로 말문을 열었다.

『너는 내가 태어났을 때부터 내 것이었다. 아버지께서 주신 온전한 내 것이란 말이다.』

『네. 아기씨.』

『그런데 왜, 왜 이제 와서 남에게 널 빼앗겨야 한단 말이냐, 왜!』

『대감께서 이르시길, 저는 그저 미리 가 있는 거라 하셨습니다. 제 몸뚱이가 어디에 있든 저는 아기씨의 것이고, 그것은 제가 죽어도 변치 않을 것입니다.』

고개를 돌린 라연의 얼굴엔 원망이 가득 담겨 있었다. 천유에겐 아무런 잘못이 없음을 잘 알고 있음에도 라연은 그가 몹시도 야속할 뿐이었다.

『죽어서 내 것이 된들 무슨 소용이야! 내 곁에 있을 수도 없으면서 어떻게 내 것이 될 수 있냐고!』

『아기씨……..』

『너는 왜 노비로 태어났니. 지겸 도령처럼 귀족으로 태어날 것이지, 왜……..』

말도 안 되는 억지를 부린들 내일이면 이 집을 떠날 천유의 처지가 바뀌는 것은 아니었다. 하지만 이렇게라도 하지 않으면 라연은 그를 향한 마음을 표현할 방법이 없었다.

촉촉이 젖은 라연의 눈가에 따뜻한 무언가가 와 닿았다. 늘 한결같이 그녀를 지켜 주던 천유의 따뜻한 손이었다. 그의 거친 손끝이 그녀의 눈가에 맺힌 눈물을 조심스레 닦아 주었다.

『저는 아기씨가 귀한 몸이어서 좋습니다. 저처럼 천한 노비가 아니어서 정말 다행입니다.』

『천유…….』

라연의 손이 그의 손 위에 포개어졌다. 그 순간, 천유는 불에 덴 것처럼 얼른 자신의 손을 거두었다. 그러고는 거칠게 갈라진 제 손이 부끄러운 양 주먹을 꽉 움켜쥐었다.

『제가 잠시 실성을 했나 봅니다. 이젠 밤마다 이렇게 아기씨의 이야기를 들어 줄 수 없게 되었음이 많이 아쉬워서…….』

『진정 아쉽기는 한 거니? 그동안 내가 귀찮았던 것은 아니고?』

『그런 말씀 마십시오. 아기씨는 정녕…… 제가 사는 기쁨이었습니다.』

뾰로통했던 라연의 표정이 조금 풀어진 모습이었다. 달빛 그늘이 반쯤 드리워진 그녀의 얼굴이 새치름히 그를 향했다.

『네가 나보다 셋이 위이니 올해 열아홉이구나. 너야말로 혼인을 할 때가 되었어.』

『…….』

『못나기라도 했으면 좋았을 것을, 얼굴은 왜 그리도 잘나서 내 속을 쓰리게 하는지…….』

『못쓰게…… 해 버릴까요?』

그의 말에 라연이 화들짝 놀라며 도리질을 쳤다.

『네 몸은 네 것이 아니야. 내 것이다. 그러니 내 허락 없이는 절대 네 몸을 함부로 하지 마. 어느 누구도 널 건드릴 수는 없어.』

열여섯 어린 아기씨의 얼굴에 비장한 위엄이 서렸다. 참았던 눈물이 다시 새어 나오려는 듯 앵두 같은 입술을 꼭 다문 모습이었다.

천유가 몇 걸음 물러선 뒤 천천히 그녀를 향해 절을 올렸다. 몸을 일으켜 고개를 든 그의 얼굴은 여전히 어둠에 가려져 있었다.

『평안하십시오. 저는 지겸 도련님을 모시며 아기씨를 기다리고 있겠습니다.』

『누가 너더러 절하라고 했어? 누가 너더러…….』

라연의 뽀얀 볼을 타고 눈물 한 줄기가 주르륵 흘러내렸다. 꽉 쥔 천유의 주먹이 안타까움에 움찔거렸다.

『아기씨의 말씀대로 저는 아기씨의 것이니, 설대 어느 누구에게도 마음을 주지 않을 것입니다. 평생 혼자 살라 하시면 그리할 것입…….』

갑자기 달려든 라연에 의해 천유의 말은 멈춰졌다. 꼭 다물고 있던 그녀의 입술이 그의 입술 위로 다급히 포개어졌기 때문이다.

기억 저편에 묻어 두었던 그때의 감촉이 다시 되살아난 기분이었다. 라연은 떨리는 손끝으로 자신의 입술을 조심스레 더듬어 보았다. 어찌하여 그런 망측한 행동을 하고 만 것인지…….

'너를 마음에 품고 어찌 다른 사내와 살아야 한단 말이냐. 이런 마음으로 어찌…….'

실컷 아파할 새도 없이, 분이의 방정맞은 음성이 라연의 상념을 깨트렸다.

"아기씨, 뭐 한 가지 여쭈어도 될까요?"

라연이 짧은 한숨을 뒤로 하고 무심히 대답했다.

"무어냐."

"아기씨께서 지겸 도련님과 혼인을 하시면 저도 천유 오라비와 짝을 맺어 주실 거지요?"

"뭐?"

주인의 낯빛이 어둡게 변해 있음도 알지 못한 채 분이는 여전히 들뜬 목소리로 말을 이었다.

"천유 오라버니도 말은 안 하지만 저 말고는 말 섞는 계집도 없고만요. 아마 내심 저와 같은 맘일 거여요."

"글쎄다. 천유는 지금 지겸 도련님을 모시고 있으니 확답을 줄 수가 없구나."

"그래도 아기씨께서 말씀을 해 주시면……."

"내 아직 혼인도 하기 전이거늘 어찌 이리 보채는 것이냐! 왜, 니부터 혼인시켜 주랴?"

조용조용하던 주인아기씨의 음성에서 노기가 느껴지자, 분이는 그제야 입을 다물었다. 웬만해선 무안을 주는 일이 없는 아기씨건만 혼례가 가까워지니 많이 날카로워진 듯싶었다.

'아무리 그래도 그렇지. 뭐 말도 못 하나.'

분이는 샐쭉한 표정이 되어 별당으로 걸음을 옮기는 라연의 뒤를 종종걸음으로 쫓았다.

어둑어둑 땅거미가 질 무렵, 마당을 쓸었던 비를 들고 헛간으로 가던 천유는 누군가 자신을 부르는 소리에 시선을 돌리며 발을 멈추었다.

"천유 오라버니!"

익숙한 목소리, 분이였다.

"아깐 뭐가 그리 급해서 서둘러 갔수? 서운하게시리."

천유는 옅은 웃음으로 대답을 대신하고는 다시 헛간 쪽으로 걸음을 옮겼다. 뭔가 대답을 기다리고 있던 분이는 뚱한 얼굴이 되어 그를 쫓으며 말했다.

"어라? 대꾸도 안 하고 가 버리네. 나는 밥도 먹은 둥 마는 둥 하고 이리 달려왔고만."

천유는 슬쩍 고개를 돌리며 특유의 조용한 음성으로 대답했다.

"뭣 하러 왔어. 아기씨께서 찾으시겠다. 어서 가."

"아기씨께 허락받고 왔구먼. 오라버니 보고 오겠다니까 이것도 챙겨 주시던걸?"

분이는 뒤춤에 숨기고 있던 보자기 꾸러미를 앞으로 내밀어 보였다.

"아기씨……께서?"

천유가 주춤 돌아섰다. 그 모습에 분이는 괜히 의기양양하여 턱을 뾰족이 내밀며 그를 쳐다보았다.

"그렇대두. 아까 낮에 돌쇠 아재가 따 온 오디랑 산딸기야."

분이는 은근슬쩍 천유의 손을 잡아끌어 꾸러미를 쥐여 주었다. 얼떨결에 받아 든 그가 멍한 얼굴로 자신의 손에 쥐여진 그것을 내려다보았다. 윤기가 흐르는 쪽빛 보자기 꾸러미였다.

"뭉개질까 봐 살살 들고 왔으니까 맛있게 먹어."

분이는 뭔가 생각이 난 듯 입을 실룩거리며 투덜댔다.

"오라버니랑 혼인시켜 달랄 때는 엄하게 면박을 주시더니, 그래도 만나러 간다 하니 이런 것도 챙겨 주시네."

"뭐? 혼인?"

"어우, 왜 이러시우. 우리 사이에."

금세 양 볼이 발그레해진 분이가 몸을 배배 꼬며 천유를 살포시 올려다보았다. 평소처럼 말없이 웃어 줄 거라 기대했던 것과는 달리 그가 몹시 화가 난 얼굴로 자신을 쳐다보자, 분이는 당황해하며 저도 모르게 주춤 뒷걸음질을 쳤다.

"왜, 왜 그렇게 보우?"

"가라. 그리고 다시는 찾아오지 마."

"어, 어차피 아기씨가 이 댁에 시집오시면 나도 따라올 거구만."

처음 본 천유의 화난 얼굴에 살짝 주눅이 들긴 했지만, 분이는 이판사판으로 그에게 따지듯 외쳤다.

"자꾸 이러믄 다른 놈에게 콱 시집가 버릴 거여. 이래 봬도 나 좋다는 놈 지천에 깔렸으니까."

천유는 더 이상 대꾸하지 않고 보자기 꾸러미만 꽉 움켜쥔 채 가던 곳으로 성큼성큼 걸어갔다. 입을 닷 발도 더 내민 분이는 가시지 않는 분을 애써 삭이며 한참 동안 천유의 뒤통수를 째려보았다.

'밉상, 밉상! 내 맘이 어떤지 잘 알면서 어쩜 저리도 냉정한
지……. 두고 봐! 내 꼭 오라비와 혼인하고 말 테니!'

분이는 바람 소리가 나게 몸을 휙 돌려 집 밖으로 걸음을 옮겼
다. 그녀는 걷는 내내 오른쪽 어깨에 늘어뜨려진 머리채를 쓸어내
리며 아쉬운 마음을 달랬다.

분이가 다녀간 뒤, 천유는 아기씨의 손길이 닿은 보자기 꾸러미
를 소중히 끌어안고 서둘러 자신의 거처로 걸음을 옮겼다. 그는 방
에 들어서자마자 꼬다 만 새끼줄과 짚들로 너저분히 어지럽혀져 있
는 방바닥에 털썩 주저앉았다. 예까지 걸어온 게 용할 만큼 온 사
지에 기운이 쫙 빠져나가는 느낌이었다.

'내일 밤 술(戌)시…… 만명사로 나와.'

윤 대감의 집에서 지겸이 문안 인사를 드리고 밖으로 나설 즈음
이었다. 지겸의 뒤를 따르던 천유의 옷자락이 살짝 잡아당겨지며,
그의 귓가로 라연의 떨리는 음성이 흘러들어 왔다.

그렇게 스치듯 천유의 곁을 지나친 그녀는 지겸의 곁으로 다가
갔다.

윤라연, 천유의 단 하나의 주인.

그녀는 당대 어사대부(御史大夫)인 파평 윤씨 윤희목의 고명딸
이었다. 윤희목의 아들들은 모두 일찌감치 혼사를 치렀고, 혼인을
하지 않은 자식은 막내딸, 윤라연뿐이었다.

먼저 세상을 뜬 윤희목의 첫째 부인 안 씨는 아주 박색은 아니었
지만 평범하게 생긴, 성품 또한 무던한 그런 사람이었다. 안 씨는

아들 셋을 낳고 셋째 아들을 낳은 그 이듬해 병으로 세상을 떴다. 그리고 몇 해가 지나, 윤희목은 라연의 생모인 정 씨를 부인으로 얻었다.

자세한 내막은 알 수 없었으나, 정 씨는 몰락한 귀족의 여식이라 했다. 집안을 일으키기 위해 거의 스무 살 차이가 나는 윤 대감에 게 시집을 왔다는 것이었다.

정 씨는 빼어난 용모뿐 아니라 단아한 기품을 함께 지닌 여인이 었다. 그런 정 씨에 대한 윤 대감의 총애는 그 집안 하인들이라면 모르는 이가 없었고, 그런 어미를 빼다 박은 하나뿐인 딸 라연에 대한 사랑은 두말할 나위도 없었다.

말 그대로 윤라연, 그녀는 언감생심 사노 따위가 쳐다볼 수 있는 그런 여인이 아니었다.

오래전 그날 밤, 뜰에 홀로 앉아 울고 있는 주인아기씨를 보지만 않았더라도 이런 일은 없었을지도 모른다. 주제넘게 그녀에게 다가 갔던 그날, 천유는 넘어서는 안 될 금단의 땅에 발을 디디고 만 것이 었다.

『아기씨, 이 야심한 시각에 아니 주무시고 어인 일이십니까.』

엇비슷한 크기의 돌들을 빙 둘러 만든 화단 옆에 갓 열 살이 된 소녀가 쪼그리고 앉아 있었다. 그녀는 뜻밖의 인기척에 화들짝 놀 라며 숙이고 있던 고개를 들었다.

『아, 천유구나.』

라연은 그의 얼굴을 확인하고서 그제야 안심한 듯 배시시 미소 를 지었다.

『너라면 안심이야. 들어가라고 채근하지 않을 테니까.』

어째 평소와 달리 보이는 아기씨의 얼굴에 천유가 미간을 찌푸리며 다가갔다. 퉁퉁 부은 두 눈으로 보아, 분명 눈물을 흘리고 있던 것이리라.

『왜 나와 계십니까.』

『요 며칠 쉽게 잠을 이룰 수가 없어. 눈을 감으면 자꾸 눈물이 나서…….』

라연은 결국 고개를 숙이며 울먹거렸다.

『어머니와 그토록 함께 기다리던 아우였는데, 어찌하여 내게서 어머니를 뺏어 간 것인지……. 세상을 보지도 못하고 떠난 아우가 가여우면서도 너무나 원망스럽구나.』

봉숭아 꽃잎처럼 발그레한 그녀의 입술 사이로 가는 한숨이 새어 나왔다.

『나를 낳으실 때도 그리 괴로우셨을 테지? 난 어머니께 아무것도 해 드린 게 없는데……. 이리 허망하게 헤어질 줄 알았더라면 손이라도 한 번 더 잡아 볼 것을.』

『주인마님과 작은아기씨는 분명 좋은 곳으로 가셨을 겁니다.』

『작은아기씨? 아기가 여자아이였어?』

『분이 어멈이 하는 말을 들었습니다. 아기씨였다고…….』

『아아, 그랬구나. 여자아이였구나.』

라연은 들리지 않는 소리로 몇 마디 더 중얼거리고는 이내 입을 다물었다. 그녀의 볼록한 이마 위로 흘러내린 보송한 잔머리털이 바람에 간간이 흩날렸다. 늦여름이라 아직 춥지는 않았지만 밤바람은 제법 싸늘했다.

『아기씨…….』

그만 들어가시라는 말을 하기 위해 천유가 입을 떼는 순간, 고개 숙인 라연의 얼굴 아래로 무엇인가 반짝, 빛을 내며 떨어졌다. 천유는 저도 모르게 그녀에게 손을 뻗다가 움찔하며 재빨리 거두었다. 하마터면 주제넘는 짓을 할 뻔했던 것이다. 그는 아랫입술을 질끈 깨물며 뒤로 몇 걸음 물러섰다.

『천유야.』

푸르스름한 구름이 바람에 쓸리며 달을 가리고 지나갔다. 잔잔한 바람만큼이나 라연의 음성은 가냘팠다.

『가끔 이렇게…… 내 이야기를 들어 주겠니?』

라연은 고개를 숙인 채 바닥에 동그란 달님을 반복해서 그리고 있었다. 아마도 이야기를 꺼내는 것이 많이 부끄러운 모양이었다.

『분이는 내가 무슨 말만 하면 제 어미에게 쪼르르 다 말해 버려서 결국 아버지의 귀에까지 전해지거든. 지금처럼 말없이 내 이야기를 들어 주는 네가…… 참 좋구나.』

『저 같은 천것이 도움이 된다면야……. 다만 아기씨께 누가 될까, 그것이 걱정입니다.』

『내일부터 매일 만명사에 불공을 드리러 갈 것이야. 아버지께 말씀드려서 너를 데리고 가야겠다.』

구름에 숨겨졌던 달이 휘요하게 모습을 드러냈다. 고개를 숙이고 있던 라연이 천유를 향해 환하게 웃고 있었다. 뽀얀 달빛 아래의 소녀는 너무도 사랑스러웠다.

그다음 날부터 천유는 주인아기씨를 모시고 사찰을 다녀오는 일을 맡게 되었다. 함께 따라나서려던 분이는 아기씨가 시킨 일을 하느라 늘 집에 머물러 있어야만 했다.

천유는 머리에 두른 끈을 꽉 움켜쥐며 두 눈을 감았다. 아무것도 보이지 않는 눈앞이 딱 자신의 처지와 같았기에 그는 끅끅 소리를 내며 실소를 터트렸다.

'종놈 주제에 감히 누굴……. 알고 있으면서도, 내 주제를 이리 잘 알고 있으면서도 어찌하여 가슴은 미친놈처럼 두방망이질을 친단 말인가. 어찌하여…….'

끈을 잡지 않은 다른 손으로 천유는 자신의 가슴을 연신 세게 때렸다. 가슴을 때리는 주먹 위로 뜨거운 눈물이 뚝 하고 떨어졌다.

'아기씨를 위한다면 더는 욕심부리지 말아야 해. 내가 먼저 손을 놓아야 옳은 것이다.'

라연이 행복해질 수 있다면 자신의 가슴 따위, 썩어 문드러지고 곪아 터진다 해도 상관없었다. 그녀를 위해서라면 천유는 천 번 만 번이라도 죽을 수 있었으니까.

천유가 다녀간 이튿날 늦은 저녁. 뒷간을 다녀오던 분이는 긴 몽수를 쓰고 주변을 두리번거리고 있는 라연을 발견했다.

아무에게도 들키고 싶지 않은 양 노심초사하며 종종걸음을 걷는 아기씨를 바라보며 분이는 머리를 갸웃거렸다.

자신의 뒤를 쫓는 사람이 있다는 걸 아는지 모르는지, 라연은 몽수로 얼굴을 최대한 가리며 어딘가로 바삐 걸음을 옮겼다.

어스름한 달빛에 호젓이 모습을 드러내고 있는 한 암자(庵子) 앞에 라연은 걸음을 멈췄다. 만명사에서 조금 떨어진 언덕에 자리한 그곳은 승려들이 도를 닦을 때 머무르는 수도장(修道場)이었다.

라연은 불공을 드리러 만명사를 찾을 때면 늘 어김없이 이 암자에 들르곤 했었다.

수도승이 있다 하더라도 밖으로 모습을 드러내는 일은 거의 없었기에 천유와 단둘이 있을 장소로 그보다 더 좋은 곳은 없었기 때문이다.

어느 곳에도 불빛이 없는 것으로 보아, 현재는 아무도 그곳에 머무르는 이가 없는 듯했다.

가까운 풀숲에서 여름 풀벌레 소리가 요란히 들려왔다. 심란히 어지럽혀진 라연의 마음속만큼이나 벌레들의 울음소리는 크고 시끄러웠다.

'내가 어찌해야 좋은 걸까. 이대로는, 이대로는 살 수가 없는데……. 천유야, 내가 어찌해야 하는 것이냐.'

치맛자락을 움켜쥔 라연의 손끝이 여리게 떨리고 있었다. 생각하고 또 생각했건만 쉽게 결심이 서질 않았다. 신분이란 게 대체 무엇이관데, 귀족, 천민 이딴 게 다 무엇이라고…….

"아기씨."

깜짝 놀라 뒤를 돌아보니 어둠 속에 가려진 천유의 모습이 눈에 들어왔다. 긴장이 풀린 탓일까. 라연의 눈에서 저도 모르게 눈물이 주르륵 흘러내렸다.

주인도 없는 암자의 캄캄한 방 안엔 어색한 분위기의 두 남녀가 꿀 먹은 벙어리처럼 입을 닫은 채 마주하고 있었다. 그러기를 한

식경(食頃)……. 누구도 먼저 쉬이 말문을 열지 못했다.

찌르르르찌르르……

이름 모를 풀벌레 소리가 방 안을 가득 채웠다. 무어가 그리 두려운지 멀찌감치 떨어진 천유에게서는 숨소리조차 들리지 않는다.

'무심한 사람 같으니……'

라연은 괜히 아랫입술을 축이며 애꿎은 치맛자락만 만지작거릴 뿐이었다.

"어찌 나오라 하셨습니까. 걸음이 쉬운 시각이 아니지 않습니까."

오랜 시간이 흐르고 먼저 입을 연 이는 천유였다. 그의 음성은 짙은 어둠만큼이나 깊게 가라앉아 있었다.

치맛자락을 만지작거리던 라연의 손이 질끈, 주먹을 쥐었다.

"나오기 싫었느냐?"

"그럴 리가 없다는 것은 아기씨께서 더 잘 아시지 않습니까."

"그걸 내가 어찌 아니? 내가…… 어찌 알아."

라연은 코끝이 시큰해지는 것을 참기 위해 미간을 잔뜩 찌푸렸다. 이미 한쪽 볼을 타고 흐르는 눈물이 소용없음을 알려 주었지만 그녀는 이를 악물며 울음을 삼켰다.

"너는 내 것이다."

"네. 저는 아기씨의 것입니다."

"이제껏 너만 내 것이라 여겼는데…… 생각해 보니 나 역시 너의 것이었다. 이미 오래전에 내 마음을 너에게 주었으니 말이야."

머리를 숙이고 있던 천유가 고개를 들었다. 그의 놀란 눈빛이 어둠 속에서 그녀를 향하고 있었다.

그제야 두 사람은 서로를 제대로 마주 보았다.

홑겹의 제법 큰 눈, 그 안의 유난히 까만 눈동자, 잰 듯 반듯한 오똑한 코, 뚝뚝하지만 가끔씩 상냥한 말을 해 주는 적당히 도톰한 입술…… . 그 와중에도 라연은 새삼 천유의 얼굴이 참 잘났다는 생각을 했다.

"아, 아기씨…… ."

가늘지도 굵지도 않은 천유의 듣기 좋은 음성…… . 울먹이던 라연의 입가에 슬픈 미소가 번졌다.

"이제야 나를 봐 주는구나."

"아기씨…… ."

"나를 바라보는 게 그리도 힘이 드니? 그리 어려운 거야?"

"저는 아기씨를 봐서는 안 되는 놈입니다. 아기씨는 저를 봐서는 안 되는 분이시고요."

흔들리는 그의 목소리에서 안타까움이 묻어났다.

"이렇게 아기씨와 마주하고 있는 이 순간에도 저는 대감마님께 죄를 짓는 것만 같아 송구할 따름입니다. 그러니 이제 그만 댁으로…… ."

"내가 지겸 도련님과 혼인을 해도 너는 진정 아무렇지 않은 기니?"

라연을 향하고 있던 그의 시선이 아래로 떨어졌다.

"지겸 도련님은 좋은 분이십니다. 분명 아기씨를 아껴 주실 것입니다."

"너는 어떠하냐고 물었다. 너는, 너는 내가 다른 이에게 가 버려도 괜찮은 것이냐!"

그는 대답을 하려다 입을 다물었다. 아니, 대답을 할 수가 없었다. 북받쳐 오르는 감정을 더는 참아 내기 힘들었기 때문이다.

"괜찮지 않으면 어쩌겠습니까! 천하디천한 종놈 따위가 어찌 감히 아기씨를 욕심낼 수 있단 말입니까!"

"천유야……."

촉촉이 젖은 그의 눈동자가 붉게 충혈되어 갔다. 절망은 칼날보다 더 날카로운 아픔으로 그의 심장을 도려냈다. 핏물이 노여움이 되어 그의 가슴을 적셨다.

"저라고 욕심이 나지 않겠습니까! 저라고 아기씨를……."

"네가 할 수 없으면 내가 하겠다. 내가 너를 따를 것이야."

"아기씨!"

혼란으로 떨리는 천유의 눈빛과는 달리 그를 향하고 있는 라연의 눈빛은 확고했다.

"네가 귀족이 될 수는 없으니, 내가…… 내가 너와 같아지면 되는 것 아니겠느냐. 그렇게 된다면……."

어느새 눈가에 눈물이 그득 고인 그녀가 애잔한 눈빛으로 천유를 바라보았다.

"나를 여인으로 보아 주겠니?"

"아기씨……."

"빈 마음으로 다른 사내와 사느니 차라리 만명사의 비구니가 되겠어. 정녕 내가 그리되기를 바라느냐?"

되도 않는 협박임을 알면서도 어쩔 수 없었다. 꿈쩍도 하지 않는 천유의 마음을 움직일 수만 있다면 그의 바지 자락이라도 붙잡을 용의가 있었으니까.

라연이 아랫입술을 질끈 물었다 놓으며 다시 입을 열었다.

"천유야……."

"아기씨는 굶주림이 무언지 모르십니다. 추위에 떨어 보신 적도, 더러운 헛간에 주무셔 보신 적도 없는 분이십니다. 그런 아기씨께서 저 같은 천것과 같아질 수는 없는 것입니다."

목이 메는 듯 그가 마른침을 삼켰다.

"하지만 저를 놓으실 수는 있을 겁니다. 시간이…… 아기씨를 도와줄 것이니까요."

"내 마음을 그리 가볍게만 보았단 말이더냐. 지금의 내 모습이 그저 투정으로밖엔 보이지 않는 거야?"

"제가, 제가 아기씨를 힘들게 하고 싶지 않기 때문입니다! 제가 뭐라고, 저 따위가 무엇이라고 아기씨를 힘들게 한단 말입니까!"

결국 억눌러 왔던 감정이 그대로 폭발하여 천유는 오열하며 소리쳤다.

"뺏기고 싶지 않습니다. 놓치고 싶지 않습니다. 아기씨께서 다른 사내의 품에 안겨 있는 모습은 꿈에라도 보고 싶지 않습니다."

미간에 깊은 주름을 세운 그가 울먹임을 삼키며 토해 내듯 말했다.

"아시겠습니까? 아기씨를 당장이라도 품고 싶은 것이 시커멓기만 한 제 속내란 말입니다!"

"뺏기지 않으면 될 것 아니냐! 놓치지 않으면 될 것 아니냔 말이다!"

눈시울이 붉게 충혈된 라연의 두 눈이 원망을 가득 담은 채 그를 바라보고 있었다. 라연의 눈에서 굵은 눈물방울이 뚝 하고 떨어지는 순간, 천유는 더 이상 참지 못하고 그녀를 있는 힘껏 자신의 품에 와락 끌어안았다.

바로 그때, 잠잠하던 문밖이 소란스러워졌다. 그리고 단단히 닫혀 있던 문이 우지끈하는 소리와 함께 부서지며 열렸다.

1. 매화 꽃잎이 바람에 흩날리다

굳게 닫힌 짙은 와인색의 벨벳 커튼 사이로 풀 내음 섞인 바깥바람이 소심하게 불어 들어왔다. 캄캄한 연구실 안은 빛의 화가라 불리는 렘브란트의 그림처럼 옅은 스탠드 불빛만이 두 남자의 얼굴을 비추고 있었다.

안락의자에 바른 자세로 기대어 앉아 있는 서준의 이마에 식은 땀이 축축이 배어 나왔다. 슬픈 꿈을 꾸는 듯, 서준은 너무도 서럽게 울고 있었다.

옆에 앉아 있던 지호가 서둘러 최면에서 깨어나는 멘트를 던졌음에도 서준은 바로 눈을 뜨지 못했다. 격해진 감정이 쉬이 가라앉지 못하는 것이리라.

슬쩍 긴장을 했던 듯 지호가 헛기침을 하며 서준을 바라보았다.

"짜식, 어린 시절로 돌아가라고 했더니 이 무슨……. 자, 심호흡을 해 봐. 천천히 길게."

서준은 눈을 감은 채 거칠게 숨을 골랐다. 그리고 잠시 후, 그의 미간에 옅은 주름이 접히는가 싶더니 서서히 감았던 눈을 떴다.

"도대체 나한테 무슨 짓을 한 거야!"

서준은 머리가 아픈 듯 양쪽 관자놀이를 문지르며 몸을 일으켜 앉았다.

"애초에 심리학과 날라리 조교의 부탁 따위를 들어주는 게 아니었는데…… 으으, 머리가 깨질 것 같아."

지호가 닫혀 있던 커튼을 활짝 열어젖히자 밝은 햇살이 연구실 안으로 가득 쏟아져 들었다. 눈이 부신 듯 서준이 인상을 찌푸렸다.

"어디서 이상한 건 배워 가지고 사람을 바보로 만들어!"

"최면에 걸리지 않을 거라 큰소리친 사람은 너거든? 무의식중에서도 말 안 듣고 제멋대로 구는 사람은 아마 이 세상에 너 하나뿐일 거다. 이 성질 더러운 녀석아!"

서준보다 세 살 위인 지호는 투덜거리는 이종사촌 동생을 재미있다는 얼굴로 쳐다보았다.

"그나저나 태은그룹 셋째 아드님께서 전생에 노비였다니, 현생에 태어나기까지 착한 일 많이 했나 보나. 나라라도 구하셨나?"

"미친 소리 마. 이상한 짓으로 헛소리하게 만들어 놓고 뭐라는 거야!"

"어쭈, 심하게 진지했던 주제에 어디서 버럭질이야?"

지호가 짓궂은 표정을 지으며 서준의 반응을 살폈다.

"어이, 근데 그 뒤엔 어떻게 됐냐? 사모하던 아기씨와 암자에서 만난 뒤에 말이다. 그때부턴 너 혼자 미친놈처럼 중얼거리기만 해서 솔직히 나도 식겁했거든."

"아, 몰라. 형 때문에 기분만 더러워졌어. 앞으로 논문을 쓰든 일기를 쓰든 다신 나한테 이런 일 시키지 마."

"심심하다고 내 연구실에 찾아온 사람은 당신이거든? 나가서 연애나 좀 해라. 넌 어째 예비역이 되고도 여자에 관심이 없냐? 니네 과 여자애들 예쁘다고 소문났더만."

의자에 기댄 탓에 부스스해졌을 뒷머리를 손으로 털어 내며 서준이 자리에서 일어섰다.

"왜, 서양화과 은서준이 게이라는 소문은 못 들으셨나? 내 귀엔 가끔 들리던데."

"푸하하. 어쩌다 그 지경까지 갔냐. 그러게 그 까칠한 성격 좀 버리고 여자 후배들한테 잘해 주란 말이다."

"됐고! 나 그만 간다. 커피 얻어 마시러 왔다가 이게 무슨 꼴이 야."

연구실 문을 열고 나가는 서준의 뒷모습을 바라보며 지호는 피식, 혼자 웃음을 지었다. 하긴 저 외모에 여자 사귀는 걸 한 번도 본 적이 없으니 그런 소문이 도는 것은 어쩌면 당연한 일인지도 몰랐다.

185cm정도의 큰 키에 남자가 봐도 헉 소리 나오는 잘난 얼굴, 게 다가 국내 굴지의 그룹 태은의 셋째 아들이라는 프리미엄까지…….

'그래도 신이 양심은 있었나 보군. 지독히도 사교적이지 못한 괴 팍한 성격을 주셨으니.'

지호는 아쉽다는 듯이 입맛을 다시며 서준이 나간 문 쪽을 다시 한 번 쳐다보았다. 흘리는 투로 물었지만 실은 끝까지 듣지 못한 서준의 전생 이야기가 꽤나 궁금했던 것이다.

'누군가 죽은 것 같은데 왜 죽은 거지? 둘 다 죽은 건가?'

어쨌거나 그에게는 꽤나 흥미로운 실험이었다. 대학원에서 임상 심리를 전공하는 그는 최근 새롭게 접한 최면치료학에 푹 빠져 있었기 때문이다.

'제법 디테일한 기억이었단 말이지. 여자의 아버지가 어사대부라 했던가? 어사대부…… 고려시대 관직 같은데…….'

지호는 길게 기지개를 켜며 컴퓨터가 놓인 책상 앞에 앉았다. 그리고 당장 검색을 해 보기 위해 꺼져 있던 컴퓨터의 전원 버튼을 눌렀다.

지호의 연구실에서 나와 자신의 작업실로 향하던 서준은 잠시 걸음을 멈췄다. 어디선가 바람에 날려 온 듯한 얇은 분홍색 꽃잎이 눈앞에 아른거렸기 때문이다.

'뭐야, 아직 잠이 덜 깬 건가? 왜 헛것이…….'

헛것이라 생각하고 무시하기엔 꽃잎이 너무도 선명히 그의 앞에서 춤을 추듯 바람에 날리고 있었다. 마치 최면 속에서 보았던 매화 꽃잎처럼.

날리는 꽃잎을 좇던 그의 시선 끝에 캠퍼스 운동장과 연결된 계단 옆의 매화나무 한 그루가 와 닿았다. 그리고 그의 시선은 다시 매화나무 아래에 앉아 있는 소녀에게로 옮겨졌다.

짙은 남색 교복을 입은 소녀는 화판 위의 도화지에 뭔가를 그리고 있었다. 그러고 보니 여기까지 오는 중간중간, 그림을 그리는 학생들이 몇몇 눈에 띄었던 기억이 났다.

서준은 자신도 모르게 소녀의 바로 뒤까지 걸음을 옮기며 다가 갔다. 무심코 들여다본 소녀의 풍경화는 예상했던 것보다 훨씬 훌륭했다.

그런데…….

"너 지금 그림, 그 붓으로 그린 건가?"

뒤에서 갑자기 들려온 남자의 음성에 소녀는 움찔 놀라며 뒤를 돌아보았다. 그러나 정작 그녀보다 더욱 놀란 것은 서준, 그였다.

여전히 최면 속 꿈의 연장이 아닐까 하는 착각이 일었다. 놀란 눈으로 그를 쳐다보고 있는 소녀는 꿈속의 바로 그 아기씨였으니까.

얇은 속쌍꺼풀이 보이는 단아한 눈매, 아기처럼 뽀얀 피부, 적당히 오똑한 코와 봉숭아 꽃잎 같은 붉은 입술……. 서준의 심장은 미친 듯 심하게 요동쳤다.

꿈속에서 보았던 그 소녀는 몹시 경계하는 표정으로 그를 올려다보았다. 뭔가 대답을 할 듯 입술을 달싹이던 소녀는 이내 고개를 돌려 버렸다.

아주 잠깐 정신이 나간 듯 멍하니 서 있던 서준은 의식적으로 헛기침을 한번 했다. 착각이었을 거라는 자기 위안과 함께.

"그런 붓은 도대체 어디서 살 수 있는 거지? 끝은 뭉툭하고 붓털은 물도 흡수 못 할 것처럼 뻣뻣해 보이는데 말이야. 너 재주 좋다."

서준의 말이 끝남과 동시에 소녀가 다시 그를 향해 고개를 돌렸다. 이번엔 매우 불쾌한 표정을 짓고서. 그러거나 말거나 서준은 어깨를 한번 으쓱이며 대수롭지 않게 말을 이었다.

"우연히 지나다 보니 그림 실력은 나쁘지 않은 것 같은데 재료 고르는 센스가 영 꽝인 것 같아서 하는 말이다."

하고 싶은 말을 참는 듯 소녀는 아랫입술을 질끈 물었다 놓았다. 덕분에 소녀의 도톰한 아랫입술엔 촉촉이 윤기가 흘렀다.

'이런 미친……'

서준은 순간적으로 혀를 차고 말았다. 이제 갓 고등학생쯤 돼 보이는 여자애에게 이 무슨 말도 안 되는 반응이란 말인가.

지금껏 여자에게서 한 번도 경험해 보지 못한 울렁거림이었다. 가슴이 답답한 것 같기도 하고 터질 것 같기도 한 종잡을 수 없는 느낌이었다. 서준은 일부러 더욱 삐딱한 표정을 지으며 소녀를 뚫어져라 쳐다보았다.

그런 서준의 속마음을 아는지 모르는지, 드디어 꾹 닫혀 있던 소녀의 입술이 열렸다.

"어른이 뒤에서 얼쩡거리면 대회 감독관에게 의심받아요. 이 대학 학생 같은데 하실 말씀 다 하셨으면 그만 가 주셨으면 좋겠어요."

다행이라 해야 할까. 또렷이 기억나는 얼굴과는 달리 처음 듣는 음성이었다.

"그쪽은 심심해서 말을 걸었는지 모르지만, 전 심심풀이로 이 대회에 나온 게 아니거든요."

부드럽지만 차분하고, 따뜻한 것 같으면서도 건조한 음성. 소녀의 딱딱한 말투에도 불구하고 서준은 그녀의 음성이 참 듣기 좋다는 생각을 했다.

소녀가 고개를 돌리려는 찰나, 서준이 다시 말을 걸었다.

"대회라……. 우리 학교에서 하는 걸 보니 혹시 태은문화재단에서 주최한 미술대회인가? 그게 오늘이었나?"

대꾸가 없다는 것은 긍정의 뜻이리라. 서준은 소녀의 손에 쥐어진 붓을 다시 한 번 슬쩍 쳐다보았다. 그러고 보니 다른 손에 들려진 팔레트 역시 초등학생들도 잘 쓸 것 같지 않은 하얀색 플라스틱으로 된 열악한 것이었다.

서준이 뒤로 물러서며 머쓱하게 말했다.

"방해했다면 미안하다."

역시 대꾸가 없었다. 서준은 몇 발자국 뒷걸음질로 걷다, 천천히 몸을 돌려 가던 길로 발걸음을 옮겼다. 그러는 동안에도 매화 꽃잎은 봄바람에 어지러이 흩날리고 있었다.

서준은 작업실 캐비닛에서 허겁지겁 찾아낸 수채화용 팔레트와 붓을 들고서 방금 전 소녀가 앉아 있던 곳을 향해 바삐 걸었다.

'안 쓰고 처박아 둔 건데 괜찮으면 너 써라.'

서준이 코를 찡그리며 도리질을 쳤다.

'아니, 이게 아니야. 저기, 내가 입시 때 쓰던 건데 너에게 도움이 됐으면 좋겠다. 아니, 이것도 아니야. 아, 몰라. 되는대로 해.'

자신이 왜, 무엇 때문에 평소엔 절대 하지도 않는 짓을 하는지에 대해선 생각할 겨를이 없었다. 훗날, 그땐 왜 그랬을까 하고 후회를 한다 해도 상관없었다. 그저 지금은 그 애에게 이것들을 주고 싶은 마음뿐이었으니까.

하지만 서준이 서둘러 그곳을 찾았을 때에 소녀는 이미 사라진 뒤였다. 바닥에 뿌려진 알록달록한 물감의 흔적만이 그녀가 환상이 아니었음을 알려 주고 있었다.

빈자리를 보자 팔레트와 붓을 들고 있던 그의 손이 아래로 툭, 떨어졌다. 왠지 맥이 빠지는 기분이었다. 그와 동시에 서준의 입에선 헛웃음이 새어 나왔다.

'하, 뭐 하는 짓이냐. 괜히 혼자 들떠 가지고서는.'

이게 다 그 망할 놈의 최면인지 전생인지 때문에 벌어진 일이었다. 애당초 지호가 부탁을 했을 때 딱 잘라 거절을 했어야 했던 것인데…….

자신의 열없는 행동에 쓴 입맛을 다시던 그가 다시 무슨 생각에선지 휴대폰을 꺼내 들었다. 그러곤 전화번호 목록에서 누군가의 번호를 찾아냈다.

통화 버튼을 누르고 얼마 후, 상대방이 전화를 받는 소리가 들려왔다.

"아, 김 실장님? 저 은서준인데요."

통화를 하며 어딘가로 발걸음을 옮기는 서준의 입가에 옅은 회심의 미소가 번졌다.

태은문화재단 산하에 있는 너울가지 미술관을 찾은 서준은 의아한 표정을 한 김 실장의 옆에 서서 그림들을 뒤적거렸다.

"꽤 많은 인원이 참가를 했군요."

수북이 쌓인 도화지들을 가리키며 서준이 물었다.

"이 그림들 아직 심사하기 전이죠?"

"그럼요. 조금 전에 걷어 온 것들이니까요."

"제가 잠깐만 봐도 되겠습니까? 찾고 싶은 그림이 있어서요."

김 실장이 호기심 가득한 얼굴로 서준을 살피며 물었다.

"누구 아는 분이라도?"

"아뇨. 아까 학교에서 지나다 우연히 꽤 괜찮은 그림을 봤는데 완성한 작품이 궁금해서요. 제가 또 그런 건 못 참아서."

"아, 그러시군요. 그럼 천천히 보세요. 심사는 내일 할 거니까요."

김 실장은 다른 볼일이 있다며 자리를 비웠고, 서준은 본격적으로 그림을 찾기 시작했다. 그림들 뒷장엔 그린 학생의 이름과 다니는 학교, 그리고 학년이 적혀 있었다.

휙휙 빠른 속도로 그림을 넘기던 그가 어떤 한 장의 그림에서 멈췄다.

'이거다!'

확실히 붓의 터치가 거칠고 채도는 떨어졌지만 잘 그려진 그림이었다. 그런 빗자루 같은 붓과 유치원생 그림의 바탕칠용만으로 쓰일 것 같은 물감으로 이 정도의 그림이 나온다는 것은 재능이 없다면 불가능한 일일 것이었다. 서준은 한참 동안 소녀의 풍경화를 들여다보았다.

사물을 관찰하는 능력, 안정된 데생, 개성 있는 색감……. 도구가 따라 줬다면 대회 1등도 무리가 없었을 그림이다. 서준은 아쉬움에 혀를 한번 차고는 도화지의 뒷면을 살폈다.

'유라연. 가람 고등학교 1학년.'

라연……. 잠잠했던 심장이 다시 울렁이며 이상 조짐을 보였다. 우연치곤 너무 기가 막힌 일이었다. 어떻게 이름마저 같을 수 있는 건지.

전생이라 했던 그 꿈속 소녀의 이름은 윤라연이었다. 성은 다르지만 분명 이름은 라연이 틀림없었다.

'이런 말도 안 되는…….'

말 그대로 뭣에 홀린 기분이었다. 도대체 이걸 어떻게 이해해야 옳은 것일까.

서준은 근처에 있는 의자에 털썩 주저앉았다. 혹시 이 모든 게 지호가 꾸민 짓은 아닐까 하는 멍청한 생각마저 들었다. 그럴 수 없다는 것을 잘 알면서도.

서준은 넋을 놓은 채 그 그림만을 뚫어져라 쳐다보았다. 그러다 문득 그림의 주인이 했던 말이 떠올랐다.

'그쪽은 심심해서 말을 걸었는지 모르지만, 전 심심풀이로 이 대회에 나온 게 아니거든요.'

그런 비장한 마음으로 대회에 나올 정도였다면 도구도 충분히 갖추고 나왔어야 맞는 것이었다. 그런데 그 아인 정말 헉 소리 나는 것들로 이 정도의 그림을 그려 냈다. 분명 가정 형편이 따라 주지 않은 것이리라.

'그래서? 그래서 뭐 어쩔 건데? 그 애가 나하고 무슨 상관이냐고!'

불현듯 회의적인 생각이 머리를 스치고 지나쳤다. 뭣에 홀린 것 같은 지금 자신의 행동들이 스스로 납득이 되지 않았기 때문이다.

'도대체 지금 뭘 하고 있는 거냐, 은서준.'

지호의 말도 안 되는 최면놀이에 우연이란 놈이 겹쳐졌을 뿐이었다. 그런데 진짜 무슨 전생이라도 만난 양 호들갑을 떨며 미술관을 찾은 꼴이라니…….

화풀이를 하듯 서준은 들고 있던 그림을 원래 있던 곳에 아무렇게나 집어 던져 버렸다. 그리고 다짐하듯 반복하여 머릿속으로 되뇌었다.

'오늘은 아무 일도 없었어. 그저 몹쓸 장난에 잠시 속았던 것뿐이야. 착각하지 마. 절대로…… 착각하지 마.'

서준은 양손으로 머리를 세게 움켜잡았다 놓으며 자리에서 일어섰다. 여전히 개운치 못한 뭔가가 그의 발목을 잡는 느낌이었지만 과감히 뿌리치고 그곳을 박차고 나섰다.

✖

캄캄한 어둠 속, 째깍대는 시계 초침 소리 사이로 이불이 버석대는 뒤척임 소리가 났다. 집에 돌아와 일찌감치 잠자리에 들었던 서준은 괴로운 꿈을 꾸는 양 머리를 좌우로 저으며 알아들을 수 없는 말을 웅얼댔다. 미간을 한껏 찌푸린 그의 이마엔 식은땀이 흥건히 맺혔다.

"오지 마. 당신은…… 여기 오면…… 안 돼."

꼭 감은 그의 두 눈 아래로 눈물이 주르륵 흘러내렸다.

만명사에서 멀지 않은 마을 어귀. 도깨비불 같은 횃불들이 칠흑의 어둠 속에서 너울거렸다. 무겁게 가라앉은 밤공기를 타고 한차례 소란이 일었다.

밧줄에 묶인 채 질질 끌려온 천유가 무리들 앞에 내동댕이쳐졌다. 이미 맞을 대로 맞아 만신창이가 된 천유는 바닥에 고꾸라진 채 정신을 잃은 듯 미동도 보이지 않았다.

무리들 중 유일하게 백저포를 입은 사내가 한 손에 검을 잡으며 천유에게 다가갔다. 그때, 그의 앞을 얼굴이 사색이 된 라연이 다급히 막아서며 애원했다.

『도련님! 제발, 제발 이러지 마시어요.』

이성을 잃은 지겸의 귀에 라연의 호소 따위 들릴 리 만무했다. 지겸은 꿇어 엎어져 있는 천유를 죽일 듯 무섭게 노려보았다. 그의 눈은 흠씬 두들겨 맞아 여기저기 터져 흐르는 천유의 피보다도 더 붉게 충혈되어 있었다. 지겸은 검을 쥔 주먹에 불끈 힘을 주며 서늘한 음성으로 입을 열었다.

『아가씨를 댁에 모셔다 드리거라.』

지겸의 지시가 떨어지자 주변에 있던 하인 두 놈이 라연의 곁으로 다가갔다. 라연은 필사적으로 지겸의 옷깃을 부여잡으며 저항했다.

『제 잘못입니다. 제가, 제가 나오라고 한 것입니다.』

정신없이 뒤쫓아 온 터라 토해 내듯 말하는 라연의 숨결은 몹시 거칠었다. 말끔했던 그녀의 이마엔 흘러내린 머리카락이 땀에 엉겨 붙어 흠뻑 젖어 있었다.

『벌을 내리시려거든 저를 벌하시어요. 천유는…… 제 말을 따른 죄밖에 없습니다.』

『냉큼 모셔 가지 않고 뭣들 하는 것이냐!』

주뼛거리며 눈치를 보고 있던 하인들은 지겸의 호통에 지체 없이 라연을 에워싸며 다가섰다. 라연은 단호한 눈빛으로 그들을 노려보며 결연히 맞섰다.

『내 몸에 털끝 하나라도 건드리는 놈은 가만두지 않겠다!』

『아랫것들 앞에서 나를 얼마나 더 욕보이실 생각이오.』

감정이 느껴지지 않는 지겸의 차가운 음성에 라연은 순간 움찔했다. 그런 그녀의 반응이 가소롭다는 듯 지겸의 한쪽 입 끝이 슬며시 올라갔다.

『저놈은 내 것이니 내가 알아서 할 일이오. 그대가 관여할 일이 아니란 말이오.』

『제 것이었습니다. 천유는…… 제 것이었단 말입니다!』

라연은 설움에 북받쳐 더 이상 말을 잇지 못했다. 눈물을 삼키느라 입술을 질끈 깨무는 그녀의 모습에 지겸의 얼굴은 점점 더 험악하게 구겨졌다.

『저놈이 대체 무엇이관데!』

지겸은 결국 억누르고 있던 분노를 터트렸다.

『낭자는 무에 그리 떳떳하시오. 내게 용서를 구해도 시원찮을 지금, 무에 그리 당당하시난 말이오!』

『저 아이가 저리 맞아야 할 이유, 없습니다. 다 제가 시킨 일이고 저 아이는 제 말을 따랐을 뿐입니다. 그러니 저를, 저를 벌하여 주시어요.』

『그대를 벌하여 달라?』

지겸은 조소 섞인 웃음을 지으며 라연을 바라보았다.

『좋소. 그럼 여기 남아서 저놈이 내 손에 죽는 꼴을 똑똑히 지켜보시오. 그것이 내가 낭자에게 내리는 벌이니까!』

말을 끝내기가 무섭게 그는 성큼성큼 천유에게로 다가갔다. 라연이 채 상황을 깨닫기도 전에 지겸은 칼집에서 칼을 높이 빼내어 들었다.

『버러지만도 못한 놈!』

바람을 가르는 소리와 함께 지겸의 칼이 아래로 내리쳐졌다. 그리고 이내 날카로운 칼날 끝엔 선홍의 핏물이 흥건히 고였다.

『아악!』

그러나 외마디 비명을 지르며 지겸 앞에 쓰러진 사람은 천유가 아닌 라연이었다. 천유를 감싸며 쓰러진 라연의 등엔 길고 깊은 칼자국이 새겨졌고, 등 전체가 금세 검붉은 피로 뒤덮였다.

지겸은 아연실색하여 쥐고 있던 칼을 바닥에 떨어뜨리고 땅에 털썩 주저앉았다. 어쩔 줄 몰라 하며 발을 동동 구르고 있던 분이가 겁에 질린 얼굴로 라연에게 달려갔다.

『아, 아기씨!』

라연이 달려온 분이를 향해 힘없이 말했다.

『네가…… 한 것이었더냐.』

『제가, 제가 죽일 년이고만요. 으흐흑.』

눈물 콧물이 범벅이 된 분이가 라연의 곁에 무릎을 꿇고 오열했다.

『이리될 줄은, 정말 이리될 줄은…….』

『너를 원망하지 않는다.』

『흐흑, 아, 아기씨…….』

『이제 천유와…… 단둘이 있고 싶구나.』

입술마저 창백해진 라연은 숨 쉬는 것조차 버거워 보였다. 그녀는 남은 힘을 그러모아 천유의 얼굴을 감싸 안았다.

『무정한 사람. 내가 이리 곁에 있는데 잠만 자다니…….』

실바람보다 더 여린 라연의 숨결에 정신을 잃고 쓰러져 있던 천유가 눈을 떴다. 그의 눈앞엔 엷은 미소를 머금고 자신을 바라보고 있는 라연이 있었다.

『아기씨!』

『천유야.』

　라연이 가쁜 숨을 몰아쉬며 힘겹게 말을 이었다.

『다음 생이 있다면…… 그땐 부디 귀한 집 자손으로 태어나. 그래서 대접받으며 사람답게 살아. 꼭…….』

『아기씨가 왜 여기…… 왜 여기 계신 겁니까!』

『미안해. 미안하다, 천유…….』

　그를 감싸고 있던 라연의 팔이 스르륵 풀어졌다. 그녀는 맥없이 그의 앞에 쓰러졌다.

『아기씨!』

　팔과 다리가 묶여 있어 꿈쩍도 하지 못하는 천유는 벌레처럼 꿈틀대며 라연에게 다가갔다. 어둠 속이라 잘 보이진 않았지만 쓰러진 그녀의 등은 검은 얼룩으로 축축이 덮여 있었다.

『아기씨! 아기씨! 제발 눈 좀 떠 보세요! 아기씨!』

　어찌 된 영문인지 알지도 못한 채 천유는 몸부림을 치며 울부짖었다. 살갗이 찢겨져 나가는 것도 모르고 밧줄에서 벗어나기 위해 안간힘을 썼다. 하지만 그것도 잠시, 천유는 지겸의 지시로 달려든 하인들에 의해 라연에게서 떼어졌다.

　서슬이 퍼런 지겸이 핏발 서린 눈으로 천유를 노려보며 외쳤다.

『저놈을 당장 끌고 가 재갈을 물려 기둥에 단단히 묶어라. 절대로 편하게 죽지는 못하게 할 것이다. 고통 속에서 서서히 말려 죽일 것이야.』

『어찌 된 일입니까! 아기씨께서 어찌, 어찌…….』

『네놈이 죽이지 않았느냐! 윤 낭자는 네놈 손에 죽은 것이다!』

목이 메어 심하게 갈라진 천유의 음성이 어둠 속에서 절규했다.

『돌아가셨다니요! 아닙니다! 아기씨가 그럴 리 없습니다!』

강제로 재갈이 물려지고 하인들이 잡아끄는 대로 바닥에 질질 끌리면서도 천유는 쓰러져 있는 라연에게서 눈을 떼지 못했다. 피눈물이 시야를 가려 앞이 잘 보이지 않았지만 천유는 끝까지 라연의 모습을 놓치지 않았다.

'잊지 않을 겁니다. 죽어서도 아니, 만약 다음 생이란 게 있다 해도 아기씨를 절대 잊지 않을 것입니다. 저는 영원히 아기씨의 것이니까.'

심장이 찢긴다 한들 이렇게 아플 수 있을까? 아픔에 아픔이 더해져 서준은 숨을 쉴 수가 없었다. 여전히 눈물은 멈추지 않았고, 서준은 길었던 꿈에서 깨어났다.

죽어 가던 천유의 고통이 서준의 가슴에 고스란히 남아 있었다. 목이 타들어 가는 갈증도 허기진 배고픔도 라연의 죽음에 비하면 아무것도 아니었다. 그저 얼른 목숨줄이 끊어지기만을 바라고 또 바랄 뿐이었다.

'뭐지? 왜 이런 꿈을…….'

윤회설이나 환생 따위 평소 생각도 안 해 봤던 그였다. 그렇기에 쉬이 멈추지 않는 눈물은 그를 몹시 당황스럽게 했다.

몸을 일으켜 침대에 기대앉은 그는 신경질적으로 눈가를 닦아

냈다. 돌팔이에게 제대로 농락당한 기분이었다.

'공지호! 이게 다 그 인간 때문이야. 도대체 내게 무슨 짓을 한 거냐고!'

투덜거리며 자리에서 일어서던 그는 멈칫 가슴을 잡으며 제자리에 주저앉았다. 먹먹한 무언가가 그의 가슴을 무겁게 내리눌렀기 때문이다.

'돌겠네. 왜 이러는 거지.'

서준은 숨을 길게 내쉬며 침대에 도로 기대어 앉았다. 한 번도 느껴 보지 못한 아릿한 기분이었다. 소중한 것을 잊고 살아온 것 같은 안타까움, 허전함……. 아득한 그리움이 여명의 햇살과 함께 그에게로 스며들었다.

"웬일이니? 네가 이렇게 이른 시간에 다 일어나고."

서준이 기지개를 켜며 거실로 나오자, 소파에 앉아 있던 그의 어머니 송연화가 펼쳤던 신문을 접으며 고개를 들었다. 이른 아침이 었음에도 그녀의 머리는 완벽히 세팅되어 있었고 얼굴엔 은은하게 메이크업까지 끝낸 모습이었다. 서글서글해 보이는 그녀의 눈이 인 자한 미소를 그렸다.

"유학 날짜 얼마 안 남으니 싱숭생숭한 게로구나."

그가 피식 웃으며 연화의 맞은편에 앉았다.

"어머니가 등 떠미셨잖아요. 막내아들 데리고 살기 귀찮으니까."

"녀석, 심술궂긴. 내가 우리 막내를 얼마나 사랑하는데."

그녀가 테이블 위에 올려 두었던 커피 잔을 집어 들며 말했다.

"일밖에 모르는 두 아들 녀석은 재미없어. 둘 다 네 아버지를 닮아서 돈 버는 일 말고는 할 줄 아는 게 없잖니."

"그래서 그림만 그리고 살겠다는 막내아들에게 굳이 미술관을 떠맡기려고 하시는 겁니까?"

"처음 설립 때부터 지금까지 내 손때가 묻은 곳이다. 다른 곳은 몰라도 미술관은 아무에게나 맡기고 싶지 않아."

"앞으로도 30년은 충분히 어머니께서 운영하실 겁니다. 그런 걱정은 안 하셔도 돼요."

"다가올 일은 아무도 모르는 거야."

그녀의 얼굴에 쓸쓸한 미소가 서렸다.

"네 아버지가 그리 갑자기 가실 줄 아무도 몰랐던 것처럼……."

지난해, 뇌졸중으로 쓰러져 허무하게 돌아가신 아버지를 떠올리며 그의 표정 역시 어두워졌다. 하지만 이내 아무렇지 않은 얼굴로 어머니를 위로했다.

"어머닌 아버지 몫까지 오래오래 사세요. 어머니께서 원하시는 대로 공부 열심히 하고 돌아올 테니까."

"훗, 이렇게 다정한 우리 아들이 왜 밖에선 괴팍하단 소릴 듣는 거지? 엄만 그게 참 이상하단 말이야. 암튼, 오늘 아침은 오랜만에 같이 식사할 수 있겠구나. 아주머니에게 반찬 몇 가지 더 만들라고 해야겠다."

"어머니."

연화가 일어나려 자리에서 몸을 일으키려는 찰나, 서준이 그녀를 불렀다. 다분히 즉흥적이고 돌발적인 행동이었다.

"응?"

그는 괜히 뒷머리를 긁적이며 말을 이었다.

"문화재단에서 예능에 재능 있는 학생들 후원하고 계시잖아요."

"그렇지. 근데 왜?"

"제가 한 명 추천하고 싶은데 어머니 재량으로 어떻게 안 될까 해서요."

"뭐, 안 될 건 없지만……."

매우 흥미롭다는 듯, 연화는 자신의 턱을 만지작거리며 아들을 빤히 쳐다보았다.

"어떤 아이인데 네가 먼저 이런 말을 다 꺼내니?"

"제법 실력은 좋은 친구인데 집안 형편이 많이 안 좋은 것 같더라고요. 본인도 꽤 필사적인 것 같고."

"어떻게 아는 사이?"

어머니의 질문 공세에 서준이 멋쩍은 듯 어깨를 으쓱였다.

"일단 어머니께서 그 학생 그림을 한번 보세요. 그러고 나서도 영 아니다 싶으시면 할 수 없는 거지만…… 아마 어머니도 저와 같은 생각이실 겁니다."

"네가 자신 있게 추천하는 걸 보니 나도 호기심이 생기는구나. 좋아, 일단 그 아이 그림부터 보자꾸나. 하지만 우선은 아침 식사부터 맛있게 하고!"

연화는 다소 들뜬 얼굴이 되어 주방 쪽으로 걸음을 옮겼다. 오랜만에 갖는 막내아들과의 아침 식사도 기분 좋은 일이었지만, 그보다 더 그녀를 즐겁게 만든 것은 서준이 뭔가를 요구해 왔다는 것이었다. 어릴 때에도 장난감 하나 사 달라고 조른 적이 없던 아이였는데…….

'억지로 보내는 것 같아 맘이 안 좋았는데 뭐라도 들어줄 게 생

겨서 다행이네. 좀 의외의 부탁이긴 하지만.'

연화는 주방에 들어서다 말고 문득 아들을 향해 고개를 돌렸다. 그녀가 자리를 뜬 뒤, 서준은 소파에 기대어 앉아 신문을 읽고 있었다.

보기 좋게 우뚝 선 날렵한 콧날과 짙은 속눈썹이 매력적인 긴 눈은 영락없는 제 아버지 판박이였다. 집중할 때 슬쩍 미간을 찌푸리는 사소한 습관까지도……. 연화는 언제 봐도 흐뭇한 아들의 모습에 한참 동안 미소를 머금은 채, 시선을 거두지 못했다.

✵

봄꽃 향기가 물씬 풍기는 저녁, 라연은 어깨를 축 늘어뜨린 모습으로 터덜터덜 자신이 사는 곳을 향해 걷고 있었다. 향긋한 꽃향기와는 별개로 바람은 여전히 싸늘했다. 라연은 몸을 잔뜩 웅크리며 어깨의 책가방을 고쳐 멨다.

'애초에 무리였는지도 몰라.'

오늘 낮 점심시간이 끝날 즈음, 라연은 미술선생님의 호출로 미술실을 찾았다. 혹시나 하는 기대와 달리, 그녀를 기다리고 있는 현실은 너무도 비참했다.

'기회가 태은문화재단만 있는 건 아니니까 다른 대회를 노려 보자. 어딘가 네 재능을 알아주는 곳이 분명 있을 거야.'

미술교사의 진심 어린 위로도 라연에겐 아무런 도움이 되질 못했다. 자신의 이름이 수상자명단에 없다는 말을 들은 뒤론 아무 소리도 귀에 들어오지 않았으니까. 다리에 힘이 풀려 그 자리에 주저앉고만 싶은 심정이었다.

'내 주제에 무슨 그림이니. 부모 있는 애들조차도 돈 많이 든다고 꺼리는데……'

라연은 쓴웃음을 지으며 한숨을 훅, 내쉬었다.

부모…….

그녀에게는 매우 불편한 단어였다. 미혼모가 병원에서 배설하듯 낳고 버린 아이, 무수히 많은 입양의 기회 속에서도 단 한 번의 선택도 받지 못한 불운한 아이, 그 아이가 바로 라연, 그녀였기 때문이다.

라연은 도색한 지 오래되어 지저분해진 담 옆을 천천히 따라 걸었다. 그래도 여름엔 담쟁이넝쿨이 가득해 봐줄 만했는데 오늘따라 낡은 담이 유난히 을씨년스러워 보였다. 느릿하게 걷던 그녀의 걸음은 담의 한쪽 끝에 걸린 문패 앞에 멈춰졌다.

'하랑원'

라연이 16년째 살고 있는 곳이었다. 그녀에겐 안식처인 동시에 벗어나고픈 굴레와도 같은 곳……. 하랑원은 그녀에게 빛이었고 어둠이었다.

이곳에서 나가면 고아라는 꼬리표도 함께 떨어질 거라 믿었던 때가 있었다. 고아니까 고아원에 사는 것이 아니라 고아원에 살고 있기 때문에 고아라고, 그렇게 생각했던 때가…… 있었다. 고아는 어디에 살든 어떻게 살든 고아인 것을.

라연은 괜히 한번 교복 치마를 손으로 툭툭 털고 흘러나온 옆머리를 귀 뒤로 넘겼다. 꿀꿀한 기분을 집까지 가져가고 싶은 생각은 없었다. 이러니저러니 해도 지금 현재 그녀가 사는 곳은 여기, 하랑원이 집이었으니까.

라연에게 원장실은 애증의 장소였다. 어릴 적 원장실로 불려간 친구들이 입양이 되어 하랑원을 떠나는 모습에 그녀 역시 불려가길 간절히 원했었기 때문이다. 하지만 지금의 라연에게 원장실은 그저 학교의 교무실과 같은 곳일 뿐이었다.

오늘도 별 기대 없이 부름을 받고 원장실에 갔던 라연은 면담을 마치고 밖으로 나오며 히죽히죽 새어 나오는 웃음을 감추지 못해 부리나케 욕실로 달려갔다.

세면대에 찬물을 틀고 여러 차례 얼굴을 씻으면서도 웃음이 멈춰지질 않았다. 이게 정말 꿈은 아니겠지? 하며 속으로 생각하고 또 생각했다.

혹시 몰라 자신의 뺨을 세게 때려 보기까지 했다. 아팠다. 정말 꿈이 아닌 것이다.

'태은문화재단에서 연락이 왔단다. 이번 대회에서 등수 안에는 못 들었지만 가능성이 보여 후원하기로 결정했다는구나. 네가 하기에 따라 대학까지도 후원하시겠대. 그러니까 지금보다 훨씬 노력해야겠지?'

원장 앞에선 애써 태연한 척 굴었지만 실은 너무 기뻐 고함이라도 지르고 싶은 심정이었다. 드디어 꿈에 한 발짝 다가선 것 같아 마음속에선 덩실덩실 춤을 추고 있었다.

'열심히 할 거야. 죽을힘을 다해 노력할 거야. 그럼! 어떻게 잡은 기회인데…….'

거울 속의 동그란 두 눈이 응원을 보내왔다. 라연은 주먹을 꽉 쥐어 보이며 다시 한 번 기합을 넣었다.

'두고 봐. 여기서 나갈 땐 반드시 대학생이 되어 있을 테니!'

어둡기만 했던 그녀의 세상 속으로 밝은 빛줄기가 내려오고 있었다. 라연은 발그레하게 상기된 자신의 얼굴을 들여다보며 '힘내!' 하고 속삭였다.

2. 7년 만의 해후

논문 자료를 읽고 있던 지호는 커튼 사이로 비집고 들어온 봄 햇살에 문득 고개를 들었다. 엊그제까지도 히터를 틀었던 것 같은데 지금 입고 있는 카디건이 조금 덥게 느껴지는 걸 보면 날씨가 제법 포근해진 모양이었다. 지호는 길게 기지개를 켜며 웅크렸던 몸을 일으켜 앉았다.

그때 마침, 누군가 방문을 두드리는 노크 소리가 들려왔다. 조교이겠거니 했던 지호의 예상과는 달리 방 안에 들어선 사람은 옅은 브라운색 트렌치코트 차림의 서준이었다.

"이야, 이게 얼마 만이냐!"

지호는 반가운 마음에 자리에서 벌떡 일어나 악수를 청하며 그에게 다가갔다. 둘은 몇 해 전, 서준 어머니의 장례식 이후 처음 만나는 것이었다.

지호가 내민 손을 흔쾌히 잡으며 서준이 옅은 미소를 지었다.

"형은 교수님 되더니 신수가 훤해지셨군. 그간 잘 지냈지?"

"한국엔 언제 들어왔냐."

지호는 서준에게 맞은편 소파에 앉길 권하고, 자신은 서둘러 커피메이커가 있는 곳으로 움직였다.

서준이 소파에 앉아 천천히 방 안을 둘러보며 말했다.

"큰형님 성화에 못 견디고 들어왔다는 것은 표면적인 이유이고, 실은 슬슬 외국 생활이 지겨워졌기 때문이지. 나이가 드니 노는 것도 지치네."

"외국에서 박사까지 딴 주제에 놀기는. 안 하는 척하면서 할 건 다 하는 이 음흉한 녀석아."

"형은 결국 이 학교에 뿌리를 내렸구나. 형답다."

지호가 커피를 건네며 서준의 맞은편에 앉았다.

"내가 이래 봬도 최면치료 쪽에선 꽤 이름을 날리고 있지. 한 우물을 판 결과라고나 할까."

"헛, 설마 지금도 엄한 사람들 바보 만들고 그러는 건가? 내가 형 때문에 고생했던 것 생각하면……."

"어이, 최면치료가 요즘 얼마나 각광을 받고 있는지 알고나 하는 소리냐? 신경정신과 의사들도 많이들 관심 갖는 분야라고."

"네네, 어련하시겠습니까."

"근데 그게 벌써 몇 년 전이냐? 한 7년 됐나? 엉터리니 뭐니 투덜대 놓고 나중에 찾아와서는 자꾸 꿈에 나온다는 둥 어쩐다는 둥 사람 귀찮게 했던 거 말이다."

서준이 커피 잔을 테이블 위에 내려놓으며 말했다.

"덕분에 불쌍한 여고생 한 명을 후원까지 했었지."

"뭐?"

"그러고 보니 그때도 이맘때로군."

서준은 더 이상 자세한 이야긴 하지 않고 소파에 등을 기대며 화제를 바꿨다.

"이번에 큰형님이 태은문화재단을 내게 맡기셨어. 난 사실 미술관만 맡았으면 했는데."

"이모님이 하시던 일을 전부 네가 맡게 됐구나. 하긴 두 형님들이 문화 사업에 무슨 관심이 있으시겠냐."

지호가 키득, 웃음 섞인 소리를 내며 말을 이었다.

"돈이 팍팍 들어오는 일도 아닌데 말이다."

"난 아직 문화재단을 맡기엔 관록도 적고, 인맥도 부족해. 그래서 몇 년간은 전면에 나서지 않을 생각이야."

"그럼?"

"공식적으론 이사장이 바뀌지 않을 거란 소리지. 큰형님이 귀찮은 건 싫어해도 다행히 감투 쓰는 건 좋아하는 양반이니까. 행사 자리엔 본인이 나서겠다고 약속을 했어."

"이름만 빌려주시겠다?"

"그게 내가 재단을 맡는 조선이었으니까. 나이가 들어도 사람들 대하는 건 영 피곤하거든."

"모르긴 몰라도 사람들이 널 더 불편해할 거다."

서준이 멋쩍게 웃으며 기댔던 몸을 일으켰다.

"예대 학장님 만나러 가야 하는데 가기 싫다."

"나 보러 왔는 줄 알았더니 진짜 용무는 따로 있었구만."

"뭐, 겸사겸사."

서준이 자리에서 일어섰다.

"이따 저녁에 술 한잔 어때? 난 아는 데가 없으니 형이 약속 장소 정해서 연락해."

"그래. 오랜만에 회포나 풀자."

서준은 자신의 명함을 한 장 건네고는 오후에 보자는 인사를 남기고 방을 나갔다. 지호는 일어섰던 소파에 도로 앉으며 그가 남긴 명함을 들여다보았다.

'너울가지 미술관장이라……'

자유로운 영혼 운운하며 작업만을 고집하던 서준이었다. 가족의 반대에도 무릅쓰고 순수미술을 전공하겠다고 고집을 피우던 녀석이었는데…….

이런저런 생각에 잠겨 있던 지호는 문득, 조금 전 언급했던 7년 전의 기억을 떠올렸다.

『밤마다 시리즈로 꿈을 꾼다는 게 말이 돼?』

아침마다 전화하는 것으로도 모자라 점심시간이 조금 지났을 무렵, 서준은 직접 지호의 연구실로 들이닥쳤다.

『내 뇌가 맛이 간 게 틀림없어. 바보가 됐거나 정신착란 같은 뭐, 그런 부작용이 생긴 게 분명하다고! 그렇지 않고서는 요즘 내게 일어난 일들이 설명이 되질 않아.』

『매일 밤 고려시대로 돌아가서 노비가 된단 말이지? 크크, 악몽이겠군.』

『지금 웃음이 나와? 도대체 내게 무슨 짓을 한 거냐고!』

식식거리는 서준과는 달리 지호는 느긋하게 커피를 즐기며 실실 웃었다.

『그게 목구멍으로 넘어가? 사람을 이 지경으로 만들어 놓고!』

『네가 좀 심하게 깊이 빠진 것처럼 보이긴 했어. 아마 그 여파가 조금 오래가는 것뿐일 거다. 그러니 초조하게 굴 필요 없어. 금세 잊혀질 테니까.』

『그런 것치곤 감정 소모가 너무 심하니까 문제지. 자고 일어나면 한동안 아무 생각도 할 수가 없어. 내가 노비 천유인지 은서준인지 헷갈릴 정도라고.』

『희한하네. 너 원래 남의 말 잘 안 듣기로 유명한 녀석 아니냐? 전생 같은 거 안 믿는다더니 왜 이렇게 빠진 거야?』

지호의 말에 서준이 머쓱한 표정을 지으며 짧은 한숨을 내쉬었다.

『나 헛것도 보였어.』

『뭐?』

『꿈속의 그 여자애를 실제로 봤다고.』

지호가 입에 머금고 있던 커피를 푸 하고 내뿜었다. 덕분에 맞은편에 앉아 있던 서준의 옷에 커피가 마구 튀었다.

『어디다 뿜고 난리야!』

『푸하하하. 네가 웃기니까 그러지. 뭐? 누굴 봐? 야, 그건 진짜 아니다.』

『내가 이럴 줄 알았어. 그래, 말을 말자, 말을.』

서준은 짜증스럽게 옷을 털어 내며 자리에서 일어섰다. 그리고 그날, 서준이 연구실을 나간 뒤론 두 번 다시 그 일에 관해 지호에게 전화를 걸어 오는 일은 없었다.

그런 일이 있고 몇 달 뒤, 서준은 프랑스로 유학을 떠났다. 작업만 하며 배고픈 화가로 살고 싶다던 평소의 말과는 달리 녀석은 미학과 미술사학 쪽으로 전공을 바꿨다. 그리고 전혀 관심도 보이지 않던 미술관 관장이 되기 위해 돌아온 것이다.

'이모님이 하늘에서 뿌듯해하시겠구만. 하, 아무튼 자식, 나이가 들었어도 멋지구리한 건 여전하군.'

지호는 제법 불룩하니 나온 자기 배를 괜히 한번 쓸어내리며 짧게 혀를 찼다. 그러고는 곧, 논문 쓸 자료가 펼쳐져 있는 자신의 책상으로 향했다.

교수실에서 나와 건물 밖과 연결된 계단을 내려서던 서준은 아쉬움 담긴 짧은 숨을 뱉어 냈다. 지호에게 말은 하지 않았지만 서준은 여전히 그 소녀의 꿈을 가끔씩 꾸었다. 길게 연결된 꿈은 아니었지만 소녀의 얼굴만큼은 점점 더 또렷이 각인되어졌다. 눈을 감고도 그릴 수 있을 만큼.

그러다 보니 어쩌면 정말 전생이었을지도 모른다는 생각이 들 때가 있었다. 쓸데없는 생각이라고 바로 부인해 버렸지만…….

봄이 되고 지금처럼 꽃잎이 바람에 날리는 것을 볼 때면 툭툭, 그때의 기억이 튀어나왔다. 매화나무 아래에서 그림을 그리고 있던 소녀를 만났던 그날이.

서준은 예전과 크게 달라진 게 없는 캠퍼스를 느긋이 돌아보며 학장실이 있는 예대 건물을 향해 걸었다.

"응, 선배. 지금 교수님 찾아뵙고 돌아가는 길이에요."

문득 들리는 목소리에 맞은편에서 휴대폰으로 통화를 하며 걸어오는 여자를 무심코 쳐다본 서준은 순간 자신의 눈을 의심하며 걸음을 멈췄다. 밤마다 꿈에 나타나 천유라고 자신을 부르던 그 소녀가 눈앞에 있었기 때문이다.

7년 전보다는 분명 성숙해진 모습이었다. 20대 초중반쯤으로 보이는 여자는 긴 단발머리에 편안해 보이는 면 점퍼와 빛바랜 청바지 차림이었다. 무슨 좋은 일이 있는 듯 예쁘장한 얼굴엔 환한 미소가 서려 있었다.

서준은 시간이 정지해 버린 자신만의 공간 속에 갇혀 버린 기분이었다. 마치 그곳에 혼자만 서 있는 것처럼 멈춰 서서 그녀를 뚫어져라 바라보았다.

"수습기간이 좀 있지만 엄연한 정직원이라고요. 음, 편의점 알바는 계속할 수 있을 것 같아요. 이래 봬도 내가 강철 체력……."

"저기, 잠시……."

그때 서준이 그녀를 불러 세운 것은 불가항력에 의한 것이었다. 그의 이성은 어떤 알 수 없는 힘에 의해 잠이 들었음이 분명했으니까.

그녀가 멈칫 통화를 멈추고 그를 쳐다보았다. 갑작스러운 부름에 놀란 탓에 그녀의 입가에 머금고 있던 미소는 사라지고 없었다.

"선배. 내가 다시 전화할게요. ……네."

낯선 이에 대한 경계로 동그래진 두 눈과는 달리 전화를 끊는 그녀의 음성은 차분했다. 벽처럼 자신의 앞을 가로막고 선 남자에게 기죽지 않았음을 보여 주고 싶은 것처럼.

그녀의 한쪽 눈썹이 슬쩍 올라가는 것이 보였다.

"네? 무슨 일이시죠?"

"혹시 이 학교 학생입니까?"

생각과는 별개로 그의 입이 멋대로 움직였다. 도대체 밑도 끝도 없이 이 학교 학생인지는 왜 묻고 있는 걸까? 그녀 역시 다소 생뚱맞다는 반응이었다.

"어디 찾으시는 데 있으신가요? 졸업생이라 웬만한 곳은 다 알고 있거든요."

그녀의 말에 서준의 머릿속이 바빠졌다. 지금 서 있는 곳에서 최대한 멀리 있는 건물이어야 했다. 서준은 서둘러 제일 먼 곳을 기억해 냈다.

"전자정보대를 찾고 있는데……."

"아, 저희 학교에서 제일 구석진 곳에 있어요. 여기서 설명 드리긴 좀 애매하니까 가까운 곳까지 안내해 드릴게요."

"그래 주시겠습니까?"

그녀의 눈빛에 경계는 사라지고 어색하지만 희미한 미소가 번졌다. 아마도 모교를 찾은 손님에 대한 예우이리라.

그녀의 뒤에서 몇 걸음 따라 걷던 그가 무심을 가장하여 질문을 던졌다.

"실례가 안 된다면 무슨 전공을 하셨는지?"

"아, 저요? 서양화를 전공했어요."

서준은 자신의 입가에 저도 모르게 미소가 스미는 것을 느꼈다. 약간의 뿌듯함도 함께. 그 사실을 아는지 모르는지 그녀가 돌아보며 친근하게 말했다.

"예대가 전자정보대 옆에 있거든요. 왠지 반갑네요."

그녀와 눈이 마주친 서준은 오래전 그랬던 것처럼 가슴에 야릇한 통증을 느꼈다. 비록 짧은 순간이었지만 그 여파는 꽤 오래도록 그를 흔들어 놓았다.

'그림을 포기하지 않았구나……'

매화 꽃잎에 홀려 생각지도 않았던 선택을 한 그때도 백 프로 확신은 없었다. 말 그대로 무엇에 홀린 것처럼 그 소녀를 도와주고 싶었을 뿐이니까.

'타지에서 많이 외롭겠지만 공부를 절대 포기해서는 안 돼. 좋은 작가를 발굴하고 또 그 작품을 세상에 알리는 일이 얼마나 매력적인 일인지 너도 알게 될 테니까. 네가 누군가의 후원자가 되고 싶다면 너부터 그에 어울리는 사람이 되렴.'

예고 없이 떠날 것을 예상이라도 한 듯, 그의 어머니는 늘 서준에게 훗날 자신의 자리를 맡아 줄 것을 요구했다.

물론 처음부터 흔쾌히 어머니의 요구를 받아들인 것은 아니었다. 꽤 오랫동안 고민하고 고민한 끝에 내린 결정이었고, 지금 그 결정에 후회는 없었다.

이젠 훌쩍 숙녀가 된 소녀의 뒷모습을 바라보며 서준은 일부러 천천히 그녀의 보폭에 맞춰 걸었다. 마치 꿈속에서 천유가 매번 아기씨의 뒤를 따라 걸었던 것처럼.

"저희 학교는 꽃나무가 많아서 봄에 참 예뻐요. 바람이라도 불 때면 꽃비가 내리는 것 같거든요."

그녀의 말에 반응이라도 하는 것일까? 마침 봄바람이 꽃잎을 실어 두 사람 사이를 스치며 지났다. 꿈이 현실이 된 것인지, 아니면 여전히 꿈에서 깨어나지 못한 것인지 서준은 잠시 몽롱한 기분에 사로잡혔다.

두 사람이 예대 옆을 지날 무렵, 누군가 건물에서 나오다 그녀를 알아보며 다가왔다.

"라연이 너, 아까 일 다 보고 돌아가지 않았니?"

라연이 잠시 걸음을 멈추었다.

"아, 교수님. 저 가는 길이었는데요. 이분이 전자정보대를 좀 가르쳐 달라고 하셔서요."

"아하, 그랬구나."

라연에게 교수라 불린 30대 초반의 여자는 아무 생각 없이 힐긋 서준을 쳐다보다, 다시 유심히 그를 바라보았다.

"어라? 근데 혹시…… 서준? 은서준! 맞지?"

서준이 당황해할 새도 없이 그녀는 더욱 바짝 그에게 다가서며 재차 확인하듯 말했다.

"맞네. 은서준! 이야, 이게 몇 년 만이냐. 나 모르겠어? 같은 학번이었는데."

아무 대답도 하지 못하는 그와는 달리, 교수라는 여자는 내려오지도 않은 안경을 손으로 툭 올리며 그를 빤히 올려다보았다.

서준이 난처한 표정을 지으며 입을 열었다.

"미안한데 기억이……."

"하긴, 1학년 때만 같이 다녔고 넌 군대를 갔으니 모를 수도 있겠다. 게다가 난 심하게 평범했고 넌 예대에서 모르면 간첩 소리 들을 만큼 유명했으니까."

그녀가 서준에게 손을 내밀었다.

"반갑다. 나 이미진이야. 기억도 못 하는 입학 동기지만."

서준은 예상치 못했던 상황에 난감해하며 미진과 악수를 나눴다. 서둘러 빠져나가는 그의 손을 아쉬운 눈길로 좇던 미진이 불쑥 질문을 던졌다.

"근데 넌 학교에 무슨 일? 게다가 예대가 아니고 웬 전자정보대를?"

서준이 뭐라 둘러대려는 찰나, 옆에 서 있던 라연이 헛기침 소리를 냈다.

"저, 대화 중에 죄송한데요. 저는 이만 가 보겠습니다."

"저기……."

서준이 라연을 돌아봤을 때, 호의적이었던 그녀의 눈빛은 이미 싸늘히 식어 있었다. 원망을 감추지 않은 라연의 두 눈동자가 서준을 응시했다.

"저는 이 학교에 처음 오셨는 줄 알았어요. 선배님이신 줄 몰라 봤네요."

그녀는 미진에게 '교수님, 다음에 봬요.' 라고 인사를 하고는 오던 길로 발길을 돌렸다. 졸지에 이상한 놈이 되어 버린 서준은 자조 섞인 한숨을 뱉어 내며 황급히 라연의 뒤를 좇았다. 뒤에서 미진의 호기심 가득한 눈빛이 그를 좇든지 말든지 간에.

"나하고 얘기 좀 해요!"

그가 뒤에서 불렀음에도 라연은 걸음을 멈추지 않았다. 모르는 것은 아니었지만 꽤나 불쾌했던 모양이었다. 서준의 행동은 다급해진 마음만큼이나 망설임이 없었다. 그는 성큼성큼 빠른 걸음으로 다가가 라연의 앞을 가로막고 섰다. 덕분에 라연은 미처 걸음을 멈추지 못하고 그의 가슴에 이마를 부딪치고 말았다.

어이없다는 듯 그녀의 입에서 짧은 한숨 소리가 새어 나왔다.

"뭐죠?"

"이대로 가 버리면 내가 너무 이상한 사람이 되잖습니까!"

사과를 하려고 입을 열었는데 오히려 화가 난 사람처럼 말을 하고 말았다. 서준은 미간을 잔뜩 찌푸리며 뒷머리를 쓸어내렸다.

"기분 나빴다면 미안합니다."

"아뇨. 괜찮아요. 이제 가 봐도 될까요?"

차라리 불쾌했다며 화를 내는 쪽이 나았을까. 그녀의 별 관심 없다는 태도에 서준은 울컥 서운함을 느꼈다.

"왜 그랬냐고 안 물어보십니까?"

"궁금하지 않으니까요."

"내가 그쪽에게 관심이 있어서 그랬다면?"

그제야 그녀가 반응을 보였다. 결코 호의적인 반응은 아니었지만……. 라연은 다분히 귀찮다는 표정으로 그를 올려다보았다.

"좋은 방법이 아니었네요. 뭐, 다른 시도를 하셨더라도 결과는 마찬가지였겠지만."

잠시 말을 멈추었던 그녀가 아랫입술을 물었다 놓으며 말을 이었다.

"초면에 이런 대화 우습지만…… 저는 사귀는 사람이 있어요. 그러니 이제 비켜 주시겠어요?"

한순간 맥이 탁 풀리는 기분이었다. 생각지도 못했던 그녀의 대답에 서준은 아무 말 없이 천천히 뒤로 물러섰다. 그녀는 서늘한 바람을 일으키며 서준을 지나쳐 가 버렸다. 정말 한 치의 망설임도 없이.

싱겁기 그지없는 상황이 연출되고 말았다. 차라리 따라오지 않는 편이 나았을 것을. 아니, 애초에 그녀에게 생뚱맞게 접근한 것부터가 잘못이었다. 도대체 이게 뭐 하는 짓인지…….

평소의 그라면 상상도 할 수 없는 행동이었다. 게이라는 소문이 돌았을 만큼 여자와 가까이 지낸 적이 없는 그였다. 딱히 여자가 싫은 것은 아니었지만 연애 자체에 흥미를 느끼지 못했다. 그런 그가 어처구니없게도 껄떡남 흉내를 내고 말았으니…….

'제대로 우스운 놈이 되고 말았군. 어쩌자고…….'

뭐라 설명할 수 없는 기분이었다. 뭘 바라고 그녀에게 다가갔던 것은 아니었지만 결코 이런 결말을 원했던 것은 아니었다.

'뭐야, 왜 이렇게 화가 나지? 이 어이없는 기분은 뭐냐고!'

막연한 상실감이 덮쳐 와 그를 꼼짝도 할 수 없게 만들었다. 라연의 말이 진실이든 거짓이든, 그를 더욱 힘들게 한 것은 다시는 그녀를 만날 수 없을지도 모른다는 불안감이었다.

'결국 이렇게 될 거였나?'

그가 허탈한 표정을 지으며 고개를 들었다. 그의 눈앞엔 얇은 꽃잎들이 바람에 흩날리고 있었다. 땅에 떨어짐이 아쉽기라도 하듯, 꽃잎들은 공기 중에 오래도록 머물다 내려앉았다.

'이런 기분을 알려 주고 싶었던 건가. 나를 밤마다 네가 되어 꿈속을 헤매도록 만든 것이…….'

아기씨를 얻을 수 없었던 천유의 아픔이 고스란히 그에게로 전해져 왔다. 서준은 처음으로 천유의 마음이 그대로 받아들여짐을 느꼈다.

두 번밖에 만나지 않은 사람에게 이런 감정을 느낀다는 것이 믿기지 않았지만, 마치 오랜 세월 가슴속에 품었던 여인을 잃은 것처럼 마음이 시리고 아팠다.

'이젠 지워. 꿈속의 이야기도, 그리고 잠시 꿈을 꾸었던 것처럼 만났던 그 여인도…… 잊어. 덕분에 한 사람이 행복해졌다면 그걸로 된 거다.'

기대하지 않은 만남이었지만 잠시 들떠 있었던 것도 사실이었다. 이런 감정이, 그리고 이런 행동을 할 수 있었던 자신이 믿기지가 않았다. 서준은 양손으로 머리를 쓸어 올리며 실없게 웃어 댔다.

무언가에 단단히 홀렸었던 봄날의 오후는 그렇게 지나갔다.

❇

느릿한 스윙 리듬의 음악이 가게 안을 가득 메우며 흘렀다. 붉은 조명 탓인지 아니면 가득 오른 취기 탓인지, 얼굴이 붉게 상기된 서준이 얼음만 남은 술잔을 테이블 위에 내려놓았다. 옆에 앉은 지호가 술잔에 위스키를 반쯤 채워 주며 말했다.

"너 오늘 꽤 마신다? 술 잘 안 마시던 녀석이."

"안 마셨던 거지 못 마시는 건 아니니까."

"무슨 일 있었냐? 이렇게 많이 마시는 거 처음 본다."

서준이 피식 웃으며 술잔을 집어 들었다.

"오랜만에 형하고 마시니까 좋아서. 내가 형, 많이 좋아하잖아."

"좋아한다는 놈이 말도 없이 유학을 가 버리냐? 너 인마, 내가 쭉 궁금했었는데, 갑자기 전공 바꾸고 유학을 갔던 진짜 이유가 뭐냐?"

"재능이 없다는 걸…… 알고 있었으니까."

서준이 들고 있던 술잔을 천천히 움직였다. 술잔 속에서 얼음들이 서로 부딪히며 달그락거리는 소리를 냈다.

"갑작스런 결정은 아니었어. 작업을 하면 할수록 벽에 부딪치는 걸 느꼈거든. 형에게 그림만 그리며 살겠다고 했던 건 허세였을 뿐이야."

"그림 그리는 거 좋아했잖아."

"좋아하는 것만으론 부족했지. 그걸 잘 알기에 허세를 부리면서도 뭔가 구실이 필요했어. 그림을 미련 없이 내려놓을 수 있는 구실이."

서준이 위스키를 한입 들이켰다.

"어머니의 제안이 없었더라도 언젠간 그림을 그만뒀을 거야. 뭔가 다른 궁리를 했겠지."

"누군가의 후원자가 되려면 그에 걸맞은 사람이 돼라? 이모님다운 반응이셨군."

"어머니도 그 아이의 그림은 인정해 주셨어. 물론, 날 납득시킬 도구로 이용하셨지만."

"어쨌거나 땡잡은 사람은 그 여고생이구만. 네가 꿈과 현실도 구분 못 하고 헬렐레거린 덕분에 말이다."

지호의 말에 서준은 자조 섞인 웃음을 지었다. 그는 깨작거리며 마시던 술을 단숨에 들이켜고는 지체 없이 바로 옆에 놓인 술병에 손을 뻗었다. 노란빛의 액체가 위태롭게 흔들리며 술잔에 가득 채워졌다.

"어이, 적당히 마셔. 너 지금도 충분히 취했어."

지호의 만류에도 불구하고 서준은 물을 마시듯 위스키를 벌컥벌컥 들이켰다. 지독히도 썼던 위스키는 이제 아무 맛도 느껴지지 않았다.

　"난 아직도 모르겠어. 뭐가 꿈이고 뭐가 현실인지, 지금이 꿈인지 아님 깨어 있는 건지…… 모르겠어."

　"안 되겠다. 너 진짜 그만 마셔라."

　"헛소리처럼 들리겠지만 어이없게도 사실이야. 그 녀석의 감정이 점점 더 강하게 전해진다고! 알아?"

　"뭐?"

　"너무 그리워서…… 가슴이 찢어질 듯 아프고 괴로워. 잘 알지도 못하는 여자 때문에 내가 지금 그렇다고! 이게 말이 돼?"

　지호가 한숨을 내쉬며 서준의 술잔을 뺏어 들었다.

　"일단은 다음에 얘기하자. 지금은 너무 취했어. 차 안 가져왔지? 택시 타는 곳까지 데려다줄 테니 일어나."

　"그러지 말고 다른 데 옮겨서 한잔 더 해. 나 하나도 안 취했어."

　"내가 싫다 인마! 너 여기서 더 마셨다간 쓰러지기 십상이야. 어서 일어나!"

　지호는 가기 싫다는 서준을 거의 반강제로 자리에서 일으켜 세웠다. 한참을 구시렁거리던 서준은 체념한 듯 혀를 한 번 차고는 지호보다 앞질러 카운터 쪽으로 걸어갔다. 그는 취하지 않았음을 증명이라도 하듯 걸음걸이에 한 치의 흐트러짐도 보이지 않았다.

　'하긴 저 녀석이 남 앞에서 빈틈을 보일 리가 없지. 자존심 빼면 시체인 은서준이.'

자신이야말로 오랜만의 과음에 눈앞이 어질해짐을 느끼며 지호
는 천천히 서준의 뒤를 따랐다.

지호를 먼저 택시에 태워 보낸 서준은 한잔 더 하기 위해 술집들
이 밀집되어 있는 곳으로 걸음을 옮겼다.

눈이 아플 만큼 현란한 네온사인, 사방에서 들려오는 요란한 음
악 소리, 그리고 젊은 남녀들의 시시덕거리는 웃음소리……. 그것
들은 탁한 공기와 더불어 서준에게 심한 갈증을 유발했다. 그는 자
신의 목을 조이고 있던 셔츠의 단추를 몇 개 풀어내며 가까운 편의
점을 찾아 들어갔다.

약속이라도 한 듯 한바탕 우르르 몰려왔던 손님들이 편의점 밖
으로 사라졌다. 라연은 잠시 한숨을 돌리려 카운터 안쪽에 놓인 의
자에 앉았다.

딸랑.

문 열리는 방울 소리에 라연은 자동적으로 자리에서 일어섰다.
누군가 편의점 안으로 들어왔고, 라연은 무의식적으로 문을 향해
고개를 돌렸다.

보기 드문 큰 키, 짧지만 세련돼 보이는 머리, 쉽게 잊히지 않을
만큼 잘생긴 얼굴……. 말쑥한 트렌치코트 차림의 남자는 낮에 학
교에서 만났던 그 남자였다. 당황해하는 라연과는 달리 그는 그녀
의 시선 따윈 관심도 없는 듯 곧바로 음료수가 가득한 냉장고 쪽으
로 걸어갔다.

잠시 후, 그가 프랑스산 생수를 꺼내 와 계산대 위에 올려놓았

다. 라연은 그가 내려놓은 생수를 집어 들어 바코드에 기계를 갖다 대었다.

"천이백 원입니다."

계산대 쪽엔 전혀 관심도 없던 그가 무심코 라연에게 시선을 옮겼다. 순간 그는 헛것을 본 사람처럼 놀란 표정을 지었다.

"당신이…… 왜?"

그의 질문에 라연은 그저 들고 있던 생수를 내밀었다.

"천이백 원입니다. 손님."

"하, 하하."

굳은 얼굴로 서 있던 그가 갑자기 웃음을 터트렸다. 영문도 모른 채 무안해진 라연은 황당한 얼굴로 그를 쳐다보았다.

"저기요!"

라연이 부르자 그가 웃음을 멈추었다. 그는 언제 웃었냐는 듯 다시 진지해진 얼굴로 그녀에게 시선을 고정시켰다. 유난히 까만 눈동자가 흔들림 없이 그녀를 바라보고 있었다. 쉼 없이 뭔가를 묻고 또 묻는 듯한 그의 눈빛에 라연은 아무 생각도 할 수가 없었다.

그녀를 바라보던 그의 두 눈이 천천히 슬픈 미소를 지었다. 그의 입술이 뭔가 말을 하기 위해 떨어지려는 찰나, 누군가 방울 소리를 내며 편의점 안으로 들어왔다.

그는 곧 시선을 거두고 지갑에서 만 원짜리 지폐를 꺼내 내려놓고는 순식간에 편의점 밖으로 사라졌다. 멍하니 그의 뒷모습을 바라보고 있던 라연은 여전히 자신의 손에 생수가 들려져 있음을 깨달았다. 그녀가 서둘러 밖으로 나갔을 때엔 이미 그의 모습은 어디에서도 찾을 수가 없었다.

새벽 12시가 넘은 시각, 집으로 돌아가는 라연의 발걸음은 갓 뽑은 가래떡처럼 축축 늘어졌다. 그럼에도 불구하고 군데군데 불이 들어오지 않는 가로등 때문에 라연의 발걸음은 어쩔 수 없이 빨라졌다. 물론 몸은 물먹은 솜처럼 천근만근 무거웠지만.

라연이 자기 집 앞에 도착해 겨우 안도의 숨을 내쉬고 있을 때, 누군가 어둠 속에서 그녀의 이름을 불렀다.

"라연아."

라연이 깜짝 놀라 뒤를 돌아보니 보일 듯 말 듯 미소를 짓고 있는 진우가 그녀에게로 다가오고 있었다.

180cm 정도의 보기 좋은 키, 단정해 보이는 짧은 머리, 무테 안경 너머로 보이는 지적인 눈매……. 요즘 말로 표현하자면 차도남 스타일인 그는 대학 때에도 여학생들에게 꽤 인기가 많은 편이었다. 무뚝뚝한 성격 탓에 첫인상의 호감이 그리 오래가지는 못했지만.

놀라서 커졌던 라연의 눈이 금세 초승달 모양으로 바뀌었다. 밋밋한 진우의 미소와는 달리, 라연은 가로등 불빛보다 더 환하게 활짝 웃어 보였다.

"언제 왔어요? 전화도 없이."

"넌 언제까지 그 일을 할 거냐? 이젠 정식으로 취직도 했으니 그만둬."

"보자마자 잔소리부터 하네. 난 선배를 보니 그냥 좋기만 한데."

시무룩해진 라연이 슬쩍 진우의 눈치를 살피며 말했다.

"여기 서서 내 걱정 하고 있었어요?"

"주택가이긴 해도 여긴 너무 외졌어. 이사하자니까."

"반가우면 그냥 머리 한번 쓰다듬어 주면 되지, 퉁명스럽게 이게 뭐야. 나 축하 안 해 줄 거예요?"

진지한 얼굴로 라연을 바라보고 있던 진우는 어이없어하면서도 결국 웃음을 흘리고 말았다. 그녀를 만나면 일러두고 싶은 말들이 많았는데, 또 이렇게 무너지고 마는 것이다. 어둠 속에서 걱정했던 오만 가지 것들은 전부 사라지고, 대신 반짝이며 빛나는 라연의 미소에 자연스레 녹아들었다.

"밥은? 먹었어?"

"그럼요. 삼각김밥이랑 훈제달걀, 우유. 녀석들을 유통기한이 지나자마자 잽싸게 뜯어 먹었죠."

"너 또!"

라연이 재빨리 검지로 진우의 입을 막았다.

"쉿! 알았어요. 알았다고요. 나 취직 축하해 주러 온 거 맞죠?"

안쓰러운 마음에 진우의 미간이 설핏 구겨졌다. 그는 천천히 자신의 입을 가리고 있는 라연의 손을 잡았다. 그러고는 이내 라연을 당겨 자신의 품에 안았다.

"축하해."

"오늘도 또 이렇게 엎드려 절을 받네. 뭐 암튼, 이게 다 선배가 응원해 준 덕분이니까."

진우가 그녀의 머리에 턱을 기대며 흐뭇한 미소를 지었다.

"꿈에 더 가까워졌구나. 대견하다. 정말."

"지금의 나는 팔 할이 선배의 잔소리 덕분이죠. 하하."

"어째 비꼬는 걸로 들린다?"

진우의 품에 볼을 비비며 라연이 배시시 웃었다.

"에이, 설마요."

라연이 그의 품에서 고개를 들었다.

"편의점 일, 이번 달까지만 하고 그만둘 생각이었어요. 조금 아쉽기는 한데, 공부도 해야 할 것 같고……. 주말에만 할 수 있는 알바를 찾아보려고요."

"그럼 난? 니 얼굴 보기가 하늘의 별 따기보다 더 어려워지는 건가?"

"에이, 나보다 선배가 더 바쁘면서 뭘 그래요. 그러지 말고 좋은 여자 만나서 연애도 하고……."

진우가 라연의 얼굴을 가슴에 묻는 바람에 그녀는 더 이상 말을 이을 수 없었다.

"많이 친한 동아리 선배…… 내가 그 말 얼마나 싫어하는지 넌 모를 거다. 이제 겨우 어렵게 네게 다가간 것 같은데 자주 만날 수도 없다니……."

"나, 선배 많이 좋아해요. 그치만……."

"좋아는 해도 사랑은 아니란 말이지?"

순간 그의 허리를 감싸고 있던 라연의 팔에 힘이 풀렸다. 진우는 더욱 힘껏 라연을 자신의 품에 끌어안으며 읊조리듯 말했다.

"아직은 아니란 거 알아."

"서, 선배."

"지금은 널 이렇게 안을 수 있게 된 것만으로 만족할게. 그래도…… 너무 오래 기다리게 하진 마."

"선배한테 많이 고마워하고 있어요. 진심으로……."

머뭇머뭇 수줍게 뱉는 그녀의 고백이 진우는 싫지 않았다. 물론 아쉬운 마음이 없다고 하면 거짓이겠지만 그의 말대로 지금은 이대로도 만족했다.

첫눈에 반했다는 표현은 유행가 가사에만 쓰는 거라 생각했던 때가 있었다. 어이없게도 진우 본인이 그것을 경험하게 될 줄은 몰랐으니까.

『누구세요?』

아무도 없는 동아리방에서 혼자 음악을 듣고 있던 라연이 문을 열고 들어선 진우에게 처음으로 건넨 말이었다.

화장기 없는 뽀얀 피부, 크진 않지만 또랑또랑해 보이는 예쁜 두 눈을 지닌 여학생이 그를 쳐다보고 있었다. 진우는 바보처럼 가슴이 두근거렸다.

『다들 어디 갔지?』

『요즘 시험기간이라 다들 동아리방은 뜸해요. 근데 누구세요?』

『아, 하필……. 알았다.』

그가 돌아서서 나가려고 할 때, 그녀의 목소리가 뒤에서 들렸다.

『아! 선배님이시구나. 옛날 엠티 사진에서 본 기억이 나요. 휴가 나온 거예요?』

『어.』

『와, 반가워요! 저는 서양화과 XX학번 유라연이라고 해요. 달랑 두 과목 있던 시험이 오늘 다 끝나서 혼자 놀고 있던 중이었어요.』

『그래. 그럼 계속 놀아.』

진우가 문을 열고 밖으로 나설 때, 다시 라연의 목소리가 들려왔다.

『복학하시면 그땐 같이 놀아요, 선배님!』

무심한 척 그곳에서 나왔지만 진우의 얼굴은 눈에 띄게 상기되어 있었다. 스스로 생각해도 놀라울 만큼 심장이 빠르게 요동쳤다. 군바리 특유의 금단현상이라 생각도 해 봤지만 그 증상은 꽤 깊고 오래 지속되었다. 말 그대로 라연에게 첫눈에 반해 버린 것이다.

제대 후 복학을 하고 찾은 동아리엔 여전히 라연이 있었고, 두 사람은 자연스레 함께 보내는 시간이 많아졌다. 물론 진우가 라연의 스케줄을 훤히 꿰기 위해 바쁘게 움직인 수고 덕분이었지만.

그러나 여러 차례 한 고백에도 불구하고 라연은 그의 마음을 받아 주지 않았다. 대답은 늘 한결같이 좋은 선배 이상은 아니라는 것.

그의 마음을 안 이상 더는 만날 수 없다는 라연을 설득하는 데는 많은 시간이 걸렸다. 애인이 안 된다면 애인 같은 선배로 옆에 있고 싶다고, 밀어내지만 말아 달라고.

『처음부터 뜨겁게 사랑해서 시작하는 연인은 그리 많지 않아. 네가 날 사랑하도록, 내가 그렇게 만들면 돼.』

상념을 끝낸 그가 라연의 양쪽 팔을 부드럽게 잡았다. 그리고 천천히 그녀를 자신의 품에서 떼어 냈다.

"직장에서 괴롭히는 사람 있으면 말해. 찝쩍대는 놈이 있어도 말하고!"

"응."

"너무 억척 부리지 말고 쉬엄쉬엄, 알았지?"

라연이 고개를 두 번 끄덕였다. 진우는 아쉬운 듯 짧은 숨을 내쉬며 잡고 있던 그녀의 팔을 놓았다.

"들어가."

"운전 조심해서 가요."

"빈말이라도 들어왔다 가란 말은 안 하는구나."

"치."

라연이 미안해하며 어색한 미소를 짓자, 진우가 '농담이야'라고 입 모양으로 벙긋거렸다. 라연이 다시 피식 웃으며 뒤로 한 발 물러섰다.

"들어갈게요."

"그래. 잘 자."

라연은 손을 들어 몇 번 흔들어 보이고는 자신의 방이 있는 건물 안으로 들어갔다. 한참 동안 그곳에 머물러 있던 진우는 라연의 방에 불이 켜지는 것을 확인한 뒤에야 차가 세워진 곳으로 걸음을 옮겼다.

라연이 현관문을 열자 비릿한 생선 냄새가 눅눅한 습기에 묻어 방 안에 진동했다. 아마도 주인집에서 저녁에 고등어 따위의 생선을 구웠던 모양이다. 라연은 부랴부랴 꼭 닫아걸었던 창문들을 활짝 열었다.

열 평 남짓 되는 그녀의 작은 방을 꾸미고 있는 것은 화장대처럼 보이는 컬러 박스와 앉은뱅이책상, 그리고 낡은 옷장이 전부였다. 그나마도 그것들은 재활용쓰레기 버리는 날 라연이 직접 나가서 공수해 온 것들이었다.

남들이 보면 구질구질해 보일 수도 있는 이 방이 라연에겐 그 어느 곳보다도 안락한 보금자리였다. 그녀가 처음으로 갖게 된 자신만의 공간이었으니까.

씻으려고 옷을 갈아입던 라연은 벗어 든 바지에서 뭔가가 사락 떨어지는 것을 발견했다. 편의점에서 얼떨결에 받아 주머니에 넣어 뒀던 만 원짜리 한 장이었다.

라연은 손에 쥐어진 지폐를 가만히 내려다보았다. 생각해 보니 참 이상한 남자였다.

'당신이…… 왜?'

편의점에서 그가 했던 말이었다. 일부러 찾아와서 쇼를 했다고 하기엔 그의 눈빛은 매우 진실해 보였다. 그 역시 라연을 확인하고 놀라는 눈치였으니까.

물론 그가 낮에 보인 행동들은 다분히 오해의 소지가 있지만 그저 실없이 아무 여자에게나 치근대는 남자로는 보이지 않았다.

'돈은 왜 줘 가지고. 아님 물이라도 가져가든가.'

라연은 괜히 귀찮은 것을 받았다는 듯, 들고 있던 돈을 컬러 박스 위에 휙 집어 던져 버렸다. 우연히라도 다시 만나게 된다면 반드시 돌려주리라. 라연은 인상을 한번 찌푸리고는 코딱지만 한 욕실로 들어갔다.

3. 눈앞에 네가 있다

관장실 문을 열고 안으로 들어선 서준은 그 자리에 서서 인테리어가 이전과는 많이 달라진 방 안을 둘러보았다.

연한 살구빛이 돌던 벽면은 은은한 푸른빛으로 바뀌었고 화려한 색채 위주의 그림들이 걸려 있던 자리엔 간결하면서도 서정적인 느낌의 김환기 화백의 그림들로 바뀌어 있었다.

그의 시선은 책이 빼곡히 채워진 책장에서 소파, 자신이 업무를 볼 책상, 그리고 책상 뒤쪽의 전면이 유리로 된 벽으로 이어졌다. 채광이 좋은 방을 선호하는 편은 아니었지만 미술관 뒤뜰이 훤히 내려다보이는 조망은 꽤 마음에 들었다.

서준이 책상으로 다가가 자신의 이름이 새겨진 크리스털 명패를 만지작거리고 있을 때 노크 소리가 들렸다.

"네."

문이 열리고 안으로 들어선 사람은 부관장인 화정이었다.

"취임식 이후 첫 출근이네. 기분이 어때?"

갸름한 얼굴, 동그란 눈, 구불거리는 긴 웨이브 머리의 그녀는 서른둘이라고 하기엔 꽤나 어려 보이는 모습이었다. 화사한 연둣빛 쉬폰 원피스에 레몬색 킬 힐을 신은 그녀가 당당한 걸음으로 그에게 다가갔다.

"방 분위기 마음에 드니? 지시한 대로 바꾸긴 했는데."

"마음에 들어."

"처음 관장실 들어왔을 때 나 완전 식겁했잖아. 전 관장님 취향, 진짜 특이했어. 그치?"

"그동안 나 대신 어머니의 빈자리를 지켜 주신 분이야."

"치, 누가 뭐랬나."

그녀가 도톰한 입술을 내밀며 새치름히 그를 쳐다보았다.

"암튼 재미없고 쌀쌀맞은 건 여전하네."

화정의 어린아이 같은 모습에 서준은 엷은 미소를 지으며 그녀에게 악수를 청했다.

"수고했다. 나보다 먼저 와서 미술관 정리하느라 고생했어."

"초등학교 동창 잘 둔 덕인 줄 알아. 내가 얼마나 고급인력인지 알지? 너보다 학위도 먼저 땄다고!"

그녀가 마지못한 척 서준의 손을 잡았다.

"잘 부탁드려요, 관장님!"

"그래. 잘 부탁해, 부관장."

눈웃음을 지으며 밖으로 나가려 몸을 돌리던 그녀는 잊고 있던 용건이 떠올라 다시 서준을 돌아보았다.

"참, 비서 면접을 봐야 하는데 언제가 좋을까?"

"그냥 네가 알아서 뽑아."

"내 비서가 아니고 관장님 비서거든요?"

서준이 귀찮다는 듯 짧게 혀를 차고는 대답했다.

"내일 오전."

"오케이. 그럼 이따가 점심 같이 해."

화정은 가볍게 손을 흔들어 보이고는 들어올 때처럼 발랄한 걸음으로 사라졌다.

김화정. 그녀는 사교적이지 못한 서준이 그나마 편하게 지내는 몇 안 되는 여자 중 한 명이었다. 어릴 적 한동네에 살면서 서로 남매처럼 지냈기에, 성인이 된 지금도 서준에게 그녀는 여동생처럼 친근한 존재였다. 물론 그녀에게 대놓고 살갑게 구는 편은 아니었지만.

화정이 다녀가고 얼마 후, 서준은 자신의 책상 앞으로 다가가 가죽으로 된 회전식 의자의 등받이 부분을 쓰다듬었다. 어이없게도 선뜻 앉을 수가 없었다. 그저 의자인 것을, 이 자리가 도대체 무엇이라고……

서준은 깊게 숨을 들이마시며 의자에 앉았다. 취임식 당일, 단상 앞에 섰을 때보다도 훨씬 큰 긴장감이 온몸으로 전해졌다. 팔걸이를 잡은 그의 손에 식은땀이 맺혔다.

어머니 송연화 여사의 열정이 고스란히 녹아 있는 자리, 그토록 막내아들에게 물려주고 싶어 했던 그 자리에 비로소 앉은 것이다. 뭐라 표현할 수 없는 착잡한 기분에, 그는 의자 깊숙이 몸을 기대고 눈을 감았다.

'이런 식은 아니지요. 잘해 보라는 말씀 한마디 없이 가 버리시

면 제가 기운이 나질 않잖습니까. 이번엔 어머니가 무책임하셨어요. 아시죠?'

인정하고 싶지 않았던 어머니의 부재가 현실로 다가왔기 때문일까? 묻어 두었던 어머니를 향한 그리움이 솟구쳐 올랐다. 장례식에서조차 참았던 눈물이 한꺼번에 쏟아져 흘렀다.

서준은 당황해하며 양손으로 눈을 가렸다. 아무도 보는 이가 없었건만 그는 스스로에게 변명을 해야 했다. 방 안을 가득 채운 아침 햇살이 너무도 버거웠기 때문이라고…….

※

각오는 하고 있었지만 미술관 일은 역시 만만한 게 아니었다. 어시스턴트라고는 해도 큐레이터 업무의 일환이니 쉽지 않을 거란 생각은 했었다. 하지만 이렇게 첫날부터 지쳐 버리다니……. 라연은 미술관에서 다소 한적해 보이는 뒤뜰을 찾아 타달타달 걸었다.

뒤뜰은 그리 넓지는 않았지만 잔디밭 사이로 산책을 할 수 있는 오솔길과 드문드문 그늘을 만들어 주는 삼나무가 운치를 더해 주었다. 라연은 점심을 먹을 요량으로 제법 큰 나무에 가려진 벤치를 찾아 자리를 잡고 앉았다.

아침에 사 온 샌드위치를 케이스에서 꺼내 들자, 안에 든 양상추가 딱 지금의 그녀처럼 시든 모양새를 하고 있었다. 라연은 그나마 있던 식욕마저 떨어져 샌드위치를 내려놓고 같이 사 왔던 바나나우유 뚜껑을 힘없이 열었다.

'과 톱으로 졸업했다고 해서 일 좀 하겠거니 했더니, 슬라이드

필름에 캡션 하나 제대로 파악 못 하면서 무슨 어시스턴트를 하겠다는 거야? 유라연 씨, 여긴 학교가 아니야. 첫날이라고 해서 설렁설렁 넘어갈 생각 하지 말란 말이야. 알아들었으면 다시 가서 해 와.'

라연은 아침부터 내내 이번 전시 담당 큐레이터인 수진에게 달달 볶였다. 첫날이기에 대충 업무파악 정도만 시킬 줄 알았는데 이건 죄 손이 많이 가는 잡무의 연속……. 마치 기다렸다는 듯 줄줄이 그녀에게 일을 들이미는 수진이 얄밉기 그지없었다.

"확 들이받아 버릴까 보다!"

라연은 바나나우유를 숨도 쉬지 않고 벌컥벌컥 들이켰다.

"누구를?"

갑자기 끼어든 목소리에 너무 놀라 마시던 우유가 콧구멍 속으로 들어간 것도 모른 채, 라연은 허겁지겁 소리가 난 쪽으로 고개를 돌렸다.

'뭐, 뭐야? 만 원 껄떡남?'

얇은 흰색 재킷에 네이비 컬러의 정장 바지를 입은 그가 어이없게도 몹시 진지한 얼굴로 그녀를 바라보고 있었다. 라연은 당황해하며 얼른 제자리로 고개를 돌렸다.

'왜 자꾸 저 남자가 내 눈앞에 나타나는 거지? 설마 정말 스토커나 뭐 그런 거야?'

그녀가 터무니없는 상상을 하고 있을 때, 그가 옆에 다가와 앉았다. 서늘한 풀 바람에 섞인 그의 스킨 향이 그윽하게 그녀를 자극했다.

"그림 보러 온 건가?"

확인은 안 해 봤지만 그의 시선은 벤치에 아무렇게나 던져진 샌드위치에 머무는 듯했다. 라연은 화끈거리는 얼굴을 감추기 위해 고개를 푹 숙인 채 주섬주섬 샌드위치를 봉지 안에 집어넣었다.

"아직 식사 중 아니었어? 왜 집어넣지?"

라연은 대꾸도 하지 않고 자리에서 벌떡 일어섰다. 하지만 이내 그녀의 팔을 잡고 끌어당긴 남자의 손에 의해 도로 주저앉고 말았다.

그녀가 발끈하며 그를 째려보았다.

"뭐예요!"

"선배님이 말씀하는 중이잖아. 잊었어? 나 그쪽 선배라는 거. 그것도 같. 은. 과. 선배."

"하……."

"잠깐."

라연이 미처 피할 새도 없이 그가 손을 뻗어 그녀의 인중 위를 엄지손가락으로 문질렀다. 라연은 벌게진 얼굴로 정색을 하며 뒤로 물러나 앉았다. 심장이 미친 듯이 두근거렸다.

"왜, 왜 이래요!"

"입술 위에 우유가 묻어서 닦아 줬을 뿐이야."

"누, 누가 닦아 달랬어요? 도대체 나한테 왜 이러는 거예요?"

그의 반응은 너무도 의외였다. 무표정했던 남자의 얼굴에 희미한 미소가 번졌다.

"반가워서."

"네?"

이마 위로 흘러내린 앞머리를 쓸어 올리며 그가 더욱 환하게 웃었다. 짙은 눈썹 아래의 잘생긴 두 눈이 지그시 그녀를 응시했다. 라연은 저도 모르게 마른침을 삼켰다.

"여긴 자주 와?"

"그러는 그, 그쪽은 여기 무슨 일인데요?"

그가 못마땅한 듯 한쪽 눈썹을 찡그리며 말했다.

"제대로 불러야지. 선. 배. 님. 이렇게."

라연이 할 말을 잃고 입술만 보일 듯 말 듯 달싹이고 있을 때, 그가 다시 입을 열었다.

"그림은 다 봤고? 누구 좋아하는 작가라도 있나?"

"저 여기 직원이거든요!"

괜히 욱하는 기분에 라연은 하지 않아도 될 말을 하고 말았다. 그녀는 아차 하는 심정으로 아랫입술을 질끈 깨물었다.

그가 흥미로운 표정으로 물었다.

"직원? 여기? 미술관?"

"그럼 여기가 미술관이지 동물원이겠어요?"

스스로 생각해도 너무나 유치한 대답에 라연은 자신의 입을 꿰매 버리고 싶은 심정이었다. 어찌 됐든 얼른 이곳에서 벗어나는 것만이 상책이리라.

"선, 그쪽…… 암튼 그림 보러 오셨으면 보고 가세요. 전 이만."

"왜 자꾸 가려고 하지? 내가 그렇게 불편한가?"

라연이 볼 안 가득 바람을 채우며 불만스럽게 그를 쳐다보았다. 그러거나 말거나 서준은 별로 개의치 않고 그녀가 들고 있던 봉지를 낚아채듯 뺏어 들었다.

그가 봉지 안에서 샌드위치를 꺼내며 말했다.

"아침도 안 먹었는데 잘됐다. 이거 내가 먹는다."

"저, 저기요!"

라연이 미처 말릴 새도 없이 후줄근한 양상추가 들어 있던 샌드위치는 서준의 입속으로 들어갔다. 맙소사! 라연의 입술 사이로 한숨이 절로 새어 나왔다.

'나한테 왜 이러는 거냐고!'

편의점 샌드위치 따위는 생전 쳐다보지도 않을 것 같은 귀공자 타입의 남자가 그것을 너무도 맛있게 먹는 모습이, 라연은 두 눈으로 보고 있음에도 믿기지가 않았다.

어이없는 표정으로 쳐다보고 있는 라연에게 그가 난데없이 손을 내밀었다. 그 바람에 화들짝 놀란 라연은 저절로 몸을 뒤로 뺐고, 그럼에도 그는 아무렇지 않게 그녀의 목에 걸린 사원증을 잡았다.

"유라연 씨."

그가 사원증을 확인한 뒤 도로 놓으며 말했다.

"이왕이면 들고 있는 우유도 좀 주지?"

"머, 먹던 거거든요!"

"빵이 뻑뻑해서 안 넘어가. 샌드위치 먹다가 죽을 순 없잖아?"

그가 천연덕스러운 얼굴로 얼른 내놓으라는 듯 손가락을 까딱거렸다. 머뭇머뭇 잠시 망설이던 그녀는 마지못해 썩은 밤 씹은 표정을 하며 우유를 내밀었다.

그는 빵을 마저 입에 다 털어 넣고 우유도 말끔히 마셔 버렸다. 그가 손끝으로 입 주변을 닦아 내며 그녀에게로 시선을 옮겼다.

"뭐 이런 게 다 있어? 지금 그런 생각하고 있지?"

라연의 갑자기 붉어진 얼굴에 서준은 짧은 숨소리를 뱉어 내며 웃었다.

"그렇다고 그렇게 대놓고 시인할 필요까진 없는데."

"제, 제가 언제요!"

"아니, 그쪽이 맞아. 나도 내가 이상하니까."

그의 눈가에 장난스럽게 머물러 있던 웃음이 사라졌다. 다시 표정이 진지해졌고 생각을 읽을 수 없는 깊은 흑색의 눈동자가 그녀에게 고정되었다.

"그냥 한번 가 볼 생각이야."

삼나무 사이로 시원한 바람이 불어왔다. 그의 이마를 자연스레 덮고 있던 머리카락이 보기 좋게 흩날렸다. 왠지 나른하게까지 느껴지는 중저음의 부드러운 음성이 바람을 타고 전해졌다.

"이유가 있겠지. 아니, 이젠 없어도 상관없어."

그가 자리에서 일어섰다. 멍하니 그를 바라보고 있던 라연은 어처구니없게도 엉뚱한 생각을 하고 말았다. 처음 봤을 때도 느낀 거지만 정말 흠잡을 데 없는 비주얼이라고……. 라연은 이내 정신을 차리고 속으로 혀를 찼다.

"오늘 산 샌드위치는 다신 사지 마. 정말 맛없다."

"드시라고 한 적 없거든요!"

더 이상의 대꾸는 하지 않고 그는 몸을 돌려 오솔길 쪽으로 걸어갔다. 느닷없이 나타나서 남의 점심을 뺏어 먹고, 그것도 모자라 자기 할 말만 하고 사라지시겠다? 라연은 번뜩 뭔가가 떠올라 다급히 그를 불렀다.

"저기요!"

그가 걸음을 멈추고 라연을 돌아보았다.

"저기, 이, 이거 가져가세요."

라연은 서둘러 지갑에서 꺼낸 만 원짜리 한 장을 그가 있는 쪽을 향해 내밀었다.

"어제 이거 주고 가셨잖아요. 물도 안 가져가고⋯⋯."

"대신 먹었잖아."

"네?"

그가 피식 웃으며 고갯짓으로 벤치에 남겨진 샌드위치 케이스를 가리켰다.

"저거."

서준은 돌아서서 손을 들어 보이고는 다시 가던 길로 걸어갔다. 라연은 망연자실한 얼굴로 그의 뒷모습을 바라보았다.

정말 우연히 만난 것일까? 아님 그가 의도적으로? 라연은 고개를 저으며 머리를 감싸 잡았다.

'나를 왜? 무엇 때문에? 첫눈에 혹하는 외모도 아니고, 삥 뜯을 돈이 있는 것은 더더욱 아닌데⋯⋯.'

라연은 텅 빈 샌드위치 케이스와 다 마신 바나나우유 병을 봉지에 주섬주섬 집어넣고는 자리에서 일어섰다. 덕분에 다이어트는 저절로 되겠지만 저녁까지 빈속으로 버틸 생각을 하니 눈앞이 아찔해졌다.

'배탈이나 확 나 버려라!'

라연은 올 때와 마찬가지로 힘없는 걸음으로 느릿느릿 미술관을 향해 걸었다.

기분 전환 겸 창밖을 내다보던 서준은 잠시 자신의 눈을 의심했었다. 별관 뒤뜰의 오솔길을 따라 걷고 있는 라연을 발견했기 때문이다.

억지스러울 만큼 연속되는 우연에 그는 실소를 머금었다. 어디선가 알 수 없는 존재가 그를 상대로 장난을 치는 것 같았으니까.

'어때? 놀랍지 않아?'

누군가 그를 향해 껄껄대고 웃고 있는 것만 같았다. 하지만……그럼에도 불구하고 라연의 모습을 보는 순간 서준은 진심으로 그녀를 반가워하고 있는 자신을 느꼈다. 스스로도 놀랐을 만큼.

미술관 별관 1층으로 들어서던 그는 더부룩해진 배를 문지르며 인상을 찡그렸다. 척 봐도 신선해 보이지 않는 샌드위치를 허겁지겁 먹었으니 탈이 안 나는 것이 오히려 이상할 일이었다.

'도대체 그 아인 왜 그런 걸……'

갑갑한 기분에 그는 훅 하고 숨을 몰아 내쉬었다. 오래전 그녀가 들고 있던 빗자루 같은 붓과 플라스틱 팔레트가 새삼 떠올랐다.

여전히 형편이 좋지 않은 걸까? 늦은 시각, 그것도 여자가 편의점 알바를 하고 있는 것만 봐도 대충 짐작이 가고 남음이었다. 어떻게 얼마나 안 좋은 것인지…….

머릿속이 온통 라연의 생각으로 가득했던 그는 누군가 뒤에서 자신을 부르고 있음을 미처 깨닫지 못했다. 그 누군가가 그의 어깨를 툭 하고 치기 전까지는.

"뭐야? 불러도 대답도 안 하고."

점심 약속을 했던 화정이 뒤에서 뽀로통한 얼굴로 그를 쳐다보고 있었다.

"그렇잖아도 관장실에 가던 참이었는데, 어디 나갔다 오는 거야?"

"그냥 밖에 좀."

"나가자. 내가 맛있는 곳 데려갈게."

화정이 그의 팔에 자신의 팔을 감으며 바짝 옆에 붙어 섰다.

"파스타 정말 잘하는 곳 알거든."

"화정아. 아니, 부관장."

"응?"

그녀는 한껏 들뜬 얼굴로 옆에 선 그를 올려다보았다. 하지만 그런 화정의 기분에 찬물이라도 끼얹듯 서준은 정중히 자신의 팔을 그녀에게서 빼내었다.

"우리가 편한 사이인 건 맞지만 직장에서는 공과 사를 구분했으면 하는데."

"우리가 편한 사이인 건 맞니?"

"불편하면 이런 말도 안 해."

"체, 살짝 무안해지려고 하네."

화정이 한 걸음 물러서며 그를 밉지 않게 흘겨보았다.

"관장과 부관장의 스캔들도 나쁘지 않을 것 같은데……. 관장님께서 이리 말씀하시니 공과 사, 그거 지켜보지 뭐."

"나하고 스캔들 나서 뭐하게. 누누이 말하지만 네가 아까워서 하는 말이다."

"하, 나 참, 알았어. 알았으니까 밥이나 먹으러 가자."

화정은 저도 모르게 그의 팔에 손을 뻗다가 얼른 주먹을 쥐며 손을 거두었다. 그녀도 어이가 없었는지 자신의 얼굴을 감싸며 혼잣말로 중얼거렸다.

"내가 이렇다니까. 아, 팔짱 끼고 다닐 애인을 얼른 만들든가 해야지. 민망한 내 손 불쌍해서 안 되겠다."

그보다 한 발 앞서 나가며 너스레를 떨었지만 그녀의 표정은 밝지 못했다. 서준의 성격을 모르는 것도 아니건만 드러내고 선을 긋는 그가 야속한 건 어쩔 수 없었다.

'아직 시작도 안 했는데 의기소침해지면 안 되지. 모르고 시작한 것도 아닌데 뭘 새삼스럽게…….'

화정은 몰래 짧은 숨을 내쉬며 의기를 충전했다. 앞으로 그녀에게 시간은 많았고 현재 그의 곁에 여자는 없다. 결코 조급할 이유가 없는 것이었다. 화정의 눈빛은 언제 그랬냐는 듯 금세 생기가 돌았다. 이 정도로 주춤할 거였다면 시작도 하지 않았을 테니까.

식사를 끝내고 깨끗이 치워진 테이블 위로 갈색빛의 크레마가 보기 좋게 덮인 에스프레소가 놓여졌다. 화정은 푸른색 무늬가 그려진 앤티크풍의 에스프레소 잔을 집어 들며 걱정스러운 표정을 지었다.

"맛없었어? 별로 안 먹는 것 같던데……. 그러고 보니 너 안색이 안 좋아."

"아니. 속이 좀 더부룩해서……. 그보다 할 얘기가 있는데."

"할 얘기? 뭔데?"

화정이 들고 있던 커피 잔을 내려놓으며 장난기 가득한 눈으로 그를 바라보았다.

"갑자기 고백할 맘이라도 생긴 거야?"

"나같이 재미없는 놈한테 고백은 들어서 뭐하게."

"뭐하긴, 덥석 잡지. 후훗, 농담은 그만하고, 무슨 얘긴데?"

"내 비서 면접, 안 봐도 될 것 같다."

그가 왠지 자연스럽지 못한 헛기침을 몇 번 하고는 말을 이었다.

"생각해 봤는데, 외부에서 새로 사람을 쓰는 것보단 미술관 내 직원 중에서 뽑는 게 낫겠어."

"직원? 누구?"

"이왕이면 신입 중에서 가능성이 보이는 사람으로."

화정이 눈초리를 가늘게 만들며 입술을 뾰족이 내밀었다. 머릿속에 질문들이 가득할 때면 짓는 그녀 특유의 표정이었다. 화정은 짐짓 무관심을 가장하며 커피 잔 손잡이를 만지작거렸다.

"네가 벌써 직원들을 전부 파악했을 리는 없고, 누구한테 부탁이라도 받은 거야?"

"부탁……."

대답을 하려던 그가 갑자기 인상을 찌푸렸다. 어디가 정말 안 좋은 것인지 그의 이마에 식은땀이 송골송골 맺혀 있었다. 화정이 자신의 백에서 손수건을 꺼내려 하자, 그가 얼른 손으로 아무렇게나 이마를 문질렀다.

"괜찮아."

"얼굴이 하얘. 병원 가 봐야 하는 거 아니야?"

"하던 얘기 마저 할게. 부탁을 받았다기보단, 학연 정도라고 보면 되겠다. 태은문화재단의 후원을 받은 학생이기도 하고, 내 직속 후배이기도 해. 얼마 전 학장님 만나 뵈러 학교에 갔다가 우연히 알게 됐어."

"우연히?"

화정은 여전히 묻고 싶은 게 많은 눈치였다. 그도 그럴 것이 서준은 절대 이런 일에 먼저 나설 성격이 아니기 때문이었다. 심지어 면접조차도 귀찮아하던 그가 아니던가.

"우연히 어떻게?"

서준은 점점 더 울렁거리는 속과 어지럽기까지 한 몸 상태에 짜증이 일었다. 화정이 그냥 넘어갈 거란 기대는 안 했지만 이렇게 꼬치꼬치 물을 거라고도 생각지 못했다. 뭔가 둘러댈 거리가 필요했다.

"그날 예대에서 교수가 된 과 동기를 만났어. 그 친구가 제자 포트폴리오를 하나 보여 주는데 감각이 신선하달까, 나쁘지 않더군. 형편이 많이 어려운데도 기특하게 공부도 열심히 했나 보더라고. 마침 이번에 우리 미술관에 취업했다는 얘기를 들었지."

자신이 생각해도 꽤 그럴듯하게 둘러댔다는 생각에 서준은 스스로 흡족했다. 하지만 화정의 표정은 여전히 질문을 담은 그대로였다.

"이번에 갓 졸업한 신입이라면 어시스턴트겠네. 밑바닥부터 선배들에게 일을 배우는 것도 나쁘지 않아. 굳이 그 사람을 데려와서 비서로 쓸 이유가 없다는 거지."

"내가 키워 볼 생각이다."

"뭐?"

"어머니께서 후원하셨던 학생이야. 어머니의 안목을 믿고 이번엔 내가 키워 보겠다고."

질문을 담았던 그녀의 눈동자에 설핏 의구심이 스쳤다. 여자의 직감이랄까, 그리 유쾌한 기분은 아니었다.

"왜 갑자기 그런 생각이 들었어? 오전만 해도 아무 말 없었잖아."

"내일 면접하는 거 귀찮아서 잔머리 굴렸다고 생각해라."

말없이 서준의 얼굴을 빤히 쳐다보던 화정이 불쑥 입을 열었다.

"그래서, 이름은 알아 왔어?"

"유라연."

화정이 부러 심드렁한 얼굴로 대답했다.

"그러고 보니 오늘 어시스턴트 몇 명이 새로 출근했다는 얘긴 들은 것 같다. 뭐, 관장님 생각이 그러시다면야 그렇게 해야겠지."

"고맙다."

대답을 하던 그가 다시 미간을 구겼다. 울렁거림의 정도가 훨씬 심해졌기 때문이다. 손바닥엔 식은땀이 흥건히 배어 나왔다. 아무래도 탈이 단단히 난 듯했다.

"그만 갈까."

서준이 자리에서 일어서려는데 화정이 그의 팔을 잡았다.

"병원부터 가."

"너 데려다주고 갈 기운은 있어."

"지금 네 얼굴 어떤지 알아? 백짓장처럼 하얘. 괜히 나 때문에 밥 생각도 없는데 여기까지 왔잖아. 난 택시 타고 갈 테니 병원 다녀와."

"일단 나가자."

서준이 먼저 자리를 뜨고 난 뒤, 화정은 조금 천천히 그의 뒤를 따랐다. 카운터에 서서 계산을 하고 있는 그의 뒷모습을 바라보며 그녀는 착잡한 기분에 사로잡혔다. 따지고 보면 별일도 아니건만 묘하게 뭔가가 신경에 거슬렸다.

'과민반응이야. 저 남자 성격에 비서와 뭔 일을 낸다는 건 말도

안 되는 일이지. 그래, 괜한 걱정 미리 할 필요 없어.'

화정은 가볍게 도리질을 치며 스스로를 위안했다. 현재 그와 가장 가까운 여자는 자신이라고 반복해서 되뇌었다. 어릴 적부터 지금껏 서준 곁에 여자는 화정, 자신뿐이라고.

너울가지 미술관은 크게 두 건물로 이루어져 있었다. A전시관과 세미나실, 강의실이 있는 본관 1동, 그리고 그곳과 연결된 본관 2동엔 B전시관과 종합자료실, 뮤지엄 숍, 카페테리아와 같은 편의 시설이 갖추어져 있었다.

그리고 조금 떨어진 곳에 지어진 별관엔 직원들이 주로 근무하는 학예사실, 관장실, 부관장실 등이 있고, 미술품들을 보관해 두는 수장고가 자리했다.

라연은 지금 별관의 계단을 오르고 있었다. 처음 올라가 보는 3층은 라연이 일하는 2층과는 사뭇 다른 분위기였다. 2층이 주로 업무를 보는 회사와 같은 느낌이라면 3층은 고객을 의식한 고급스러움과 편안함이 공존하는 호텔 로비와 같은 분위기였다.

'다른 신입들은 놔두고 왜 나만 부르는 거지?'

라연은 부관장실을 찾아 두리번거리며 방금 전 상황을 떠올렸다.

『유라연 씨!』

라연이 전시회 카탈로그의 가제본을 받아 서문의 오탈자를 확인하고 있을 때 수진이 그녀를 불렀다.

『부관장님 호출이야. 지금 올라가 봐.』

『저를요? 왜요?』

『그걸 왜 나한테 물어. 암튼, 얼른 갔다 와. 할 일이 산더미니까.』

수진은 이 상황이 못마땅한 듯 한쪽 입 끝을 실룩이고는 자신이 작업하던 자리로 돌아갔다.

생김조차도 심술궂은 수진의 얼굴을 기억에서 지워 내며 라연은 주변을 기웃거렸다.

'와우! 바닥에 깔린 카펫조차도 다르네. 하긴, 어마어마한 사람들이 드나들 테니 신경을 안 쓸 수가 없겠지. 되게 잘해 놨네.'

연신 감탄을 뱉어 내며 구경을 하던 라연은 한쪽 벽에 걸린 그림에 시선을 멈췄다. 그녀가 가장 좋아하는 작가인 김환기 화백의 그림이었다. 언젠가 꼭 한 번은 직접 보고 싶었던 작품⋯⋯. 라연의 발길은 저절로 그림 앞으로 향했다.

'어디서 무엇이 되어 다시 만나랴⋯⋯.'

밤하늘의 별처럼 무수히 많은 불규칙한 네모와 점들, 프러시안블루와 바이올렛, 코발트블루와 울트라마린의 오묘한 조화가 눈이 시릴 만큼 아름다웠다. 라연은 가슴이 먹먹해져 그림에서 쉽게 눈을 뗄 수 없었다.

"김환기 화백, 좋아해요?"

넋을 잃고 그림을 바라보고 있던 라연은 뒤에서 들려온 여자의 음성에 깜짝 놀라 뒤를 돌아보았다. 구불거리는 긴 웨이브 머리가 인상적인 귀여운 얼굴의 여자가 팔짱을 낀 자세로 라연을 바라보고 있었다.

"유라연 씨?"

대답하는 라연의 음성엔 당황이 가득 묻어났다.

"네."

"시간이 됐는데도 안 와서 나와 봤더니 여기 있었군요."

"죄송합니다. 잠시 본다는 게 그만……. 좋아하는 그림이라서."

"관장님하고 취향이 비슷하네."

화정의 얼굴에 잠시 오묘한 표정이 감돌았으나 라연이 눈치를 챌 정도는 아니었다. 화정은 어깨를 한번 으쓱이고는 고갯짓으로 자신의 방 쪽을 가리켰다.

"들어와요. 할 말이 있으니."

"네."

주뼛거리며 화정의 뒤를 쫓던 라연은 건너편에 있는 반투명 유리로 된 문을 힐긋 쳐다보았다. 관장실이라고 쓰인 문패가 눈에 들어왔다.

'저기가 관장실이구나. 관장님도 저 그림을 좋아한다고?'

라연은 한 번 더 김환기 화백의 그림을 쳐다본 뒤 부관장실 안으로 들어갔다. 자신이 무엇 때문에 이곳에 오게 됐는지는 꿈에도 생각지 못한 채.

❀

화정과의 면담을 마치고 학예사실로 돌아온 라연은 한동안 쌓인 잡무를 처리하느라 자신에게 벌어진 갑작스런 일에 대해 곰곰이 생각해 볼 겨를이 없었다. 어느 정도 일이 진행되고 나서 잠시 짬이 생긴 그녀는 슬쩍 눈치를 본 뒤 화장실로 재빨리 몸을 숨겼다.

'관장의 비서라니……'

화장실에 들어가 변기 뚜껑을 내리고 그 위에 앉은 라연은 그제야 골몰히 방금 전 부관장실에서의 대화를 떠올렸다.

『네? 저보고 관장님 비서 일을 맡으라고요? 어떻게 그런…….』

『정말 본인은 모르고 있는 일?』

어쩐지 의심하듯 쳐다보는 부관장의 눈초리가 거슬려 라연은 더욱 목소리에 힘을 주어 대답했다.

『뭔가 착오가 있는 것 같습니다. 저는 관장님을 뵌 적도 없을뿐더러, 비서를 할 생각도 전혀 없었습니다.』

『관장님과 대학 동문이라고 하던데요. 유라연 씨가.』

『네?』

『모르겠어요. 관장님이 워낙 어디로 튈지 모르는 분이라서. 암튼 내일부터 바로 관장실로 출근하세요. 업무 관련사항은 따로 교육이 있을 겁니다.』

처음부터 쉬운 일은 없겠지만 오전부터 지금까지 잡무에만 허덕였던 라연으로선 너무나 솔깃한 인사이동이 아닐 수 없었다. 관장의 비서라면 책임도 따르겠지만 그만큼 다양한 경험도 쌓을 수 있을 테니까.

생각이 거기에까지 미치자, 어쩌면 이것은 기회일지도 모른다는 결론이 내려졌다. 부관장의 말대로 어디로 튈지 모르는 노인네의 변덕이라면 일단 잡고 보는 게 상책일 터였다.

'노인네? 아니지, 어쩌면 꽃중년일지도 모르잖아? 에이, 뭐든 어

때. 난 일만 배우고 돈만 벌면 되지.'

카탈로그 봉투에 풀을 붙이느라 찐득해진 손을 쳐다보며 라연은 속으로 쾌재를 불렀다. 이렇든 저렇든 간에 징그럽게 그녀를 부려 먹던 큐레이터 수진과는 바이바이를 할 수 있게 되었으니까.

생각을 정리하고 변기에서 일어서던 라연은 문득 오전에 만났던 남자가 떠올랐다. 일에 몰두하느라 느끼지 못했던 허기가 갑자기 확 밀려왔기 때문이다. 그리고 보니 아까부터 배에서 꼬르륵하고 난리가 났다. 아무래도 배속에 무엇이든 집어넣어야만 할 것 같았다.

'아니 왜, 멀쩡하게 생겨서 남의 점심을 뺏어 먹느냐고요!'

라연은 속으로 구시렁거리며 고픈 배를 잡고 화장실 밖으로 나갔다.

'도대체 어디서 상한 음식을 먹은 겐가? 게다가 체하기까지⋯⋯. 며칠 약 먹고 무리한 일은 하지 않는 게 좋겠네.'

집안 주치의인 한 박사의 어이없어하던 얼굴을 떠올리며 서준 역시 씁쓸한 표정을 지었다. 아픈 몸도 몸이지만, 조금 전 그가 겪었던 끔찍한 구토와 창자가 뒤틀리는 섯 같은 복통이 그녀의 것이 될 뻔했다 생각하니 상상만으로도 아찔해졌다.

서준은 링거 바늘을 꽂았던 팔을 굽혔다 폈다 하며 병원을 나왔다. 아무래도 오늘은 이대로 퇴근을 해야 할 것 같았다. 당장 쓰러진다 해도 이상하지 않을 만큼 온몸에 기운이 하나도 남아 있지 않았으니까.

'내일 나를 보면 그 아이, 어떤 표정을 지을까?'

여전히 돌아오지 않은 혈색 탓에 환자 같은 얼굴을 한 그가 혼자 피식 웃음소리를 냈다. 당황하여 붉으락푸르락해진 라연의 얼굴이 벌써부터 기대가 되었기 때문이다.

'이젠 눈을 떠도 네가 내 앞에 있겠지. 꿈속에서만 볼 수 있었던 네가 아닌 거다.'

아직은 이런 자신의 감정이 무엇인지 알 수는 없지만, 한 가지 확실해진 것은 있었다. 지금의 끌림을 멈추고 싶지는 않다는 것.

서준은 받아 온 처방전을 들고 가까운 약국을 찾았다. 그는 미처 깨닫지 못했지만 마음속 깊은 곳에서 진심으로 안도하고 있었다. 그녀 대신 아플 수 있었다는 것을, 천유의 마음으로…….

4. My Soul

새털보다 가벼워 보이는 흰 구름들이 맑은 하늘 위를 유유자적 떠다니고 있었다. 이맘때쯤이면 들리던 만명사의 목탁 소리는 가까운 나무에서 울어 대는 매미 소리에 흔적 없이 묻혀 버렸다.

만명사에서 불공을 드린 후, 라연과 천유는 늘 찾는 암자의 그늘에 자리를 잡았다. 천유는 세월의 흔적으로 반들반들해진 맷돌 위에 미리 준비해 온 무명보자기를 깔았다. 라연은 그 위에 앉았고 천유는 조금 떨어진 곳에 멀뚱히 서 있었다.

찐득하면서도 풋내 나는 여름 공기가 어색한 두 사람 사이를 미묘히 흐르며 감돌았다. 아무 말이 없어도 그저 좋았다. 하늘을 바라보고 있는 라연도 땅만 내려다보는 천유도 마음은 서로를 바라보고 있었으니까.

라연이 하늘에서 시선을 떼지 않은 채 입을 열었다.

『하늘이 참 청아하구나.』

『네.』

『보지도 않고 어찌 아니?』

당황한 천유가 얼른 고개를 들었다. 라연의 시선은 고개를 든 천유에게로 향했다.

『네 얼굴 보기 참 힘들다. 이렇게 곁에 있으면서도.』

얼굴이 붉게 달아오른 천유가 황급히 고개를 숙였다. 그 모습을 가만히 바라보고 있던 라연의 눈동자가 촉촉이 젖어 들었다.

『나 좀 봐.』

『아, 아기씨.』

『내 거 내가 보겠다는데 왜? 얼른 나 좀 봐.』

천유가 머뭇머뭇 그녀에게로 얼굴을 돌렸다. 애틋하면서도 안타까운, 간절함이 가득 담긴 그녀의 눈빛이 그에게 고정되었다.

가까이 두고도 늘 그리움에 목이 마른 사랑이었다. 손만 뻗으면 닿을 곳에 있는 그녀였지만, 천유에게 라연은 하늘보다 더 먼 사람이었다. 감히 쳐다보아서도 안 될 소중하고 또 소중한 사람……

라연과 눈이 마주치는 순간, 천유는 숨을 멈췄다. 규칙적으로 뛰던 심장도 멈춘 듯 조용했다. 삼라만상이 그대로 정지해 버린 것 같은 고요가 그에게 스며들었다. 호수보다 깊은 그녀의 눈동자가 그를 응시하고 있었다.

『앞으로 나와 단둘이 있을 땐 절대 내게서 눈을 떼지 마. 내가 허락할 때까진 곁에서 떠나지도 마. 알겠니?』

『저는 아기씨를 함부로 쳐다봐서는 안 되는 미천한 놈입니다. 그저 지금처럼 곁에 있는 것만 허락해 주십시오.』

『싫다. 네 얼굴이 보고 싶을 때마다 잘 보일 수 있도록 나를 보고 있어야 해. 지금처럼.』

라연의 얼굴에 해사한 미소가 번졌다. 좋아하는 이에게 잘 보이고 싶은 소녀의 마음이 담뿍 담긴 미소였다.

휴대폰에 알람으로 맞춰 놓은 July의 'My Soul'이 요란하게 들려왔다. 피아노와 전자악기의 절묘한 조화가 어우러진 음악이 침실을 가득 메우며 흘렀다. 서준은 나른하게 기지개를 켜며 자리에서 일어났다.

라연을 바라보던 천유의 마음이 여전히 남아 있기 때문일까. 이른 아침부터 심장이 싸하게 아려 왔다. 진한 그리움을 고스란히 담은 채.

알람을 끄려고 휴대폰에 손을 뻗던 그는 잠시 그대로 앉아 음악을 들었다. 매일 아침 듣던 음악인데 오늘따라 유난히 애잔하게 들려왔다.

'천유, 네가 정말 나의 전생이라도 되는 것이냐.'

어처구니없게도 서서히 꿈에 동화되어 가는 자신을 느꼈다. 누군가를 그렇게 뼛속 깊이 사랑하는 것이 가능한 것일까. 천유가 죽어 가는 마지막 순간까지도 놓지 못했던 그 마음이, 그 사랑이 알고 싶어졌다.

약을 먹고 푹 쉬었음에도 여전히 배 속이 편하질 못했다. 당분간 제대로 된 식사는 포기해야 할 듯했다.

'오늘도 그 이상한 샌드위치를 사 오는 건 아니겠지.'

여느 때와는 달리 야릇한 긴장감이 기분 좋게 그를 자극했다. 일자로 굳게 다물어져 있던 그의 입술이 슬며시 미소를 그렸다. 서준은 긴 팔을 쭉 뻗어 스트레칭을 하며 욕실로 향했다.

어제 보았던 반투명 유리문 앞에 선 라연은 크게 심호흡을 한번 했다. 아직은 좀 이른 시각이라 관장님이 출근 전일 거라는 건 알고 있지만 긴장이 되는 것은 어쩔 수 없었다. 수차례 확인하고 또 확인했던 자신의 옷을 다시 한 번 요리조리 살펴보았다.

첫날이고 하니 정장을 입어야겠기에 면접 때 입었던 옷을 찾아 입었다. 조금 더운 감이 있었지만 가진 옷이 몇 벌 없었기에 선택의 여지가 없었다. 감색 스커트와 같은 색의 재킷을 괜히 한번 손으로 툭툭 치고는 유리문을 힘껏 열었다.

문을 열자, 그곳은 그녀가 상상했던 것과는 달리 공간이 따로 분리되어 있었다. 데스크탑을 갖춘 책상 두 개가 한쪽에 놓여 있었고 그 뒤쪽으로 준비실처럼 보이는 방이 눈에 띄었다.

관장이 업무를 보는 집무실은 안쪽에 따로 자리하고 있었던 것이다. 원목으로 된 고급스런 디자인의 문을 사이에 두고.

부관장실처럼 문을 열면 바로 관장님의 자리가 보일 거라 생각했던 그녀는 히죽 웃으며 안도의 한숨을 내쉬었다.

'하긴 비서와 관장이 한공간에서 마주 보고 있는 것 자체가 말이 안 되는 거지. 바보같이 뭔 상상을 했던 거니.'

라연은 들고 온 가방을 의자 위에 내려놓고는 이곳저곳을 살펴보았다. 구석구석까지 깨끗이 정리가 되어 있어 따로 청소를 할 필요는 없을 것 같았다. 새삼 할 일이 없어진 라연은 그제야 호기심 어린 눈으로 관장실 쪽을 쳐다보았다.

'미리 구경이나 좀 해 볼까.'

아무도 없다는 걸 알면서도 라연은 소심한 걸음걸이로 관장실 문을 열고 안으로 들어섰다.

안은 생각보다 굉장히 넓었다. 방 입구 쪽엔 심플한 디자인의 긴 소파 두 개가 마주 보게 놓여 있었고 탁 트인 전경을 자랑하는 유리벽 앞엔 관장의 책상이 보였다. 벽에 세워진 책장이나 장식품, 벽에 걸린 그림들을 둘러보던 라연은 고개를 갸웃거렸다.

'취향이 꽤나 젊으시네. 읽으시는 책도 그렇고 가구 디자인도 그렇고……'

라연은 책장에 꽂혀 있는 책들을 손가락으로 훑어보며 눈을 반짝거렸다. 좋아하지만 구하기 힘들어 교수님에게 몇 번 빌려 보기만 했던 화보집들이 빼곡히 꽂혀 있었기 때문이다.

'친해지면 빌려다 봐야겠다.'

라연의 발길은 책장에서 자연스레 벽에 걸린 그림 쪽으로 향했다. 그림 속엔 두 마리의 새가 맑은 하늘 위를 날아가고 있었다.

그녀가 좋아하는 김환기 화백의 '새'라는 작품이었다. 깊은 푸른색이 여백과 함께 어렴풋한 그리움을 안겨 주었다. 딱히 그리워할 사람도 하나 없는 라연에겐 다소 생소한 기분이었다.

"주인 없는 방 안에서 뭐 하시나?"

"우왓!"

라연은 너무 놀라 우스꽝스러운 괴성을 지르며 뒤로 물러섰다. 아무 생각 없이 말을 걸었던 서준도 방 안으로 들어서던 걸음을 멈추었다.

"뭐 죄진 거라도 있어? 뭘 그리 놀라?"

"여, 여긴 또 어떻게 들어왔어요!"

정말 죄라도 지은 사람처럼 라연은 소곤거리는 목소리로 그에게 다그치듯 말했다.

"나한테 왜 이래요! 내가 뭘 잘못했다고."

"여기가 뭐 못 올 데라도 돼? 후배님이야말로 너무 오버하는 거 아닌가?"

서준은 소파의 등받이 부분을 여유롭게 쓰다듬으며 방 안을 둘러보았다.

"썩 맘에 들지는 않지만 방 분위기 괜찮지? 조금 덜 환했으면 더 나았…… 어, 어, 왜 이래!"

언제 다가왔는지 모를 라연이 다짜고짜 문 쪽으로 그의 팔을 잡아끌었다. 졸지에 서준은 그녀에 의해 방 밖으로 끌려 나가는 신세가 되었다.

라연이 그의 팔을 잡은 채, 식식 숨을 고르며 문을 열었다.

"그쪽 말대로 주인 없는 곳에 있지 말고 일단 나가자고요. 나가서 말해요."

"나가기 싫은데?"

서준은 짓궂은 표정을 지으며 라연의 손을 잡아 끌어당겼다. 그녀는 속수무책으로 그의 품에 쓰러지듯 안겼다.

"이거 놔요!"

라연이 벗어나려고 버둥댈수록 서준은 더욱 단단히 그녀를 품에 가두었다. 몸부림에 가깝게 저항을 했지만 그는 꿈쩍도 하질 않았다.

"겨우 이 정도의 힘으론 나 같은 남자 못 당해. 많이 먹고 힘 좀 길러야겠군."

"당신 정말 스토커예요? 왜 자꾸 날 쫓아다니는 거죠?"

"딱히 일부러 쫓아다닌 건 아닌데."

그가 놔주기 전엔 어림없다는 것을 깨달은 그녀는 체념한 듯 땅이 꺼져라 한숨을 내쉬었다.

"이거 범죄인 건 알아요? 내 몸에 손끝 하나라도 대면 당신 가만 안 둘 거야. 신고해서 반드시 콩밥을 먹일 거라고!"

"그러니까 더 건드리고 싶어지네. 근데, 어딜 건드려? 섹스어필이라고는 눈 씻고 찾아봐도 없는데?"

서준은 자세를 바꿔 한 손으로 라연의 허리를 감싸며 그녀의 턱을 조심스레 잡아 올렸다.

"그렇게 안 봤는데 후배님, 공주병이……."

장난스럽게 라연을 쳐다보던 서준은 더 이상 말을 잇지 않았다. 불만으로 한껏 내민, 그러면서도 긴장한 듯 미세하게 떨리는 라연의 입술이 그의 머릿속을 하얗게 지웠기 때문이다.

두근…… 두근…….

잠잠하던 심장이 미친 듯이 요동쳤다. 기억 깊숙한 곳에 숨겨 두었던 천유의 감정이 불쑥 고개를 내밀었다.

"저 지금 장난칠 기분 아니거든요?"

잡힌 턱을 뿌리치려 고개를 흔드는 라연의 얼굴 위로 서준의 얼굴이 비스듬히 겹쳐졌다. 입술이 입술을 덮는 순간, 서준은 이성의 끈을 놓아 버렸다. 그 순간만큼은 지옥의 나락으로 떨어져도 상관없을 것 같았다. 라연의 입술을 맛보고, 그녀의 체온을 느낄 수만 있다면 서준은 그보다 더한 것도 감내할 수 있었으니까.

너무 놀란 나머지 입을 채 다물지 못했던 라연은 그의 키스에 속수무책 당할 수밖에 없었다. 예상치 못했던 돌발 상황에 겁이 난 그녀는 가진 힘을 모두 모아 서준을 밀어냈다.

라연이 필사적으로 저항하자, 서준은 그제야 단단히 잡고 있던 그녀의 얼굴을 천천히 놓아주었다.

잠깐 방심한 탓에 감정조절을 못 하고 말았지만 여기서 허무하게 끝낼 수는 없었다. 서준은 아무 일도 없었던 것처럼 최대한 자연스럽게 그녀에게서 한 발 물러섰다.

"내게도 말할 기회를 줘야지. 후배님이 말할 틈을 안 주니……."

짜악!

뜨거운 감각이 서준의 뺨을 강타하고 지나쳤다. 부르르 떨리는 손만큼이나 격앙된 음성이 라연의 입술 사이로 흘러나왔다.

"내가 우습니?"

서준을 노려보는 그녀의 눈에서 굵은 눈물방울이 뚝 하고 떨어졌다.

"어디까지 쫓아다녔는지는 모르겠지만 여기까지 알아냈을 정도면 잘 알겠네. 그래, 나 가진 거 없이 아등바등 살고 있어. 그래서 이렇게 막 해도 된다고 생각했니? 내가 너 같은 놈한테 무시당하려고 지금까지 혼자 이 악물고 살아왔는 줄 알아?"

생각보다 제법 매웠던 그녀의 손맛은 이미 아무런 문제가 되질 않았다. 서준의 감각은 라연의 말 한마디에 전부 마비가 된 듯 사라져 버렸기 때문이다.

'혼자 산다고? 혼자서? 도대체 언제부터…….'

서준의 생각을 알 리 없는 라연은 애써 의연하게 눈물을 닦으며 그를 똑바로 쳐다보았다. 적반하장으로 자기가 되레 잔뜩 굳은 얼굴을 한 그에게 절대로 꿀리고 싶지 않았다.

"나를 어떻게 해 볼 생각이면 꿈도 꾸지 마. 내가 죽는 한이 있어도 너 같은 놈에게는 안 당해."

그는 여전히 굳은 얼굴로 라연을 내려다보았다.

"나 같은 놈이 어떤 놈인데?"

"할 일 없이 남의 직장에 찾아와서 행패나 부리는 실없는 놈!"

"딱히 행패 부린 일은 없는 것 같은데? 게다가 맞아서 아픈 쪽도 나고."

서준은 맞은 쪽 뺨에 손을 갖다 대며 슬쩍 인상을 찡그렸다.

"몸은 야리야리한데 손 하나는 맵군. 그냥 두면 붓겠는데?"

그의 너스레에도 불구하고 라연의 눈빛은 절실하리만치 진지했다.

"약값을 원한다면 줄게. 하지만 여긴 어렵게 들어온 내 직장이야. 내 생계가 걸린 곳이라고. 그러니 제발 나가 줘. 부탁할게."

"약값은 필요 없고 냉장고에서 얼음 팩이나 좀 만들어다 줘."

서준은 소파로 걸어가 편안한 자세를 취하며 앉았다.

"커피, 아니다. 아직 커피는 무리고 생수도 한 잔 부탁해. 참고로 난 한 가지 물만 마시니까 꼭 기억해 둬. 알지? 전에 내가 편의점에서 샀던 그 브랜드."

라연이 황당한 얼굴로 뭐라 말을 하려 하자, 그가 손을 들어 그녀를 막았다.

"내 말 아직 안 끝났어. 아까부터 말할 틈을 안 주네. 저기 책상 위에 있는 명패 보이지? 거기 쓰여 있는 이름, 읽어 봐."

"저기, 이봐요!"

"멀어서 안 보이나? 가까이 가서 읽어 봐. 그게 내 이름이니까."

저 사람 무슨 말을 하는 거야? 또 무슨 꿍꿍이지? 그녀의 표정에서 생각이 그대로 읽혀지자 서준은 피식 웃음을 지었다. 강한 척, 꿋꿋한 척 억척을 부려도 그녀는 어쩔 수 없는 스물넷의 사회 초년생이었던 것이다.

"미리 말해 두는데 라연 씨를 채용한 건 내가 아니야. 그만두신 전 관장님의 소관이었지. 내가 무슨 딴맘 먹고 그쪽 채용한 건 절대 아니란 소리지."

"정말 그, 그쪽이 관장님이에요?"

"아마도."

"왜 진작 말을……."

"안 했냐고? 라연 씨가 언제 말할 기회나 줬나? 뭐 솔직히 반응이 재미있어서 일부러 말 안 했던 것도 있어."

긴장이 풀린 것일까, 아니면 민망해하는 것일까. 라연의 표정이 변화무상하게 바뀌었다. 쉽게 자리를 뜨지 못하고 마냥 안절부절못하고 서 있는 그녀가 귀여우면서도 슬쩍 안쓰러워졌다.

서준이 짐짓 심각한 표정을 지으며 라연에게 말을 걸었다.

"왜 그러고 서 있어? 내 얼굴 퉁퉁 부어오르면 책임지실 건가? 사나운 비서님?"

잠시 머뭇거리던 그녀가 뚱한 표정으로 입을 열었다.

"얼음은 가져오겠지만 때, 때린 것에 대한 사과는 안 할 거예요. 잘못은 관장님이 하셨으니까."

"누가 뭐랬나? 난 얼음 가져오란 말밖에 안 했는데?"

"나가 보겠습니다."

라연은 꾸벅 고개를 숙여 인사를 하고는 서둘러 방 밖으로 사라졌다. 서준은 최근 습관이 돼 버린 혼자웃음을 지으며 자세를 고쳐 앉았다.

충동에 의해 그녀에게 키스를 했지만 순순히 놔주고 싶지 않을 만큼 가슴 깊은 곳에서 후끈하는 무언가가 치밀어 올랐었다. 그녀의 말대로 치한이 되었을지도 모를 일이었다. 게이라는 오해를 받을 만큼 여자에겐 관심도 없던 은서준이.

있는 힘을 모두 실어 때린 듯, 은근히 욱신대는 뺨을 문지르며 그가 다시 한 번 피식 웃었다. 라연이 건강하게, 당당하게 자라 준 것이 괜히 고마웠다고나 할까.

살면서 별로 맞아 본 적은 없었지만 맞고도 기분이 좋은 적은 처음이었다. 물론 서운한 마음이 아주 없었던 것은 아니지만.

'내가 어딜 봐서 스토커라는 거지? 나름 젠틀한 이미지라 생각했는데.'

서준은 그녀가 있을 곳을 상상하며 문 쪽을 바라보았다. 방금 전까지 눈앞에 있었던 깊고 맑은 갈색 눈동자가 벌써부터 보고 싶어졌다.

'하아, 가까이에 있으니 더 돌겠군. 이래서 세뇌가 무서운 긴가. 거의 매일 밤 천유의 꿈을 꾸었으니…….'

그녀를 옆에 데려다 놓기까지 했지만 아직은 지금의 감정을 순순히 인정할 수 없었다. 왜, 무엇 때문에 저 아이에게 끌리는 것인지 확신이 서지 않았기 때문이다. 하지만 분명한 것은 천유의 마음이 아닌 오직 은서준 자신의 마음으로 그녀를 원하게 될 때, 그땐 정말 멈추지 못하게 될 거란 것이었다.

라연은 멍하니 준비실의 한쪽 구석에 초점을 맞추고 서서 기계적으로 비닐 팩에 얼음 조각들을 넣고 있었다. 자신이 지금 무슨 일을 하고 있는지도 인식하지 못할 만큼 그녀의 머릿속은 뒤죽박죽이 되고 말았다. 온갖 센 척은 혼자 다 하고 나온 주제에 잔뜩 주눅 들어 있는 꼴이라니.

'아무리 이상한 남자라지만 명색이 관장인데…… 때렸어. 내가, 이 손으로, 그것도 얼굴을…… 있는 힘껏.'

라연은 맙소사를 연발하며 머리를 쥐어뜯었다.

'아니지! 저 남자가 한 짓을 생각해 봐. 성추행으로 고소를 해도 시원찮을 행동이었잖아? 그래 놓고 어떻게 한 마디 사과도 없어?'

그러다 이내 빠르게 도리질을 치며 엄지손톱을 물어뜯었다.

'으아아! 다신 떠올리고 싶지 않아! 차라리 이대로 아무 일 없었던 것처럼 묻어 버리는 게 나을지도 몰라.'

라연은 집었던 얼음을 입에 넣고는 아드득아드득 소리 나게 씹었다.

'앞으로 저 남자의 얼굴을 어떻게 봐야 하지? 지금이라도 비서일을 그만둬야 하는 걸까? 도대체 이 꺼림칙한 상황은 뭐냐고요!'

다 죽어 가는 한숨과 우거지 죽상을 콤보로 날리며 라연은 얼음을 가득 채운 팩을 들고 방문 앞으로 다가섰다.

라연은 잔뜩 긴장한 채 관장실 문을 노크했다. 잠시 기다렸으나 아무런 반응이 없어, 그녀는 조심스레 문을 열고 안으로 들어섰다.

서준은 소파 등받이에 머리를 기댄 채 잠이 든 모습이었다. 라연은 예상치 못했던 그의 모습에 어안이 벙벙해졌다.

'아니 어떻게 그새 잠이 들 수가 있지? 저 사람을 깨워야 해, 말아야 해.'

라연은 수건으로 감싼 얼음주머니를 한 손에 쥔 채 그의 모습을 하릴없이 바라보았다.

'하, 생긴 건 정말…… 예술이다.'

그냥 잘생겼다라고만 표현하기엔 아쉬움이 남을 만큼 근사한 얼굴이었다. 까무잡잡한 피부는 잡티 하나 찾아볼 수 없었고 짙은 속눈썹은 풍부한 감성을 연상케 했다. 오뚝한 콧날과 적당히 도톰한 입술, 은근한 고집이 느껴지는 날렵한 턱 선이 완벽한 조화를 이루는 모습이었다. 게다가 이기적인 기럭지까지…….

그녀도 사람인지라 잘생긴 외모에 눈길이 가는 것은 어쩔 수 없었다. 유쾌하지 않았던 첫 만남이 그에 대한 선입견만 주지 않았어도 즐거운 마음으로 상사를 보필했을 터였다.

'그나저나 얼음 다 녹겠네. 하긴, 내 손이 쇠뭉치도 아니고 뭐굳이 얼음찜질할 필요까지야…….'

라연이 떨떠름한 얼굴로 입술만 움직여 구시렁대고 있을 때 그가 번쩍 눈을 떴다. 그 바람에 라연은 얼음 땡 놀이를 하다가 얼음이 된 아이처럼 요상한 표정을 지은 채 굳어 버렸다.

그가 놀라는 기색 없이 그녀를 물끄러미 바라보았다.

"왜 혼자 사는지 물어봐도 되나?"

자다가 갑자기 눈을 뜬 사람치고는 꽤나 생뚱맞은 질문이었다. 라연의 그런 생각을 읽은 사람처럼 그가 덧붙여 말했다.

"아까 혼자 산다고 했던 말이 기억나서 말이야. 생각해 보니 내 비서의 인사기록 카드도 확인을 안 해 봤더라고."

라연은 아무렇지 않게 담담한 어조로 대답했다.

"처음부터 혼자였으니까요."

"처음부터?"

"네. 태어났을 때부터."

"그렇군."

서준의 반응은 의외로 싱거웠다. 쓸데없는 동정심을 바란 것은 아니지만 적어도 괜한 질문을 했다며 미안해하는 척 정도는 해 줄 거라 생각했는데…….

그가 쭉 폈던 다리를 모으며 몸을 일으켜 앉았다.

"아직도 내가 그쪽을 스토킹했다고 생각해?"

"솔직히…… 잘 모르겠습니다."

"거기 그렇게 서 있지 말고 여기 앉아."

"괜찮습니다."

"내가 싫어서 그래. 올려다보면서 말하는 거 별로야."

라연은 불편한 기색이 역력한 얼굴로 그의 맞은편 소파에 앉았다. 그녀는 퍼뜩 자신이 이 방에 들어온 진짜 목적이 떠올라 그에게 얼음 팩을 내밀었다.

"여기 얼음 팩 가져왔어요."

"내 첫인상이 좀 그랬지? 완전 실없는 놈으로 찍혔을 테니까."

서준은 얼음 팩엔 눈길도 주지 않고 라연에게 시선을 고정시켰다. 라연은 그의 시선이 자신의 얼굴에 닿아 있음을 느끼면서도 쉽게 마주하지 못했다.

"반가워서 그랬다면 믿겠어? 그쪽을 학교에서 처음 봤을 때, 아무 생각도 할 수 없을 만큼 그렇게…… 반가웠거든."

얼음 팩을 내밀었던 손을 거두며 라연이 어리둥절한 얼굴로 그를 바라보았다.

"무슨 말씀이신지……."

"내가 알던 사람과 참 많이 닮았어. 당신."

무슨 수작이지? 라고 의심을 하기엔 그의 눈빛이 너무도 진지했다. 라연은 긴장을 늦추지 않기 위해 얼음 팩을 쥔 두 손에 힘을 주었다.

"여자에게 집적댄 이유치고는 꽤나 상투적이지? 근데 사실이야. 정말 많이 닮았어."

"그럼 편의점에서 만난 건……."

"그땐 내가 더 놀랐는데, 못 느꼈나?"

정황상 그의 말에 꼬투리를 잡을 만한 것은 없었다. 만약 그의 말이 전부 사실이라면 스토커니 뭐니 오해하고 혼자 방방 떠서 오버한 것은 정작 라연, 자신이었다. 그것으로도 모자라 상사의 뺨까지 때리고 말았으니…….

리연은 후끈 달아오른 얼굴을 감추기 위해 얼른 고개를 숙였다. 손에 들고 있는 팩으로 당장 얼음찜질이라도 하고 싶은 심정이었다.

"고개는 왜 숙여? 그러지 마. 부끄러워하라고 한 말 아니니까. 그냥 나에 대한 선입견을 좀 없애 줬으면 해서 한 말이야. 앞으로 쭉 함께 지내야 하는데 말이지."

앞으로 쭉은 아니지요, 라고 말하고 싶은 것을 꾹꾹 참으며 라연이 굼실굼실 고개를 들었다. 그의 시선은 여전히 그녀에게 머물러 있었다.

"하고 싶은 말이 있는 모양이군."

"네."

"비서 일을 못 하겠다고 말하고 싶은 건가?"

당당하게 대답을 했던 라연은 정곡을 찔린 양, 놀란 표정으로 그를 바라보았다. 동그래진 눈과 더불어 살짝 벌어진 입술이 그녀가 당황했음을 여실히 보여 주었다. 그 모습을 즐기듯 눈가에 웃음을 머금은 그가 짓궂은 표정으로 재차 물었다.

"왜? 큐레이터로 들어왔는데 비서 일을 하게 돼서?"

"네."

"비서를 하게 되면 어시스턴트 월급보다 세 배 정도는 오를 텐데도?"

"처음부터 각오하고 들어온 이상 크게 욕심은 없습니다."

아니, 실은 엄청나게 욕심이 났다. 왜 월급 이야기는 미리 안 해준 거냐고……. 그녀의 사사로운 흔들림과는 상관없이 서준은 한쪽 다리를 다른 쪽 다리에 걸치며 여유로운 모습을 보였다.

"나름 파격적인 인사라 생각했는데 정작 당사자가 싫다니, 그거 유감이군. 내 옆에 있으면 배우는 것도 꽤 많을 텐데 말이야."

"그것보다 저를 왜 비서로 뽑으셨는지 궁금합니다."

그의 입꼬리가 보기 좋게 위로 올라갔다.

"점심을 같이 먹고 싶어서."

"네?"

"맛없는 샌드위치 같은 거 말고 맛있는 걸 먹여 주고 싶었어."

라연이 슬쩍 짜증 섞인 음성으로 말했다.

"진지하게 대답해 주셨으면 해요. 저 지금 관장님과 농담 나누고 싶은 생각 없습니다."

"후배님을 내 손으로 키워 보고 싶었어. 비록 졸업은 하지 않았지만 꽤 애착이 많은 학교거든. 물론 경력이 좋은 사람을 비서로 채용하면 편하기는 하겠지. 하지만 재미가 없잖아. 게다가……."

그가 어깨를 가볍게 들썩였다.

"우연히 삼세번 만나기가 쉽나? 라연 씨와의 인연을 한번 믿어 볼 생각이었거든. 혹시 알아? 내가 그쪽의 귀인이 될지?"

"정리해서 말하자면 제 실력이나 가능성을 보고 비서를 시키신 건 아니란 말씀이시군요."

"뭔가 단단히 약이 오른 표정이군."

그의 말대로 라연은 발끈, 약이 올랐다. 아니, 그보다는 오기가 생겼다는 표현이 옳았다. 이 모든 게 서준의 의도적인 도발이란 사실도 모른 채 그녀는 결심한 듯 턱을 올리며 그를 바라보았다.

"제 수상경력이나 성적은 확인하셨나요?"

"아니."

"그럼 제가 제출한 포트폴리오는 보셨나요?"

"아니"

"그럼 정말 즉흥적으로 저를 뽑으셨다는 말씀이세요?"

그가 대답 대신 고개를 한번 끄덕였다. 라연의 얼굴은 더 이상 붉어질 수 없을 만큼 벌겋게 달아올랐다.

"방금 전에 제가 했던 말 취소하겠습니다. 저, 비서 하겠어요."

"큐레이터 일은 어쩌고?"

"관장님께서 저를 유능한 비서로 인정해 주실 때까지 큐레이터는 잠시 보류하겠습니다."

"유능한 비서라…… 그거 쉽지 않을 텐데?"

그래서? 하라는 거야 말라는 거야! 라연은 부글부글 끓어오르는 속을 애써 누르며 최대한 차분한 음성으로 말을 이었다.

"처음엔 관장님의 도움이 필요하겠지만 빠른 시일 내에 되어 보이겠습니다. 관장님이 제 귀인이 아니라 제가 관장님의 귀인이 되어 드리겠단 말씀입니다."

"그게 그렇게 말처럼 쉬울까?"

"관장님께서 가르쳐 주시면 되죠. 직접 키워 주시겠다고 하지 않으셨나요?"

"사실 나 무지 바쁜 사람인데……."

서준이 회심의 미소를 지으며 뭐라 말을 이으려고 할 때 관장실 문이 열렸다. 어딘가 심기가 불편해 보이는 화정이 방 안으로 들어섰다.

"이런, 노크하는 걸 깜빡 잊었네. 두 사람, 대화 중이었나 봐."

라연이 자리에서 얼른 일어나 화정에게 인사를 건넸다. 화정은 가볍게 묵례로 답하고는 이내 서준에게 시선을 옮겼다.

"배 아픈 긴 괜찮아? 어제 전화도 내내 안 받아서 걱정했잖아."

"괜찮아."

"그냥 하루 쉬지 그랬어. 많이 안 좋아 보였는데. 너 한쪽 뺨은 왜 그래? 부은 거니?"

"라연 씨는 그만 나가 봐요."

그의 얼굴에 편안해 보이던 미소는 사라지고 없었다. 라연은 허둥지둥 인사를 하고는 서둘러 그곳에서 벗어났다.

밖으로 나온 라연은 자신의 책상에 앉아 방금 전 상황을 떠올렸다. 부관장이 관장에게 반말을 하는 것을 보면 둘은 꽤 가까운 사이임이 틀림없다.

게다가 관장이 서둘러 라연을 내보낸다는 것은 둘만의 시간을 방해받고 싶지 않다는 의미가 아닐까? 라연은 은연중에 아랫입술을 빼 밀며 관장실 문 쪽을 흘겨보았다.

'칫, 그 인물에 여자가 안 꼬일 리가 없지. 그건 그렇고 어제 배탈이 났었단 말이지? 설마 내 점심을 뺏어 먹고?'

문을 뚫어져라 쳐다보던 라연은 갑자기 떠오른 기억에 머리카락을 쥐어뜯으며 몸부림쳤다.

'이놈의 욱하는 성격 좀 고쳐야 하는데⋯⋯. 혼자 오버하고 난리 치는 걸 보면서 얼마나 웃겼을까? 아니지, 저 남자가 먼저 날 안았잖아? 그러게 왜 키스하고 난리냐! 아오, 몰라, 몰라.'

라연은 잠시라도 그곳에서 벗어나고픈 생각에 자리에서 벌떡 일어섰다. 핑계 김에 그가 마시고 싶다던 생수를 냉장고에 채워 넣을 생각이었다.

라연은 지갑을 열어 어제 받아 두었던 법인카드를 확인하고는 힘차게 유리문을 밀었다.

"너무 무리수를 두는 거 아니야? 어젠 아무 생각 없이 네 이야기에 동의하고 일을 저질렀지만 이건 좀 아닌 것 같다. 전공도 순수미술 쪽이고 경력도 전무한 데다 무엇보다 너무 어려. 물론 몰랐던 사실은 아니지만⋯⋯ 내가 경솔했어."

라연이 나가고 곧바로 서준 앞에 마주 보고 앉은 화정은 기다렸다는 듯이 불만을 줄줄 늘어놓았다.

"유라연 씨 오늘 옷차림 봤지? 관장의 비서라면 어느 정도 자신을 가꿀 수 있는 사람이어야 해. 관장의 수족이 될 사람이 자신의 품위도 유지하지 못한다면 미술관 이미지에도 좋을 게 없어."

그녀가 잠시 뜸을 들이다 미간을 살짝 찌푸리며 다시 입을 열었다.

"네가 확인했는지는 모르겠지만 유라연 씨…… 고아원 출신이더라. 재단의 후원을 받았다고는 해도 미술전공을 했다는 것 자체가 경이로울 정도야."

구불거리는 긴 머리를 멋스럽게 틀어 올린 화정은 어제보다 훨씬 공들여 화장한 모습이었다. 과한 색조 대신 동그란 눈을 더욱 강조하였고 투명한 립글로스를 바른 입술은 그녀를 더욱 어려 보이게 했다.

자신의 열변에도 불구하고 서준이 아무런 반응을 보이지 않자 그녀가 못마땅한 얼굴로 다그치듯 그의 이름을 불렀다.

"은서준! 내 말 듣고 있는 거야?"

"하고 싶은 말 다 한 건가? 더 있으면 말해. 일단 다 들어 줄 테니."

"일단 다 들어 주겠다? 무슨 의미야?"

"먼저 내가 부관장에게 일러둘 말이 있어."

서준의 입에서 너가 아닌 부관장이라는 호칭이 나오자, 그를 바라보는 화정의 눈빛에 미세한 긴장이 감돌았다.

"직원과 함께 있을 땐 반말은 삼가 줬으면 해. 권위를 따지겠다는 게 아니라 전에도 말했지만 괜한 오해를……."

"아까 내가 유라연 씨 앞에서 반말했다고 이러는 거야? 그 애에게 오해받고 싶지 않다?"

"그런 말이 아니잖아."

"그 애, 도대체 너한테 뭐니? 유독 그 아이에게 집착하는 이유가 뭐냐고!"

화정의 히스테릭한 반응에도 불구하고 서준은 언짢은 기색 하나 보이지 않았다. 오히려 더욱 덤덤한 얼굴로 그녀를 마주했다.

"네 말이 다 맞아. 무경력에 나이도 어리고 이쪽 지식도 많이 부족하지. 게다가 너처럼 세련되게 자신을 꾸밀 줄도 몰라. 이대로라면 미술관 이미지에 좋을 게 없겠지. 새파랗게 젊은 놈이 관장 자리에 앉더니 비서마저 어린애냐고 수군대는 사람들도 분명 있을 거다."

"그렇게 잘 아는 사람이 왜……."

"말했잖아. 어머니의 안목을 믿어 보겠다고. 어머니께서 발견하고 후원하신 학생이야. 따라와만 준다면 내 손으로 그 아일 이 분야에서 최고로 만들어 보고 싶어. 그게 내가 유라연을 선택한 이유다."

공교롭게도 어머니를 빌리고 말았지만 서준의 말에 거짓은 없었다. 라연이 맘껏 날 수 있도록 든든한 날개가 되어 줄 생각이었으니까.

"이런 무리수를 둘 수 있는 것도 다 믿는 구석이 있기 때문이지. 유능한 부관장이 이렇게 내 옆에 있으니까. 네가 무엇 때문에 걱정하는지도 알아. 나중에 지금 네 말을 안 들어서 후회할 날이 올지도 모르지만 일단은 나를 믿어 줬으면 좋겠다."

"정말 다른 이유는 없어?"

"또 무슨 이유가 있어야 하는데?"

화정이 뚫어지게 그의 얼굴을 바라보다 다소 누그러진 표정으로 대답했다.

"후회할 날 오기 전에 미리 알려 줘. 답이 보이지 않는다면 가차 없이 멈추란 소리야. 비서를 그만두게 한다고 해서 미술관 자체를 그만두게 하지는 않을 테니까."

"나도 한 가지 네게 일러둘 말이 있어. 내가 앞으로 유라연 씨를 어떻게 트레이닝할지는 아직 정하지 않았지만 필요 이상의 오해는 하지 않아 줬으면 좋겠다. 어떤 방식이든 그 아이를 제대로 써먹을 수 있도록 키워 볼 테니까."

"키워서 잡아먹지만 않는다면야."

뒷말은 흘리듯 건성으로 대답하며 그녀가 자리에서 일어섰다.

"사실 네 상태가 어떤지만 보고 가려다 말이 길어졌어. 방금 전 유라연 씨 옷차림을 보니 헉 소리가 절로 나와서 말이야. 그래서야 어디 데리고나 다니겠니?"

"좋아. 네 충고 받아들이지. 그것부터 해결해야겠군."

"내일 월간 아트월드에서 인터뷰 올 거야. 시간은 오전 11시로 잡아 놨어. 산해그룹 강 회장님과의 미팅은 내일 오후 3시야. 당분간 굵직한 스케줄은 내가 관리할 거니까 참고해. 그쪽 비서님은 업무파악 하느라 바쁘실 테니."

"그래. 당분간은 부관장이 수고 좀 해 줘."

"이건 직원을 부리는 건지 학생을 데려다 가르치는 건지 모르겠다."

화정은 문 쪽으로 걸어가다 잠시 걸음을 멈췄다. 그녀는 돌아보지 않은 채 나직한 음성으로 입을 열었다.

"아깐 내가 너무 감정적이었어. 비서도 직원이니 조심해야겠지. 관장님에 대한 예우, 지킬게."

화정이 나간 뒤, 서준은 접었던 다리를 길게 뻗어 테이블 위에 걸쳤다. 한 것도 없이 피곤한 것을 보니 이래저래 긴장이 되었던 모양이다. 비서고 부관장이고 쉬운 사람이 없으니.

화정의 말대로 그는 지금 무리수를 두고 있는지도 모른다. 그 무리수라는 것이 미술관 일이 아니라는 점이 달랐지만…….

처음부터 혼자였다는 라연의 말이 계속해서 그의 귓가에 맴돌았다.

이 악물며 살았다고 소리치던 그녀의 음성이 그의 머릿속에 무겁게 가라앉았다. 그동안 어떤 마음으로 어떻게 살아왔을지…… 생각만 해도 체한 것처럼 가슴이 답답해졌다.

유난히 경계하던 눈빛, 지나칠 정도로 불쾌해하던 그녀의 행동들이 이해가 되는 순간이었다. 그녀는 그렇게 이 세상에서 자신을 지키며 살아왔을 터였다. 방어벽을 쌓고 그것도 모자라 온몸에 가시를 세운 채로.

'천유, 네가 의도한 것이냐? 7년 전 나를 아무 이유 없이 지호 형의 연구실로 찾아가, 평소라면 절대 하지 않았을 최면까지 받게 한 것 말이다. 그렇게 라연을 지켜 주고 싶었던 거냐.'

온 마음으로 천유를 지키려 했던 아기씨를 이젠 그가 지킬 차례였다. 설사 꿈에서 본 모든 것들이 전부 허상일지라도 서준은 멈추고 싶지 않았다. 이젠 천유가 아닌 은서준이, 윤라연이 아닌 유라연을 지키고 싶어졌으니까.

'너의 영혼이 내게 깃들어 있다면 지켜봐. 그리고 이젠 조금만 아파해.'

전생의 기억이 그에게만 돌아왔다면 그것 역시 하늘이 정해 준 것이리라. 아기씨를 지켜 주지 못해 아파했던 천유의 염원이 수백 년이나 이어져 하늘을 움직인 것일 테니까.

5. 네가 행복해졌으면 좋겠어

　라연이 업무파악을 위해 쌓인 서류들을 읽고 있을 때 서준이 호출을 해 왔다. 라연은 벽에 걸린 시계를 보며 자리에서 일어섰다.

　'곧 점심시간인데 무슨 일이지?'

　그녀는 짧게 심호흡을 하고 관장실 문을 열었다.

　책상에 앉아 뭔가를 읽고 있던 서준이 고개를 들었다. 그는 손짓으로 라연에게 소파에 앉을 것을 권했다.

　"지금 막 유라연 씨 포트폴리오와 이력서를 봤어."

　소파에 앉던 라연이 당황해하며 그를 쳐다보았다. 그녀의 시선과는 상관없이 서준은 들고 있던 파일을 책상 위에 아무렇게나 던져 버리고는 시큰둥한 어조로 말을 이었다.

　"자신만만하게 자신의 이력을 봤냐고 묻기에 뭔가 있는 줄 알았는데…… 없는데? 어시를 어떤 기준으로 뽑았는지 의심스러울 정도야."

그의 비아냥거리는 말투에 라연의 얼굴이 후끈 달아올랐다.

"이 정도의 수상경력은 대한민국에 널리고 널렸어. 학교 성적? 그건 교수들의 개인적 취향에 의해 정해지는 기호에 불과해. 그나마 조금 봐줄 만한 건 포트폴리오뿐인데 그마저도 만족스럽진 않아."

다리 위에 가지런히 올렸던 라연의 두 손이 바르르 떨렸다. 그녀의 하얀 손등 위로 푸르스름한 핏줄이 불거졌다.

"도대체 무슨 배짱으로 큐레이터가 되겠다고 뛰어든 거지?"

"제 능력이 많이 부족하다는 거 압니다. 그렇기 때문에 남들보다 더 열심히 노력하고 또 노력할 겁니다. 처음부터 잘하는 사람은 없을 테니까요."

"어떻게 노력할 건데? 열심히 하는 것만으론 안 되는 게 분명히 있을 텐데?"

그의 질문에 라연은 바로 대답을 할 수가 없었다. 그가 무슨 의도로 던진 질문인지 정확히 파악이 되지 않았기 때문이다. 하지만 곧, 서준의 다음 말들이 그녀의 혼란을 잠재워 주었다.

"미술사학, 고고학, 미학과 같은 전공은 하지도 않았고 최종학력은 대졸. 뭐 공부는 나중에 더 할 수도 있겠지만 라연 씨의 지금 경제사정으로 봐선 거의 불가능. 영어토익 800점대, 그쪽 말대로 노력한 흔적은 보이지만 글쎄, 실무에서도 과연 써먹을 수 있는 실력일까? 그리고 이건 큐레이터 쪽보다는 비서 업무에 해당되는 사항인데……."

표정 관리가 제대로 되지 않는 라연을 여유롭게 훑어보며 그가 다시 말을 이었다.

"비서는 업무처리도 중요하지만 종종 상사를 대신해 고객을 상대해야 하는 직업이야. 미술관장의 비서라면 그에 걸맞은 차림을 해야겠지."

라연은 그의 시선을 따라 자신의 차림새를 새삼 확인했다.

2년 전 학교 앞 보세 신발가게에서 산 낡은 플랫슈즈, 고급스럽다거나 세련된 것과는 거리가 멀어 보이는 정장 투피스……. 억울하지만 그의 말에 반박을 할 수가 없었다.

그녀의 짧은 침묵에 서준이 다시 입을 열었다.

"내 말이 기분 나쁜가?"

라연이 시선을 떨어뜨린 채 시무룩하게 대답했다.

"그리 썩 유쾌하진 않습니다."

"왜? 모르던 사실을 들은 것도 아닐 텐데?"

"때론 확인사살이 더 아플 때가 있거든요."

"유능한 비서가 되게 도와 달라고 부탁한 사람은 그쪽이야. 이 정도의 무안으로 무너질 생각이라면 지금 말해. 그만두겠다고."

라연이 입을 굳게 다문 채 고개를 들었다. 서준은 그 어느 때보다 진지한 얼굴로 그녀를 응대하고 있었다. 라연은 오기 가득한 눈으로 그를 매섭게 쏘아보았다.

"아프다고 했지 포기하겠다고는 하지 않았어요."

라연은 어깨를 펴고 목을 꼿꼿이 세우며 바로 앉았다.

"관장님 말씀대로 노력해도 안 된다면 제가 어떻게 해야 하죠? 해고를 시킬 생각은 아니신 것 같으니 방법을 알려 주세요."

"나 상처받았어요, 라고 쓰여 있는 지금 라연 씨의 얼굴, 그것부터 고쳐. 그리고 자존심이라고 착각하고 있는 자격지심이 있다면 지금 이 순간부터 버려야 할 거야. 지켜야 할 자존심은 따로 있으니까."

"알아듣게 말씀해 주세요."

"내가 앞으로 유라연 씨에게 어떤 요구를 하든, 어떤 도움을 주든 이유를 달지 말란 소리야. 내 필요에 의한 투자라고 생각하고 따르면 돼."

라연은 여전히 이해할 수 없다는 얼굴로 그를 쳐다보았다. 이렇게까지 자신을 비서로 쓰려고 하는 관장의 저의를 도무지 알 수 없었기 때문이다. 그의 말대로 자격미달인 그녀를 왜? 어째서?

"기본적으로 타고난 감각은 돈을 주고도 살 수가 없지."

라연의 속마음을 듣기라도 한 듯 서준이 자리에서 일어서며 말했다.

"그리고 지금껏 그림을 포기하지 않은 근성도 마음에 들어."

이건 뭐 병 주고 약 주는 것도 아니고……. 라연이 딱히 대꾸를 하지 않고 어이없는 표정을 짓고 있을 때, 그가 맞은편 자리에 앉았다.

"어렸을 땐 입양기관이나 고아원에 있었을 테고 언제 혼자 독립을 했지?"

마치 고향이 어디냐고 묻는 일상적인 대화처럼 서준은 상처가 될 수 있는 질문을 너무도 자연스럽게 라연에게 던졌다. 그녀 역시 담담히 대답했다.

"고등학교를 졸업하면서 나왔습니다."

"생활비를 버는 것도 버거웠을 텐데 용케 많은 작업들을 했더군. 재료비가 만만치 않았을 텐데."

"주로 입시학원 강사를 뛰었어요. 보셨다시피 남는 시간엔 편의점 알바도 했고……."

그때, 라연의 머리 위로 따스한 무언가가 와 닿았다. 몸을 일으킨 서준이 손을 뻗어 라연의 머리를 쓰다듬은 것이었다. 너무나 갑작스런 상황에 라연은 놀란 표정을 감추지 못하고 그를 바라보았다.

"힘들었구나. 많이."

독설을 쏟아 내던 관장은 온데간데없이 사라지고, 이보다 더 다정할 수 없는 미소를 띤 남자가 눈앞에 있었다. 서준은 천천히 손을 거두며 자리로 돌아갔다.

"그런 눈으로 보지 마. 그저 칭찬을 해 주고 싶었으니까. 다른 뜻은 없어."

라연은 여전히 아무 말도 할 수가 없었다. 혼란과 동시에 당혹스러웠기 때문이다. 동정을 받는다는 기분은 들지 않았지만 괜히 긴장이 풀려 눈물이 날 것만 같았다. 라연은 그가 눈치채지 못하게 조심스레 숨을 골랐다.

"맛있는 거 먹으러 가고 싶은데 아직 배가 아파. 어제 후배님 점심 뺏어 먹고 배탈이 났거든. 오늘 점심은 죽을 먹으러 가야 할 것 같은데 라연 씨, 죽 좋아해?"

"아, 아뇨, 그다지."

"그럼 일식집으로 가지. 나는 전복죽 먹고 라연 씨는 다른 거 먹고."

라연이 머뭇머뭇 어색한 표정을 지었다.

"저는 따로 해결하겠습니다. 다녀오세요."

"잊었어? 내가 라연 씨를 비서로 채용한 이유."

"네?"

"점심을 같이 먹고 싶어서라고 분명히 말했을 텐데."

어느새 그는 매서운 관장도 따뜻한 남자도 아닌 실없는 소리만 늘어놓는 반질반질한 껄떡남으로 돌아가 있었다. 얼굴을 찡그리는 라연의 눈 밑엔 저절로 주름이 잡혔다.

"난 절대 혼자 밥 안 먹어. 유학시절에도 굶으면 굶었지 혼자 앉아서 빵 같은 거 씹고 그러지 않았어. 혼자 밥을 먹는 건 내 위장에 대한 예의가 아니거든."

"부관장님과 가시면 되겠네요. 저는 혼자 먹는 게 편합니다."

"내 비서가 해야 할 일을 왜 부관장이 해? 앞으론 나와 함께 식사하는 것에 익숙해져야 할 거야. 그리고 관장의 식성을 잘 파악하는 것도 비서가 해야 할 중요한 일이지. 그러니 토 달지 말고 같이 가. 식사 후에 밖에서 해야 할 일도 있으니까."

라연은 하는 수 없이 고개를 끄덕였고 서준은 그런 그녀를 보며 만족의 미소를 지었다.

✽

서준과 함께 들어간 카페엔 유난히 많은 그림들이 벽에 걸려 있었다. 기법과 재료는 다양한 시도를 보였지만 화폭엔 전부 연꽃들로 가득했다. 전체적인 느낌으로 보아 한 사람의 연작(連作)인 듯 보였다. 기교를 부리지 않은 담백함이 마음을 푸근하게 해 주는 그림들이었다.

라연은 테이블을 사이에 두고 맞은편에 앉은 서준과 앞에 놓인 주스 잔을 느릿하게 번갈아 쳐다보며 조금 전 상황을 떠올렸다.

『소개해 줄 사람이 있어.』

식사를 마치고 차를 세워 두었던 주차장에 도착했을 즈음 서준이 뒤따라오던 라연을 돌아보며 말했다.

『나보다 어쩌면 라연 씨에게 훨씬 도움이 되어 주실 분이야. 오늘은 그분 만나서 볼일 보고 나면 바로 퇴근해.』

『누구를……?』

『약속 장소에 도착하면 알려 주지.』

서준은 의미심장한 표정을 지으며 그녀를 위해 자신의 아우디 조수석 문을 열어 주었다.

"벽에 걸린 그림들 어때?"

서준의 은근한 음성에 라연의 회상이 멈춰졌다.

"언젠가는 꼭 우리 미술관에 모시고 싶은 작가지."

"작가님이 여자분이실 것 같아요. 무심한 듯, 덤덤한 색채 속에 여자만의 섬세함이 느껴지거든요. 겁 없이 아는 체했는데…… 망신당하는 건가요?"

"투박해서 다들 남자가 그린 것 같다고들 하는데 아가씨는 용케도 알아맞히네?"

약간의 허스키가 섞인 여자의 음성이 바로 뒤에서 들려왔다. 라연은 당황해하며 뒤를 돌아보았다.

숏커트에 서글서글한 이미지의 사십 대 중후반쯤으로 보이는 여자가 라연의 뒤에 서 있었다. 장식이 없는 심플한 블라우스에 곡선이 느껴지는 타이트한 스커트, 옷차림에 어울리는 샤넬 펌프스를 신은 그녀는 흥미롭다는 듯 라연을 바라보았다.

"아가씨가 유라연 씨구나?"

라연이 자리에서 일어서려 하자 그녀가 웃으며 만류했다.

"일어설 필요 없어요. 뭐 대단한 사람이라고."

맞은편에 앉아 있던 서준이 일어서며 그녀에게 알은체를 했다.

"미리 찾아뵈었어야 했는데 죄송합니다."

그가 정중히 인사를 건넸다.

"그동안 잘 지내셨죠?"

"오랜만이야. 이젠 서준 씨가 아니라 은 관장이라고 불러야겠지? 나이가 들수록 더 근사해지네. 노처녀 가슴이 다 두근두근하는데?"

"최 비서님은 여전하시네요. 아, 그럼 저도 최 화백님이라고 불러 드려야겠군요."

"그냥 윤희 씨라고 불러 줬으면 좋겠는데?"

윤희가 웃으며 의자에 앉았고, 서준도 따라 자리에 앉았다. 서준은 어리둥절해하는 라연에게 그녀를 소개했다.

"라연 씨, 인사드리세요. 이 카페 주인이자 초대 관장님의 비서셨던 최윤희 씨입니다."

라연이 자리에서 일어나 꾸벅 인사를 했다.

"아, 처음 뵙겠습니다. 유라연이라고 합니다."

"일어설 필요 없다니까. 암튼 반가워요. 전부터 이름만 듣다가 이렇게 직접 만나니 더 반갑네요."

"네? 누가 저를······."

"라연 씨를 후원해 준 분이 송연화 이사장님인 건 알죠? 그분이 너울가지 초대 관장님이시거든요."

라연은 놀라움과 반가움에 벌어진 입을 다물 줄 몰랐다.

"입상자가 아닌 학생을 후원하는 일은 극히 드물었을 뿐 아니라, 꽤 관심을 갖고 지켜보시던 학생이었어요."

"저는 그저 재단 측에서만 관리하는 줄 알았어요. 이사장님께서 제 이름을 알고 계실 거라곤 상상도 하지 못했거든요."

잔뜩 들뜬 표정으로 입을 열었던 라연은 어느 순간 눈망울이 촉촉이 젖어 들었다.

"이사장님의 부고를 들었을 땐······."

라연이 잠시 숨을 고른 뒤 다시 말을 이었다.

"하늘이 무너지는 것 같았어요. 앞이 보이지 않는 제 인생에 빛이 되어 주신 분이셨는데······. 진부한 말 같지만 정말 훌륭한 사람이 되어서 보답하고 싶었거든요. 그 결심이 제가 지금까지 버틸 수 있는 힘이었고요."

"지금의 라연 씨를 보셨다면 분명 뿌듯해하셨을 거예요."

윤희는 의미심장한 눈빛으로 슬쩍 서준의 눈치를 살피고는 지나가듯 툭, 한마디를 남겼다.

"누군가의 의견이 반영되었는지는 알 수 없지만, 암튼 그 당시로는 꽤 파격적인 결정이었어요. 이유야 어떻든 간에 라연 씨가 이사장님께 보답하는 길은 앞으로 더욱 성장하는 모습을 보여 주는 것이겠죠?"

윤희의 말에 서준은 괜히 헛기침을 하며 대화에 끼어들었다.

"부족한 게 많은 친구입니다. 죄송스럽지만 최 비서님께 부탁 좀 드리겠습니다."

"부족하긴. 내가 보기엔 지금도 충분히 멋진 아가씨인데. 아주 조금만 도와주면 더 좋아질 것 같긴 해."

윤희는 친근한 미소를 지으며 라연에게로 시선을 돌렸다.

"마침 나도 기분전환이 필요했는데 잘됐네. 핑계 김에 기분 좀 내러 가 볼까?"

라연이 어리둥절해하며 대답했다.

"네?"

"묻지도 따지지도 말고 오늘은 내가 하자는 대로 하기! 이렇게 슬쩍 말 놔도 되지?"

"그, 그럼요."

윤희가 자리에서 일어서며 말했다.

"은 관장과의 대화는 다음으로 미루고 오늘은 라연 씨와의 데이트를 서둘러야겠어. 서준 씨, 그럼 나중에 연락할게. 라연 씨는 얼른 일어서."

라연은 얼떨결에 윤희의 손에 잡혀 밖으로 이끌렸다. 뭔가에 홀린 것 같은 정신없는 상황에 라연은 다른 생각은 할 수도 없었다. 서준에게 인사하는 것조차도 까맣게 잊어버렸을 만큼.

지하 주차장으로 내려와 흰색 그랜저 앞에 선 윤희가 차 문을 열다 말고 라연 쪽을 힐긋 쳐다보았다.

"생각했던 것 이상이네. 참 예쁘다, 라연 씨."

뭐라 대답해야 할지 몰라 얼굴만 붉히는 라연을 보며 윤희가 피식 웃음소리를 냈다.

"게다가 순진하기까지. 맘에 들어."

윤희는 유쾌하게 문을 열고 차에 올랐다. 잠시 멍하니 서 있던 라연은 심호흡으로 정신무장을 한 뒤, 조수석 차 문을 열었다.

미술관에 돌아가기 위해 차에 오른 서준은 의자 등받이에 머리를 기대며 몸을 뉘었다. 여전히 좋지 않은 컨디션 때문일까, 몸이 땅속으로 꺼지는 느낌이었다. 그는 의자를 뒤로 젖히고 눈을 감았다. 따뜻한 물에 몸을 담근 것처럼 나른함이 밀려왔다. 그리고 그는 곧 잠이 들었다.

만명사에서 나와 산 오솔길을 걷던 라연이 갑자기 바닥에 털썩 주저앉았다. 뒤따라 걷던 천유가 깜짝 놀라며 그녀에게 달려갔다.

『아기씨! 어디 불편하십니까?』

바닥에 쌓인 낙엽들이 바람에 쓸리어 바스락거렸다. 낙엽이 쓸리는 소리에 라연의 한숨 소리가 더해졌다.

『다리 이파. 탑돌이를 너무 오래 했나 봐.』

『잠시 쉬었다 갈까요?』

『아니, 아버지께서 걱정하실 것 같아. 네가 좀 업어 주면 안 되겠느냐?』

『제, 제가 어찌…….』

라연이 잔뜩 뿔이 난 얼굴로 고개를 휙 돌렸다. 토라진 모습조차도 너무나 사랑스러워 천유는 몰래 웃음을 감추었다.

『제 옷이 더러워 아기씨를 모시기가 송구합니다.』

『더럽지 않아.』

『땀 냄새가 날지도 모릅니다.』

『괜찮아. 천유가 흘린 땀이잖아.』

제법 서늘해진 바람이 그녀의 팔에 오소소 소름을 남겼다. 천유는 차가운 땅에 앉은 아가씨가 맘에 걸려 더는 고집을 부릴 수가 없었다.

『춥습니다. 업히시지요.』

『그럼 잠깐만 빌려줘, 네 등.』

업어 달라고 투정할 땐 언제고, 라연은 수줍은 몸짓으로 그의 등에 업혔다.

푸르렀던 산천초목은 어느덧 가을의 색으로 물들어 있었다. 오솔길 옆을 유유히 흐르는 시냇물 위에도 갈색 나뭇잎이 물결을 그리며 떠내려갔다.

두 사람이 내던 바스락 소리는 한 사람의 소리로 바뀌었고, 천유의 귓가엔 라연의 고른 숨소리가 설렘으로 맴돌았다.

『어머니와 아우의 극락왕생을 기원했어.』

『네, 아기씨.』

『아버지의 강건하심과 오라버니들의 입신양명을 기원했어.』

『네, 아기씨.』

천유의 어깨에 올렸던 라연의 손이 천천히 그의 목을 감싸 안았다. 그의 목덜미 위로 그녀의 따스한 숨결이 내려앉았다.

『하지만 내가 제일 오랫동안 빈 것은 너의 천복(天福)이야. 필요하다면 내가 가진 복과 바꾸어서라도 네가 행복해졌으면 좋겠어. 나는 지금 이리도 호강하며 살고 있잖아? 다음 생에는 네가 귀한 집에 태어나게 해 달라고 빌었어. 내일도 모레도 계속 빌 거야.』

『저는 지금도 행복합니다.』

『행복하긴 뭐가 행복해! 바보! 내 맘이 어떤지도 모르면서…….』

조잘대던 라연은 더 이상 입을 열지 않았다. 대신 살갗에 와 닿는 그녀의 숨결이 조금 거칠게 느껴졌을 뿐…… 뭔가 또 뿔이 난 게 분명했다.

천유는 흘러내리지 않도록 두 팔을 그녀의 다리에 단단히 고정시키며 은은한 미소를 머금었다.

'아기씨, 저는 지금이 좋습니다. 이렇듯 저를 아껴 주는 아기씨를 모실 수 있어서, 아기씨의 투정을 들어 드릴 수 있어서…… 지금이 많이 좋습니다.'

어디선가 빠앙 하는 클랙슨 소리가 들려왔다. 서준은 손등으로 이마를 짚으며 눈을 떴다. 차 안의 공기가 후텁지근하여 창문을 반쯤 열었다. 방금 전까지 서늘한 산속에 있었던 것 같은 착각이 들 정도로 잠깐 꾸었던 꿈은 너무도 생생했다. 이젠 별로 새삼스럽지도 않았지만.

일부러 쓴소리를 뱉어 냈지만 라연의 이력서와 포트폴리오는 생각 이상으로 놀라웠다. 아르바이트를 해 가며 과 톱을 해내기란 결코 쉽지만은 않은 일이었을 텐데……. 게다가 그녀의 작품은 수상 이력이 보여 주듯 놀라운 수준이었다. 작가로의 꿈을 펼칠 수 있도록 도와주고 싶을 만큼.

'이제 시작이다. 너는 따라와 주기만 하면 돼.'

부디 그가 준비한 것들을 거부감 없이 받아 주길 바랐다. 그녀가 조건에 구애받지 않고 당당해질 그날까지.

『앞이 보이지 않는 제 인생에…….』

라연의 그 말이 머릿속에서 떠나질 않았다. 좀 더 일찍 그녀를 알았더라면, 좀 더 일찍 천유의 마음을 알았더라면…….

'네가 천유를 기억하지 못한다 해도 상관없어. 내가 너를 찾았으니까, 이제 내가 너를 기억하기 시작했으니까.'

기분 좋은 울렁거림……. 서준의 가슴에 파도가 일었다.

※

환한 조명, 커다란 거울, 셀 수도 없이 많은 색조 메이크업 제품들, 허리에 브러시가 종류별로 **빽빽**이 꽂힌 벨트를 한 여자가 눈앞에 있었다. 라연은 어색한 표정으로 거울을 쳐다보았다.

왼쪽 가슴에 '이현정'이라는 이름표를 단 메이크업아티스트가 라연 얼굴의 T존 부위에 하이라이트를 주며 조잘댔다.

"메이크업하면서 계속 느낀 건데 정말 예쁘세요. 길거리 캐스팅 종종 받으시죠?"

"아, 아뇨."

"요즘 수술 안 하고 이렇게 예쁜 얼굴 보기 정말 드문데, 고객님은 완전 자연 미인이네요."

라연이 민망함에 어쩔 줄 몰라 하며 대답했다.

"예쁘긴요."

"얇은 쌍꺼풀에 긴 눈이며 콧대와 콧방울도 너무 예쁘고 입술도 딱 도톰하니, 손볼 데가 없는 얼굴이네요."

옆에서 같이 메이크업을 받던 윤희가 거들었다.

"선이 고운 동양미인 스타일이지."

"그러게요. 이렇게 예쁜 얼굴을 왜 그동안 안 꾸미셨을까. 피부도 타고나신 것 같은데."

다소 무거워 보였던 라연의 긴 단발머리는 연한 갈색으로 염색을 하고 약간의 층을 내어 가벼우면서도 세련된 느낌으로 바뀌어 있었고, 민낯에 가까웠던 얼굴은 적당한 메이크업으로 생기를 더해 주었다.

윤희는 처음과 많이 달라진 라연의 모습에 흐뭇한 표정을 지었다.

"지금 딱 보기 좋아. 과하지 않고 라연 씨의 청순함이 잘 살아 있어. 바꾼 헤어스타일과도 잘 어울리고."

"저 같지 않아서 어색해요."

"커리어우먼에게 메이크업은 필수야. 좀 더 부지런해져야 한다는 의미이기도 하지."

윤희는 거울 앞으로 다가가 자신의 얼굴을 한 번 더 확인하고는 라연 옆에 선 현정에게로 시선을 옮겼다.

"이 팀장, 앞으로 우리 라연 씨 잘 부탁해. 피부부터 헤어까지 관리 철저히 해 줘야 해."

"당연한 말씀을. 저야말로 맡겨 주셔서 감사할 따름이죠."

"그럼 이 팀장만 믿고 갈게. 라연 씨, 서두르자. 슬슬 배가 고파지려 하거든."

라연은 스텝들의 호들갑에 가까운 배웅을 받으며 윤희의 뒤를 따라 가게 밖으로 나섰다. 당당하고 자신감 넘치는 윤희의 모습이 새삼 멋지게 느껴졌다. 그녀처럼 되고 싶다는 마음이 가슴 깊숙한 곳에서 꿈틀거렸다.

"이건 너무 과해요."

의상실에서 나와 양손에 쇼핑백을 잔뜩 들고 윤희의 옆을 걷던 라연이 난처한 얼굴로 말했다.

"전 이걸 전부 다 사실 줄은 몰랐어요. 입어 보라고만 하셔서……."

"한 벌로 계절을 나시겠다고? 지금 산 것 들도 많이 부족한데? 나중에 시간 날 때 한 번 더 오자."

"가격도 너무 비싸고 제가 이걸 다 받아야 하는 이유도 모르겠 고……."

주차장 쪽으로 바삐 걸음을 옮기던 윤희가 갑자기 걸음을 멈췄다. 라연은 자세를 바로잡고 긴장된 얼굴로 윤희의 대답을 기다렸다. 라연의 얼굴을 빤히 들여다보던 윤희가 드디어 입을 열었다.

"배고프다. 밥 먹으러 가자."

그녀는 라연의 손에 들린 쇼핑백 몇 개를 뺏어 들고는 다시 가던 곳으로 걸어갔다. 라연은 어쩔 도리가 없어 고개를 절레절레 저으며 그녀의 뒤를 따랐다.

카레가 먹고 싶다는 윤희의 의견에 따라 두 사람은 혜화 근처의 인도음식점을 찾았다. 인도풍의 벽화와 이국적인 소품으로 장식된 실내에 들어서자 특유의 향신료 냄새가 물씬 풍겼다. 라연은 능숙하게 이것저것 주문을 하는 윤희를 바라보며 작은 한숨을 내쉬었다.

'뿅 나타나서 마법을 부리고 사라지는 신데렐라 속 마법사 같아.

꿈을 꾸고 있는 건 아니겠지?'

한 번도 입어 본 적 없는 고급스런 정장들과 잡지에서나 본 예쁜 원피스, 그 옷들에 어울리는 구두와 핸드백 그리고 갖가지 메이크업 제품들, 향수, 액세서리……. 윤희의 차 트렁크 안에 넣어 둔 그것들을 떠올리자 라연은 마음이 무거워졌다.

'도대체 무슨 짓을 저지른 거니. 왜 날름날름 받아 들고 나온 거냐고! 뭔가에 씌었던 게 분명해.'

점원이 따라 준 생수를 한입 마시고 잔을 내려놓던 윤희가 피식 웃으며 라연을 쳐다보았다.

"라연 씨가 지금 무슨 생각 하는지 알아."

"네?"

"하나만 물어보자. 후원받으며 공부했던 거 부끄러웠어?"

라연의 눈동자가 당황으로 흔들렸다.

"아뇨. 절대 그렇지 않아요."

"그래. 누구보다 열심히 공부했고 자신의 꿈을 좇아 노력했어. 그치?"

라연은 대답 대신 아주 천천히 고개를 끄덕였다.

"오늘 일도 그렇게 생각하면 돼. 후원받은 만큼 앞으로 열심히 하면 되는 거야."

"하지만 저는 이제 후원을 받는 학생이 아니잖아요."

윤희가 의자에 등을 기대고 팔짱을 끼며 말했다.

"연예인 기획사에서 연습생 키울 때 돈 받고 하나? 뭐 좀 다르긴 해도 같은 맥락이라고 생각하면 안 될까? 은 관장은 미술관을 위해 라연 씨에게 투자하는 거라고."

인도영화의 BGM으로 쓰였을 것 같은 야릇한 음악이 잠깐의 침묵을 메웠다.

"음, 약간의 사적인 감정이 개입된 것도 있긴 하구나."

"네? 무슨……."

"송연화 이사장님이 은 관장 어머니인 거 알고 있었어?"

"네?"

티 나게 놀라는 라연의 모습에 윤희는 재미있다는 듯 큭큭 웃음소리를 냈다.

"역시나 몰랐구나. 이건 순전히 내 생각이니까 아닐 수도 있어."

짧게 뜸을 들인 후, 윤희가 다시 말을 이었다.

"은 관장은 어머니가 후원하셨던 학생을 자신이 끝까지 키워 보고 싶은 마음이 있는 건지도 몰라. 그게 은 관장이 라연 씨를 콕 집어 선택한 이유가 아니었을까 싶은데……. 세 아드님들 중에 은 관장이 유독 송 이사장님을 따랐거든."

윤희의 말에 라연은 만감이 교차하는 기분이었다. 이걸 반갑다고 해야 하는 걸까, 아님 난감하다고 해야 하는 것일까. 짧은 순간, 서준과의 일들이 주마등처럼 머릿속을 스치고 지났다. 특히 그의 뺨을 인정사정없이 때렸던 아침의 일이…….

송연화 이사장님이 태은그룹 회장의 부인이란 것은 웬만한 사람들은 다 아는 사실. 그렇다는 것은 은 관장 역시 태은그룹 자제…….

'정말 모든 만남이 우연이었다는 거야? 내가 미술관에 취직한 것도, 그 남자가 관장인 것도 전부 다?'

서준이 앞에 있는 것도 아닌데 얼굴이 다 화끈거렸다. 면구스럽다는 표현이 딱 맞을 것이었다. 정말 쥐구멍에라도 들어가고 싶은 심정이었으니까.

'꼴불견이었겠지? 혼자 널뛰는 모습 보며 얼마나 웃겼을까? 그런 남자가 뭐가 모자라서 나 같은 애를 쫓아다녔겠냐고! 아아, 정말 미쳐 버리겠네.'

라연은 복잡하기 그지없는 자기만의 생각에 빠져, 앞에 앉은 윤희의 존재를 까맣게 잊어버리고 있었다. 덕분에 윤희는 그런 라연의 변화무쌍한 표정 변화를 호기심 가득한 눈빛으로 즐기듯 관찰했다.

'분명히 막내아들이 부탁한 일이라고 하셨어. 처음으로 원하는 것을 말했다며 즐거워하셨었지.'

정황으로 보아 서준은 긴가민가하는 눈치였다. 아까 카페에서 쩔쩔매는 모습이 그것을 입증했듯, 지금 그는 윤희가 이 사실을 알고 있는지 모르고 있는지 대놓고 물어보지도 못하는 어정쩡한 상황인 것이다.

'되게 도와주고 싶었나 보네. 그런 위험부담을 안고서도 나를 찾은 걸 보면. 뭐, 이렇게 옆에서 구경하는 것도 재미있겠어.'

윤희는 넋을 잃고 앉아 있는 라연의 얼굴 앞에 손가락을 튕겨 소리를 냈다.

"어이! 무슨 생각을 그리 해?"

멍하니 앉아 있던 라연이 칠리소스처럼 붉어진 얼굴로 고개를 들었다.

"아! 죄, 죄송합니다."

"홋, 죄송할 것까진 없고, 나 궁금한 게 하나 있는데."

"네?"

"은 관장하고는 언제부터 알고 지낸 사이야?"

라연이 어리둥절한 얼굴로 대답했다.

"이번에 미술관에 입사하고 처음 뵈었어요."

엄밀히 따지면 그 전이었지만 굳이 말할 필요는 없다고 생각했다. 윤희가 무엇 때문에 이런 질문을 하는지 대충 짐작이 갔기에 라연은 머뭇거리며 말을 이었다.

"관장님께서 왜 저를 비서로 채용하셨는지 아직도 잘 이해가 되지 않아요. 어시로 입사한 저를 굳이 왜……."

"예전에도 만난 적이 없다? 꽤 오래전에라도 말이야."

"네. 없어요."

"그렇구나. 라연 씨가 꽤나 마음에 들었나 보네. 하긴, 이렇게 예쁜 아가씨에게 호감이 가는 건 당연한 건가?"

"서, 설마요."

라연이 난처해하며 어쩔 줄 몰라 하고 있을 때 주문했던 음식이 나왔다. 테이블 위엔 커리를 곁들인 탄두리치킨과 무르그 마크니(치킨커리), 그리고 인도식 빵 난(naan)이 올려졌다.

윤희가 인도 음료인 라씨(lassi)가 담긴 잔을 들어 라연에게 내밀며 말했다.

"나도 라연 씨가 왠지 모르게 맘에 들어. 자기가 사람을 끄는 매력이 있나 봐. 우리 앞으로도 자주 봐야 할 테니 친하게 지내. 언니라 불러 주면 좋겠지만, 내가 일찍 결혼했으면 라연 씨 또래의 딸내미가 있을 나이니 편하게 이모라고 불러 줘."

"정말 이렇게 받기만 해도 될지 모르겠어요. 오늘이 꼭 크리스마스 같아요."

"앞으로 라연 씨가 할 일은 미술관에 어울리는 유능한 비서가 되는 거야. 그게 은 관장과 내게 보답하는 길이기도 해."

윤희는 수줍게 들고 있는 라연의 잔에 자신의 잔을 부딪쳤다. 경쾌한 유리 마찰음이 라연의 시작을 응원해 주었다.

"파이팅!"

윤희의 격려와 더불어.

※

편의점 알바를 마치고 방에 돌아온 라연은 씻을 생각도 하지 않고 멍하니 바닥에 널브러져 앉았다. 일 년처럼 길게 느껴진 하루에 녹다운이 되어 버렸다. 아침부터 말도 못하게 파란만장했으니까.

라연은 뭔가 생각이 난 듯 가방에서 느릿느릿 지갑을 꺼내었다. 그녀의 지갑 안엔 생소하기 그지없는 카드 한 장이 동그마니 끼워져 있었다.

'후우, 토털 뷰티 숍 연간회원권이라…… 이건 과연 얼마나 할까?'

라연은 새삼 자신이 들고 온 쇼핑백들을 쳐다보았다. 머리털 나고 처음으로 가 본 고급 의상실의 옷들과 신발, 액세서리들…….
초라한 방하고 너무도 대조적인 물건들이라 우스꽝스럽기까지 했다. 괜히 허탈하여 웃음이 나왔다.

'솔직히 인정해. 좋았잖아. 복권에 당첨된 것처럼 들떠 있었잖아. 근데 왜? 왜 이제 와서 망설이는 건데? 뭐가 겁이 나는 건데?

뭐가 속이 상하는 건데!'

키득거리며 웃던 그녀의 눈에 눈물이 그득 고였다. 그렁그렁 맺혔던 눈물은 곧 주르륵 볼을 타고 흘러내렸다.

'시급 오천 원짜리 편의점 알바의 지갑에 이런 게 들어 있다고는 상상도 못 하겠지. 하, 정말 안 어울린다.'

지갑을 만지작거리던 라연은 문득 그것을 선물로 줬던 진우가 떠올랐다. 목소리가 듣고 싶었지만 늦은 시각이라 선뜻 전화를 걸 수가 없었다. 그쪽도 신입사원이라 많이 바빴을 테니까.

아쉬운 마음을 접고 라연이 세수를 하러 자리에서 일어서려 할 때, 가방에서 휴대폰 울리는 소리가 들렸다. 이심전심일까? 라연은 반가운 마음에 잽싸게 휴대폰을 꺼내 통화 버튼을 눌렀다.

"선배?"

— ……

"여보세요? 선배?"

— 기다리는 전화가 있었나 보군.

낯익으면서도 낯선, 반가우면서도 반갑지 않은 남자의 음성이 휴대폰 너머에서 들려왔다. 이번엔 라연이 입을 다물었다.

— 집인가? 이맘때쯤이며 알바가 끝났을 것 같아 전화했는데.

"네. 집입니다."

— 피곤하겠군. 이 시간까지 일을 했으니.

"늘 하던 일이라 괜찮습니다. 근데 무슨 일로?"

— 그 일…… 언제까지 할 거지?

라연의 미간에 엷은 주름이 잡혔다.

"이번 달까지만 하고 그만두겠다고 말해 뒀어요. 후임 알바생이

구해지면 더 일찍 그만둘 수도 있고요."

— 당장 그만두라고 한다면 기분…… 나쁜가?

역시나 미술관 일 외에 다른 일을 하는 것이 맘에 안 들었던 것이다. 그나저나 이런 얘긴 내일 미술관에서 해도 되지 않은가? 왜 굳이 이 밤에…….

"죄송합니다. 그쪽 사정이 좀 그래서 제가 갑자기 그만둘 수가 없었어요."

— 밤늦게 다니는 거 무섭지 않아?

응? 이건 또 무슨 소리? 라연은 그의 의중을 알 수 없어 잠시 머뭇거렸다.

— 나라면 말이야, 밤에 절대 혼자 다니게 하지 않겠어. 그게 여의치 않는다면 원망을 듣더라도 그만두게 했겠지. 그 선배란 사람, 마음에 안 드는군.

"제가 원해서 한 일입니다. 그런 간섭을 원하지 않은 것도 제 쪽이고요. 관장님께서 왜 제게 이런 말씀을 하시는지 모르겠습니다."

잠깐의 침묵이 흘렀다. 그리고 그의 음성이 다시 들렸다.

— 걱정되니까.

라연은 잠시 자신의 귀를 의심했다.

"네?"

— 컨디션 조절은 직장인의 필수야. 본업을 위해서라도 가능한 한 빨리 그만두는 게 좋겠어.

깊은 숨소리가 수화기 너머에서 느껴졌다.

— 그럼, 잘 자.

그가 먼저 끊을 거라 생각하고 대답을 하지 않았던 라연은 끊어지는 소리가 들리지 않아 당황해하며 대답했다.

"네."

— 그쪽이 먼저 끊어.

라연은 왠지 찜찜한 얼굴로 통화종료를 눌렀다. 몹시 어색하기 그지없는 대화였다.

'뭐지? 지금 전화는.'

라연은 통화가 끝나고도 꽤 오랫동안 얼떨떨한 표정으로 휴대폰을 들여다보았다.

서준은 신호가 끊어지는 소리를 확인한 뒤 자신의 휴대폰을 내려놓았다. 그러고는 오래돼 보이는 주택의 불 켜진 창문을 물끄러미 쳐다보았다. 마음이 무겁게 가라앉았다. 저절로 깊은 한숨이 새어 나왔다.

어쩌다 보니 정말 라연의 말대로 스토커 흉내를 내고 말았다. 처음엔 그냥 편의점 근처에서 얼굴만 보고 갈 생각이었는데, 그녀 혼자 있는 편의점에 남자라도 한 명 들어가는 게 보이면 불안해 발길을 돌릴 수가 없었다. 그렇게 라연이 퇴근하고 집으로 돌아갈 때까지 서준은 멀리서 지켜봐야만 했다.

가로등도 제대로 켜지지 않은 어두운 골목길을 그녀는 매일같이 걸었을 것이었다. 아무 일도 일어나지 않은 것을 신께 감사해야 할 만큼 골목은 어둡고 음산했다.

'도대체 어떻게 생겨 먹은 놈이기에 여자 친구를 이렇게 방치할 수가 있는 거지? 못난 자식!'

차로 돌아와 시동을 걸고 안전벨트를 매던 그는 핸들을 꽉 움켜쥐며 인상을 구겼다. 지금의 상황이 너무도 짜증스러워 참을 수가 없었다.

'선배? ……여보세요? 선배?'

상냥하면서도 어딘가 어리광이 느껴지던 그녀의 음성이 떠올랐다. 한 번도 들어 본 적 없는, 그렇지만 짧은 순간 그를 두근거리게 만들었던 달콤한 음성이…….

하지만 그 상냥함은 서준을 위한 게 아니었다. 그의 음성을 들었을 때 급히 굳어 버린 그녀의 말투, 목소리를 잊을 수 없었으니까. 그 씁쓸함에 서준은 실소를 머금었다.

'네가 행복하면 난 그것으로도 충분해. 불필요한 감정은 접는 거다.'

어둠 속에서 차체가 서서히 모습을 드러냈다. 검정색 아우디는 우울했던 골목을 빠져나와 큰길을 향해 질주했다. 질투라는 감정이 가슴속 깊숙한 곳에서 꿈틀거리고 있는 주인을 태운 채로.

6. 언제나 그대 곁에

출근한 서준이 자리에 앉은 지 채 5분도 되지 않아 노크 소리가 들려왔다. 대충은 예상하고 있던 터라 그는 여유로운 표정으로 고개를 들었다.

문이 열리고 어제와는 180도로 달라진 라연이 안으로 들어섰다. 날씬한 몸매가 그대로 드러나는 타이트한 흰색 셔츠에 편안해 보이는 회색 실켓 정장팬츠를 입은 그녀가 인사를 했다.

'화정이 말이 전부 틀린 것은 아니었군. 옷차림 하나만으로도 능력 있는 비서가 다 된 것 같으니 말이야.'

서준은 놀란 기색을 감추며 무표정한 얼굴로 인사를 받았다.

"무슨 할 말이라도?"

"관장님의 도움, 감사히 잘 받겠다는 말씀 드리러 왔습니다."

힘든 결심이었다는 것을 보여 주듯 라연의 얼굴에 홍조가 어렸다.

"기대에 어긋나지 않는 모습 보여 드리겠습니다. 그리고…….."

"그리고?"

"송 이사장님께 드리고 싶었던 인사였지만 대신 받아 주세요. 그동안 공부를 할 수 있도록 도와주셔서 고맙습니다."

은연중에 침을 삼키던 서준은 당황하여 사레가 들리고 말았다. 우스꽝스럽게도 기침이 쉽게 가라앉지 않았다.

"물 좀 갖다 드릴까요?"

걱정스럽게 말하는 라연에게 서준은 괜찮다며 손을 들어 보였다. 실은 창피하여 죽을 맛인 주제에.

'최 비서가 결국 말해 버렸군.'

그는 여러 번의 헛기침을 한 뒤에야 겨우 진정이 되어 입을 열었다. 최대한 아무렇지 않은 얼굴로.

"그런 인사 받자고 라연 씨를 내 곁에 둔 건 아니니까 신경 쓰지 마. 어머니께서 하신 일이지 나와는 상관없는 일이었으니까. 그건 그렇고 밖에 이선주 씨와는 인사 나눴지?"

선주는 관장실의 새로 충원된 또 한명의 비서였다.

"네."

"연성 미술관 홍보팀에서 일하던 친구인데 일 처리가 정확하다고 정평이 나 있더군. 그전부터 우리 미술관에서 일해 보고 싶었다고 하니 서로 잘 지내보도록 해."

"네, 알겠습니다."

라연이 뭔가 더 하고 싶은 말이 있는 듯 머뭇거리는 모습을 보이자, 서준은 그런 그녀에게서 눈을 떼지 않은 채 먼저 운을 뗐다.

"앞으로도 부담 갖지 말고 최 비서님께 많은 걸 배웠으면 좋겠어. 라연 씨는 그것을 미술관을 위해 쓰면 되는 거야."

"깊은 배려에 다시 한 번 감사드립니다."

"그렇게 딱딱한 말투는 싫은데……."

"네?"

"아니야. 그만 가서 일 봐."

라연이 꾸벅 인사를 하고 돌아설 때, 서준이 다시 그녀를 불렀다.

"라연 씨."

"네?"

라연의 눈동자가 어설픈 긴장으로 흔들렸다. 서준은 그런 그녀의 표정이 너무도 사랑스러워 저도 모르게 입가에 미소를 그렸다.

"이따 월간 아트월드에서 인터뷰 오는 거 알지? B전시관에서 촬영할 예정이니까 동행하도록 해."

"네. 알겠습니다."

그는 한마디 더 하려다가 입을 다물었다. 라연은 다시 인사를 하고 돌아섰다.

서준은 의자를 뒤로 젖히며 멋쩍은 웃음을 지었다. 하마터면 '오늘 참 예쁘다'라는 실없는 말을 해 버릴 뻔했다. 정말 혀끝까지 나온 걸 겨우 집어넣었으니까.

7년 전 학교에서 처음 라연을 보았을 때에도 지금과 비슷한 감정이었다. 여자에겐 관심도 없던 그가 어린 여고생에게 가슴이 설레었던 그때와.

'바라만 볼 수 있을까? 욕심내지 않을 수 있을까? 너를…….'

그의 귓가로 천유가 속삭인다. 바람에 구름이 밀려가듯 마음이

가는 대로 움직이라 말한다. 그녀를 잡으라고…… 그녀를 놓치지 말라고.

카메라기자가 미술작품을 배경으로 서준을 향해 셔터를 눌러 댔다. 어색한 기색 없이 서준은 질문을 하는 기자에게 전시의 취지를 간략히 설명했다.

"한국뿐 아니라 현재 유럽과 미국에서도 주목을 받고 있는 우리나라 작가 다섯 분의 작품을 전시했습니다. 이분들은 아시다시피 미니멀아트를 대표하는 작가분들이시죠. 이번 전시 컨셉은 낯선 공간을 활용한 창조입니다."

그들과 조금 떨어진 곳에서 인터뷰 광경을 지켜보고 있는 라연의 눈빛은 경이로움으로 반짝거렸다. 작품과 작가들을 소개하는 서준의 모습은 말 그대로 프로페셔널 그 자체였다. 그가 새롭게 보이는 순간이기도 했다.

'하긴, 미술관장을 아무나 하는 건 아니지. 근데 어쩜 저리 하나도 안 떨고 말을 잘 하냐.'

전시회 브리핑 자료보다도 훨씬 자세히, 그러면서도 알아듣기 쉽게 설명을 하는 그를 바라보며 라연은 처음으로 그가 자신이 모시고 있는 상사라는 사실에 뿌듯했다.

"저희 미술관 부관장을 소개하겠습니다. 도쿄대에서 미술사와 미학 박사학위를 취득한 재원이죠. 김화정 부관장입니다."

서준의 옆에 서 있던 화정이 기자에게 인사를 했다. 오늘따라 더욱 화사해 보이는 그녀는 서준 못지않게 능숙한 언변으로 미술관을 소개했다.

"동서고금에 관계없이 다양한 작품들을 소개하고 전시하는 것이 저희 미술관의 목표입니다. 더불어 다양한 기획전과 한국 미술사에 등재될 가능성이 높은 역량 있는 작가를 선별하여 개인전을 개최하고 있습니다. 또한 미술에 대한 다양한 해석 방법을 제시하고, 문화생활을 중시하는 시대의 흐름에 발맞추어 관객 중심의 미술관이 되도록 힘쓰고 있습니다."

표정부터 사소한 몸짓까지 자신감이란 어떤 것인지를 보여 주고 있는 것 같았다. 라연의 눈에 화정은 반짝반짝 빛이 나는 사람이었다. 진심으로 부러울 만큼.

'선남선녀란 저 두 사람을 두고 하는 말이구나.'

화정의 무시무시한 킬 힐에도 불구하고 키 차이는 제법 났지만 두 사람은 정말 잘 어울리는 한 쌍이었다. 그런 라연의 생각에 공명(共鳴)한 듯 기자가 지나가는 말로 한마디 던졌다.

"두 분 다 재원이시고 미혼이신데 곧 좋은 소식 있는 거 아닙니까? 하하."

기다렸다는 듯 화정이 생글거리며 대답했다.

"좋은 소식 생기면 제일 먼저 박 기자님께 연락드릴게요."

"와우! 그냥 해 본 말인데 기대해도 된다는 말씀으로 들어도 되겠습니까?"

화기애애한 분위기에 서준의 서늘한 음성이 찬물을 끼얹었다.

"불필요한 말씀을 하시는 걸 보니 더 이상의 질문은 없으신 것 같군요. 나머지 기사에 도움이 될 만한 자료들은 부관장이 전달할 겁니다. 그럼 저는 이만."

화정의 얼굴이 눈에 띄게 붉어졌음에도 불구하고 서준은 딱딱한 인사만을 남기고는 라연이 서 있는 입구 쪽으로 걸어갔다.

곤란한 표정으로 어찌해야 할지 모르고 서 있는 라연 앞에 그가 잠시 멈춰 섰다.

"외출해야 하니까 따라와요."

싸늘해진 전시장에서 데려가 주는 것은 고마웠지만 어째 무시무시한 후폭풍이 예상되었다. 아니나 다를까, 감정을 최대한 억누르는 것이 역력한 화정의 음성이 뒤를 따랐다.

"관장님! 기자님들과 점심 식사는……."

"부관장이 잘 모시도록 해요."

성큼성큼 전시장을 걸어 나가던 서준은 머뭇거리고 있는 라연을 향해 차갑게 쏘아붙였다.

"쫓아오지 않고 뭐 하나! 언제부터 라연 씨가 부관장 비서였지? 왜 거기 그러고 서 있냐고!"

라연은 무안을 느낄 새도 없이 허겁지겁 서준의 뒤를 따라갔다. 한 번도 본 적 없는 그의 까칠한 모습이 그녀는 그저 놀랍기만 할 뿐이었다.

"가고 싶은 미술관 있나?"

라연이 안전벨트 하는 모습을 지켜보던 그가 툭 던진 말이었다.

"점심 먹기 전에 시간이 좀 있는데, 보고 싶은 그림 있으면 말해."

"네?"

"참 볼수록 솔직한 얼굴이야."

라연은 대꾸 없이 인상을 찌푸렸다. 서준은 콧숨 섞인 웃음소리를 내며 차를 출발시켰다.

"내가 혼자 밥 먹는 것보다 더 싫어하는 게 뭔지 아나? 불편한 사람하고 밥 먹는 거. 점심 식사는 행복해야 하거든. 좋아하는 사람하고만 먹기에도 부족한 시간이라고."

처음엔 별생각 없이 듣고만 있던 라연은 난감한 표정이 되어 얼굴을 붉혔다. 서준이 곁눈질로 그녀를 확인하고는 다시 피식 웃음을 지었다.

"왜? 나는 라연 씨 좋아하면 안 돼?"

"장난치시는 거라면……."

"장난 아닌데? 누가 사람 감정을 가지고 장난을 쳐?"

"저는……."

"사귀는 사람 있다고? 그건 전에도 말했잖아. 나 기억력 꽤 좋은 편인데?"

라연이 아랫입술을 깨물며 못마땅한 얼굴로 서준을 쳐다보았다. 그는 모른 척 앞만 쳐다볼 뿐이었다.

"애인 있는 사람은 좋아하면 안 되나?"

"네."

"왜?"

"나쁜 짓이니까요."

그가 어깨를 한번 으쓱였다.

"좋아만 하겠다는 게 왜 나쁜 짓이지? 그냥 혼자 좋아하는 것도 안 돼?"

내쉬는 라연의 한숨이 여리게 흔들렸다. 서준은 핸들을 고쳐 잡으며 긴장을 삭였다. 농담처럼 던진 말들이 실은 그의 선전포고임을 그녀는 알지 못할 터였다.

"그런 얼굴 하지 마. 섭섭해지려고 하니까. 사랑한다고 덤벼들면 금방이라도 울 기세군."

서준이 잠깐의 틈을 두었다 다시 입을 열었다.

"수화(樹話) 김환기 화백, 좋아하나?"

인상을 쓰고 있던 라연이 동그래진 눈으로 그를 쳐다보았다.

"왜? 자꾸 좋아한다는 말만 하니까 싫어?"

"아, 아뇨."

"난 그분 그림의 푸른색이 좋아. 차가운 색을 따뜻하게 만드는 재주가 있으시지."

서준의 눈동자에 아련한 그리움이 서렸다.

'오래전에 내가 알던 사람도 푸른색을 좋아했어. 쪽빛을…… 참 좋아했지.'

꿈속에서 보았던 라연의 모습이 떠올랐다. 생쪽잎을 갈아 그 물에 옷감을 넣어 염색을 하던 사랑스런 소녀의 모습이.

"어디 가시는 거예요?"

라연의 음성에 짧은 상념이 깨졌다. 서준은 훅 하고 깊은 숨을 내쉬었다.

"환기 미술관."

"아! 저도 몇 번 가 봤어요."

"라연 씨도 좋아하는구나?"

"네! 좋아해요."

좋아한다는 그녀의 말이 좋아 서준은 빙긋 웃었다. 덕분에 요즘 참 많이도 웃는다.

"그럼 보고 밥 먹으러 가자. 삼청동에 수제비 잘하는 집 있어. 7년 전에 가 보고 안 가 봐서 장담은 못 하지만."

"없어졌다에 김밥 세 줄을 걸겠습니다. 제가 기분 좋게 살게요."

"아직 있다에 월요일 데이트를 걸지. 딴소리하기 없기!"

"관장님 그건……."

서준은 못들은 척 CD플레이어의 전원을 켜고 볼륨을 높였다. 뮤지컬 몬테크리스토의 OST중 '언제나 그대 곁에'라는 곡이 흘러나왔다. 배우 류정한의 감미로우면서도 힘 있는 음성과 차지연의 애절한 음성이 만나 절묘한 조화를 이루는 곡이었다.

어떤 어려움이 막아서도 언제나 그대 곁에 있겠다는 남자 배우의 노랫말이 가슴을 저미었다. 죽어 가면서도, 죽는 그 순간까지도 라연의 곁에 있고 싶었던 천유의 심정이 떠올랐다.

'심연의 암흑보다 더 어둡고 긴 시간의 터널 속에서 겨우 널 찾아냈어. 이번엔 절대 널 뺏기지 않아. 널 놓치지 않을 거다.'

라연이 행복하기만을 바라는 서준의 마음 위로 천유의 욕심이 드리웠다. 그녀가 행복해지길 바라는 마음 못지않게 스스로도 행복해지고 싶었다. 그녀와 함께.

'오물거리며 참 맛있게도 먹는군.'

떨떠름한 얼굴로 젓가락만 만지작거리는 서준과는 달리, 라연은 어묵 국물과 함께 김밥을 쉴 새 없이 입안으로 집어넣고 있었다. 내기에 이긴 자의 여유가 보였다.

"안 뺏어 먹을 테니 천천히 먹지? 나한테 이긴 게 그렇게 좋은가?"

"네!"

"편의점 알바께서 점심을 사시게 되었는데도?"

"내기 끝났으니 말씀드리는 건데…… 솔직히 저도 그 수제비집 알고 있었거든요."

입안에 남은 밥을 마저 꼴깍 삼키고는 그녀가 배시시 웃었다.

"값도 저렴하고 맛있어서 친구들과 인사동 돌아다니다 가끔 가서 먹었던 곳이라서……. 근데 이전했어요. 작년에."

"어디로?"

"그 뒷골목으로요. 조금만 돌아서면 보이거든요. 덕분에 아까 되게 조마조마했어요. 발견하실까 봐서."

서준이 어이없다는 얼굴로 들고 있던 젓가락을 내려놓았다.

"이 내기 무효야. 게다가 난 오늘 수제비가 먹고 싶었다고!"

"나중에 가셔서 드세요. 내기는 내기니까."

"지금 사기를 치고도 그 김밥이 목으로 잘 넘어간단 말이지?"

라연이 눈을 초승달 모양으로 만들며 애매한 웃음을 지었다.

"수화 님 그림을 보게 해 주셨으니 제가 대접을 해야죠. 저의 작은 배려였다고 생각해 주세요."

"눈물 나게 고맙군."

"세 시에 강 회장님과 미팅 있으시잖아요. 얼른 드시고 일어서죠."

서준이 김밥을 입에 꾸역꾸역 집어넣으며 대답했다.

"복수할 거야. 기대해."

"구, 국물도 드시면서 드세요. 또 배탈 나실라."

"그럼 누가 책임지겠지."

"하, 하하."

라연은 컵에 물을 따라 마시면서 딴청을 부렸다. 투덜거리며 먹기 싫은 김밥을 먹는 서준의 입가에 설핏 미소가 스쳤다.

'이건 또 이거대로 괜찮은 건가.'

사무적이기만 했던 라연의 말투가 많이 자연스러워진 것이 느껴졌다. 거리를 두던 그녀의 눈빛에도 경계가 사라졌다. 서준은 지금 그것만으로도 충분히 만족스러웠다. 맛없는 김밥이 맛있게 느껴질 만큼.

오후 4시 무렵, 관장실에선 서준과 강 회장의 미팅이 한창 진행 중이었다.

라연은 새로 온 비서 선주와 함께 다음 주 관장의 스케줄을 확인하고 있었다. 수북이 쌓인 우편물을 일일이 확인하던 선주는 뭔가를 발견하고 그것을 라연에게 보여 주었다.

"다음 주 수요일에 제주도 세미나가 있네요. 한국추상미술기획전 연계 세미나가 백록 미술관 세미나실에서 오전 11시에."

"비행기 표를 예매해야겠군요."

"혹시 부관장님과 동행하실 수도 있으니 이따가 여쭤 보고 결정해요."

라연이 고개를 끄덕이고는 안내 자료를 따로 모아 두고 있을 때 휴대폰의 문자 알림 소리가 들려왔다. 진우가 보낸 문자였다.

[미술관은 잘 다니지? 혹시 관장이 괴롭히는 건 아니냐? 난 요즘 혼자 일 다 하는 사람처럼 바쁘다. 3D직종 중에 하나가 IT업종이라더니 죽을 맛이야.]

곧이어 문자 한 개가 또 날아왔다.

[신입이라고 어제도 회사에서 열한 시 반까지 일하고 퇴근하자마자 바로 뻗어 버렸어. 전화 못 해서 미안. 오늘은 퇴근하고 편의점에 들를게. 이따 보자.]

진우의 뚝뚝하면서도 친근한 음성이 그대로 지원되는 느낌이었다. 라연의 얼굴에 환한 미소가 번졌다.

✖

"퇴근 안 해?"

노크 소리가 들리고 라연일 것이란 그의 기대와는 달리 화정이 안으로 들어섰다. 서준은 이내 뚱한 표정이 되어 시무룩하게 대답했다.

"해야지."

"비서들은 내가 퇴근하라고 했어. 관장님하고 할 말 있으니 인사 생략하고 가라고."

제멋대로인 화정에게 짜증이 났지만 내색하지는 않았다. 서준은 서류에서 눈을 떼지 않은 채 건성으로 물었다.

"무슨 일인데."

"정말 바쁜 거니, 아님 바쁜 척하는 거니? 사람이 왔으면 좀 보지?"

화정이 책상 앞으로 걸어오며 말했다.

"아까 점심 약속 펑크 내고 간 것도 참아 주고 있는데 너무한 거 아니야?"

"관장이 기자들까지 상대할 필요 있나? 미모의 부관장이 직접 대접했는데 그들도 아쉬울 건 없잖아."

"지금 그걸 말이라고 하니?"

"용건이나 말해. 잔소리하러 온 거 아니면."

방금 전과 달리 조금은 누그러진 표정의 화정이 그의 눈치를 살피며 입을 열었다.

"엄마가 저녁 식사 하러 집에 오라시는데…….. 혼자 지내는 거 안쓰럽기도 하고 얼굴도 보고 싶으시대. 아버지도 그러시고."

"아, 먼저 찾아뵙고 인사를 드렸어야 했는데. 교수님 두 분은 건강하시지?"

"치, 참 일찍도 묻는다. 한때는 이웃사촌에 우리 엄만 외동딸인 나보다 널 더 이뻐하셨는데."

서준이 들고 있던 만년필을 내려놓으며 화정에게 시선을 건넸다.

"장례식 때 제대로 인사도 못 드려서 내내 마음에 걸렸어. 이렇게 먼저 신경 써 주시니 더 죄송스럽다."

"오늘 약속 없지? 가는 거다?"

"그래도 너무 갑자기라. 난 아무 준비도 못 했는데."

"우리 엄마 네 얼굴 보여 주는 게 선물이야. 정리하고 나와. 엄마한테 전화 드리고 밖에서 기다릴게."

화정은 금세 밝아진 얼굴로 그의 마음이 바뀔세라 서둘러 관장실 밖으로 나갔다. 서준은 그녀의 뒷모습을 바라보며 착잡한 기분에 사로잡혔다.

화정은 성악을 전공한 그녀의 어머니보다 서준의 어머니인 연화를 더욱 따랐었다. 어머니들끼리 자식을 바꾸는 게 어떻겠냐고 우스갯소리를 할 정도로 두 집안은 가까웠고 스스럼없는 사이였다.

화정의 마음을 모르지 않기에 서준의 마음 역시 편치 못했다. 그동안은 그녀와의 관계가 불편해지는 게 싫어 무시하고 있었지만 이젠 상황이 달라졌다.

그도 누군가를 가슴에 품고 있기에 화정을 이대로 둘 수만은 없는 것이었다. 어떻게든 그녀의 마음이 더 깊어지기 전에 정리를 해야 할 필요가 있었다.

'김화정. 네가 상처받는 거 원하지 않아. 네가 많이 아프지 않았으면 좋겠다.'

부디 그의 진심을 알아주길 바라는 수밖에 없었다. 화정이 계속 마음을 접지 못한다면 원하지 않더라도 독한 말로 그녀를 상처 주게 될지도 모르니까.

'오늘은 옛 이웃 어른들에게 인사를 하러 가는 거다. 복잡하게 생각할 것 없어.'

서준은 다음 전시계획서와 작가프로필이 담긴 파일을 서랍에 넣고 자리에서 일어섰다. 복잡한 생각들도 파일들과 함께 잠시 서랍 속에 묻어 두었다.

조금만 더 있다 가라며 붙잡는 어른들 때문에 어느새 밤 10시를 훌쩍 넘기고 말았다. 화정은 굳이 대문까지 배웅을 나온다는 자신의 어머니를 겨우 말리고는 홀가분한 표정으로 서준의 옆에 바짝 붙어 섰다.

같은 높이로 깔끔히 다듬어진 회양목과 싱그러운 잔디, 향나무로 멋스럽게 꾸며진 정원이 밤의 정취와 어우러져 근사한 분위기를 연출했다.

앤티크풍의 가로등 옆을 지날 즈음 화정이 먼저 입을 열었다.

"엄마가 널 너무 좋아하셔서 시간 가는 줄도 모르셨나 봐. 미안해. 피곤할 텐데."

"두 분 다 건강해 보이셔서 다행이다. 유쾌한 성격도 그대로시고."

"엄마 아빠한테 살갑게 대해 줘서 고마워. 너무 오랜만이라 서먹해하면 어쩌나 걱정했거든."

"두 분이 과분할 만큼 잘해 주셔서 내가 오히려 감사하지."

서준이 계단을 내려와 대문 앞에 멈춰 서며 말했다.

"그만 들어가. 덕분에 저녁 잘 먹고 간다."

"가는 거 볼게."

화정이 대문을 열려고 손을 뻗었으나 서준의 손이 먼저 문손잡이에 닿았다. 그 바람에 화정의 손이 그의 손을 덮는 모양새가 되었다. 화정이 얼른 손을 치우며 얼굴을 붉혔다.

"대문 밖까지만 같이 가."

"뭐 대단한 손님이라고. 들어가."

화정이 평소와는 어울리지 않는 수줍은 표정을 지으며 그를 올려다보았다. 슬리퍼를 신고 따라온 터라 그녀는 여느 때보다 훨씬 시선을 높이 주어야 했다.

"엄마 말씀대로 종종 놀러 와. 부담 갖지 말고."

"괜히 들락거려서 남의 귀한 집 따님의 혼삿길을 막을 수야 없지."

"그런 게 어디 있어!"

빛을 등지고 선 그의 얼굴은 깜깜해 보이질 않았다. 화정은 불안과 불만을 속으로 삼키며 재차 채근하듯 말했다.

"요즘 고리타분하게 누가 그러니? 친구네 집 놀러 오는 게 뭐가 흉이라고."

"김화정."

꺼내기 어려운 이야기를 할 때면 서준은 으레 화정의 이름을 먼저 불렀다. 그렇기에 이번에도 그리 좋은 예감은 아니었다.

"우린 이제 다 큰 성인이야. 사소한 행동 하나에도 조심해야 할 나이라고. 늘 하는 말이지만 불필요한 오해는 만들지 않는 게 좋아."

"누가 뭐라는데? 누가 오핼 하는데!"

"내 연인."

"뭐?"

경악으로 동그래진 화정의 눈동자가 혼란으로 심하게 흔들렸다. 그녀가 어이없는 표정으로 되물었다.

"너의 뭐?"

"내 여자. 내가 사랑하는 사람."

놀람을 굳이 감추려 하지 않으며 화정이 히스테릭한 음성으로 말했다.

"너, 만나는 사람…… 없잖아."

그녀의 입 주변에 미세한 경련이 일었다. 주먹을 꽉 쥔 두 손에도 떨림이 멈추질 않았다.

"확실해. 너 지금 만나는 사람 없어."

"앞으로 그렇게 될 사람은 있어. 그 사람에게 미리부터 괜한 오

161

해 받고 싶지 않다."

"그게 누군데?"

"그것까지 네게 말해야 하나?"

화정은 어둠에 가려진 그의 얼굴이 궁금했다. 과연 어떤 표정으로 저리 잔인한 말을 뱉어 내고 있는지 확인하고 싶어졌다. 대놓고 고백은 하지 않았지만 분명 그도 알고 있을 터였다. 그녀가 누구를 마음에 품고 있는지, 그 마음이 어떠한지를…… 바보처럼 눈물이 나올 것만 같았다.

"그래. 내가 오버했어."

쉽게 진정이 되질 않아 표정 관리가 어려웠다. 화정은 최대한 아무렇지 않은 얼굴로 그의 곁에서 한 걸음 물러섰다.

"참나, 친구한테 집에 놀러 오란 말 한번 했다가 된통 무안만 당했네. 그래, 너 잘났어. 맺고 끊는 거 확실해서 참 좋겠다."

이 무심하고 잔인한 놈아…… 마지막 말은 차마 입 밖으로 내뱉지 못하고 숨소리로 가장한 한숨으로 삭여 버렸다.

"안 나갈게. 조심해서 가."

"화정아."

건조하기만 하던 서준의 음성에 온기가 느껴졌다. 화정은 입술을 아프게 꽉 물며 대답했다.

"응?"

나쁜 녀석. 왜 갑자기 다정하게 부르는 건데…….

"내가 너 많이 아끼는 거 알지? 그리고 항상 고마워하고 있다는 것도……."

"하, 확실하게 선 긋자고 냉랭하게 굴 땐 언제고 병 주고 약 주는 거니?"

"남자로서가 아니라 오랜 친구이자 직장 동료로서 하는 말이다."

"어째 남자로는 쳐다보지 말란 소리로 들리네."

대수롭지 않게 툭 던지듯 한 말이었지만, 화정은 손바닥을 파고 드는 손톱이 아프게 느껴질 만큼 주먹을 꽉 쥐어야만 했다.

"내가 널 친구가 아닌 남자로 좋아한다면 어쩔 건데?"

하고 싶었지만 하지 못했던 그 말을 결국 뱉어 내고 말았다. 이 왕 들켜 버린 감정이라면 그냥 뻔뻔하게 드러내 버리는 것도 나쁘 지 않겠지. 화정은 턱을 들어 올리며 스스로에게 기합을 넣었다.

"몰랐다고는 하지 마."

"난 단 한 번도 널 여자로 느낀 적 없어. 넌 내게 친구이기 이전 에 가족 같은 존재니까. 그건 앞으로도 변함없을 거다."

"나한테 마음을 접으라고 강요하지 마. 네가 누굴 좋아하든, 날 어떻게 생각하든 난 상관없어."

"바보야! 이러면 너만 힘들어져!"

"자그마치 이십 년이야. 초등학교 5학년 때부터 지금까지 줄곧 너만 바라봤다고! 이런 내게 당장 마음을 접으라고 하는 건 너무 잔인하잖아!"

"김화정!"

부옇게 흐려진 시야를 더 이상 주체할 수 없게 된 화정은 황급히 몸을 돌렸다. 약이 오를 만큼 동요하지 않는 침착한 서준에 비해 자신이 너무 바보처럼 느껴져 견딜 수가 없었다.

"지금껏 그래 왔듯이…… 모르는 척해. 네게 사랑을 구걸할 생 각은 없어."

"화정아."

"내일 미술관에서 봐. 잘 가."

뒤를 돌아보며 아무렇지 않게 인사까지 할 자신은 없었다. 화정은 그를 쳐다보지 않은 채 인사를 건네고는 서둘러 집으로 향했다.

예상은 했지만 서준은 끝내 그녀를 잡지 않았다. 이게 정말 서준의 마음이구나 생각하니 서러움이 북받쳐 올랐다. 사랑하는 만큼 미움이 자라나기 시작했다. 그도 똑같이 아프게 해 주고 싶었다. 그녀가 지금 아픈 만큼 딱 그만큼.

시동을 걸고 기어를 넣던 서준은 어두운 표정이 되어 화정의 집 쪽을 쳐다보았다. 곪았던 상처를 터트리긴 했으나 괜히 어설프게 건드려 상처만 더 커진 것 같아 마음이 좋질 못했다.

'좀 더 매정하게 정리를 했어야 옳은 것일까? 여기서 더 어떻게?'

당당한 척 활발하게 구는 화정이 실은 굉장히 여리고 예민한 아이란 걸 서준은 잘 알고 있었다. 그렇기에 지금도 충분히 그녀는 아파하고 있을 게 분명힐 터였다.

'네 마음이 어떨지 누구보다 잘 알지만 난 이럴 수밖에 없어. 부디 조금만 아프길……. 미안하다.'

오랜 친구의 떨리는 어깨를 잡아 주지 못한 죄책감을 뒤로하고 서준은 천천히 액셀을 밟았다.

악역을 자처하면서까지 지키고 싶은 사람이 있기에 후회나 망설임은 없었다. 이미 서준의 마음은 늦은 밤 혼자 어둠 속을 걸어야 할 라연에게로 달리고 있었으니까.

  라연을 태우고 온 진우의 차가 그녀의 집 근처 공터에 세워졌다. 이야기가 길어질 것 같을 땐 조금 멀더라도 매번 그곳에 세우곤 했다. 주택이 다닥다닥 붙어 있는 그 동네의 특성상 주차 공간이 늘 턱없이 부족했기 때문이다.

  "생각보다 빨리 후임이 구해져서 다행이네. 그럼 내일까지만 하면 되는 건가?"

  진우의 손에 쥐어진 카 리모컨에서 문 걸리는 소리가 삐빅 하고 들렸다. 먼저 내려 기다리고 있던 라연이 싱글거리며 그의 곁으로 다가갔다.

  "응. 일단 다른 지점보다 시급이 세니까 금방 구해졌나 봐요. 관장한테 눈치 보였는데 잘됐지 뭐."

  "이상한 양반일세. 쪼잔하게 눈치는 왜 줘? 네 성격에 지각을 했을 리도 없고 일하다 졸았을 리도 없는데 말이야."

  "그러게 말이야."

  장난스럽게 맞장구를 치는 라연의 손을 진우가 자연스레 잡았다.

  "전화 자주 못 해서 미안하다. 변명 같지만 진짜 눈코 뜰 새 없이 바빴거든. 일 적응하느라 힘들지?"

  "응. 힘들어요. 아주 많이."

  "확 다 때려치우고 나한테 시집오고 싶을 만큼?"

  "선배는 암튼, 이래서 내가 투정도 못 한다니까. 다닐 만하니까 걱정 마요."

  깜깜한 골목길엔 손을 꼭 잡은 채 걷는 두 사람 외엔 아무도 보이질 않았다. 벽에 붙은 것처럼 세워진 차들만이 자리를 차지하고 있을 뿐.

진우의 손을 잡고 걷는 라연의 입가엔 옅은 미소가 사라지질 않았다. 그의 손은 정말 따뜻했고 마음을 편안하게 해 주었다. 두근거리는 설렘은 없었지만 그건 아마도 서로에게 익숙해졌기 때문이리라.

훈훈해진 밤바람이 라연의 머릿결을 날리며 지나쳤다. 바람이 사라질 즈음 진우에게서 하품하는 소리가 들려왔다. 마침 그녀의 집이 눈앞에 보였고, 둘은 천천히 걸음을 멈췄다.

라연이 걱정스런 얼굴로 그를 마주 보고 섰다.

"선배 많이 피곤하구나. 나 때문에 쉬지도 못하고……. 운전하다 졸면 어쩌지?"

기다렸다는 듯 테 없는 안경을 손으로 밀어 올리며 그가 눈을 비볐다.

"눈꺼풀이 지 멋대로 내려온다. 금방이라도 잘 것 같아."

"어떡해요? 어떡하지……."

"어떻게 하긴, 라연이가 재워 주면 되지."

갑작스런 그의 도발에 라연은 어둠 속에서도 느껴질 만큼 당황스런 표정을 지었다.

"선배, 이러지 않기로 했잖아요."

"가다가 졸음운전으로 사고 날지도 모르는데?"

라연의 표정이 점점 울상에 가까워졌다. 뭐라 대답하지 못하고 우물쭈물하고 있는 라연에게 그가 바짝 다가서며 그녀의 얼굴에 가까이 고개를 숙였다.

"잠이 혹 달아날 방법이 하나 있긴 한데."

라연이 조심스레 몸을 뒤로 빼며 물었다.

"뭔데요?"

"이거."

진우의 입술이 살짝 벌어진 라연의 입술 위로 포개어졌다. 따뜻한 그의 혀가 부드럽게 그녀의 입안으로 미끄러지듯 들어왔다. 라연은 화들짝 놀라며 그를 세게 밀쳐 냈다.

"오늘 정말 왜 이래요! 이러면 나, 앞으로 선배 안 봐요."

진우의 키스 시도가 처음은 아니었지만 여전히 화가 나는 것은 어쩔 수 없었다. 더 이상 지금처럼 진우와 만나서는 안 된다는 생각이 들었다.

짙은 한숨을 토해 내는 진우의 입가에 슬픈 미소가 어렸다.

"덕분에 잠은 깼는데 이대로 돌아가서 잘 수 있을지 모르겠다."

"지금은 선배와 더 말하고 싶지 않아요. 운전 조심해서 가요."

뒤돌아서려는 라연의 팔을 낚아채듯 잡은 진우가 자신의 가슴에 그녀의 손을 갖다 대며 말했다.

"너는 어때? 너도 지금 나처럼 여기가 미친 듯이 뛰지 않아? 나만 그런 건가?"

"아무렇지 않아요. 아무것도 느껴지지 않는다구요!"

진우는 결국 참지 못하고 라연을 와락 끌어안았다. 그의 가슴이 파도가 치듯 높게 울렁거렸다.

"사랑해. 사랑한다, 라연아."

"서, 선배……."

"대답하지 않아도 돼. 아니, 대답하지 마. 우리 잠깐만 이러고 있자."

진우의 가슴속에서 북소리가 들렸다. 둥, 둥……. 거세게 뛰는 그의 심장 소리에 라연의 마음은 불편하기만 했다.

'내 심장은 고요하기만 해요. 좋은 사람인 걸 알지만 아무런 반응도 하지 않는다구요!'

라연의 머리 위로 진우의 뜨거운 숨결이 내려앉았다. 남자의 욕구를 누르는 그의 노력이 고스란히 느껴졌다. 이런 진우의 마음이 진심이란 걸 알지만 라연은 받아 줄 수 없었다.

라연의 마음을 아는지 모르는지 그는 부서질 듯 힘껏 안은 뒤 아쉬운 몸짓으로 그녀를 품에서 놓아주었다.

"내일도 많이 바쁠 것 같다. 전화 자주 못 해도 이해해 줘. 대신 토요일 저녁엔 내가 맛있는 거 사 줄게."

"우리 이제 이렇게 만나는 거 그만해요. 이대로 만나는 건 선배에게 못할 짓이에요."

"음, 머리 모양이 좀 바뀌었나? 그러고 보니 화장이 진해진 것 같기도 하고."

"내 말 좀 들으라구요!"

"너 없인 내가 살 수가 없어!"

평정을 가장했던 진우의 얼굴에 아픔이 드러났다. 뭔가를 더 말하려는 듯 미간을 잔뜩 찌푸렸던 그는 이내 다시 표정을 추스르며 라연의 머리에 손을 뻗었다.

"내 눈에 넌 어떤 모습도 다 예뻐. 도서관에서 엎드려 침 흘리고 자는 모습도 예뻤으니까."

진우가 어색하게 웃으며 라연의 머리를 쓰다듬었다.

"들어가라. 문단속 잘 하고 자."

"선배!"

"아무 말도 하지 마. 지금 더 말하면 유혹하는 것으로 받아들일 테니까."

잠시 머뭇거리던 라연은 천천히 돌아서서 대문 안으로 들어갔다. 오늘도 변함없이 그녀의 뒷모습을 좇는 진우의 시선이 느껴졌다.

한 번쯤 돌아볼까 했지만 그만두었다. 그의 말대로 유혹하는 것처럼 보일 수도 있을 테니까.

'사랑이 도대체 뭘까? 난 왜 가슴이 뛰지 않는 거지? 저렇게 좋은 사람인데 왜……'

부모의 사랑, 가족의 사랑이 뭔지도 모르고 자란 라연에게 남녀의 사랑은 또 하나의 풀기 어려운 과제였다. 그냥 저절로 알게 될 줄 알았는데…… 그녀로선 어렵기만 할 뿐이었다.

한 걸음, 한 걸음 계단을 오르는 라연의 발자국 위로 한숨이 묻어났다.

핸들을 움켜쥔 서준의 손이 부르르 떨렸다. 더 이상 힘을 줄 수 없을 만큼 꽉 쥔 핏기 하나 없는 손등 위로 굵은 힘줄이 불거졌다.

몰랐던 사실도 아닌데, 전혀 예상치 못했던 광경도 아닌데 숨이 멎은 듯 절망이 심장을 조였다. 골목의 끝에서 두 사람의 모습이 보였을 때 차를 돌렸어야 했다. 도대체 뭘 확인하고 싶었던 것인가.

태어나서 한 번도 느껴 본 적 없는 좌절감에 가슴이 난도질당하듯 아리고 아팠다. 피를 토해도 이보다 고통스럽지는 않을 것이었다. 라연이 다른 남자의 품에 안기는 모습은 서준을 죽음보다 더 깊은 나락으로 떨어뜨렸다.

그렇게 지옥의 끝에서 천유의 기억이 눈을 떴다. 어떤 마음으로 영겁을 견뎌 왔는지, 어떤 마음으로 라연을 찾아 헤맸는지…….

'당신을 내가 어떻게 찾았는데, 어떻게 기다렸는데……. 되돌리면 돼. 내가 당신의 것이듯 당신은 내 사람이니까.'

못난 마음이었지만 서준은 처음으로 라연이 야속했다. 왜 당신은 나를 기억하지 못하냐고, 왜 기다리지 못했냐고 소리치고 싶었다. 왜 나를 이렇게 아프게 하냐고.

'아니, 기억하지 못해도 상관없어. 내가 당신의 마음을 되찾아 오면 그만이니까. 두 번 다시 다른 놈의 품에 당신이 안기는 일은 없어.'

눈이 뒤집혔다는 표현이 맞을 것이었다. 짧은 순간이었지만 서준은 말 그대로 제정신이 아니었으니까. 이젠 전생이니 현생이니 따윈 아무런 상관이 없었다. 천유가 그였고 그가 곧 천유였기에 살아가야 할 이유 역시 명확해졌다.

'죽어 가면서까지 날 걱정했던 사람을 드디어 만났다. 꿈길에서라도 보고 싶었던 사람이 내 눈앞에 있다. 이젠 절대 망설이는 짓 따윈 안 해. 지금의 난 마음으로만 애끓던 천유가 아닌 은서준이니까.'

서준은 세웠던 차를 출발시키며 룸미러로 라연의 집을 다시 한 번 쳐다보았다. 뭔가를 결심한 듯 그의 눈동자에 섬광이 비쳤다.

머릿속이 바쁘게 회전했다.

'사는 곳부터 정리해야겠군.'

이젠 정면에서 그녀에게 다가갈 것이었다. 머뭇거릴 여유 따윈 이제 없다. 멈추지 않는 질주만이 있을 뿐.

7. 당신을 기억하지 못했던 시간

관장실 문이 열리는 소리에 타이핑을 하던 선주가 고개를 들었다. 조금 전 스케줄 확인과 비행기 티켓팅에 관한 걸 의논하기 위해 관장실 안으로 들어갔던 라연이 밖으로 나왔다.

그런데 어째 자리로 돌아오는 라연의 표정이 좋질 못했다. 다녀오겠다며 미소를 머금고 들어갔을 때와는 영 딴판이었던 것이다. 선주는 말을 걸기 위해 붙였던 입술을 떼었다가 다시 입을 나붙었다. 자리에 앉은 라연이 뭔가 생각에 잠긴 듯 멍한 표정으로 꺼진 모니터를 쳐다보고 있었기 때문이다.

라연이 노크를 한 뒤 관장실에 들어섰을 때, 서준은 책상에 앉아 업무를 보고 있었다. 늘 자연스럽게 이마를 덮고 있던 앞머리가 촉촉하게 젖은 채 뒤로 넘겨진 모습이었다. 진한 남색 슈트에 같은 색의 넥타이를 한 그는 어느 때보다도 샤프한 느낌이었다.

고개를 들고 알은체를 할 거라 예상했던 것과는 달리 서준은 그녀에게 눈길조차 주지 않았다. 주뼛거리며 책상 앞에 선 라연은 그의 평소와 다른 분위기에 슬쩍 당혹스러웠다. 어떻게 말을 꺼내야 하나 열심히 머리를 굴리고 있을 때 서준의 딱딱한 음성이 들려왔다.

　『용건이 있으면 얼른 말해.』

　그의 시선은 여전히 서류에 가 있었다. 라연은 후끈 달아오른 얼굴을 애써 수습하며 들고 있던 서류철을 책상 위에 올려놓았다.

　『다음 주 수요일 세미나 일정과 아트 뮤지엄 파트너십 주최 포럼 관련 일정표입니다.』

　하다못해 올려 둔 서류라도 읽어 주면 좋으련만 그는 시종일관 무관심한 반응을 보였다.

　'지금 한 말을 듣기는 한 거야?'

　라연도 슬슬 무안했던 감정이 노여움으로 바뀌려 하고 있었다. 그녀는 불만 가득한 눈빛으로 그의 잘생긴 이마를 힘껏 쏘아보았다.

　『뭐 더 할 말이 남았나?』

　별안간 고개를 든 서준의 눈빛이 무방비 상태로 그를 노려보고 있던 라연의 눈빛과 정통으로 마주쳤다. 라연은 이크 하는 얼굴로 얼른 고개를 숙였다. 그녀의 음성이 당황으로 흔들렸다.

　『비행기 예약은 어떻게 할까요? 부관장님도 함께 가시는지 여쭤 봐야 할 것 같아서……..』

　『두 사람분 예매해.』

　『알겠습니다.』

라연이 고개를 들었을 때 서준은 처음 왔을 때와 마찬가지로 그녀의 존재를 무시하듯 일에 몰두하는 모습이었다. 라연은 떨떠름한 얼굴로 꾸벅 인사를 하고는 그에게서 돌아섰다.

"티켓은 어떻게 하라고 하시던가요?"

방금 전 상황을 곱씹어 돌이켜 보던 라연은 조심스런 선주의 질문에 현실로 돌아왔다. 라연은 겸연쩍은 미소를 지으며 선주에게로 고개를 돌렸다.

"아무래도 부관장님과 동행하실 생각이신가 봐요. 두 사람분 예매하라시네요."

"세미나 뒤에 있을 포럼도 제주에서 하니 번거롭진 않겠지만 2박 3일 일정이던데, 두 분 다 미술관을 오래 비우시면 좀 곤란하지 않으려나. 하긴, 그거야 뭐 두 분이 알아서 할 일이지만. 그건 그렇고…… 라연 씨."

"네?"

"안에서 뭐 안 좋은 일 있었어요?"

역시나 기분이 얼굴에 그대로 드러났던 모양이다. 라연은 난처한 표정을 지으며 대충 얼버무려 대답했다.

"아, 아뇨. 아직 처음이라 관장님이 어려워서 그런가 봐요. 관장실만 들어갔다 나오면 긴장이 되네요."

"난 또 뭔 일 있는 줄 알고 혼자 쫄았잖아요."

바로 옆에 앉아 있으면서도 선주는 더욱 가까이 라연에게 다가가 붙으며 작은 소리로 말했다.

"잘생겼단 소문은 들었는데 솔직히 이 정도일 줄은 몰랐어요. 어

려워서 주눅이 든다기보단 현실감 없는 외모 때문에 괜히 위축이
된달까요."

"그런……가요."

"성격이 괴팍하단 소문도 듣긴 했지만 그건 아직 모르겠고, 부관
장님과의 스캔들은 맞는 것 같죠? 어제만 봐도 우리 먼저 퇴근시켰
잖아요. 두 분이 방해받고 싶지 않았던 거죠."

"그렇군요."

라연의 시큰둥한 반응을 알아차리지 못한 선주는 더욱 신이 나
서 추리에 추리를 펼치며 말을 이었다.

"연인끼리 같은 일하면서 여행도 가고 넘 좋겠다. 요즘 제주도
한창 이쁘겠죠? 유채꽃이 만발한 제주도에서의 데이트라……."

차가운 오피스 걸의 외모를 지닌 선주는 알고 보니 말도 많고 알
고 싶은 것도 많은 전형적인 푼수과였다. 라연은 그녀 몰래 짧은
한숨을 내쉬며 관장의 결재를 기다리는 서류들을 내려다보았다.

'도대체 왜 기분이 안 좋은 건데? 일방적으로 무시를 당한 것
같아서? 아님 그가 여느 때처럼 치근덕거리지 않아서 서운하기라
도 한 거야? 그래?'

조금은 편안한 사이가 되었다고 생각한 건 그녀만의 착각이었던
모양이다. 언제 같이 그림을 보고 점심을 먹었냐는 듯 차갑게 구는
그가 이해가 되질 않았다. 아니, 황당하기까지 했다. 아랫사람이면
자기 감정 내키는 대로 이렇게 우스운 꼴을 만들어도 되는 것인가.

중요한 서류부터 결재를 할 수 있도록 정리를 해야 하는데 아무
것도 눈에 들어오질 않는다. 따지고 보면 이렇게까지 흥분할 일도
아닌데 왜 이리 파르르해서는…….

'조금 잘해 줬다고 우쭐했던 거니? 그 사람한테 뭔가 특별한 대접이라도 기대했던 거야? 우습다. 제대로 속물이었구나. 이것밖에 안 되는 인간이었니?'

자책도 해 보고 스스로를 달래 보기도 했지만 우울한 기분은 쉽게 사라지질 않았다. 라연은 양쪽 관자놀이를 손바닥으로 세게 치며 기분전환을 하려 애썼다. 하지만 그것 역시 별다른 효과는 보지 못했다.

점심시간이 십여 분 지날 때까지도 관장실 문은 열리질 않았다. 시계와 문을 번갈아 쳐다보던 선주는 더 이상 못 참겠다는 듯 자리를 박차고 일어섰다.

"점심 생각이 없으신 것 같은데 우리끼리 먼저 먹으러 가요. 관장님께는 제가 얘기하고 올게요."

"저 도시락 가져왔어요. 제가 남아 있을 테니 드시고 오세요."

"와, 되게 부지런하다. 언제 도시락까지 싸셨어요? 대박!"

선주는 핸드백에서 화장품들을 꺼내 간단히 메이크업을 고치고는 라연을 돌아보았다.

"그럼 다녀올게요. 라연 씨도 식사 맛있게 해요."

"네. 다녀오세요."

선주가 사라지고 라연은 정리를 마친 서류철을 가지런히 모아 책상 한쪽에 밀어 두었다. 그러고는 움츠렸던 몸의 긴장을 풀기 위해 팔을 어깨 위로 쭉 뻗어 올렸다.

평소와는 달리 타이트한 셔츠를 입고 있음을 까맣게 잊고 있던 라연은 맘껏 기지개를 켰다. 그 바람에 자꾸 벌어지는 앞섶을 여몄던 옷핀이 투툭 하는 소리를 내며 바닥으로 떨어졌다. 안 어울리게 은근 볼륨 있는 가슴이 문제였다. 라연은 인상을 찌푸리며 옷핀을 줍기 위해 책상 아래로 몸을 숙이려는 찰나였다.

하필 그때…… 관장실 문이 열렸다.

"다 보여."

역시나 서준은 그냥 지나치질 않았고, 라연의 표정은 참담하게 일그러졌다. 엎친 데 덮친 격으로 떨어진 옷핀도 눈에 띄질 않는다. 라연은 뭐라 알아들을 수 없는 말을 중얼거리며 몸을 일으켰다.

"라연 씨가 꿩인가? 머리만 숨긴다고 안 보일 줄 알았어? 근데 왜 숨는 거지?"

라연이 흐트러진 머리를 손으로 대충 정리하며 퉁명스럽게 대답했다.

"뭐가 떨어져서 주우려던 참이었어요."

"그래서 찾았어?"

"아뇨."

그가 책상 쪽으로 다가가 아래를 살피며 물었다.

"떨어뜨린 게 뭔데?"

"괜찮습니다. 제가 나중에 찾으면 돼요."

서준이 눈짓으로 빈자리를 가리켰다.

"이 비서는?"

"식사하러 갔습니다."

"라연 씨는 왜 같이 안 갔어? 혹시 나 기다린 건가?"

시종일관 시선을 아래로 내리고 있던 라연이 기가 막힌다는 얼굴로 고개를 들었다. 책상을 사이에 두고 그는 꽤 가까운 거리에서 있었다. 어처구니없게도 그 상황에서 라연은 아까 선주가 했던 말이 떠올랐다.

'현실감 없는 외모……. 하, 비유 참 제대로였네.'

눈앞에 있는 남자는 아찔할 만큼 매력적이다. 코라도 조금 비뚤어졌으면 그나마 현실적이었을까? 어디 하나 흠잡을 데 없는 얼굴에 라연은 새삼 사춘기 소녀처럼 가슴이 설레었다.

'어라? 이건 또 뭐니.'

라연은 얼른 도리질을 치며 엉뚱한 반응을 지워 냈다. 일반적으로 인간이란 동서고금을 막론하고 아름다운 것에 현혹되기 쉬운 가벼운 존재가 아니던가.

'그래. 내가 잠시 정신줄을 놨던 거야. 연예인보다 잘생긴 사람이 앞에 있으면 누구라도 그렇지 않겠어?'

라연은 억지로 마른침을 삼키며 헛기침을 했다.

"식사하러 나오신 거라면 다녀오세요."

그가 책상에 손을 짚으며 라연에게로 몸을 숙였다. 덕분에 현실감 없는 그의 얼굴이 더욱 가까워졌다.

"왜 대답 안 하는데? 나 기다렸어?"

라연이 한 걸음 물러서며 짜증 섞인 반응을 보였다.

"제가 만만하세요? 무시하고 싶을 땐 먼지 취급하고, 심심할 땐 놀려도 되는 뭐 그런 허깨비처럼 보이시냐고요!"

"오전 일…… 신경 쓰였구나?"

"네?"

홑겹의 적당히 큰 눈과 보기 좋게 도톰한 입술이 부드럽게 미소를 그렸다. 그의 잘생긴 얼굴이 더욱 근사해지는 순간이었다.

"오늘은 뭐 먹을까? 뭐 먹고 싶은 거 있어?"

라연이 자못 화난 얼굴로 그를 쏘아보았다.

"먹고 싶은 게 있어도 관장님과는 먹고 싶지 않아요."

"왜?"

"관장님이 그러셨잖아요. 혼자 밥 먹는 것보다 더 싫은 게 불편한 사람과 먹는 거라고. 점심식사는 행복해야 하는 거라고요. 저도 그렇게 생각하기로 했거든요."

서준이 피식 웃음을 짓는가 싶더니 갑자기 큰 소리로 웃어 댔다. 그 모습을 바라보던 라연은 스스로도 이해할 수 없는 감정에 휩싸여 당혹스러웠다.

당연히 불쾌해야 하는데 그렇지가 않았다. 오히려 소년처럼 해맑게 웃는 그의 웃음이 보기 좋았다. 언제 화가 났었냐는 듯 그녀의 가슴에 촉촉한 봄비가 내렸다.

두근두근…….

낯설면서도 이릿한 감정이 라연을 혼란스럽게 했다. 처음이지만 처음 같지 않은 기분 좋은 설렘, 그러면서도 마음 한구석엔 알 수 없는 그리움이 밀려왔다. 아주 오래전에도 이 웃음소리를 들었던 것 같은 터무니없는 착각마저 일었다.

"근데 어쩌지? 난 매일 라연 씨하고 점심 먹을 생각인데. 라연 씨하고 먹는 점심이 제일 행복하거든. 내가 좀 이기적이야."

그가 재킷의 옷깃을 바로잡으며 바른 자세로 섰다. 나가자는 무언의 제스처인 것 같았다. 하지만 라연은 모른 척 다시 자리에 앉았다. 자꾸만 요상한 쪽으로 휘말리는 것 같아 불안했다.

"안 나가시겠다? 그럼 내가 나가서 초밥 사 올까?"

라연은 더 이상의 언쟁을 포기하고 무심을 가장하여 대답했다.

"혼자 가서 드세요. 전 도시락 싸 왔어요."

"그래? 그럼 그거 같이 먹자."

"싫어요."

"맛없다고 안 할게."

라연은 진심 짜증이 우러난 표정으로 그를 올려다보았다.

"됐거든요!"

"좋아, 그럼. 난 여기 앉아서 그쪽 먹는 거나 구경하지 뭐."

말릴 새도 없이 서준은 재빨리 선주의 자리에 앉았다. 라연의 입에선 저절로 한숨이 새어 나왔다.

"정말 궁금해서 그러는데요. 왜 이러시는 거예요? 혹시 아직 면접 보세요? 성격테스트라도 하시는 거냐고요."

"아까워서 그래."

그가 손으로 머리를 받치며 책상에 비스듬히 기대었다. 라연은 그와 눈이 마주치지 않기 위해 일없이 코앞의 모니터를 뚫어져라 쳐다보았다.

"뭐가 아까운데요?"

"시간."

"네?"

라연이 얼떨결에 그에게로 고개를 돌렸다. 똑바로 자신을 향해 있는 시리도록 까만 눈동자가 라연의 가슴으로 들어왔다. 덜컥. 가슴에서 고장 난 심장 소리가 들렸다.

"당신을 기억하지 못했던 시간이 아까워. 아주 많이."

어리둥절해하는 라연을 바라보며 서준이 아렴풋한 미소를 지었다.

"내가 당신에게 첫눈에 반한 걸 보면 우린 어쩌면 전생에도 인연이 있지 않았을까? 나만 기억하고 당신은 날 잊은 거지. 어때? 그럴듯하지 않나?"

라연이 정색을 하며 대답했다.

"꽉 막혔다 하셔도 어쩔 수 없어요. 관장님은 장난이 아니라고 하셨지만 저는 그저 농담으로밖에 들리지 않으니까요. 게다가 전 융통성이 별로 없어서 농담을 가볍게 받아들이지 못하겠거든요. 그러니 앞으론……."

"장난도 아니고 농담도 아니야. 나 정말 라연 씨…… 좋아해. 당신이 생각하는 것보다 훨씬 많이. 날 기억해 주지 못하는 당신이 미워서 심술을 부릴 만큼 많이."

"저는……."

"내 앞에서 두 번 다시 말하지 마. 사귀는 사람이 있다느니, 당신을 좋아하면 안 된다느니 그런 말 듣고 싶지 않아. 내가 말했지? 난 이기적이라고."

라연은 굳이 서준의 오해를 정정하고 싶은 생각은 없었다. 애초에 사귀는 사람이 있다는 말을 꺼낸 것은 라연 본인이었고, 가슴 한편엔 그녀만을 바라보고 있는 진우가 아프게 자리 잡고 있었기 때문이다.

"직장 상사와 썸 타고 싶은 생각 없습니다. 게다가 몇 번 보지도 않은 제게 이러시는 관장님을 이해할 수가 없어요. 제가 왜 좋은데요? 첫눈에 반했다는 그런 말도 안 되는 이유 말고요."

"나 미술관 그만둘까? 그럼 연애해 줄 텐가?"

감정이 격해진 라연과는 달리 서준의 음성은 어느 때보다도 차분했고 담담했다. 그것이 라연을 더욱 불안하게 했다.

"좋아하는 데 이유가 필요해? 무슨 이유가 필요하지?"

"관장님!"

"밥 안 먹어? 나 사실 아침도 안 먹었는데……."

라연은 결국 백기를 들 수밖에 없었다. 이 남자, 절대 말이 통할 것 같지 않았으니까. 그녀는 자포자기한 심정으로 자리에서 일어섰다.

"도시락, 제가 먹기에도 부족해요. 그냥 나가서 먹죠."

"내가 맛있는 거 사 주는 대신에 그 도시락은 나 주면 안 되나?"

"멸치하고 계란말이밖에 없는 도시락이 뭐가 좋아서 탐을 내세요? 가까운 데 가서 아무거나 먹고 오죠. 시간도 많이 지났는데."

"라연 씨가 만든 거 먹어 보고 싶어서 그러지."

라연은 눈을 길게 감았다 뜨며 호흡을 가다듬었다. 차라리 오전의 냉랭했던 서준이 편할 것 같다는 생각이 꾸역꾸역 쌓여 갔다.

서준이 의자에서 일어나 라연의 양팔을 잡았다 놓으며 말했다.

"점심 먹고 갈 데가 있으니까 준비하고 나와. 주차장에 먼저 가 있을게. 참, 도시락 꼭 챙겨 와."

"저기……."

"이 비서한테는 내가 전화할 테니 신경 쓰지 말고."

서준은 돌아보지 않은 상태로 손만 들어 보이고는 서둘러 밖으로 사라졌다.

'이건 또 뭐니.'

라연은 자신의 팔을 감싸 잡으며 천천히 문질렀다. 서준이 잠깐 잡았다 놓은 그곳이 파스를 붙인 듯 화끈거렸기 때문이다. 도무지 자신의 이런 반응이 납득이 되질 않았다. 왜, 도대체 왜…….

그가 남기고 간 특유의 풀 냄새 섞인 우디 계열의 향기가 그녀의 신경을 더욱 자극했다. 향기만으로도 자신을 흔드는 그의 존재가 두려워졌다.

'정신 차려! 능력 있고 잘생긴 남자가 잠깐 관심 보인다고 동요할 생각하지 마. 난 절대 가벼운 여자가 아니야!'

주문을 외듯 속으로 중얼거리던 라연은 소지품을 넣어 두는 사물함 쪽으로 걸음을 옮겼다. 사물함 문을 열고 잠시 고민을 하던 그녀가 도시락에 손을 뻗었다. 가져가지 않는 것이 오히려 더 어색해질 것 같아 가져가기로 마음먹은 것이었다.

'부디 입맛에 안 맞기만을 바랄 수밖에. 맛없으면 두 번은 안 찾을 테니.'

라연은 가방과 도시락을 챙겨 들고 비서실을 나섰다. 이러니저러니 투덜거리고 있었지만 그녀의 가슴에선 이미 메트로놈이 빠르게 움직이고 있었다.

똑딱똑딱…….

그것이 끌림의 시작이란 걸 깨닫지 못했을 뿐이었다.

이천 원짜리 김밥 한 줄, 잘게 썬 파가 보일락 말락 떠 있고 꼬치어묵이 두 개 담긴 어묵탕, 얇게 썰린 단무지 몇 조각, 그리고 라연의 도시락……. 서준은 젓가락을 만지작거리며 인상을 찌푸렸다. 또 김밥집인 것이다. 어제에 이어 오늘도.

라연은 어제와 마찬가지로 오물오물 참 맛있게도 먹고 있다. 앞에 앉은 사람이 무슨 생각을 하고 있는지 아무것도 모른 채.

무시하려고 아무리 애를 써도 자꾸만 시선이 라연의 가슴 언저리를 향했다. 그녀가 몸을 조금만 움직여도 살짝살짝 벌어지는 셔츠 앞자락이 영 신경이 쓰여 미칠 것 같았다.

서준은 입안에 있는 음식이 계란말이인지 두부인지도 잊은 채 번민에 휩싸였다. 금방이라도 단추가 풀어질 것만 같아 아슬아슬했기 때문이다.

"그렇게 뿌루퉁한 얼굴을 하실 건 없잖아요. 어차피 관장님은 제 도시락 드신다고 했으니 굳이 큰 식당 찾아갈 필요도 없고, 전 김밥 좋아하거든요."

서준의 불편한 표정이 분식집에 온 것 때문이라 생각한 라연은 젓가락을 가지런히 세우며 그의 눈치를 살폈다.

"분식집 안 좋아하실 것 같긴 하지만 도시락을 들고 레스토랑에 가는 것도 좀 그렇잖아요?"

시선을 내리깔고 밥만 입에 집어넣던 그가 대답을 하기 위해 고개를 들었다. 그때 마침 물을 마시고 있던 라연의 팔이 들림과 동시에 셔츠 앞부분이 제법 넓게 벌어졌다. 그 바람에 서준은 자신의 의지와는 상관없이 속옷처럼 보이는 흰색 레이스를 보고 말았다. 그는 당황하여 얼떨결에 들고 있던 젓가락을 테이블 위에 소리 나게 내려놓았다.

아무것도 모르는 라연은 놀라서 동그래진 눈으로 그를 쳐다보았다. 아뿔싸 하고 후회를 해 봐야 이미 분위기는 애매해진 뒤였다. 서준은 숙맥처럼 행동한 자신이 부끄러워 견딜 수가 없었다. 서른

이 넘어서 이 무슨 얼뜨기 같은 짓이란 말인가. 그의 표정은 점점 더 구겨져 갔다.

'돌겠군.'

성인나이트클럽에서 스트립 걸이 알몸이 되는 걸 볼 때도 아무렇지도 않던 그가 셔츠 사이로 언뜻 보인 레이스 속옷에 이런 반응이라니……. 상상조차 할 수 없는 일이었다.

서준은 한 개 남은 계란말이를 아무렇지 않게 입에 털어 놓고는 도시락 뚜껑을 덮었다.

"미안. 딴생각 좀 하다가……. 나 분식집 싫어하지 않아. 뭐, 즐기는 편도 아니지만."

"무슨 안 좋은 일…… 있으세요?"

"아니. 그런 거 없어. 자, 배도 채웠으니 일하러 가 볼까?"

서준이 도시락을 내밀며 말했다.

"잘 먹었어. 근데 내일부턴 도시락 싸지 마."

도시락을 받아 드는 라연의 표정에 설핏 서운함이 비쳤다.

"관장님한테 드시라고 안 해요."

"점심은 나한테 맡기고 라연 씨는 도시락 쌀 시간에 몇 분이라도 더 자란 소리야."

서준이 자리에서 일어서며 지나가는 투로 한마디 덧붙여 말했다.

"맛있었어. 더 먹고 싶을 만큼."

사실은 번민과 싸우느라 식감밖엔 기억이 나지 않지만 더 먹고 싶다는 말은 거짓이 아니었다. 매일매일 라연이 해 준 음식만 먹고 싶은 그였으니까.

아직 노란빛이 감도는 연두색 싹을 틔운 나뭇가지들이 차창 옆으로 빠르게 지나쳤다. 도시 속에서는 미처 깨닫지 못했던 봄이 어느새 성큼 다가왔음이 느껴졌다. 라연은 창문을 반쯤 열고 봄의 향기를 만끽했다.

점심 식사를 끝내고 차에 탄 두 사람은 차기 전시를 기획 중인 작가를 만나기 위해 경기도 근교의 작업실을 찾아가는 중이었다. 한동안 둘은 서로 약속이라도 한 듯 말이 없었고, 카오디오에서 흐르는 July의 연주곡만이 어색한 정적 사이로 잔잔히 흐르고 있었다.

"혹시 주변에 방 구하는 친구 없나?"

갑작스런 서준의 질문에 창밖을 내다보고 있던 라연이 그에게로 고개를 돌렸다. 서준이 잠깐 옆으로 시선을 주었다가 이내 정면을 바라보았다.

"친구가 갑자기 외국으로 파견을 나가게 되었는데 살던 오피스텔을 처분하지 않고 그냥 갔거든. 2년 정도 있다 돌아올 예정이라 가전제품이며 가구며 다 두고 갔어. 집안이 좀 되는 녀석이라 집세는 필요 없고 관리비만 밀리지 않고 집 관리를 해 줄 수 있는 사람이면 된다는데."

"아, 조건이 좋네요. 위치가……?"

"인의동."

"와, 미술관하고 진짜 가깝다."

서준이 헛기침을 하며 핸들을 고쳐 잡았다.

"맘에 들면 라연 씨가 들어가든가. 같은 곳에 사는 죄로 일단 맡아 주긴 했는데 신경 쓰기 귀찮아서 빨리 해결됐으면 좋겠거든. 알아봐 줄래?"

"관장님도…… 거기 사세요?"

"응. 어머니하고 둘이 살던 집이 있는데 미술관하고 멀어서 이사했어. 나중에 결혼하면 다시 들어가야지."

서준이 한쪽 입 끝을 올리며 덧붙여 말했다.

"라연 씨하고."

라연이 금세 언짢은 기색을 보이자 그가 짧은 웃음소리를 냈다.

"아무 때나 상관없으니까 적임자 있으면 알려 줘. 빠를수록 좋아."

"알아보기는 할게요."

라연의 말을 끝으로 대화는 끊어졌다. 그녀는 자연스레 다시 창밖으로 고개를 돌렸다.

오피스텔…… 게다가 인의동이라니. 너무나 구미가 당기는 조건이 아닐 수 없다.

관리비가 조금 걸리기는 했지만 지금 내고 있는 월세와 비슷하지 않을까 싶고, 보증금으로 들어간 돈을 받으면 몇 달 치 영어학원비가 생기는 셈이었다. 단지 마음에 걸리는 게 한 가지 있다면…….

'관장님하고 같은 건물에 살게 되는 거잖아. 직장에서도 모자라서 쉴 때조차도 같은 공간에 있어야 한다고?'

라연은 쓴 입맛을 다시며 몰래 고개를 저었다. 아쉽지만 마음을 접는 게 여러 가지로 맞는 일이었다. 지금도 충분히 위험한 상황에서 괜히 기름을 안고 불속으로 뛰어들 필요는 없었다.

"참, 라연 씨."

"네?"

대답하는 목소리가 너무 크게 나와 라연은 움찔했다. 조용히 부르는 소리에 너무 놀란 반응을 보인 자신이 무색하여 라연은 얼른 고개를 숙이며 인상을 찌푸렸다.

"속으로 내 흉이라도 본 모양이군. 너무 정직한 반응은 상대에게 상처가 된다는 걸 모르나?"

서준의 웃음 섞인 말에 라연은 억울하다는 듯 입을 삐죽 내밀며 그를 흘겨보았다.

"흉 안 봤거든요! 뭐 찔리는 거라도 있으신 모양이죠?"

"아님 말고. 옆에 콘솔박스 문 좀 열어 볼래?"

"이거요?"

라연이 운전석과 조수석 사이에 설치된 콘솔에 손을 뻗었다.

"안에 잘 들여다보면 태은그룹 배지가 돌아다니고 있을 거야. 저번 재단행사에 참여하느라 쓰고 넣어 뒀었거든."

뚜껑을 열자 넥타이핀 몇 개와 만년필, 가죽 커버로 된 작은 수첩, 그리고 박스 귀퉁이에 단추 크기만 한 배지가 들어 있었다.

"여기 있네요."

"그거 라연 씨 써."

"네?"

배지를 손에 든 라연이 생뚱맞다는 얼굴로 그를 쳐다보았다.

"이걸 제가 왜?"

"가끔 쓰일 데가 있을까 싶어서. 나야 하나 더 집어 오면 되는 거고."

"제가 이걸 어디에 써요?"

"갑자기 단추가 떨어졌을 때라든가, 아님 셔츠가 너무 딱 맞아서 앞부분이 신경 쓰인다거나 그럴 때 쓰면 되지 않을까?"

그의 말을 곰곰이 듣고 있던 라연이 어느 순간 얼굴을 붉혔다.

아, 옷핀!

"지금 찾아가는 작가가 작품은 좋은데 들리는 소문이 그다지 쿨하지 못해서 말이야. 작품 같이 하던 모델과도 스캔들이 끊이지 않는……."

그가 어깨를 한번 으쓱였다.

"뭐, 그렇다는 말이지."

"알아들었거든요."

"뭘?"

라연은 대꾸 없이 창 쪽으로 고개를 돌렸다. 그녀는 창문에 어렴풋이 비친 떨떠름한 자신의 얼굴을 쳐다보며 짧은 한숨을 내쉬었다.

'오늘 당장 스냅단추부터 사다 달아야겠네.'

삐친 듯 일자로 다물어져 있던 그녀의 입이 차츰 미소를 머금었다. 딴에는 무안하지 않게 신경을 써 주는 듯한 그가 고마웠기 때문이다.

'설마 많이 흉했던 건 아니겠지?'

그러면서 은근히 의식하게 되는 그녀였다.

✠

"저 편의점 알바 오늘 끝납니다. 말씀드려야 할 것 같아서요."

작가와의 볼일을 끝내고 서울로 돌아가는 길에 라연이 먼저 입을 열었다.

"본의 아니게 신경 쓰이게 해서 죄송합니다."

"듣던 중 반가운 소리네."

"하지만 솔직히 이유를 모르겠습니다. 제가 알바 하는 게 밤에 전화하실 만큼 중요한 일이었는지."

서준은 대답을 하지 않았다. 대꾸할 가치를 못 느낀 건지 아님 딱히 대답할 말이 없는 건지 흐르는 음악에 몰입한 듯 핸들을 손가락으로 톡톡 건드리며 앞만 쳐다볼 뿐이었다.

한 번도 들어 본 적이 없는 피아노곡이었다. 라연은 아까 출발할 때 그가 집었던 케이스를 슬쩍 쳐다보았다. '바이준'이라는 생소한 뮤지션의 이름이 눈에 들어왔다.

"굉장히 감성적인 곡이지? 음악은 사람의 감정을 이리도 쉽게 흔들어 놓는데 그림은 그게 참 어려워. 상대적으로 말이야."

"하지만 마음을 흔드는 그림을 만나면 음악보다 더 깊게 빠져들게 되잖아요. 눈을 뗄 수 없을 만큼. 음악은 끝이 있지만 그림은 눈을 감지 않는 한 끝이 없으니까요."

"귀를 막아도, 눈을 감아도 끝이 없는 게 있다는 거 알아?"

서준의 목소리가 왠지 축축이 젖어 드는 느낌이었다. 라연의 고개가 저절로 그를 향해 움직였다.

"죽어 가면서도, 죽은 후에도 그리고 다시 태어나서도 놓을 수 없는 게 있어. 그걸 내게 가르쳐 준 사람은 아직 기억을 못 하는 것 같지만."

"관장님은 가끔 알아들을 수 없는 말씀을 하세요. 제가 이해력이 달리는 건가요?"

가볍게 웃는 그의 눈이 슬픔을 담고 있었다. 잠깐 고개를 돌려 라연을 바라보던 그가 코를 찡긋하며 대답했다.

"이해력은 아직 잘 모르겠고, 기억력이 형편없는 건 분명해."

"네?"

"총명탕을 먹이면 나아지려나."

서준은 끝까지 알아들을 수 없는 말을 하고는 입을 다물었다.

라연의 편의점 아르바이트 후임은 갓 스무 살을 넘긴 대학생이었다. 그녀가 부랴부랴 편의점에 도착했을 때 그는 이미 교육을 받고 창고 정리를 돕는 중이었다.

교육을 끝내고 카운터를 지키고 있던 지점장이 미리 준비해 뒀던 봉투를 라연에게 건넸다.

"오랫동안 성실하게 잘해 줬는데 아쉽네. 그래도 잘돼서 나가니 기분은 좋다."

"갑자기 그만두겠다고 해서 죄송했어요. 일 잘하게 생긴 후임이 들어와서 다행이네요."

"첫날이니까 옆에서 잘 가르쳐 주고, 도움이 될 만한 얘기도 좀 해 주고 그래."

지점장이 그녀에게 악수를 청했다.

"마지막이니까 악수나 하고 가야겠다. 잘 지내."

"네. 그동안 감사했습니다."

지점장은 두툼한 손으로 라연의 손을 힘껏 잡아 준 뒤 다시 한 번 수고했다는 말을 남기고 편의점 밖으로 사라졌다.

라연은 크게 심호흡을 하며 새삼 편의점을 쭈욱 둘러보았다. 시원하면서도 섭섭한 기분에 괜히 코끝이 찡해졌다. 정말 힘이 들어서 때려치우고 싶을 때도 많았었는데…….

라연이 센티멘털한 감성에 젖어 멍하니 서 있을 때 휴대폰에서 짧은 기계음이 들렸다.

[개발한 시스템이 곧 오픈이라 정신이 없다. 어쩌면 밤을 새워야 할지도 모르겠어.]

연달아 문자가 이어졌다.

[잠깐 짬을 내서 보러 갈게. 알바 마지막 날이잖아.]

라연이 불편한 감정을 삭이며 입안에 바람을 가득 넣은 채 답장을 보냈다. 괜찮으니까 신경 쓰지 말라고, 일찍 끝나서 곧 집에 갈 것 같다고……. 그렇게 솔직하지 못한 문자를 보내고는 맥없이 휴대폰을 내려놓았다.

반가워야 할 진우의 문자가 가슴이 콱 막히는 부담으로 다가온다. 왜 이렇게 돼 버린 걸까?

'잡지 못할 거였으면 진즉에 놓았어야 했어. 아프더라도 모질게.'

진우의 감정을 알면서도 놓지 못했던 건 순전히 그녀의 욕심 때문이었다. 그는 기댈 수 있고 투정도 부릴 수 있는 유일한 가족과도 같은 사람이었다. 그렇기에 진우가 없는 혼자였던 때로는 돌아가고 싶지 않았다.

'그런데 왜? 왜 이제 와서 선배가 부담스러운 건데?'

아무도 없는 곳에 숨어 버리고 싶었다. 진우에 대한 미안함, 죄책감, 그리고 가슴 한쪽에 스며든 설렘이란 낯선 감정이 그녀를 끝없는 자괴감에 빠트렸다.

'유라연! 모른 척하지 마. 넌…… 벌 받을 거야.'

휴대폰에서 문자 오는 소리가 얼마간의 간격을 두고 들려왔다. 라연은 그대로 휴대폰을 가방에 넣어 버렸다.

라연은 일을 끝내고 함께 나온 후임에게 열심히 하라는 응원을 해 주었다. 처음 아르바이트를 시작할 때의 자신의 모습이 떠올라 진심으로 그가 잘되길 바랐기 때문이다.

후임과 헤어지고 라연은 부지런히 집을 향해 걸었다. 사람들이 많이 지나다니는 길을 벗어나 한적한 골목에 접어들었을 무렵, 누군가 그녀를 향해 걸어왔다.

"수고했는데 쫑파티 안 해?"

연한 회색 면바지 위에 얇은 니트 질감의 베이지색 티셔츠를 입은 서준이 천천히 라연의 옆으로 다가왔다. 뒤로 젖혔던 앞머리가 새로 감은 듯 자연스럽게 이마를 덮고 있었다.

"여긴 어떻게……."

"그쪽 남친하고 마주칠 각오하고 왔는데, 안 보이는군."

"관장님!"

그가 바지 뒷주머니에 손을 꽂으며 장난스럽게 웃었다.

"농담이고, 근처에 잘 가는 술집이 있어. 한잔하고 지나가던 중이야."

"타이밍 한번 기가 막히네요."

라연이 의심 가득한 눈초리로 쳐다보자, 서준이 도리어 황당하단 표정을 지었다.

"뭐야? 설마 내가 그쪽을 기다리고 있었다고 생각하는 건가?"

"아니 뭐 그렇다기보단……."

"미안하지만 아니거든. 저번에도 나 여기서 봤잖아. 안 그래?"

그러고 보니 처음 만났던 날, 그가 편의점에 왔던 기억이 떠올랐다. 라연은 갑자기 민망해져 그에게서 얼른 고개를 돌렸다.

"이런 이런. 실망한 거야? 그래?"

"아니거든요!"

"어어? 화내니까 더 수상한데? 실망했구나?"

서준이 큰 키를 접으며 그녀에게로 가까이 몸을 숙였다. 미미한 밤바람과 함께 다가온 그의 향기가 잔잔했던 라연의 가슴에 파문을 일으켰다.

손끝 하나 닿지 않은 상태에서 그의 숨결 하나만으로도 라연은 숨을 쉴 수 없을 만큼 아찔한 긴장을 느꼈다.

"너무 늦어서 술 마시러 가자고 할 수도 없고, 오늘은 그냥 집까지 바래다줘야겠다."

그의 얼굴이 여전히 코앞에 있음이 느껴져 라연은 쉽게 대답을 할 수가 없었다. 바보처럼 눈도 제대로 마주칠 수가 없다. 한 번도 경험하지 못한 낯선 감정에 라연은 몹시 혼란스러웠다.

"진짜 화가 났나 보네?"

"아니라니깐요."

"그럼 고개 들고 나 좀 봐 봐. 그럼 믿을게."

댁 얼굴부터 좀 치워 달라고요! 라연은 속으로 울부짖으며 울며 겨자 먹기로 천천히 고개를 들었다.

라연이 얼굴을 드는 순간, 그녀의 입술 위로 따뜻하면서도 촉촉한 무언가가 부드럽게 닿았다 떨어졌다. 놀람으로 커다래진 라연의 눈동자 속으로 달빛보다 환한 미소를 띤 서준이 들어왔다.

"당신 앞에선 숨기지 않아. 기억하지 못한 시간이 아깝지 않도록 많이, 아주 많이 당신을 사랑할 거니까."

라연은 두 손으로 입을 가린 채 주춤 뒤로 물러섰다. 가슴이 두근거리다 못해 터져 버린 듯 감각조차 남아 있지 않았다.

발을 딛고 선 땅이 빙글빙글 도는 느낌이었다. 딥 키스도 아닌 짧은 입맞춤에 그녀의 머릿속에선 폭죽들이 요란한 소리를 내며 터져 댔다.

"호, 혼자 집에 갈래요."

라연이 황급히 몸을 돌려 뛰다시피 앞으로 걸어갔다. 후들후들, 땅을 내딛는 두 다리에 힘이 풀렸다.

"같이 가."

서준이 뒤쫓아 가 그녀의 팔을 잡았다. 라연은 필사적으로 그의 손을 뿌리치며 소리쳤다.

"날 그냥 내버려 둬요!"

"차라리 그때처럼 때려. 이렇게 도망치듯 가지 말고."

"내 옆엔 이미 다른 사람이 있다고 했잖아요! 관장님이 이러면 내가 나쁜 사람이 되잖아요!"

서준이 다시 그녀의 팔을 잡아 자신의 앞에 세웠다. 라연도 이번엔 피하지 않고 분노를 가득 담은 눈으로 그를 똑바로 올려다보았다.

서준의 음성이 격앙으로 흔들렸다.

"나쁜 사람이 뭔데?"

"관장님과 이러고 있는 게 나쁜 거죠!"

"그 남자 정말 사랑해? 대신 죽을 수 있을 만큼? 자신이 가진 것을 전부 주고라도 행복을 빌어 줄 만큼 그를 사랑해?"

머릿속으론 그렇다고 대답하라 하는데 입은 떨어지지 않았다. 라연은 몇 번이나 입술을 달싹였지만 끝내 대답하지 못했다.

그의 손에 잡힌 두 팔이 욱신거렸다.

"정말 나쁜 게 뭔지 알아? 사랑하지도 않는 사람에게 언젠간 사랑하리라 믿게 만드는 거야. 그 사람에게 헛된 희망을 주는 거야말로 정말 나쁜 짓이라고! 알아?"

억울했지만 반박할 수가 없었다. 처음부터 사랑할 수 없다는 걸 알면서도 그의 곁에 있었다. 좋은 선배와 후배라는 허울 좋은 이유를 핑계 삼아…… 그게 얼마나 바보 같은 짓이었는지, 그게 얼마나 진우에게 상처 줄 수 있는 일인지 이제야 깨닫는 자신이 너무도 싫었다.

멀리서 대형 화물차의 요란한 클랙슨 소리가 들려왔다. 어느 결엔가 그에게 잡혀 있던 팔이 스르륵 풀어졌다. 라연은 알 수 없는 상실감에 저도 모르게 팔을 감싸 안았다.

서준이 그녀에게서 한 걸음 뒤로 물러섰다.

"난 당신에게 날 사랑해 달라고 강요하지 않아."

가까이에 세워진 가로등이 흐릿하게 빛을 잃었다. 그러다 금방이라도 꺼질 듯 불빛이 깜빡거리기 시작했다.

"강요하지 않아도 당신은 날 사랑하게 될 테니까."

흔들리던 불빛은 결국 필라멘트가 끊어지는 소리와 함께 꺼져 버렸다. 주변은 졸지에 암흑으로 뒤덮였다.

서준이 혹 하고 숨을 내쉬었다.

"흔들리는 건 사랑이 아니야. 결국 이렇게 빛을 잃고 말지."

"다 아는 것처럼 말하지 마요! 관장님이 뭘 알아요? 내 마음이 어떤지 당신이 어떻게 아냐고!"

"유라연. 당신이기 때문에 알아."

"그만해요. 아무리 이러셔도 달라지는 건 없어요."

라연은 다시 돌아서서 골목길 쪽으로 빠르게 걸어갔다. 이번엔 그도 잡지 않고 라연의 뒤를 묵묵히 따라 걸었다. 그녀도 굳이 그가 따라오는 것을 말리지 않았다.

늘 걷던 골목길이 괜히 환해진 기분이었다. 화를 내며 돌아섰지만 아이러니하게도 그녀의 걸음엔 안도가 묻어났다.

꽤 한참을 걸어 라연의 집 근처에 다다랐을 즈음 뒤에서 서준의 음성이 들렸다.

"용케도 이런 길을 매일 다녔군."

긴장을 늦추고 걷던 라연이 얼떨결에 대답했다.

"이 길밖에 없으니까요."

순간, 발소리를 덮는 그의 짧은 한숨 소리가 들려왔다. 라연은 모른 척 걸음을 멈추고 뒤를 돌아보았다.

"다 왔어요. 그럼 조심해서 가세요."

몇 걸음 뒤에서 서준도 걸음을 멈추었다. 가만히 라연을 바라보던 그가 나직이 인사를 건넸다.

"잘 자."

돌아서서 집 안으로 들어가려던 라연이 멈칫 걸음을 멈췄다. 망설이듯 아랫입술을 침으로 축이던 그녀가 느릿하게 그에게로 고개를 돌렸다.

"데려다주셔서 고맙습니다."

라연은 인사를 꾸벅하고 부랴부랴 집 안으로 들어갔다. 고백이라도 한 사람처럼 얼굴이 화끈거렸다. 콩닥콩닥, 맥박이 제멋대로 뛰었다. 이래저래 쉽게 잠이 들 것 같지 않은 밤이었다.

8. 제주도, 그 푸름에 물들다

눈물 콧물이 범벅이 된 라연이 부끄러움 따윈 상관없는 듯 울음 소리를 삼켜 가며 흐느꼈다. 끅끅, 목이 메는 소리를 내면서도 라연은 울음을 멈추지 않았다. 격한 감정이 들썩이는 어깨에 고스란히 묻어났다.

아침부터 유난히 흐렸던 날씨는 밤이 되어도 그대로였다. 하늘엔 먹구름이 별과 달을 삼켜 버렸고 별당 앞마당엔 누구인지 분간할 수 없는 검은 형상 두 개반이 어둠에 가려져 있었다.

라연이 부들부들 떨리는 손으로 천유의 얼굴을 감쌌다. 잠시 소강상태였던 그녀의 눈에서는 또다시 닭똥 같은 눈물이 뚝뚝 떨어졌다.

한쪽 눈두덩이 퍼렇게 멍이 들고 퉁퉁 부은 천유가 아기씨의 손을 피하며 고개를 숙였다. 터져서 피가 흐르는 입술을 겨우 움직이며 그가 조용히 입을 열었다.

『기다리실 것 같아 나오긴 했지만 어서 들어가십시오. 고뿔 드실까 저어됩니다.』

『나빠. 아버지도…… 오라버니들도…… 다 나빠. 하지만 내가, 내가 제일…… 나빠.』

라연은 울음에 부대끼고 설움에 부대껴 말을 제대로 잇지 못했다. 다리를 쪼그리고 앉아 있던 그녀가 바닥에 털썩 주저앉았다.

『내가 가자고 했는데, 쪽 염색하는 거 내가 보고 싶다고 데려가 달라고 했는데…… 왜, 왜 네가 혼나는 거야! 왜 네가 이렇게 맞아야 하냐고!』

『사내만 있는 곳에 모시고 간 제 불찰이 큽니다. 시간 가는 줄 모르고 아기씨를 오랫동안 그곳에 계시게 한 제가 죽일 놈입니다. 어사대부 어른께서 심려하신 것에 비하면 저는 살려 주신 것만으로도 감사하지요.』

라연은 바닥에 주저앉은 채 턱 밑으로 흐르는 눈물을 손등으로 훔쳐 내며 그를 안쓰럽게 바라보았다.

『너는 내가 밉지도 않니? 억울하지도 않아?』

『밉습니다. 억울합니다.』

라연이 금세 울상이 되어 울먹거렸다.

『그것 봐. 내가 그럴 줄 알았어.』

『아기씨를 울게 만든 제가 밉습니다. 이렇게밖에 생겨 먹지 못해서 억울합니다. 눈물조차 닦아 드릴 수 없는 제가, 제가 너무 싫습니다.』

많이 편안해진 표정의 라연이 고개를 갸우뚱 기울여 천유의 얼굴을 쳐다보았다.

『내가 다시 태어나면 널 알아볼 수 있을까?』

라연의 얼굴이 가까이 다가오자, 천유가 다급히 고개를 돌렸다. 하지만 곧 그의 얼굴은 고사리 같은 아기씨의 두 손에 감싸졌다.

『원통전의 관음보살님께 매일매일 기도할 거야. 주지스님께서도 그러셨어. 불공을 열심히 드리고 덕을 많이 쌓으면 후세에 다시 태어날 수 있다고. 우리도…… 다시 태어날 수 있을까?』

천유는 자신의 얼굴을 감싸고 있는 아기씨의 손이 송구하여 대답을 할 수가 없었다. 시선을 어디다 둬야 할지 몰라 얼굴만 붉힐 뿐이었다.

『더 좋은 세상에서 너와 함께 다시 태어날 수 있다면…… 난 지금 죽어도 무섭지 않아. 단지 우리가 다시 만났을 때 내가 너를 기억하지 못할까 봐…… 알아보지 못할 봐, 그게 나는 가장 두려워.』

『만약, 다시 태어난다면…… 아기씨와 다시 만날 수만 있다면…….』

내리고 있던 천유의 시선이 아기씨의 말간 눈동자에 머물렀다.

『제가 아기씨를 기억하겠습니다. 무슨 일이 있어도, 어떠한 대가를 치르더라도 반드시 아기씨를 찾을 것입니다.』

'아기씨는 저의 전부이시니까요. 제가 사는 이유니까요. 아기씨가 없는 세상은 제게 아무런 의미가 없으니까요.'

꿈에서 깨어났지만 천유의 사념(思念)은 여전히 서준의 귓가에 맴돌았다. 이젠 그것이 꿈이 아닌 오래전 겪었던 일임을 알기에 서준은 자연스레 천유의 마음을 받아들였다.

그는 침대에서 몸을 일으키며 길게 기지개를 켰다. 뻐근한 목을 이리저리 움직이다 문득, 곁탁자 위에 놓인 탁상용 캘린더에 시선을 두었다. 드디어 지루했던 주말과 월요일이 지나고 기다리던 화요일이 되었다. 시간은 어찌 그리도 더디게 흐르던지…….

라연을 집까지 바래다준 그날 이후, 서준은 의도적으로 그녀와의 접촉을 피했다. 별다른 업무가 없다는 이유로 주말엔 출근을 하지 않았고, 월요일은 휴관을 하는 날이었기에 자연스레 그녀와 거리를 둘 수가 있었다.

거리……. 나름 라연에게 시간을 주고 싶었다. 결코 넉넉한 시간은 아니었지만 혼란스러워하고 있을 그녀에게 숨을 쉴 여유를 주고 싶었다. 아니, 좀 더 솔직한 마음은…… 조급해지려는 자신을 붙잡아 두고 싶었던 건지도 모른다.

힘겹게 살아왔을 라연에게 해 주고 싶은 게 너무도 많았다. 많이 외로웠을 그녀를 보듬어 주고 싶었다. 그만큼 서두르게 되는 자신을 제어할 필요가 있었다. 감정이 앞서 일이 어긋나게 되면 모든 게 도로 아미타불이 돼 버릴 테니까.

'계획대로 잘 돼야 하는데…….'

서준은 주말 내내 라연을 위해 직접 꾸민 오피스텔을 떠올리며 침대에서 내려왔다. 남은 건 라연이 지금 살고 있는 집에서 나오게 하는 것이었다.

'라연 학생을 도와주는 거라는데 제가 적극적으로 나서야지요. 대학 근처라 방이야 내놓으면 금방 나갈 텐데 수고비도 이렇게 많이 주시고……. 암튼 걱정 붙들어 매세요.'

라연의 집주인은 말이 좀 많아 보였지만 동글동글한 인상이 나쁜 사람은 아닌 것 같았다. 부디 집주인이 어색하지 않게 일을 잘 처리해 주길 바랄 뿐이었다.

출근을 하려고 준비를 하던 라연은 방금 전 다녀간 주인아주머니로 인해 패닉 상태에 빠졌다. 이 무슨 마른하늘에 날벼락이란 말인가.

'내가 라연 학생 딱한 사정 모르는 건 아니지만, 우리도 사정이 이렇게 된 걸 어쩌겠어. 지방 사는 동생이 딸자식 재수시키겠다고 올려 보내겠다는데 거절할 수가 있어야지. 세상이 흉흉해서 딸내미를 아무 데나 자취시킬 수는 없으니 말이야. 물론 우리 라연 학생처럼 똑 부러지면야 무슨 걱정이겠냐마는. 암튼, 요즘 사는 게 힘들어서 나도 동생이지만 월세 받기로 하고 그러마 했어. 다행히 라연 학생이 이젠 졸업도 했고 취직도 했으니 내가 조금은 안심이 되네.'

머리에 분홍색 헤어 롤을 촘촘히 달고, 아들이 입던 것 같은 추리닝을 걸치고 온 아주머니는 자신의 말과는 달리 라연의 사정 따윈 상관없다는 듯 자기 할 말만 하고는 아래층으로 휙 사라져 버렸다. 라연은 아연실색하여 문턱에 털썩 주저앉았다.

취직은 했지만 아직 달라진 건 아무것도 없다고요! 라고 외치며 바지 자락이라도 붙잡고 싶었다. 전세대란에도 월세 한 번 올려 달라고 한 적 없는 분이기에 대놓고 원망도 할 수가 없었다.

요즘 이 보증금에 이 월세로 방을 구하는 것은 하늘의 별 따기일 텐데…… 말 그대로 눈앞이 막막해졌다.

그동안 저축은커녕 월세를 내고 나면 재료비와 교재비, 생활비를 대기에도 빠듯한 수입이었다. 이제 조금은 돈도 모을 수 있겠구나 하고 기대했는데 졸지에 거리에 나앉게 생겼으니…….

전날 윤희의 호출로 쇼핑을 하고 미술관도 돌아보며 즐거운 시간을 보냈다. 미술관 비서가 갖춰야 할 덕목들에 대해 여러 가지 좋은 이야기도 많이 들으며 앞으로의 일에 대한 나름의 청사진도 그렸다. 그런데 하루도 지나지 않아 암울한 현실에 다시 발목이 잡히게 될 줄 누가 알았을까.

'그렇지 않아도 머리가 복잡해서 터져 버릴 것만 같은데 왜 이런 일까지 생기는 거야. 이젠 진우 선배에게 의논도 할 수가 없는데…….'

불편했던 진실, 늘 마음 한구석이 불안했던 이유를 알아 버린 이상 진우와 관계를 유지한다는 것은 불가능한 일이었다. 다음번에 그를 만나면 아프더라도 이야기를 해야만 할 것 같았다. 서준의 말대로 희망을 줄 수 없다면 진우를 떠나보내야 하는 게 옳은 일일 테니까.

'그나저나 집부터 알아봐야겠네. 후우……. 난 왜 쉽게 되는 게 하나도 없니.'

문턱에 앉아 있던 라연은 불현듯 손목시계를 들여다보았다. 맙소사! 화장도 다 못 했는데 이러다 늦어 버릴 것 같았다. 라연은 벌떡 일어나 부랴부랴 출근 준비를 시작했다.

�֎

오전 열한 시 즈음, 관장실을 찾은 화정은 집무실에 들어가려다 말고 우뚝 걸음을 멈췄다. 화정의 시선은 처음 봤을 때와는 확연히 달라진 라연에게로 향하고 있었다. 마스카라를 정성 들여 바른 화정의 긴 속눈썹이 파르르 떨렸다.

라연의 갈색 단발머리는 자연스럽게 웨이브 진 채 어깨에 찰랑거렸고 세련된 스타일의 남색 원피스는 한눈에 봐도 명품이라는 것을 알 수 있었다. 거의 맨얼굴에 가까웠던 얼굴은 가벼운 포인트 메이크업으로 변화를 주어 지적인 이미지를 부각시켰다. 눈에 띄게 달라진 라연의 모습에 화정의 눈초리가 가늘어졌다.

'요 며칠 안 봤다고 저렇게 달라진 거야? 무슨 수로? 어떻게?'

어려 보이기 위해 화사한 옷을 골라 입은 자신이 상대적으로 촌스럽게 느껴졌다.

"무슨 하실 말씀이라도 있으신가요?"

화정의 행동이 뭔가 할 말이 있어서라고 생각한 라연이 자리에서 일어서며 그녀에게 알은체를 했다. 발악에 가까운 12cm 킬 힐을 신은 자신과 별 차이 없는 라연의 키가 새삼 눈에 거슬렸다. 그저 마른 줄만 알았는데 제법 굴곡진 몸매가 딱 맞게 붙은 원피스에 그대로 드러났다. 팽팽하게 당겨졌던 화정의 신경줄 하나가 날카로운 소리를 내며 끊어졌다.

"별 관심 없어서 몰랐는데 요사이 많이 달라졌네요. 유 비서, 신경 많이 썼나 봐?"

"아, 네. 좀……."

"외모만큼이나 업무에도 신경을 쓰고 있길 바라. 이 비서야 워낙 베테랑이라 걱정을 안 하지만. 그럼 수고. 이 비서도 수고해요."

화정은 최대한 여유 있는 미소를 남기고는 집무실 쪽으로 걸어갔다. 당당하게 돌아선 뒷모습과는 달리 화정의 표정은 이내 후회로 구겨졌다.

'이게 뭐 하는 짓이니? 유치하게.'

화정은 짧게 심호흡을 하고는 관장실 문을 노크했다.

화정은 가지고 온 서류들을 정리하다 말고 손목을 들어 보았다. 곧 다가오는 여름을 겨냥한 어린이들을 대상으로 하는 도슨트 프로그램과 미술관 소장품 관리, 그리고 새로 들여올 미술품들에 대해 의견을 나누다 보니 어느덧 한 시간이 훌쩍 지나가 있었다. 화정은 맞은편에 앉아 소장품 목록을 들여다보고 있는 서준에게로 힐긋 눈길을 주었다.

군청색에 흰색 스트라이프 무늬의 더블버튼재킷 속에 옅은 회색의 셔츠를 입은 그는 여전히 근사했고, 그녀의 마음을 설레게 했다. 매정하게 마음을 접으라고 한 말을 들었음에도 그녀는 쉽게 포기가 되지 않았다. 아니, 포기할 수 없었다.

사실 며칠 전 선주에게서 제주도행 티켓 두 장을 예약했다는 말을 들은 뒤로 화정은 은근히 들떠 있는 상태였다. 그녀는 모른 척 서준에게 먼저 운을 뗐다.

"참, 내일 세미나 준비는 다 했어? 뭐 도와줄 건 없니?"

"가서 얼굴만 비치면 되는 건데 새삼 준비할 게 있나."

"이번 포럼은 꽤 성대한 것 같던데, 이브닝 리셉션도 있고……. 너 그런 거 별로 안 좋아하는데 괜찮겠어?"

"정식 초대장이 왔으니 안 갈 수야 없지. 다들 바뀐 관장에 대해 궁금하기도 할 테고."

"다른 갤러리에서 견제도 꽤 심할 텐데? 하긴 그거야 뭐 내가……"

"주말에나 오게 될 것 같으니 네가 수고 좀 해 줘. 이번 주엔 특별히 내가 결재해야 할 사항은 없지만 그래도 무슨 일 있으면 바로 연락하고."

화정의 표정이 눈에 띄게 굳어졌다. 그녀의 변화에 별 관심을 두지 않은 그가 자리에서 일어서며 말했다.

"더 할 얘기 없으면 그만 일어날까? 잠깐 나가 봐야 하는데."

"제주도엔…… 혼자 가니?"

"아니. 유 비서와 동행할 거야. 명색이 관장인데 비서 없이 출장을 갈 수는 없지."

화정이 짧게 콧방귀를 뀌었다. 너무나 당연한 듯 말하는 서준의 말투에 어이가 없어졌기 때문이다. 정말 이유가 그것뿐이냐고 묻고 싶었다.

"그러고 보니 유라연 씨, 이젠 아주 못 봐줄 정도는 아니더라? 다 네 작품인 거니?"

"어머니의 비서였던 분께 도움을 받고 있지. 네 조언 덕분이다."

"겉모습만 바뀐다고 유능한 비서가 되는 건 아닐 텐데?"

"그것도 염두에 두고 있어. 충고 고맙다. 아, 바빠서 나 먼저 나가 볼게. 점심 식사 맛있게 해라."

서준은 앉아 있는 화정의 어깨를 툭툭 치고는 빠르게 문을 향해 걸어갔다. 화정은 쉽게 자리에서 일어서지 못하고 아랫입술을 윗니로 아프게 씹으며 비참해지려는 자신을 애써 억눌렀다.

'정말 유라연 그 애니? 아니지? 내가 오버하는 거지? 네 말대로 비서로서 데려가는 건데 내가 너무 과민반응 보이는 거지? 그

렇지?'

　머릿속으로 아무리 되뇌어도 쉽게 마음이 가라앉질 않는다. 3박
4일도 더 되는 기간 동안 두 사람이 제주도에 있을 생각을 하니 속
에서 열불이 나 견딜 수가 없었다.

　'그래. 이번까진 그냥 두고 보겠어. 설마 나를 거절하고 그런 애
를 마음에 두었을 리 없으니까. 아직은 여자를 사귈 생각이 없어서
내게 그냥 둘러댄 말이란 거…… 알고 있으니까.'

　불그스름하게 충혈된 그녀의 커다란 두 눈이 서준의 명패를 노
려보았다. 자신의 믿음에 배신하면 절대 용서하지 않겠다는 화정의
의지이기도 했다.

　자기가 올 때까지 자리를 비우지 말라며 나갔던 서준이 양손에
종이백을 들고 나타났다. 점심시간이 다 지나가는데 왜 안 오냐고
투덜대던 선주가 표정을 확 바꾸며 환한 미소로 그를 맞이했다.

　"다녀오셨어요! 관장님."

　"오늘 점심은 내가 쏠까 하는데, 다들 초밥 괜찮죠?"

　일식집 상호처럼 보이는 한자가 적힌 종이백을 테이블 위에 놓
으며 그가 씨익 웃었다.

　"생각해 보니 회식도 한 번 안 했더라고. 근데 내일부턴 또 출장
이라 당분간 못 볼 것 같으니 일단 아쉬운 대로 점심이나 같이합시
다."

　"이런 건 저흴 시키시지 그러셨어요."

　화색이 만연한 선주가 냉큼 테이블로 달려가며 호들갑스럽게 말
했다.

"여기 초밥 맛있기로 유명한데, 오늘 아침 굶고 올 걸 그랬네."

"이 비서, 많이 들어요. 주말까지 관장실 잘 지켜 주고, 종종 부관장도 도와주고 그래 줘요."

"네? 부관장님도 함께 가시는 거 아니었나요?"

종이백에서 초밥이 든 팩을 꺼내던 선주가 의문에 찬 눈으로 그를 쳐다보았다. 서준은 대수롭지 않은 듯 어깨를 으쓱이며 소파에 앉았다.

"부관장은 미술관을 지켜야지요. 출장은 유 비서와 갑니다."

이번엔 책상 앞에 앉아 있던 라연이 놀란 눈으로 그를 쳐다보았다. 선주는 얼떨떨한 표정으로 두 사람을 번갈아 쳐다보았다.

"아, 그렇군요. 하긴 출장 가시는데 비서가 필요하시겠죠."

"아무래도 행사에 참여하는 건 전공을 한 유 비서 쪽이 유리할 것 같아 정한 일이니까, 이 비서는 남아서 업무처리 좀 부탁해요. 알아서 잘 해 주겠지만."

그가 눈웃음을 지으며 나무젓가락을 건네자, 선주는 황홀해진 얼굴로 그것을 받으며 고개를 끄덕였다.

"당연히 제가 지키고 있어야죠. 걱정 마시고 잘 다녀오세요."

"유 비서도 얼른 오지? 점심 먹고 할 일 많은데."

라연은 불만이 가득한 얼굴로 자리에서 일어섰다. 정말 할 말이 많았지만 선주가 있는 관계로 입을 꾹 다문 채 테이블로 향했다.

커피 한 잔 부탁한다는 서준의 호출에 라연은 갓 내린 커피를 들고 관장실에 들어섰다. 책상에 앉아 뭔가를 읽고 있던 그가 고개도 들지 않은 채 소파에 앉으라는 손짓을 보냈다. 라연은 언짢은 얼굴을 숨기지 않으며 소파에 앉았다.

"원두 바꿨나? 향이 달라진 것 같은데?"

서준이 자리에서 일어나 라연의 맞은편에 앉으며 말했다.

"난 바디가 깊은 게 좋은데. 그리고 신맛보다는 쓴맛이 나는 커피가 좋아. 라연 씨는?"

"저는 달달한 커피가 좋습니다."

"난 자메이카 블루마운틴을 좋아해. 라연 씨는?"

"저는 봉지커피를 즐겨 마십니다."

서준이 커피를 한 모금 입에 넣고는 씁쓸하게 대답했다.

"촌스럽군."

"그러는 관장님은 유치하시네요."

"왜?"

"제가 무슨 대답을 할지 뻔히 아시면서 물어보셨으니까요."

그가 피식 웃으며 커피 잔을 테이블 위에 올려놓았다.

"말은 시켜야겠고, 딱히 생각나는 주제는 없고……. 그래도 라연 씨 입을 열게 하는 데는 성공했군."

"이번 출장, 제가 반드시 가야 하는 겁니까?"

"응."

"제가 아까 안내문들을 읽어 봤는데, 세미나도 그렇고 포럼도 그렇고 친목성격이 강한 행사였습니다. 비서가 굳이 필요 없는……."

"필요한지 아닌지는 내가 결정해."

설렁설렁 미소를 띠고 있던 그의 눈빛이 일순간 진지하게 변했다. 라연은 여전히 못마땅한 표정으로 입을 다물었다.

"비서의 직무를 착각하는 모양인데, 상관이 업무를 최적의 상태로 볼 수 있도록 옆에서 보좌하는 것이 비서의 가장 큰 역할이야. 자기 의견을 주장하고 시킨 일을 거부하는 게 비서가 하는 일은 아니란 말이지."

"만약 관장님께서 다른 상관들처럼……."

라연은 말을 멈췄다. 자기 입으로 서준이 신경 쓰인다는 말을 차마 할 수가 없었던 것이다. 서준이 삐딱한 말투로 그녀의 말을 이어받았다.

"다른 상관들처럼 뭐? 공적인 일로만 대했으면 이러지 않는다, 대놓고 들이대는 상관은 불편하다 뭐 그런 건가?"

"……."

"나한테 흔들리는 자신이 두려운 건 아니고?"

시선을 내리깔고 있던 라연이 노여움을 담은 채 서준과 눈을 맞췄다. 그 역시 도발을 멈추지 않으며 라연을 그대로 응대했다. 흔들림 없이 그를 쏘아보던 라연이 턱을 들어 올리며 입을 열었다.

"알겠습니다. 세미나와 포럼 관련 자료들을 찾아서 준비하도록 하겠습니다. 더 지시하실 게 있으시면 말씀해 주세요."

"나한테 흔들리지 않을 자신이 있다는 건가?"

"비서로서의 역할을 충실히 해내겠다는 말씀입니다."

그가 한쪽 입 끝을 올리며 웃음 섞인 숨소리를 뱉어 냈다. 시선은 여전히 그녀의 갈색 눈동자에 고정한 채로.

"좋아. 기대하지."

라연은 자리에서 일어나 그에게 인사를 하고 밖으로 나왔다. 오기로 당당히 말을 한 것까진 좋았지만 그에게 말린 것 같다는 생각을 지울 수가 없었다. 그의 자신에 찬 표정이 내내 마음에 걸렸으니까.

'역시 가지 않겠다고 버렸어야 했나? 그런데 무슨 수로……'

이대로 관장과 함께 있는 시간이 많아진다면 그의 말대로 흔들릴 것이 분명했다. 진우와의 어정쩡한 관계를 정리도 하지 않은 상태에서 서준에게 끌리고 있는 자신이 두렵고 부끄러웠다.

'그와 같은 공간에 있다는 것만으로도 무너질 것 같아. 이런 느낌, 이런 감정…… 무섭지만 싫지가 않아. 이런 울렁거림이……'

서준에게 끌릴수록 진우를 향한 죄책감은 점점 더 커져만 갔다. 이기적이고 잔인했지만 진우에게 이 모든 상황을 털어놔야만 했다. 원망과 질타를 감수하고서라도.

여느 때와 다름없이 주인집의 저녁 메뉴 냄새로 그득한 코딱지만 한 자신의 방에 앉아 라연은 출장 갈 준비를 하고 있었다. 저절로 나오는 하품에 시계를 쳐다보니 열한 시를 조금 넘긴 시각이었다. 대충 정리를 하고 자야 하나 생각하며 늘어지게 기지개를 켜는 찰나, 조용하던 휴대폰에서 음악 소리가 흘러나왔다.

— 라연아! 우리 이쁜 라연아아.

서둘러 집어 든 휴대폰에서는 술을 마신 듯 혀가 심하게 꼬인 진우의 들뜬 음성이 들려왔다.

— 내가 세상에서 제일 사랑하는 우리 라연이, 보고 싶다아.

"선배, 무슨 술을 그렇게 많이 마셨어요?"

— 입사해서 처음으로 해낸 일이라 기분이 너어무 좋다. 팀원들 전부 회식하고 3차 가는 길이야. 근데 우리 라연이 목소리가 듣고 싶어서 전화했지이.

"너무 많이 마시지는 말고……."

— 사랑해. 사랑한다, 라연아. 사랑해.

가슴이 먹먹해져 대답을 할 수가 없었다. 설렘으로 가득해야 할 진우의 고백이 무거운 질책으로 다가왔다.

'이렇게 너를 사랑해 주는 남자를 아프게 할 생각이니? 힘들 때마다 힘을 주었던 소중한 사람에게 상처를 줄 생각이야? 그러고도 네가 행복해지길 바라?'

그럼에도 불구하고 라연은 깊숙이 숨겨 놨던 자신의 마음에 점점 더 솔직해지는 자신을 느꼈다. 어떻게든 진우와의 관계를 지키고 싶었던 미련을 이제는 놓아야만 할 것 같았다. 언젠가는 진우를 사랑할 수 있을 거란 막연한 기대가 남아 있지 않음을 절실히 깨달았기에…….

"선배…… 나 내일 출장 가요. 제주도로 3박 4일 다녀오게 될 것 같아요."

— 어? 이건 반칙인데! 너의 첫 비행은 내가 함께해 주고 싶었다고!

"출장 가기 전에 선배 만나고 싶었는데…… 만나서 해야 할 얘기가 있는데……. 건강 잘 챙기고, 다녀와서 전화할게요."

— 뭐야? 제주도 가면 전화 안 해? 어디 멀리 떠나는 사람처럼 왜 이래? 아냐, 사람들이 불러서 가 봐야겠다. 내일 전화할게.

라연이 뭐라 대답도 하기 전에 끊긴 신호음 소리가 들렸다. 라연은 한숨을 뱉어 내며 휴대폰을 들고 있던 손을 천천히 내렸다.

'처음부터 뜨겁게 사랑해서 시작하는 연인은 그리 많지 않아. 네가 날 사랑하도록, 내가 그렇게 만들면 돼.'

진우는 늘 한결같았다. 학교에서도 꽤 인기가 많았지만 한 번도 한눈을 판 적이 없었다. 그렇게 미련할 정도로 그는 라연만 바라볼 뿐이었다.

'선배를 언젠가는 사랑하게 될 줄 알았어. 편안함이 두근거림으로 바뀔지도 모른다고 바보 같은 생각을……'

처음부터 뜨겁게 사랑해서 시작하는 연인은 많지 않을 수 있다. 하지만 사랑은 노력만으로 얻을 수 있는 게 아니란 걸 너무 늦게 알아 버렸다.

라연은 힘껏 도리질을 치고는 다시 짐을 싸기 시작했다. 결코 기다려지는 내일은 아니었지만 피할 수도 없었기에 담담히 맞이하기로 마음먹었다.

'나한테 흔들리는 자신이 두려운 건 아니고?'

담담하려는 의지와는 상관없이 서준의 말이 자꾸만 귓가에 맴돌았다. 그의 말을 인정하고 싶지 않았지만 두려운 건 사실이었다. 진우의 전화를 받는 순간 실망하는 자신을 깨닫는 건 어렵지 않았으니까. 서준의 목소리를 기다리고 있었음을 부인 할 수 없었으니까.

※

오전 7시 40분, 제주공항에 도착한 서준과 라연은 각자의 캐리어를 끌고 밖으로 나왔다. 비수기이기도 했고, 이른 시각이라 공항은 비교적 한산했다.

"너무 서둘렀나?"

얇은 트렌치코트에 타이트스커트를 입은 라연과는 달리, 연한 하늘색 재킷에 아이보리색 면바지를 입은 서준은 영락없는 여행객의 모습이었다. 그가 재킷 주머니에 꽂아 두었던 선글라스를 꺼내 들면서 라연에게로 고개를 돌렸다.

"헐레벌떡 일정에 쫓기는 거 딱 질색이라서 말이야. 아침 식사하러 가지."

"호텔로 바로 가시겠습니까?"

"아, 호텔 내가 취소했어."

"네?"

서준이 선글라스를 쓰며 피식 웃었다.

"첨부터 별장에서 묵겠다고 하면 놀러 오는 것 같잖아? 그래서 말 안 하고 있었지. 이건 라연 씨하고 나, 둘만의 비밀이다."

"별장이라니요?"

"아버지께서 어머니를 위해 지으신 별장이 있어. 가족들이 가끔 쉬러 오는 곳이지. 가자. 아침 식사 준비해 달라고 했어."

라연이 불편한 기색을 보이자 서준이 냉큼 그녀의 캐리어를 뺏어 들었다.

"이거 봐 이거 봐. 내가 이럴까 봐 미리 말을 안 했다니까. 부담 갖지 말고 가. 설마 거기 나하고 라연 씨 단둘만 있게 될 거라 생각하는 건 아니겠지? 별채에 관리인 부부가 살고 있으니까 걱정하지 마. 그리고 나, 라연 씨 안 잡아먹어. 내가 그렇게 무섭나?"

"호텔이 더 편할 것 같다는 생각은 드네요."

"재미는 없지."

서준이 주변을 두리번거리다 누군가를 발견하고 손을 들었다.

"아저씨 오셨네. 자, 얼른 가자고."

"제 가방은 제가 들게요."

"그냥 따라와."

라연은 하는 수 없이 한쪽 어깨에 걸친 가방을 고쳐 메고 그의 뒤를 따라 걸었다.

문득 시선을 옮긴 길가엔 텔레비전이나 사진에서만 봤던 이국적인 나무들이 바람에 살랑이고 있었다. 처음 타 본 비행기, 처음 맡는 제주의 바람, 은연중 그녀의 입가에 기대를 담은 미소가 가득 번졌다.

'그래, 설마 잡아먹기야 하겠어?'

라연은 길게 심호흡을 하며 불안한 마음을 다잡았다. 피할 수 없다면 즐겨라! 아니, 피할 수 없다면 신경을 꺼라! 이것이 그녀가 내린 최종 결론이었다.

눈이 시리도록 파란 하늘, 그보다 더 푸른 바다. 비릿한 바다 냄새가 아닌 청량감이 느껴지는 바닷바람에 라연은 창문 밖으로 고개를 내밀고 눈을 감았다.

애월 해안도로는 제주에서 손꼽히는 최고의 드라이브코스라고 했다. 검은 현무암의 바위와 절벽 사이로 부서지는 파도가 눈을 뗄 수 없을 만큼 절경을 이루고 있었다. 쭉 뻗은 길과 맞닿은 하늘 위로 뭉게구름이 바람을 타고 유유히 흘러 다녔다.

"아직 물이 차가우니 바다에 뛰어들 생각은 하지 마. 차를 세우면 금방이라도 뛰어들 것 같은 얼굴이라 하는 말이야."

옆에서 들려오는 서준의 음성에 그의 존재를 잠시 잊고 있었던 라연이 얼굴을 붉히며 말했다.

"제주도가 이렇게 아름다운 곳이었구나 생각했어요. 짐작하셨겠지만 처음 와 봤거든요. 모든 게 다 신기하고 아름답고 그러네요."

"5분 뒤면 도착할 별장도 주변 경관이 꽤 훌륭해. 하루 종일 봐도 질리지 않을 만큼."

"기대되는데요."

서준이 장난스럽게 입술을 실룩이며 놀리듯 그녀를 쳐다보았다.

"호텔이 편할 것 같다던 사람은 어딜 갔나?"

"눈을 높여 놓은 사람은 관장님이시라고요. 처음부터 이렇게 예쁜 곳을 보여 주시니까 그렇죠."

"맘에 들어 할 줄 알았어. 온 세상이 푸르잖아. 라연 씨는 쪽빛을 제일 좋아하니까."

"그걸 어떻게?"

라연을 바라보고 있던 그의 까만 눈동자가 말간 물기를 머금었다. 서준의 눈동자에 비친 그녀의 모습이 여리게 흔들렸다.

서준이 얼른 시선을 돌려 자기 쪽 창밖을 내다보았다.

"아, 제가 김환기 화백을 좋아한다고 해서 찍으셨군요?"

그가 무슨 마음으로 어떤 생각을 하는지 알 리 없는 라연은 여전히 들뜬 표정으로 하늘을 쳐다보며 조잘댔다.

"어릴 때부터 심하다 싶을 만큼 파란색을 좋아했어요. 좀 더 디테일하게 말하면 프러시안블루와 코발트블루를 섞어서 물을 많이 탄 색, 그 색을 제일 좋아해요."

여전히 창밖을 바라보며 그가 무심히 물었다.

"파란색이 왜 좋은데?"

"파란색을 바라보고 있으면 자장가가 들려요. 마음에 평온을 준달까, 막연한 그리움 같은 것도 있고…… 엄마의 배 속에 있는 아기가 된 느낌?"

"정말 좋아하나 보군."

호응을 해 주는 그의 음성은 깊게 가라앉아 있었다. 하늘과 바다에 깊이 빠져 있던 라연은 의아한 기분이 들어 서준에게로 시선을 옮겼다. 창문에 팔을 기대고 밖을 내다보는 그의 옆모습이 보였다.

"내가 오래전에 알던 사람도 쪽빛을 좋아했어. 그 사람 때문에 나도 그 색을 좋아하게 됐지. 라연 씨와 나의 공통점을 하나 발견하게 된 셈인가."

오래전 알던 사람……. 그러고 보니 처음 라연에게 접근했던 것도 누군가와 많이 닮았다는 이유 때문이라고 했었다. 가끔씩 그 사람 이야기를 하는 것을 보면 지어낸 이야기는 아닌 게 분명했다.

그렇다면 이 남자는 지금도 그 사람을 마음에 담고 있는 것일까. 고요했던 마음 한쪽 귀퉁이가 찌르르 저려 온다. 라연은 괜히 시무룩해져 다시 창밖을 내다보았다.

예쁜 펜션들과 식당들이 차츰 뜸해지는 해안가 근처에 유독 눈에 띄는 건물이 보였다. 넓은 정원과 자은 숲처럼 보이는 나무들, 그리고 검은 돌로 쌓은 얕은 돌담이 마치 그림처럼 눈앞에 펼쳐졌다.

건물 벽이 온통 하얀 몽돌로 지어진 근사한 별장 앞에 차가 멈췄다. 운전을 하고 온 별장 관리인이 뒤를 돌아보며 말했다.

"도착했습니다. 두 분 먼저 들어가세요. 차 세워 두고 짐 챙겨서 뒤따르겠습니다."

"수고하셨습니다."

서준이 관리인에게 인사를 건네고는 라연에게 내리라고 눈짓을 보냈다. 라연은 다소 들뜬 표정으로 차 문을 열고 밖으로 나갔다.

서준이 까만 철제로 된 아담한 대문을 열어 주며 물었다.

"어때? 맘에 들어?"

"이런 집이 정말 존재하는군요. 저는 사진에서만 봐서……."

관장님과 더불어 현실감이 전혀 느껴지지 않는 집이네요, 라고 그녀가 속으로 웅얼거렸다.

"이런 말 좀 낯간지럽지만 아버지께서 어머닐 많이 사랑하셨구나…… 이 별장을 보면 그런 게 느껴져. 집 안 인테리어부터 돌담, 나무 한 그루까지 아버지의 손길이 닿지 않은 곳이 없다고 하셨으니까. 사업밖에 모르는 분이라 생각했는데 말이야."

"어머니께서 굉장히 행복하셨겠어요. 진짜 아름다운 별장이네요."

"머무는 동안 내 집이다 생각하고 편안하게 지내다 가길 바라. 관리인 내외도 다들 좋으시니까 부담 갖지 말고."

라연이 대답 대신 고개를 끄덕였다.

"아침 식사 끝나고 좀 쉬도록 해. 세미나는 나 혼자 다녀오면 되니까 천천히 이 근처를 둘러보는 것도 괜찮을 거야. 단, 바다는 추우니까 들어가지 말 것!"

현관에 들어서던 라연이 걸음을 멈추고 그를 올려다보았다.

"혼자 오셔도 되는데 왜 굳이 저를……."

"포럼엔 라연 씨도 동행해야 하니까. 첫날 주제 발표회 같은 건 나 혼자 가도 상관없지만 밤에 열리는 만찬이나 리셉션은 혼자 가기 영 꺼림칙해서 말이야. 방은 이 층을 사용하도록 해. 난 아래층을 쓸 테니. 따라와."

말없이 뒤를 따르던 라연이 충동적으로 그를 불렀다.

"관장님."

앞서서 걷던 서준이 뒤를 돌아보았다. 라연은 잠시 머뭇거리다 그의 시선을 정면으로 마주했다.

"저한테 왜 이렇게 잘해 주세요?"

그가 너무도 당연한 듯 대답했다.

"라연 씨가 좋으니까."

"그러니까 제가 왜 좋으신데요?"

그의 큰 눈이 차츰 작아지며 미소를 새긴다. 눈가에 보기 좋게 주름이 잡혔다. 붙었던 그의 입술이 떨어짐과 동시에 라연의 잔잔했던 가슴에 잔물결이 일었다.

"라연 씨가 파란색을 좋아하는 것과 같은 이유."

서준이 몸을 돌려 이 층과 연결된 계단 쪽으로 걸음을 옮겼다. 라연은 멍하니 그가 이 층으로 올라가는 모습을 쳐다보았다. 한 걸음, 한 걸음 그가 발을 내디딜 때마다 콩, 콩, 가슴에서 노크 소리가 들린다.

이 남자, 단 한 번도 눈빛의 흔들림을 볼 수가 없었다. 사랑할 거라고, 좋아한다고 말하던 그 순간에도 그의 눈빛은 확고했다. 믿고 싶을 만큼, 그의 마음을 믿어 보고 싶을 만큼.

계단을 따라 오르니 아래층 못지않게 잘 꾸며진 거실이 눈에 들어왔다. 화려하다기보단 고급스러움이 느껴지는 가구와 조명, 그리고 무엇보다도 하늘이 그대로 보이는 동그란 모양의 유리로 된 천장이 그녀의 눈길을 사로잡았다.

"이 방이야."

거실 건너편의 방 앞에 서 있던 서준이 문을 열어 두며 말했다.

"아저씨가 가방 가져다주시면 편한 옷으로 갈아입고 아래층으로 내려와."

서준이 거실 끝에 서 있는 라연의 곁을 지나 계단을 내려가려 할 때였다. 라연은 무슨 생각에서였는지 덜컥 자신의 속마음을 털어놓고 말았다.

"모르겠어요. 관장님이 왜 저에게 이러시는지, 솔직히…… 불안해요."

서준이 천천히 돌아섰다.

"뭐가 불안한데?"

"전부 다요. 저에게 비서를 시키신 것도, 점심을 같이 먹자고 하시는 것도, 그리고 제주에 함께 오자고 하신 것도, 저를 좋아한다고 스스럼없이 말씀하시는 것도……."

"그게 왜 불안한데?"

"너무 순식간에 벌어진 일이니까요. 어느 날 눈을 떴는데 어시에서 비서가 되었고, 한 번도 받아 보지 못한 관심을 받게 되었어요. 지금은 이모님이라 부르게 된 최 비서님도 내겐 꿈같은 일인데, 저하고는 완전 다른 세상의 사람인 관장님은 제가 좋다고 해요. 게다가 난……."

서준이 성큼 그녀에게로 다가갔다. 165cm의 작지 않은 그녀였지만 185cm의 서준 앞에선 꼬마가 된 기분이었다. 그가 고개를 옆으로 까닥이며 한 걸음 더 다가섰다. 서준의 눈빛은 화난 사람처럼 어둡게 변해 있었다.

"은서준이란 남자가 당신에게 왜 이러는지 모르겠다, 그래서 불안하다……."

뒤로 물러서고 싶은 것을 꾹 참으며 라연은 그를 똑바로 올려다보았다. 바로 코앞에 잘생긴 그의 얼굴이 그녀와 마주하고 있었다. 그의 눈빛이 여느 때완 달리 매섭게 번득였다.

"모호한 말들로 흔들지 마라, 정확히 당신이란 남자의 마음이 알고 싶다, 그거로군."

"그, 그게 아니라……."

서준의 손이 빠르게 그녀의 턱을 잡아 올렸다. 동시에 그의 입술은 당황으로 벌어진 라연의 입술 위로 포개어졌다. 놀라서 뒤로 몸을 빼려 하는 그녀의 허리를 그의 팔이 잽싸게 휘감으며 끌어안았다. 라연은 꼼짝없이 그의 품에 갇히고 말았다.

뜨거운 그의 혀가 거침없이 그녀의 입안으로 들어왔다. 라연이 저항하려 고개를 저었지만 그녀의 턱을 잡고 있는 그의 손은 꿈쩍도 하지 않았다. 그의 혀가 그녀의 혀를 머금고 부드럽게 빨아들였다. 맛을 음미하듯 라연의 아랫입술과 윗입술을 번갈아 빨아들이던 그가 뜨거운 숨결을 토해 내며 다시 그녀의 입속으로 파고들었다.

찰나의 저항이었을 뿐, 라연은 속수무책으로 그에게 빠져 들어갔다. 서준이 잡아 주지 않았다면 그녀는 그대로 주저앉았을지도 모른다. 온몸이 무기력해진 느낌이었다. 눈을 감은 세상은 빙글빙글 돌고 있었고, 한 번도 느껴 보지 못한 아찔한 감각에 라연은 정신을 차릴 수가 없었다.

라연의 아랫입술을 이로 아프지 않게 물었다 놓으며 서준이 입술을 떼었다. 하지만 여전히 그의 얼굴은 라연의 얼굴에 가까이 닿아 있었다.

"눈 떠."

서준의 감정이 열뜬 숨소리에 그대로 전해졌다. 라연은 꼭 감고 있던 눈꺼풀을 천천히 들어 올렸다.

"아직도 불안해?"

그가 라연의 손을 잡아 그녀의 가슴 위에 포개었다.

"당신이 원하는 게 무엇인지, 당신이 숨기고 싶었던 진실이 무엇인지…… 들여다봐."

그에 의해 올려진 자신의 손바닥으로 터질 듯 뛰고 있는 심장의 박동이 느껴졌다. 처음으로 알게 된 야릇한 감각까지도 손끝 하나하나에 전해졌다.

"내가 라연 씨를 원하는 마음은 지금 당신이 느끼는 그 감정의 수천 배, 수만 배보다도 더 크다는 거 알아? 이런 마음을 당신에게 그대로 전하지 못하는 내가 화가 나. 당신을 불안하게 만들 수밖에 없는 이 상황이 참을 수가 없다고!"

"나, 난……."

서준은 잡고 있던 라연의 손을 잡아당겨 그녀를 자신의 품에 끌어안았다. 그에게서 뿜어져 나오는 독한 사랑의 향기에 라연은 숨을 쉴 수가 없었다. 풍랑을 만난 바다처럼 그의 가슴은 거칠게 일렁였다.

"기억하지 못하는 사람보다 기억을 찾아 주지 못하는 사람이 더 나쁜 거야. 이렇게 무기력한 내가, 내가 나쁜 거다."

아래층에서 누군가 올라오는 인기척이 느껴졌다. 둘은 얼떨결에

서로에게서 떨어졌고, 분위기는 저절로 어색해졌다. 계단 위로 관리인의 머리가 보였다. 서준은 그녀에게 뭔가 말을 하려 손을 들었다가 참는 듯, 주먹을 쥐어 내리며 계단 쪽으로 걸어갔다.

곧 관리인이 이 층으로 올라왔고, 라연은 마음을 다스릴 새도 없이 부랴부랴 자신이 묵을 방으로 자리를 옮겼다.

"정말 이렇게 저만 쉬어도 되는 건가요?"

슈트를 멋스럽게 차려입은 서준이 은회색 컨버터블 스포츠카에 앉아 시동을 거는 모습을 바라보며 라연이 소심하게 입을 열었다.

"미술관에서 일하고 있을 선주 씨에게 괜히 미안해서……."

"노는 거 미안하면 숙제를 하나 내 줄 테니 하고 있어."

"숙제요?"

"라연 씨가 묵는 방 옆방이 어머니가 쓰시던 작업실이야. 미술도구들 그대로 다 있으니 내가 다녀올 동안 근처 풍경을 종이에 옮겨 놔."

서준이 선글라스를 꺼내 쓰고는 한쪽 팔을 접어 창문에 걸쳤다.

"서울 일은 잠시 잊어. 제주에 있을 때만큼은 그냥 오늘만 생각해. 푹 쉬고 하고 싶은 것도 마음껏 하고……."

"정말 그래도 될까요?"

"응. 라연 씨는 그래도 돼."

처음으로 라연이 먼저 그에게 미소를 지어 보였다. 어색했지만 서준의 마음에 한걸음 다가갔음을 보여 주는 수줍은 고백이기도 했다.

"다녀오세요."

"가지 말까?"

"네?"

"농담. 다녀올게."

서준이 탄 스포츠카는 그녀를 지나 좁은 길을 천천히 빠져나갔다. 그러고는 곧 시원하게 뚫린 해안도로 위를 신나게 달렸다.

그가 탄 차가 사라진 도로를 한참 동안 바라보던 라연은 서서히 시선을 하늘 위로 옮겼다. 빨려 들어갈 듯, 아찔하게 깊고 푸른 하늘이 그녀에게 남아 있던 긴장을 말끔히 사라지게 했다. 저도 모르게 눈물이 볼을 타고 주르륵 흘러내렸다.

9. 내가 더 많이 사랑하면 돼

『천유야.』

여느 때와 다름없이 만명사 아래의 암자를 찾은 라연은 고즈넉이 하늘을 바라보다 옆에 선 천유를 불렀다. 담 아래의 개나리 숲 사이로 아지랑이가 나른하게 피어올랐다. 천유가 고개를 들며 대답했다.

『네. 아기씨.』

『이리 내 옆에 앉아 보겠느냐?』

『싫습니다. 제가 어찌⋯⋯.』

『갑자기 잠이 쏟아지는구나. 잠깐만 졸고 싶어서 그래.』

『그럼 서둘러 돌아가시지요.』

입을 잔뜩 빼문 라연이 뿌루퉁한 얼굴로 천유를 흘겨보았다.

『졸린데 어찌 걸으란 말이냐! 아무것도 모르는 이 미련 곰탱아!』

어디서 왔는지 노랑 나비 한 마리가 성난 라연의 옆을 팔랑팔랑

알짱거리며 날아다녔다. 천유가 난처한 표정을 지으며 아기씨 앞에 다가섰다.

『어찌해 드리면 되겠습니까?』

여전히 삐친 척 표정을 풀지 않은 라연이 퉁명스럽게 대답했다.

『옆에 앉아.』

잠시 머뭇거리던 그가 아기씨에게서 세 뼘 정도 떨어진 옆에 느릿하게 앉았다.

『가까이 와. 내가 기댈 수 있을 만큼 가까이.』

『그, 그건……』

『그럼 할 수 없지.』

라연은 재빨리 천유의 허벅다리 위에 머리를 기대고 비스듬히 누웠다. 천유는 갑작스런 아기씨의 행동에 당황스러웠지만 섣불리 몸을 뺄 수도 없는 상황이었다. 그의 몸이 긴장으로 단단히 굳어졌다.

『일어나십시오. 차라리 제 어깨에……』

『싫어.』

『아기씨.』

『조금만 잘게. 일다경만……』

라연은 정말 졸리기라도 한 듯 스르륵 눈을 감았다. 천유는 숨도 크게 쉬지 못하고 뻣뻣한 자세로 한참 동안 그렇게 아기씨의 베개가 되어 주었다.

얼마 후, 살랑이는 봄바람을 타고 아기씨의 음성이 들려왔다.

『천유야……』

『네. 아기씨.』

『······.』

아무 말이 없어 슬며시 아래를 내려다본 천유는 눈가에 싱긋, 웃음을 머금었다. 깊이 잠이 든 아기씨의 잠꼬대였던 것이다. 새근새근, 고른 숨을 내쉬며 자고 있는 아기씨는 눈에 넣어도 아프지 않을 만큼 사랑스러웠다.

라연은 카펫이 깔린 이 층 거실의 바닥에 앉아 소파에 팔을 얹고 머리를 기댄 채 잠이 들어 있었다. 서준은 발소리가 나지 않게 조심조심 그녀에게로 다가갔다. 고개를 숙여 바라본 라연의 모습은 천유의 다리를 베고 잠이 들었던 아기씨의 얼굴 그대로였다. 서준은 애틋한 마음으로 라연의 옆에 다리를 접고 앉았다.

이젠 꿈을 꾸지 않아도 기억의 편린들이 조각조각 퍼즐을 맞추듯 자연스레 그의 머릿속에 떠올랐다. 거친 숨을 삼키며 아기씨가 깰 때까지 기다리고 있던 천유의 마음으로 서준은 잠이 든 라연의 옆에 기대어 눈을 감았다.

깜빡 졸았던 걸까. 방금 일어난 듯 푸석한 얼굴에 발그레 홍조를 띤 라연이 눈앞에 있었다. 그녀는 당황해하며 재빨리 얼굴을 두 손으로 감쌌다.

"어, 언제 오셨어요?"

손바닥으로 감은 눈을 꾹꾹 누르며 서준이 나른한 음성으로 대답했다.

"좀 전에."

"깨우지 그러셨어요."

"왜 여기서 자. 방에 들어가서 편하게 눕지."

라연이 부끄러운 듯 배시시 웃는다.

"그럼 그러다 잠깐 졸려서 나왔는데 이러고 잠이 들었네요. 생각해 보니 이렇게 낮잠을 자 본 적이 없는 것 같아요. 늘 쫓기듯 바빴거든요."

서준이 팔을 뻗어 라연의 어깨를 끌어안았다. 그녀의 얼굴이 서준의 어깨에 기대어졌다. 라연은 별다른 거부를 보이지 않았다.

"우리 이러고 조금만 더 잘까?"

"세미나는 어땠어요?"

"이렇게 딱 30분만 자자."

"조, 졸리시면 내려가셔서 주무시는 것이……."

"쉿."

그는 라연의 어깨를 한 번 더 단단히 감싸며 자신의 얼굴을 그녀의 머리 위에 천천히 기대었다.

"졸린데 어떻게 아래까지 내려가. 아무것도 모르는 미련 곰탱이 아가씨야."

"……."

"이렇게 함께 있고 싶어서였겠지. 지금의 나처럼."

"무슨……."

그의 입꼬리가 그리움을 담으며 위로 향했다.

'이제 알겠어. 아기씨가 그때 왜 졸리다고 했는지, 왜 내게 기대었었는지…….'

라연의 숨소리가 바로 곁에서 들려왔다. 긴장한 듯 그가 잡고 있는 라연의 어깨에서 힘이 느껴졌다. 서준이 눈을 감으며 나지막이 속삭였다.

"고마워. 지금 내 곁에 있어 줘서."

라연은 아무런 대답도 하지 않았다. 대신 긴장으로 굳어 있던 그녀의 어깨가 스르르 풀어지는 것이 느껴졌다. 서준은 그녀 역시 그와 같은 마음일 거라고 믿기로 했다.

라연이 평생 전생의 기억을 찾지 못한다 해도 이젠 상관없었다. 이렇게 함께 있을 수 있게 된 것만으로도 하늘에 감사해야 할 일이었으니까. 그가 더 많이 기억하고 더 많이 사랑하면 그뿐이니까.

※

"덕분에 진짜 잘 먹었어요. 음식 솜씨가 어쩜 그리 좋으세요."

저녁 식사 후, 라연이 식탁의 빈 그릇들을 모아 싱크대에 내려놓으며 관리인 아주머니에게 말했다.

"오분자기 된장찌개는 처음 먹어 봤는데 정말 맛있었어요. 옥돔구이도 비린내 하나 없이 너무 맛있었고."

계속되는 칭찬에 아주머니가 사람 좋은 미소를 지으며 라연을 거실 쪽으로 밀었다.

"어유, 왜 여기 남아 있어요? 나가서 과일을 들거나 아님 도련님하고 산책이나 다녀와요."

"아, 아뇨. 점심때도 못 하게 하셔서 그냥 나갔는데 저녁 설거지는 제가 할게요. 저, 요리는 잘 못 해도 설거지 하나는 기차게 하거든요."

"예쁜 아가씨가 마음도 참 예쁘게 쓰네. 마음만 받을 테니까 얼

른 나가요. 막내도련님이 가족 말고 누구와 함께 오신 건 처음이라
내가 다 신기하다니까."

라연이 얼굴을 붉히며 얼른 행주를 집어다 식탁으로 가져갔다.

"저, 저는 관장님 비서니까 어쩔 수 없이 함께 온 거거든요. 일
때문에……."

"오호호, 근데 왜 이리 부끄러워하실까? 까칠한 막내도련님이
남한테 그리 살갑게 대하는 거 처음 봤어요. 라연 씨 어디가 그리
좋을까?"

"그, 그게 아니라……."

관리인 아주머니가 라연에게 가까이 다가가 어깨를 토닥이며 작
은 소리로 말했다.

"사모님 그렇게 돌아가시고 우리 막내도련님, 많이 힘들어하셨
어요. 장례식 끝나고 며칠 뒤에 혼자 여기 찾아오셔서……. 어릴
때도 그렇게 운 적이 없는 분이었는데……. 그렇게 지내다 가시고
오늘 처음 오신 거예요. 이리 밝은 모습으로 오셔서 어찌나 고마운
지."

"……."

"잘해 드려요. 겉으로 표현을 잘 안 해서 그렇지 얼마나 속 깊은
분이시라고. 자, 얼른 나가 봐요."

"그래도 설거지는……."

라연이 부랴부랴 식탁을 닦고 있을 때, 언제 왔는지 주방 입구에
서 서준의 헛기침 소리가 들려왔다.

"앞 해변에 나가서 맥주나 한잔할까?"

관리인 아주머니가 잽싸게 라연의 손에서 행주를 빼앗았다.

"그렇잖아도 내보내려던 참이었어요. 조금만 기다려요. 안주랑 맥주 챙겨서 아이스백에 넣어 줄 테니."

"아니에요. 도와드리고 나가도 돼요."

"내가 불편해서 그러지. 얼른 나가 봐요."

라연은 싱크대에서 손만 겨우 씻고 떠밀리다시피 거실로 내보내 졌다. 팔짱을 낀 자세로 소파에 기대어 서 있던 서준이 피식 웃으 며 라연에게로 다가갔다.

"기다려. 맥주 받아 올게."

라연은 괜히 아주머니에게 민망해진 것도 있고, 당황해하는 자신 을 보며 재밌어하는 그가 얄미워 순간 심술이 부리고 싶어졌다.

"저 술 마시면 주사 심한데 괜찮으시겠어요?"

"훗, 얼마나 심한데?"

"위아래도 몰라보고 폭력적으로 변한다고 하던데……. 참고로 술도 약한 편이에요."

그가 한쪽 눈썹을 슬쩍 올리며 주방으로 들어갔다.

"재밌겠군."

맑은 물속에 붉은색 물감을 떨어뜨리면 잔잔한 파문을 일으키며 물감이 번져 가듯, 지금 라연의 눈앞에 펼쳐진 바다와 맞닿은 하늘 엔 저녁노을이 물감처럼 그러데이션을 만들고 있었다. 바다풀이 이 끼처럼 낀 검고 울퉁불퉁한 바위를 지나 흑설탕처럼 보드랍고 눅눅 한 모래 위를 걸으며 라연은 오래전 바다를 상상만 했었던 그때를 떠올렸다.

미역을 물에 불려서 손으로 조물거려 씻을 때 나던 비릿한 냄새가 바다 냄새일 거라 생각했었다. 대학교 1학년 여름, 엠티로 갔었던 동해바다를 처음 만나기 전까지는.

낮에 보았던 투명한 토파즈빛 바다는 어둠에 덮여 검푸른색으로 바뀌어 있었다. 짭짜름한 바닷바람이 서늘한 기운을 남기며 스쳐 갔다.

"살면서 딱 한 번 바다를 봤어요. 대학교 1학년 때. 오늘이 두 번째네요."

옆에서 나란히 걷고 있는 서준은 대꾸가 없었다. 라연이 수긋이 그를 바라보며 빙긋 웃었다.

"관장님하고 있으면 이런 이야기, 그냥 자연스럽게 하게 돼요. 자랑도 아닌데……."

"바다…… 처음 봤을 때 어땠는데?"

"동아리 친구들이 다짜고짜 들어서 집어넣는 바람에 짠맛부터 봤어요. 후훗."

"처음부터 제대로 체험했군."

서준이 모래사장 한가운데서 걸음을 멈춰 섰다. 그는 들고 왔던 돗자리를 그곳에 깔고 한쪽 귀퉁이에 아이스백을 내려놓았다. 어느새 하늘은 먹색 물감으로 채워졌고, 상아색 달님이 뽀얀 모습을 드러냈다.

"춥지 않아서 다행이다. 그래도 혹시 모르니 이거 걸치고 앉아."

서준은 자신의 어깨에 걸치고 왔던 얇은 스웨터를 라연에게 건네며 돗자리에 자리를 잡고 앉았다. 그러고는 아이스백에서 과일 몇 가지와 육포 따위의 안줏거리를 꺼냈다.

하얀 거품이 해변으로 밀려와 파스스 사라진다. 치익— 맥주 캔에서 탄산이 빠지는 소리가 파도 소리와 함께 엇박으로 들려왔다. 알싸하면서도 톡 쏘는 맥주가 입안 가득 퍼졌다. 라연은 낮잠 자다 일어난 고양이처럼 날큰하게 기지개를 켰다.

"좋네요. 바다."

"응."

"이런 한가로움은 처음이라…… 안 맞는 옷을 입은 것처럼 불편하기도 하고, 그렇다고 벗고 싶진 않고……. 관장님 때문에 큰일 났어요. 자꾸 좋은 걸 알아 버려서……. 어쩌면 모르는 게 더 좋은 건지도 모르는데……."

라연이 벌컥벌컥 쉼 없이 맥주를 목으로 넘겼다. 알콜이 식도를 타고 찌르르한 감각을 남긴다. 분위기 탓일까, 금세 취기가 올랐다.

라연이 빈 캔을 서준에게 내밀었다. 그는 황당함과 흥미가 반반 섞인 표정으로 라연을 쳐다보았다.

"내가 맥주 마시자고 안 했으면 어쩔 뻔했나?"

"관장님이 제주도에 같이 오자고 안 했으면 어쩔 뻔했나부터 물어보셔야죠. 솔직히 지금 너무 좋아요. 제가 언제 또 이런 경험을 해 보겠어요."

"왜 그렇게 생각하지? 또 오면 되잖이."

라연은 말없이 그가 건네준 맥주를 받아 입구를 셔츠로 슥슥 닦았다. 곧 얇은 알루미늄이 딸칵, 꺾이는 소리가 들렸다.

"카아, 시원하다. 바닷바람이 짭짤하니 안주도 필요 없……."

말하고 있는 라연의 입안으로 딸기가 들어왔다. 서준은 포크에 딸기를 한 개 더 찍어 그녀의 손에 쥐여 주었다.

"바닷바람은 안주가 되질 않아."

라연은 잠시 딸기를 입안에 머금고 있다 천천히 씹어서 삼켰다. 그녀가 시무룩한 표정으로 아랫입술을 물었다 놓으며 힘겹게 입을 열었다.

"나한테 잘해 주지 마요."

"싫은데?"

라연은 짧게 한숨을 내쉬고는 작정한 듯 두 번째 캔 역시 쉬지 않고 들이켰다. 그녀가 빈 캔을 구겨서 바닥에 내려놓으며 말했다.

"하나 더 주세요."

"정말 주정이라도 부릴 생각인가?"

"받아 주실 거잖아요."

서준이 이마를 문지르며 난처한 표정을 지었다.

"은근히 겁나는데?"

"관장님 말씀대로 여기선 아무 생각도 하지 않을 거예요. 복잡한 생각들은 오늘 밤에 다 잊어버릴 거니까."

"뭐가 그렇게 복잡한데?"

"나의 무책임했던 감정, 선배, 집……."

"집?"

라연이 인상을 한껏 찌푸리며 세 번째 맥주를 집어 들었다.

"지금 집주인이 갑자기 방을 빼 달라고 해서요. 너무 갑작스러워 갈팡질팡 중이에요."

"저번에 내가 말했던 오피스텔에 들어가는 건 어때?"

"후우……."

알딸딸한 게 기분이 묘하게 들뜨는 느낌이었다. 제주도의 농염한 달빛에 취해 버린 걸까. 라연은 그의 손이 미처 다가오기 전에 세

번째 캔을 비워 냈다.

"술에 원수진 사람처럼 왜 이리 급히 마셔?"

"오피스텔…… 가고 싶어요. 그런 조건…… 흔치 않으니까."

"그럼 되지, 뭘 망설여."

라연이 몸을 돌려 서준을 마주 보았다. 후끈거리는 볼을 차가워진 손으로 감싸며 물끄러미 그의 눈동자를 찾았다.

"들어가고 싶지만 겁이 나요."

"뭐가."

"관장님하고 가까워지는 게……."

"같은 건물일 뿐이야. 같이 사는 게 아니잖아. 부담 갖지 말고 서울 가면 바로 이사해."

"바보. 내 맘이 어떤지도 모르면서……."

달빛에 비친 그의 표정이 눈에 띄게 굳어졌다. 화가 났다기보단 뭔가에 놀란 얼굴을 한 그가 예고 없이 라연의 어깨를 잡았다.

"지금 뭐라고 했지?"

"설마 바보라고 해서 화나신 거예요?"

그가 아무 말 없이 와락 라연을 자신의 품에 끌어안았다. 서준이 무엇 때문에 이러는지 알 수는 없었지만 그녀의 손은 자연스레 그의 등을 감싸고 있었다. 취기 때문일까? 울렁울렁…… 라연의 가슴이 요동쳤다.

순간 꿈을 꾸고 있다 생각했다. 오래전 아기씨가 자주 쓰던 그 말이 라연의 입에서 튀어나왔을 때, 서준은 충동적으로 그녀를 끌어안았다. 라연의 기억이 돌아온 것만 같아 가슴이 벅차올랐다. 정말 바보처럼.

서준은 천천히 그녀에게서 떨어졌다. 달빛에 비친 갈색 눈동자가 그를 향하고 있었다. 자석의 다른 극이 만난 것처럼 둘의 얼굴은 서서히 가까워졌다. 서로를 간절히 열망하는 눈빛이 허공에서 부딪히다 사라졌다. 라연이 눈을 감았다.

그녀의 입술에서 달콤한 딸기 맛이 느껴졌다. 부드럽게 그녀의 입술을 자신의 입술로 물었다 놓으며 그가 고개를 들었다. 가벼운 키스가 아쉽기라도 한 듯 라연은 눈을 뜨지 않았다.

"술에 취한 당신을 이용하고 싶지 않아. 분명 후회하겠지만."

서준의 입술이 감고 있는 그녀의 눈 위에 살며시 닿았다 떨어졌다. 좋은 꿈을 꾸다 깨고 싶어 하지 않는 아이처럼 라연이 느릿하게 눈을 떴다. 그녀가 자신의 혀로 아랫입술을 적시고는 나른한 목소리로 말했다.

"하고 싶어요. 키스…… 관장님과."

"급하게 마시더니 취했……."

옅은 알콜 냄새가 섞인 숨결과 함께 촉촉한 입술이 그의 입술을 서툴게 덮었다. 따뜻한 그녀의 혀가 수줍게 그의 입안으로 들어왔다.

쿵쿵 울려 대는 심장 소리에 서준은 정신을 차릴 수가 없었다. 어설프게 그의 입속을 더듬는 그녀의 혀 놀림은 어떠한 유혹의 몸짓보다 그를 흥분시켰다. 라연의 짜릿한 숨결에 취해 버린 듯 힘겹게 참았던 욕망이 밖으로 모습을 드러냈다. 서준은 몸을 일으켜 그녀를 바닥에 누이며 키스를 퍼부었다.

혀와 혀가 느릿하게 서로를 감싸며 춤을 추었다. 보드라운 그녀의 혀를 힘껏 빤 뒤, 입안을 샅샅이 훑어 내렸다. 한 번도 경험해 보지 못한 키스의 아찔한 감각에 서준은 무아지경에 빠져 버렸다. 그녀를 놔주고 싶지 않았다. 아니, 좀 더 많이, 좀 더 깊게 그녀를 알고 싶어졌다. 그녀를 갖고 싶었다.

그의 입술이 천천히 그녀의 볼을 지나 귓불을 더듬었다. 그의 이가 여린 귓불을 물었을 때, 그녀의 입에서 야릇한 숨소리가 새어 나왔다.

'이런……'

바닥을 딛고 있던 그의 손이 불끈 주먹을 쥐었다. 그의 입에서 뜨거운 숨이 뿜어져 나왔다. 서준은 힘겹게 그녀에게서 몸을 일으켰다.

'미친놈.'

스스로에게 욕을 퍼붓고 싶었다. 하마터면 라연을 가질 뻔했다. 취했다는 걸 알면서도, 그녀가 아직은 흔들리고 있을 뿐 온전히 마음을 준 게 아니란 걸 알면서도 가지려 했다. 그가 가장 경멸하는 비겁한 짓을 할 뻔했던 것이다.

서준이 굵은 침을 삼키며 일어났다.

"취했어. 그만 가지."

라연이 새치름한 얼굴로 몸을 일으켰다. 당황해지도 부끄러워하지도 않는 모습이었다.

"왜 취했다고 생각해요?"

"평소의 라연 씨는 지금처럼 말하지 않으니까."

"겁쟁이."

"그래. 그렇다고 치고, 지금은 돌아가는 게 좋겠어."

"싫어요!"

자신이 멀쩡하다는 걸 보여 주고 싶었는지 라연이 벌떡 자리에서 일어섰다. 그러나 몸을 똑바로 일으키기도 전에 그녀는 휘청하며 자리에 도로 주저앉고 말았다.

"이런, 술이 약하다는 말은 허풍이 아니었군. 걸을 수 있겠어?"

"저 안 취했다니까요! 갑자기 일어나서 현기증이 났던 거라고요."

입을 뾰족이 내밀며 투덜거리는 라연이 사랑스러워 그는 피식 웃고 말았다. 이제야 스물네 살의 풋풋한 모습을 드러내는 것 같아 왠지 마음이 놓였다.

"일어나 봐. 똑바로 걸을 수 있으면 믿어 주지."

"속고만 사셨나! 자, 보시라고요!"

일어설 때부터 비틀거리던 그녀는 몸개그를 하듯 갈지자로 휘청거리며 걷다 금세 모래 바닥에 풀썩 넘어졌다.

서준이 웃음을 참으며 넘어진 라연의 곁으로 다가섰다.

"안 취하신 분! 그럼 천천히 따라와요."

그가 모른 척 먼저 걸어가려 할 때, 아래쪽 셔츠 자락이 당겨지는 느낌을 받았다. 그리고 곧 의기소침한 라연의 음성이 뒤를 따랐다.

"못 걷겠어요."

서준이 고개를 돌려 아래를 내려다보니 라연이 그의 셔츠 자락을 꽉 움켜쥐고 있었다. 그는 헛기침으로 웃음을 삼키며 물었다.

"왜?"

"다리가 후들거려서……."

"이런, 어쩐다?"

"저 별로 안 무거운데⋯⋯."

서준은 터져 나오는 웃음을 손으로 막으며 그녀에게 돌아섰다.

"응?"

"어, 업어 주시면 안 되나요?"

"안 취하셨다면서요?"

"치사하게 이러실 거예요? 알았어요. 그냥 두고 가세요. 여기서 자다가 입이 돌아가든 말든."

서준은 결국 큰 소리로 웃고는 그녀의 앞에 무릎을 접으며 앉았다.

"라연 씨 이렇게 재밌는 사람이었구나. 몰랐네."

"저 원래 재밌어요. 노래도 잘하고 춤도 잘 추고."

"좋아. 그럼 내가 업어 주는 대신 라연 씨는 가는 동안 노래를 불러."

"콜!"

달빛에 발그레한 얼굴이 그대로 드러난 라연이 히죽 웃음을 지었다. 밤하늘의 어떤 별도 그녀의 미소보다는 환하지 않을 터였다.

라연은 알지 못할 것이었다. 지금 자신의 미소가 얼마나 예쁜지, 얼마나 서준의 가슴을 설레게 하는지를⋯⋯.

자우림의 봄날은 간다를 열심히 부르던 라연이 어느 순간 잠잠해졌다. 쌕쌕, 고른 숨소리가 등 뒤에서 들려온다.

푸르던 숲은 광활한 바다로 바뀌었고 산새 소리는 파도 소리로 바뀌었지만, 지금 이 순간 서준은 오래전 만명사 아래의 숲 속 오솔길 위에 있었다.

조금은 마음을 열어 주는 것일까? 일부러 술을 마시고 취기를 빌려 다가오는 그녀가 마음이 짠하면서도 고마웠다.

'많이 혼란스럽겠지. 부담도 될 테고……. 괜히 내 욕심 때문에 당신을 힘들게 하는 건 아닌지 모르겠다.'

셔츠 위로 따뜻한 라연의 숨결이 느껴진다. 포근한 그녀의 체온이 등을 타고 온몸으로 퍼져 갔다.

사박사박, 그의 발밑에서 모래들이 서로 부대낀다. 쿵, 쿵…… 심장의 울림이 목을 타고 전해진다. 쪽빛보다 짙은 제주의 밤은 그렇게 깊어 갔다.

✻

이번 제주 해오름 호텔에서 열리는 포럼은 비영리 미술후원조직인 아트 뮤지엄 파트너십이 전국의 미술관장들과 유명 작가들을 제주도로 초대해 2박 3일간 정보, 전시, 컬렉션 등에 관한 네트워킹을 제공하기 위해 마련한 행사였다.

유례없이 긴 행사 기간만큼이나 규모도 제법 컸다. 6성급인 해오름 호텔에서 숙식은 물론이고 주제발표회와 만찬, 그리고 리셉션 등이 모두 열릴 예정이었기 때문이다.

호텔에 도착해 발표회가 있을 제이드 홀로 이동을 하던 서준은 곁에서 주뼛거리며 걷는 라연에게 시선을 두며 말했다.

"오늘 나오는 연사들은 다들 이쪽 분야에서 베테랑인 분들이야. 잘 들어 두도록 해."

"저…… 비서가 굳이 발표회장에 들어갈 필요가 있을까요? 주제 넘는 짓인 것 같아서……."

"라연 씨는 평생 비서에 머물 생각인가?"

"네?"

"진짜 꿈은 큐레이터라고 하지 않았어?"

"그야 그렇지만……."

서준이 우뚝 걸음을 멈춰 섰다. 행커치프로 포인트를 준 블랙 슈트 차림의 그는 오늘도 역시 현실감 없는 완벽한 모습이었다. 라연의 시선은 주눅 든 학생처럼 저절로 아래로 떨어졌다.

"최고가 되겠다는 생각으로 덤비지 않으면 아무것도 이룰 수가 없어. 자신감을 갖고 당당하게 지금 라연 씨의 위치를 이용하도록 해. 나를 충분히 써먹으란 말이야."

놀람, 아니 감동이라 하는 쪽이 맞을 것이었다. 라연이 동그래진 눈으로 그를 올려다보았다.

"전에도 말했지만 라연 씨는 부족한 것투성이야. 그만큼 많이 보고 많이 듣고, 또 많은 실전 경험을 쌓는 것이 중요해. 지금이 라연 씨에게 기회라는 말이 되지."

"……."

"왜 그런 표정으로 쳐다보는 거지?"

라연이 얼른 고개를 숙이며 대답했다.

"아뇨."

그녀는 속마음을 들킨 것 같아 면구스러웠다. 그렇잖아도 전날 밤 추태를 부린 게 기억나 얼굴도 제대로 볼 수가 없는데, 나 감동했어요, 라고 쳐다보는 꼴이라니…….

라연이 잠시 우물쭈물하자 서준이 다시 입을 열었다.

"너울가지 미술관의 관장 비서로서 자부심을 가져. 라연 씨는 이 행사에 참여할 자격이 충분히 있으니까. 그리고 스스로를 귀하게 여겼으면 해."

"관장님은……."

저한테 왜 이렇게 잘해 주시냐고 물으려다 입을 다물어 버렸다. 그의 진심 어린 격려를 삐딱하게 받아들이는 것처럼 보이고 싶지 않았기 때문이다.

"내가 뭐?"

그의 질문에 라연은 고개를 저으며 어색하게 대답했다.

"아뇨. 알겠습니다. 열심히 할게요."

화려한 호텔만큼이나 어마어마한 행사의 규모, 입구를 통해 들어오는 내빈들의 범상치 않은 기운들. 라연은 처음 행사장에 들어서는 순간부터 위축이 되었었다. 이 엄청난 공간 속에 보잘것없는 사람은 그녀 자신뿐인 것 같은 열등감을 쉽게 떨쳐 버릴 수가 없었던 것이다.

'알고 있었던 거야. 이 남자…… 내가 떨고 있다는 걸.'

라연은 소심하게 움츠렸던 어깨를 당당히 펴고 서준의 옆에 가까이 다가섰다. 생각해 보면 그는 언제부턴가 라연에게 많은 것을 주는 든든한 나무였다. 비바람, 태풍에도 끄떡없는 깊은 뿌리를 가진 나무. 라연에게 서준은 그런 존재였던 것이다.

라연은 이제 자신의 마음을 스스로에게 숨기지 않기로 했다. 자신의 심장이 누구에게만 반응하는지, 가슴 깊은 곳에 누굴 품게 되었는지 확실히 깨달았기 때문이다. 어젯밤 행동이 결코 술 때문만은 아니었다는 것도.

주제발표회가 끝나고 주최 측에서 마련한 점심 식사를 마친 두 사람은 서준의 의견에 따라 호텔 밖으로 나왔다. 차가 출발하고 호텔에서 벗어났을 즈음, 서준이 불쑥 질문을 던졌다.

"제주도에 오면 제일 가 보고 싶은 곳 있었나?"

"네? 아, 아뇨."

정말 생각해 본 적이 없었다. 그러고 보면 지난 24년은 여행을 다녀 본 적도, 여행에 대한 갈망도 없이 오직 앞만 보고 달려온 시간들이었다. 아니, 숨 가쁘게 살아왔다고 하는 편이 맞을 것이다. 라연은 홀로 씁쓸한 미소를 지었다.

서준이 잡은 핸들을 손가락으로 톡톡 치며 말했다.

"빠른 대답치곤 재미없네."

"오늘 나머지 일정은 어쩌시고……."

"재미없을 것 같아서 땡땡이."

"그래서 저 제주도 구경시켜 주시려고요?"

라연이 키득 웃으며 그를 힐긋 쳐다보았다. 의도한 것은 아닌데 대놓고 너무 좋아한 것 같아, 라연은 이내 고개를 돌렸다.

"응. 어디가 좋을까."

"전 아무 데나 다 좋아요."

"저녁에 있을 리셉션엔 참석을 해야 하니 가까운 곳으로 가지."

그가 갑자기 액셀을 밟아 속력을 냈다. 닫혔던 차의 지붕이 서서히 열리며 상큼한 봄바람이 차 안으로 불어 들었다.

"우와! 진짜 시원하다. 이런 차는 이 맛에 타는군요!"

"그렇게 좋은가."

"네! 솔직히 발표회가 너무 재미없어서 졸 뻔했거든요."

"내가 분명히 잘 들어 두라고 했을 텐데?"

라연은 못 들은 척 자리에서 일어나 두 팔을 위로 쭉 뻗으며 기지개를 켰다. 쫙 편 손가락 사이로 바람이 기분 좋게 간질이며 스쳐 갔다. 그녀의 음성이 들뜬 어린아이처럼 높아졌다.

"히야, 제가 이런 걸 해 보게 될 줄 누가 알았겠어요."

"어쭈, 말 돌리는 것도 할 줄 아네?"

"오늘만 봐주세요! 신나게 놀고 앞으로 열심히 배울 테니까요."

수채화 용지에 세룰리안블루가 자연스럽게 번진 것 같은 청명한 하늘이 눈앞에 펼쳐졌다. 몽글몽글한 순두부가 하늘 위를 둥실 떠다닌다. 라연은 깊게 심호흡을 하며 의자에 앉았다.

"눈을 뜨면 전부 사라질 것 같은 꿈속에 있는 기분이에요. 나 이러다가 갑자기 꿈에서 깨는 건 아니겠죠?"

"걱정 마. 꿈에서 깨도 난 라연 씨 옆에 있을 거니까."

꿈에서 깬다는 건 제 곁에 관장님이 없는 걸 의미하는걸요. 라연은 의자에 깊숙이 몸을 묻고 눈을 감았다.

'누군가를 마음에 품으면 이렇게 불안한 건가요? 마냥 좋을 줄만 알았는데 그렇지도 않은가 봐요.'

진우가 처음 좋아한다고 고백했을 땐 결코 느껴 보지 못한 감정이었다. 약간의 설렘 외엔 아무렇지도 않았던 그때와는 달리 지금은 진정제가 필요할 만큼 가슴이 뛰었다. 서준의 사소한 말 한마디에도 의미를 부여하게 된다. 이 남자…… 내가 정말 좋아해도 되는 걸까? 이미 늦어 버린 질문이란 걸 알면서도 자꾸만, 자꾸만 묻게 된다.

적당한 햇살, 싱그러운 바람, 그리고 언뜻언뜻 느껴지는 사랑하는 남자의 향기……. 라연은 입가에 기분 좋은 미소를 머금으며 잠이 들었다.

❈

협재 해수욕장과 저지문화 예술인 마을을 돌아본 두 사람은 별장이 있는 애월로 이동 중이었다. 별로 돌아다닌 것 같지도 않은데 어느덧 해는 뉘엿뉘엿 산 너머로 고개를 숙였다.

라연은 봄볕에 살짝 그을려 발그레해진 얼굴로 해사하게 웃으며 바닷가에서 주운 조개껍데기를 만지작거리고 있었다. 운전을 하던 서준은 조수석을 힐긋 쳐다보며 소리 없는 웃음을 지었다. 저렇게도 좋을까 싶었다.

"별장에 들러서 준비를 한 다음 호텔로 갈 거야."

라연이 조개껍데기를 손수건에 싸며 대답했다.

"네. 근데 오늘은 어디서 묵어야 하나요? 주최 측에서 준비한 방은 한 개뿐이라……."

"명단에도 없는 비서의 방을 챙겨 줄 수는 없었겠지."

그의 표정에 슬쩍 짓궂은 미소가 지나쳤다.

"오후 늦게 시작하는 리셉션이 일찍 끝날 리는 없고 오늘 밤은 호텔에서 자는 게 나을 것 같은데, 라연 씨 생각은 어때?"

"……."

"나하고 같은 방에서 자는 건 좀 그런가?"

"뭔가 해결책을 마련하고 저한테 장난치시는 거죠? 이젠 안 넘어가요."

서준이 어깨를 으쓱이며 시큰둥한 표정을 지었다.

"나에 대해 너무 많은 걸 알아 버렸어. 재미없다."

"관장님을 믿고 있는 거라 생각해 주세요."

"고맙다고 해야 하는 건가?"

서준의 말에 라연은 그저 해죽 웃으며 시선을 창밖으로 돌렸다.

신비한 섬, 제주가 부리는 마법 때문일까? 쉽게 풀지 않을 것 같던 경계를 풀고 그녀가 다가온다. 믿는다는 단어가 이렇게 달콤한 말이었던가.

별장에 도착했을 때, 라연은 뜻밖의 상황에 어리둥절했다. 서준이 그녀를 위해 미리 서울에서 부른 스타일리스트가 헤어와 메이크업을 도와주기 위해 기다리고 있었던 것이다.

잠시 후, 라연은 요정에 의해 변신한 동화 속 신데렐라처럼 완벽한 차림으로 이 층 계단을 내려왔다.

라연이 입은 짙은 바이올렛 원숄더 드레스는 한쪽 둥근 어깨선을 그대로 드러내어 섹시함과 고혹적인 분위기를 함께 자아냈다. 바람에 자유롭게 날리던 단발머리는 올백으로 단정히 묶어 길고 가는 목을 더욱 돋보이게 했다.

몸에 딱 붙는 드레스가 어색한 듯 라연이 난처한 얼굴로 서준의 앞에 다가갔다. 걸을 때마다 허벅지 위쪽까지 갈라진 드레스 사이로 그녀의 늘씬한 다리가 아슬아슬하게 모습을 드러냈다. 서준은 의식적으로 시선을 피하며 라연이 눈치채지 못하게 짧은 헛기침으로 긴장을 감추었다.

"준비 다 된 건가?"

"이렇게까지 안 해 주셔도 되는데…… 최 비서님께 드레스를 빌려 왔거든요."

"취임식 이후 공식적인 모임은 이번이 처음이야. 라연 씨를 위한 것도 있지만, 엄밀히 말하면 나를 위한 것이기도 해. 이상하게도 다들 내게 관심이 많거든. 덩달아 내 옆에 있는 사람에게도 시선이 가겠지."

"아, 많이 부담스러운 자리였군요."

서준이 어깨를 으쓱이며 그녀의 말에 무언의 동의를 보였다.

'또한 당신의 커리어를 쌓는 데도 도움이 되겠지.'

그가 옅은 미소를 지으며 라연에게 손을 내밀었다. 따스한 그녀의 손이 서준의 손에 다소곳이 포개어졌다.

호텔 앞에 은회색 스포츠카가 멈춰 섰다. 호텔 직원이 잽싸게 달려와 조수석 문을 열어 주었고 미끈한 라연의 다리가 차 밖으로 모습을 드러냈다. 운전석에서 내린 서준이 빠르게 다가가 그녀의 손을 잡아 주었다.

라연이 드레스 자락을 정리하며 다소 상기된 음성으로 입을 열었다.

"막상 도착하니 떨리네요."

"떨릴 게 뭐가 있어. 긴장하지 말고 편하게 즐기면 돼."

"출발 전부터 부담을 준 사람은 관장님이시거든요? 후우. 다리에 힘이 들어가질 않아요. 게다가 한 번도 신어 본 적 없는 킬 힐을 신어서……."

"설마 여기서 업어 달라는 건 아니겠지?"

짙은 남색 슈트에 같은 색 보타이로 멋을 낸 근사한 남자가 재미있다는 듯 짧은 웃음을 뱉어 낸다. 라연은 그의 옆구리에 손을 넣어 팔을 잡았다.

"그냥 곁에 있어 주시면 돼요."

"그건 내가 하고 싶은 말인데?"

서준은 자신의 팔을 잡고 있는 라연의 손을 천천히 토닥였다.

"들어갈까?"

한 번도 경험해 보지 못한 화려한 세계, 햇병아리 어시스턴트 큐레이터는 꿈도 꿀 수 없는 대단한 사람들의 모임에 라연은 이제 발을 디디려 한다. 천군만마보다 더 든든한 지원군과 함께.

10. 달콤해서 잔인한······ 그것은 사랑

자신만만했던 시작과는 달리, 현실은 그리 녹록지가 않았다. 라연의 결코 유쾌하지 못한 우려가 그대로 적중했기 때문이다. 서준이 홀에 들어서자마자 많은 사람들이 차례로 다가왔고, 인사하기가 무섭게 또 다른 무리들이 그를 에워쌌다.

악수를 하고 녹음하여 틀어 놓은 것 같은 인사말을 주고받고, "옆에 계신 분은?"이란 질문에 "제 비서입니다."라는 서준의 소개, 라연의 짧은 인사, 그리고 또 알 수 없는 그들만의 대화······. 다른 사람들의 등장, 또 악수를 하고 인사말을 주고받고······. 그렇게 이어지는 행렬은 한참이 지나도 끝날 기미가 보이지 않았다.

몰려드는 사람들 때문에 라연은 차츰 서준의 곁에서 밀려나게 되어 어정쩡한 위치에 자리하게 되었다. 쫓아다니며 챙겨 줘야 하는 아이도 아닌데, 소외감이 드는 것은 어쩔 수 없었다. 그 역시 정신이 없을 거란 걸 알면서도 서운한 마음이 스멀스멀 기어들어 라연을 괴롭혔다.

'저 남자가 날 제대로 응석받이로 만들어 버렸네. 이런 사치스런 감정 따위를 알아 버렸으니…….'

이도 저도 아닌 상태로 서준의 주변에 머물던 라연은 슬며시 그곳에서 벗어나 파티 음식이 차려진 곳으로 자리를 옮겼다. 딱히 배는 고프지 않았지만 긴장을 했던 터라 목이 말랐다. 라연이 어떤 음료를 마실까 잠깐 고민을 하고 있을 때 뒤에서 누군가 알은체를 해 왔다.

"모히토 한 잔 하시겠습니까?"

자잘하게 갈린 얼음 사이로 초록색 라임 조각과 애플민트 잎이 동동 떠 있는 칵테일을 내밀며 한 남자가 그녀에게 다가섰다.

"혹시나 했는데 역시 유라연 씨가 맞군요. 하긴 쉽게 잊힐 미모는 아니죠."

"누구……."

라연이 미간에 살짝 주름을 세우며 그를 쳐다보았다.

30대 중반에 뒤로 묶여질 것 같은 긴 머리, 이름이 기무라(木村)로 시작하는 일본 배우와 많이 닮은 얼굴, 다소 느물거리는 미소…….
분명 어디선가 본 적이 있는 얼굴인데 바로 기억이 나질 않는다.

'누구지? 누구더라…… 아!'

얼마 전 서준과 함께 갔었던 경기도의 작업실이 떠올랐다. 라연의 표정 변화를 읽은 남자는 짙은 눈썹을 과장되게 올리며 칵테일을 다시 그녀에게 내밀었다.

"이거 서운한데요? 난 한 번에 라연 씨를 알아봤는데."

"죄송해요. 작업실에서 봤을 때와 분위기가 너무 달라져서…….

민주혁 작가님 맞으시죠?"

라연이 겸연쩍게 웃으며 그가 건넨 칵테일을 받았다. 주혁은 자신의 잔을 라연의 잔에 부딪치며 익살스럽게 웃었다.

"여기서 만나게 될 줄은 몰랐네요. 은 관장님과 함께 오신 겁니까?"

"네."

"근데 왜 비서님 혼자 여기……?"

"그러는 작가님은 왜 여기 혼자?"

라연은 굳이 긴장하고 있는 자신의 상태를 그에게 알리고 싶지 않았다. 최대한 여유로운 표정을 지으며 칵테일을 입에 가져갔다. 상큼한 민트 향이 알싸한 럼과 어우러져 입안 가득 청량감을 주었다. 새콤하면서도 달짝지근한 맛에 반해 라연은 모히토를 주스 마시듯 꼴깍꼴깍 들이켰다.

"어어, 그거 베이스가 럼이라 은근히 독한 칵테일인데?"

"마침 목이 말랐거든요."

"내가 때마침 나타나 준 겁니까?"

라연은 대답 없이 가볍게 눈웃음을 지었다. 그는 서준이 즐겨 입는 디아이트한 슈트 스타일과는 달리 약간의 구김이 느껴지는 마 재질의 편안해 보이는 회색 재킷과 발목까지 내려오는 감청색 바지를 입은 모습이었다. 천생 예술을 하는 남자의 자유로움이 느껴진달까. 170cm가 조금 넘을 듯 보이는 크지 않은 키임에도 그는 시선을 끄는 묘한 매력이 있는 남자였다.

잠깐의 침묵을 깨고 주혁이 다시 입을 열었다.

"너울가지 미술관은 우리나라 미술계에서 무시 못 할 영향력을 가지고 있죠. 태은그룹이라는 큰 산이 배경인 덕도 있지만 초대 관장인 송 관장님의 파워가 대단했다고 알고 있거든요."

라연이 호응하듯 작게 고개를 끄덕였다.

"그렇군요."

"그렇기에 다들 은 관장님에게 관심이 많을 겁니다."

"네."

시큰둥하게 대답하며 다른 쪽에 시선을 두는 라연을 바라보며 주혁이 흥미로운 듯 눈을 반짝였다.

"이런 파티 안 좋아하시는구나? 욕심도 없고, 출세나 신분상승에도 크게 관심이 없는 사람이군요. 라연 씨는."

"왜 그렇게 생각하시는데요?"

"오늘 모임처럼 인맥을 넓히기에 좋은 기회도 없을 텐데 이렇게 구석에서, 그것도 혼자 마실 것만 찾고 있는 사람이면 말 다했죠."

"틀리셨는데 어쩌죠? 저 출세나 신분상승에 관심 많아요. 욕심도 많고."

"거짓말! 얼굴에 쓰여 있는데? 갑갑해요, 나가고 싶어요, 지루해요, 라고."

잠깐 당황한 표정을 짓던 라연이 짧은 콧숨을 내쉬며 웃음을 터트렸다.

"거짓말 아니에요. 하지만……."

"하지만?"

"지금 여기서 나가고 싶은 건 맞추셨네요."

"그럼, 우리 몰래 빠져나갈까요?"

라연이 뭐라 대답을 하려는 찰나, 익숙한 목소리가 조금 떨어진 곳에서 들려왔다.

"갑자기 사라져서 어딜 갔나 했더니 여기 있었군."

기분을 읽을 수 없는 무표정의 서준이 두 사람을 향해 성큼성큼 다가오고 있었다. 라연은 나쁜 짓을 하다 들킨 아이처럼 저도 모르게 마른침을 삼키며 그를 쳐다보았다. 우뚝 멈춰 선 서준의 그림자가 라연의 어깨에 무겁게 드리워졌다.

"목이 말랐으면 말을 하지. 내가 가져다줬을 텐데."

라연의 대답 대신 주혁의 호쾌한 음성이 뒤를 이었다.

"은 관장님, 여기서 뵙는군요. 멀리서 뵀는데 바쁘신 것 같아서 인사를 못 드렸습니다."

서준이 한쪽 입꼬리를 슬쩍 올리며 주혁에게 악수를 청했다.

"아, 민 작가님이셨군요. 작업은 잘 진행되고 있습니까?"

주혁이 반가운 표정으로 서준이 내민 손을 잡았다.

"덕분에 편한 마음으로 진행하고 있습니다."

"취임하고 준비하는 첫 기획전이라 기대가 큽니다. 필요한 거 있으시면 바로 미술관으로 연락 주십시오. 최대한 지원해 드릴 테니까."

시준은 아무렇지 않게 라연이 손에 들린 술잔을 뺏어 들며 말했다.

"아직 소개해야 할 분들이 많은데 독한 칵테일은 좀 참아 주지?"

이번에도 주혁의 참견이 라연의 대답을 대신했다.

"갑갑해하시는 것 같아서 함께 바람 좀 쐬러 가려던 참이었습니다. 제 작업 이야기도 나눌 겸해서."

주혁이 걸음을 옮겨 라연의 곁에 바짝 다가서며 덧붙여 말했다.

"그래서 말인데, 잠시 비서님 좀 빌려 가도 되겠습니까?"

그러자 언짢음을 표정에 굳이 감추지 않으며 서준이 짧게 대답했다.

"그건 안 되겠는데요."

"네?"

"유라연 씨는 누구에게도 빌려줄 수 없는…… 특별한 비서라서요."

다소 뜻밖이라는 듯 주혁의 한쪽 눈 밑에 굵은 주름이 잡혔다.

"하, 제가 지금 오해한 게 아니라면 두 분이 각별한 사이라는? 맞습니까?"

라연의 시선이 저절로 서준의 입술에 가 닿았다. 바보처럼 가슴이 두근거렸다. 그의 입술 사이로 무미건조한 대답이 흘러나오기 전까지는.

"업무와 상관없는 날, 개인적으로 하는 데이트 신청까지 제가 이래라저래라 할 권리는 없지요. 하지만 오늘은 내 비서의 업무가 아직 끝나지 않았으니 허락을 할 수가 없군요."

무슨 대답을 기대한 것일까? 라연은 열없는 자신의 속마음에 조소를 날렸다. 그녀의 마음을 오해라도 한 듯, 서준은 떨떠름한 표정을 짓고 있는 라연을 정면으로 쳐다보며 일부러 또박또박 말을 이어 갔다.

"아직 할 일도, 배워야 할 것도 많은 비서가 데이트할 시간이 있을지는 모르겠지만 말입니다."

"뭐 시간이야 만들면 되는 거니까요. 그래도 아쉽네요. 미인과 데이트할 기회를 놓쳐 버린 것 같아서."

희미하게 웃고 있는 입과는 달리 싸늘하게 식은 서준의 눈빛을 알아차렸다면 주혁은 그리 너스레를 떨지 못했을 것이다. 라연은 불편하기 그지없는 상황에 울컥 짜증이 밀려와 될 대로 되라는 심정으로 서준의 손에서 다시 술잔을 빼앗았다. 그러고는 그것을 남김없이 마셔 버렸다.

눈에 띄게 굳어진 서준의 표정과는 달리, 주혁은 재미있다는 듯 휘파람 소리를 내며 라연에게 손을 내밀었다.

"호오! 한 잔 더 갖다 드릴까요?"

"아뇨. 덕분에 잘 마셨어요."

라연은 근처 테이블 위에 잔을 내려놓고는 주혁을 향해 환하게 웃어 보였다.

"아쉽지만 오늘은 이만 제 본분을 지키러 가야겠네요. 반가웠습니다, 작가님."

"혹시 내일 시간 되시면 점심 같이하시겠습니까?"

"보셨다시피 포럼 기간 동안은 개인행동을 하면 안 될 것 같아요. 비서로서의 업무를 수행해야 하니까요. 점심 한번 잘못 먹었다가 직장을 잃을 수는 없잖아요?"

"아……."

불편한 심기를 그대로 드러낸 서준의 굳은 표정과 갑작스레 삐딱해진 라연의 어감. 주혁은 그제야 두 사람 사이의 심상치 않은 알력을 감지했다. 그는 서둘러 둘에게 다음에 보자는 인사를 남기고 사람들이 모여 있는 다른 쪽 테이블로 사라졌다.

꿈쩍도 하지 않은 채 라연에게서 시선을 떼지 않는 서준, 그러거나 말거나 아예 몸을 돌려 뭔가를 접시에 담고 있는 라연의 사이엔 아슬아슬한 긴장감이 언제 끊어질지 모를 팽팽한 줄처럼 이어졌다.

라연이 한입 크기의 치즈케이크 조각을 접시에 담고 있을 때, 뒤에서 서준의 낮게 깔린 음성이 들려왔다.

"얘기 정도는 하고 자리를 떴어야 하는 거 아닌가?"

"제가 얘기를 했으면 들을 수는 있으셨고요?"

욱해서 뱉어 버리고는 이내 후회하고 말았다. 라연은 자포자기 상태로 테이블에 접시를 내려놓고는 돌아섰다.

온몸으로 쏟아지는 서준의 시선을 느끼며 라연이 느릿하게 말을 이었다.

"죄송합니다. 제가 없어도 상관없을 것 같았어요. 대화 도중에 끼어들 수도 없었고……."

"어떤 기분이었을지 나도 알아. 하지만 그런 걸 극복하고 대중에 섞일 줄 아는 것도 능력이야. 내가 왜 여기 라연 씨를 데려왔을 거라 생각하나? 괴롭히려고?"

선생님에게 훈계를 듣는 학생이 된 기분이었다. 서준의 말은 하나도 틀린 게 없었고 라연은 그저 구석에라도 숨고 싶은 심정이었다.

"큐레이터는 좋은 작품을 선별하는 능력과 주어진 공간에 작품들을 효과적으로 전시할 수 있는 창의성, 그리고 그에 못지않은 전문적인 지식도 가지고 있어야 해. 하지만 작가들과의 교감도 꽤 중요하지. 그리고 고객들과의 커뮤니케이션도."

서준이 불현듯 그녀의 바로 앞까지 다가가 들릴 듯 말 듯 한 음성으로 덧붙여 말했다.

"그렇다고 작가와 일대일로 은밀하게 만나라는 소린 아니야."

그가 무슨 의도로 한 말인지 깨닫는 데는 그리 오랜 시간이 걸리지 않았다. 라연은 귀까지 붉어진 얼굴로 발끈하여 그를 쳐다보았다.

"방금 전 상황은……."

라연은 설명을 하려다 이내 입을 다물어 버렸다. 말도 없이 사라진 것은 분명 잘못한 일이지만 그렇지 않은 일까지 구차하게 변명처럼 늘어놓고 싶은 생각은 없었기 때문이다.

"상황은? 왜 말을 하다 말지?"

"아뇨. 제가 잠시 착각을 하고 있었던 것 같아요. 관장님의 비서라는 신분을 망각하고 기고만장했던 것 같습니다. 주제넘는 불평이었어요."

투정이 아닌 진심이었다. 잠깐 제정신이 아니었던 것은 분명했으니까. 서준의 과분한 관심, 이 남자가 나를 좋아하고 있다는 우쭐함이 바보 같은 자격지심만 키운 꼴이었다. 라연은 찬물을 뒤집어쓴 것처럼 정신이 번쩍 들었다.

"여기들 있었네?"

익숙한 음성에 고개를 들어 보니 서준의 곁으로 화정이 다가오고 있었다. 심플한 디자인의 이브닝드레스를 입은 그녀가 여유로운 미소를 지으며 둘을 번갈아 쳐다보았다.

"그렇게 놀란 얼굴들로 쳐다보니 살짝 민망해지네. 불청객이라도 된 기분이야. 내가 잘못 온 건가?"

"어떻게 된 거야? 연락도 없이."

화정의 말과는 달리 서준의 표정에 변화는 없었다. 화정은 노골적으로 라연을 훑어보듯 쳐다보고는 다시 서준에게로 시선을 돌렸다.

"초대전 준비 중인 장현창 화백 알지? 그분이 오늘 낮에 전화를 하셨어. 이번 포럼에 참석하냐고. 나도 오는 줄 알고 일본에서 일부러 오셨다고 하는 거야. 꼭 와 달라고 막무가내로 떼를 쓰시는데 어떡해. 마침 내일 별일도 없고 해서 부랴부랴 날아왔어."

"부관장의 은사라고 했던가?"

"응."

"그래서 만나 봤나?"

"다시 가 봐야 해. 와인 한잔하자고 하시는데 거절할 수가 있어야지. 잠깐 두 사람 얼굴이나 보러 왔어."

화정이 곁눈질로 라연을 쳐다보았다.

"참! 라연 씨, 나하고 오늘 방 같이 써도 되지?"

"그럼요. 관장님께서 제 방을 예약해 두셨을 테니까요."

"혹시나 두 사람 같이 쓰려고 준비 안 해 놨으면 어쩌나 했는데, 그건 아닌가 봐?"

"서, 설마요. 말도 안……."

라연의 대답이 끝나기도 전에 화정은 서준에게로 다가가 그의 어깨에 손을 얹으며 은밀하게 속삭이듯 말했다.

"남들이 보면 비서와 사귀는 줄 알겠어. 이런 구석진 곳에서 단둘이 무슨 얘기를 그리 심각하게 나누는 거야?"

그녀의 손끝이 서준의 어깨를 톡톡 건드리고는 떨어졌다.

"그럼 내일 봐."

화정은 그대로 라연에겐 눈길도 주지 않은 채 사람들이 모여 있는 쪽으로 걸어갔다. 등이 깊게 파인 과감한 디자인의 드레스를 입은 화정은 뒷모습마저도 당당했다. 가끔씩 알은체를 해 오는 사람들에게 여유로운 미소로 응대하는 화정을 바라보며 라연은 부러운 듯 중얼거렸다.

"정말 멋진 분 같아요. 저도 부관장님처럼 될 수 있을까요?"

"그보다 더 멋진 사람도 될 수 있어. 라연 씨는."

그의 대답에 라연이 피식, 자조 섞인 미소를 지었다.

"쉽게 끼지 못한다는 이유로 도망이나 치고 상사에게 응석이나 부리는…… 이런 제가요?"

"처음부터 잘하는 사람은 없어. 낯선 사람과는 말도 섞지 않고, 그리는 것 외엔 아무것도 하고 싶은 게 없던 나도…… 이렇게 해 나가고 있으니까."

서준을 향한 라연의 눈동자가 물기를 머금으며 여리게 흔들렸다. 예쁜 옷, 화려한 배경, 멋진 왕자님…….

이 밤, 깜짝 마술쇼에 라연은 터무니없는 착각을 하고 말았다. 유라연은 연약한 공주님이 아닌 잡초처럼 질긴 신출내기 미술관 직원인 것을……. 잠깐이지만 주술에 걸려 달콤한 환상에 빠진 나약한 인간이 될 뻔했던 것이다.

"내가 이렇게 못났는지 오늘 처음 알았어요. 이래저래 관장님께 실망만 안겨 드리네요."

"힘들 땐 언제든지 내게 기대도 돼. 혼자서도 잘 해낼 수 있을 때까지 내가 버팀목이 되어 줄 테니까."

서준의 덤덤하지만 진심 어린 격려에 라연은 나쁜 주술을 깨트릴 용기를 얻었다. 부디 앞에 있는 이 남자만은 환상이 아니길 간절히 바라며.

'아뇨, 이젠 기대지 않겠어요. 제가 못났다는 사실을 인정하는 순간, 그와 동시에 제가 얼마나 강해질 수 있는지도 깨달았으니까요. 가진 건 깡뿐이란 걸 잠시 잊고 있었어요.'

라연은 다소 과장된 심호흡으로 마음을 다잡았다.

"이번엔 정말 관장님께 꼭 필요한 비서가 되어 보이겠습니다!"

"믿을 수 없는데?"

"네?"

서준이 팔짱을 낀 자세로 삐딱하게 서서 일부러 심드렁하게 대답했다.

"데이트 방해했다고 대놓고 뿌루퉁했던 사람이 누구시더라?"

"그, 그건…… 오해세요. 관장님 때문에 서운했던 건 맞지만……."

"맞지만?"

"그나저나 여, 여기 너무 오래 계시는 거 아닌가요? 저쪽에서 찾으시는 것 같은데…… 그만 가죠."

말도 안 되는 이유를 댄 것이 겸연쩍었던 듯, 라연은 하지 않아도 될 말을 덧붙여 말했다.

"참고로 말씀드리는데, 지 취하지 않았어요. 실수 없이 살 할 수 있습니다."

"그럼 속는 셈 치고 다시 한 번 믿어 볼까?"

서준은 빙긋이 웃으며 한쪽 팔로 라연의 허리를 가볍게 감싸 안았다. 몇 걸음 발길을 옮기던 그가 자연스레 고개를 숙여 라연의 귓가에 나직한 음성으로 속삭였다.

"데이트 신청을 방해할 권리는 없지만 그대로 두고 볼 생각도 없어. 사랑은 얻는 것만큼 지키는 것도 중요하거든."

허리를 감싼 그의 팔에 결연한 힘이 느껴졌다. 라연은 화끈거리는 볼을 손등으로 조심스레 감추며 그와 걸음을 맞추었다.

타닥, 타다닥. 가슴속에서 불꽃이 피어오른다. 숨이 가쁠 만큼 벅찬 감정이 라연을 당황케 했다. 그러면서도 쿡쿡, 낯선 자극이 심장을 찔러 댔다.

결코 누릴 수 없을 것 같았던 기적……. 라연은 그렇게 사랑을 알아 버렸다.

✠

샤워를 마치고 화장대에 앉아 머리를 말리고 있던 라연은 벨 소리에 서둘러 문 쪽으로 달려갔다. 발그레한 볼의 화정이 피식 웃으며 안으로 들어섰다. 신고 있던 힐을 벗는 그녀의 몸이 살짝 휘청거린다.

"쉬는데 방해해서 미안."

반쯤 감긴, 그래서 더욱 매혹적인 화정의 눈이 물끄러미 라연을 응시했다. 진한 향수 냄새에 섞인 술 냄새가 라연을 묘하게 긴장시켰다.

"혼자서 몇 잔 더 하고 오느라 좀 늦었어. 참, 둘이 있을 땐 말 편하게 해도 되지?"

"네? 네."

"어려서 그런가? 맨얼굴인데 어쩜 그리 피부가 좋니? 잡티 하나 없네."

화정이 비틀거리며 걸어가 침대에 털썩 주저앉았다. 바로 쓰러져 잠이 들어도 이상하지 않을 만큼 그녀의 몸은 불안하게 흔들거렸다. 라연은 어찌해야 좋을지 몰라 머뭇머뭇 화정의 앞에 어정쩡한 자세로 서 있었다.

"라연 씨는 좋아하는 사람 있어? 아니, 사귀는 사람이 있으려나?"

"네?"

갑작스러우면서도 당혹스러운 질문에 라연은 눈만 동그랗게 뜨고 되묻는 게 고작이었다. 화정은 거추장스러웠는지 귀에 걸린 묵직해 보이는 크리스털 귀걸이를 빼며 키득거렸다.

"아, 내가 취하긴 했나 보다. 싱거운 질문이나 하고 말이야. 실은 나…… 은 관장한테 데이트 신청했다가 바람맞았거든."

"……생수 좀 갖다 드릴까요?"

"내가 여자로서 그렇게 매력이 없나? 라연 씨가 봐도 그래? 나 매력 없어?"

"아뇨. 절대 그렇지 않아요."

"근데, 은 관장은 왜 날……."

"일단 먼지 샤워부터 하시는 게 좋겠어요. 아까 호텔 직원이 가져다준 가방이 저쪽에 있는데, 갖다 드릴까요?"

아랫입술을 샐쭉이 내밀며 뱉어 내는 화정의 음성엔 못마땅한 기색이 역력했다.

"라연 씨는 나하고 대화하는 게 껄끄러운가 봐? 자꾸 내 말을 피하네?"

덜 마른 옆머리를 머쓱하게 쓸어내리며 라연이 담담히 대답했다.

"내일 술이 깼을 때 부관장님께서 불편해하실 상황을 만들고 싶지 않기 때문입니다."

"무슨 뜻이야?"

"부관장님과 전 지극히 개인적인 대화를 나눌 만큼 편한 사이도 아니고, 현재 공평한 상황도 아니잖아요. 저는 맨정신이고 부관장님은…… 술을 드셨으니까요."

"어째 나하고는 친해지고 싶지 않다는 소리로 들리네. 아니면 뭐 나한테 껄끄러운 일이라도 있는 거야?"

애당초 대답을 듣기 위한 질문이 아니었다는 걸 보여 주듯 화정은 짧게 코웃음을 치며 침대에서 일어났다.

"아무튼 고마워. 덕분에 shut up하고 씻으러 갈 맘이 생겼으니까."

"기분 나쁘셨다면 죄송합니다. 하지만 오해는 하지 않으셨으면 해요. 상사의 프라이버시에 개입되고 싶지 않은 것뿐이니까요."

"라연 씨 보기와는 달리 되게 딱딱하구나. 난 그냥 가볍게 하소연 좀 하려던 것뿐인데. 아님 개인적인 감정이 이입된 건가?"

짧은 순간, 화정의 눈빛에 서늘한 기운이 감돌다 사라졌다. 애써 감추고 있던 속미움이 저도 모르게 밖으로 새어 나왔던 것이다. 화정은 이내 입가에 미소를 담으며 흘려 버리듯 말을 이었다.

"훗, 상사의 사생활을 보호하겠다? 은 관장이 똑 부러지는 비서를 뒀네. 하지만 둘이 너무 친하게 지내지는 마. 대놓고 질투할지도 모르니까. 나 진짜 씻으러 들어간다. 먼저 쉬어."

화정의 웃고 있던 입술이 라연을 등지고 서는 순간 차갑게 굳어졌다. 만약 정말 저 아이와 서준, 둘 사이에 무슨 일들이 오가고 있다면 유라연은 결코 만만한 상대가 아니란 걸 화정은 직감적으로 알 수 있었다.

욕실 문이 닫히고 샤워기에서 물이 쏟아지는 소리가 들려왔다. 그제야 긴장으로 꽉 쥐었던 라연의 주먹이 스르르 풀어졌다. 침대에 걸터앉는 그녀의 입에서 묵직한 한숨이 새어 나왔다.

예상을 못 했던 것은 아니지만 화정에게서 직접 서준에 대한 감정을 들었을 때 가슴이 덜컥 내려앉는 기분이었다. 게다가 날카로운 무언가가 자꾸만 얄팍해지는 인내심에 상처를 주었다. 그저 덤덤하게 화정의 이야기를 들어 주기엔 남아 있는 마음의 여유가 없었다.

'내가 많이 부족하다는 거 알아. 저 사람이 훨씬 그에게 어울리는 사람이란 것도 알아. 터무니없는 욕심이라고, 니 주제에 뻔뻔하다고 비난하더라도 이젠 어쩔 수 없어. 그를 놓고 싶지 않으니까.'

깔끔하지 못한 상황…… 아무것도 정리된 것이 없는 상태에서 이 남자를 좋아한다고 말할 수는 없다. 잔인하지만, 진우를 아프게 해서라도 서준에게 다가가고 싶었다. 무서울 만큼 이기적인 생각들이 라연의 머릿속을 잠식했다.

『제주도에 있는 동안은 아마도 전화통화 하기가 쉽지 않을 거예요. 서울 도착하면 바로 연락할게요.』

『일정이 많이 빡빡한가? 누구랑 갔어? 혼자 간 거야?』

『아뇨. 관장님 모시고 왔어요.』

『아, 맞다. 우리 라연이가 비서라는 걸 자꾸 잊어버린다니까. 그래, 노친네한테 맛있는 거 많이 얻어먹고 건강하게 잘 다녀와. 프로젝트가 성공적으로 끝나서 당분간은 한가할 것 같거든. 라연이 서울 오면 우리 좋은 데 놀러가자.』

노친네…….

제주도에 도착한 첫날, 진우와 했던 통화를 떠올렸다. 먼저 거짓말을 하진 않았지만 그의 오해를 정정해 주지도 않았다. 비겁한 줄 알면서도 서준의 존재를 진우에게 들키고 싶지 않았으니까.

'니가 떳떳하지 못한 행동을 하고 있다는 건 알고 있니?'

치약 광고 속의 충치균 모습의 악마가 돼 버린 기분이었다. 질투, 욕심, 죄책감 같은 것들이 라연을 끊임없이 흔들고 괴롭혔다.

'욕심……부릴 거야. 그 사람만 날 잡아 준다면, 날 사랑해 준다면 악마가 되겠어. 기꺼이.'

달콤하기만 할 것 같았던 사랑은 눈물이 날 만큼 맵고 뜨거웠다. 입안이 얼얼하고 가슴이 쓰릴지언정 자꾸 생각나고 계속 먹고 싶어진다. 라연은 이제 멈출 수가 없었다.

※

이른 아침, 제주에 도착해 공항을 빠져나오는 진우의 얼굴엔 들뜬 표정이 완연했다. 부랴부랴 휴가를 내고 무작정 제주행 비행기 티켓을 끊으며 그는 생각했다. 운이 좋으면 라연과 저녁 식사 정도는 할 수 있겠지. 그게 여의치 않는다면 얼굴만은 보고 올 수 있겠지. 차분하면서도 단아한 그녀의 목소리를 직접 들을 수 있겠지. 깜짝 방문에 놀라 수줍게 웃는 그 아이를 볼 수 있겠지…….

라연이 다니고 있는 너울가지 미술관에 들러 그녀가 어느 호텔의 행사에 참여하고 있는지를 알아냈다. 과할 만큼 친절한 관장실 비서의 도움으로 대략의 스케줄까지도 파악할 수 있었다.

'라연 씨한테 이런 멋진 애인이 있는 줄 몰랐어요. 아, 그래서 그렇게 무덤덤했었구나. 멋진 남자 앞에서도.'

택시의 창문을 열어 밖을 내다보는 진우의 입가에 연신 미소가 가시질 않았다. 왠지 뿌듯한 기분이 가슴속을 가득 채우는 느낌이었다. 걱정했던 것과는 달리 라연도 자신을 좋아하고 있다고 생각하니 웃음이 멈추질 않았다.

입김처럼 간지러운 봄바람이 진우의 가슴에 촉촉이 스며들었다. 마음은 이미 라연의 곁에 달려가 있었다. 얼른 그녀를 만나고 싶었다.

간단한 아침 식사를 끝내고 커피를 마시던 도중 화정이 커피 잔을 내려놓으며 라연에게로 고개를 돌렸다.

"포럼 둘째 날이라 큰 행사도 없는데 호텔에 세 명 다 있을 필요 있나?"

천천히 맞은편의 서준에게로 시선을 옮기며 말을 이었다.

"별일 없으면 라연 씨에게 휴가 좀 주는 건 어때? 관장님 모시느라 꼼짝도 못 했을 텐데 바람이나 쐬고 오면 좋잖아."

"부관장은 오늘 스케줄이 어떻게 되는데?"

왁스로 고정시킨 올백 스타일이었던 어젯밤과는 달리 서준의 앞머리는 자연스럽게 내려와 이마를 덮고 있었다. 블랙에 가까운 짙은 회색 슈트에 흰색 셔츠, 그리고 푸른빛이 감도는 보라색 넥타이를 한 그는 편안하면서도 섹시해 보였다.

아주 잠깐 서준과 눈이 마주쳤던 라연은 얼른 시선을 피했다. 괜히 속마음을 들킨 것 같아 고개를 숙이며 아랫입술을 깨물었다.

이른 아침부터 일어나 화장대를 전세 내다시피 하며 완벽하게 메이크업을 한 화정이 마스카라로 길게 올린 속눈썹을 여유롭게 깜박거리며 대답했다.

"30분 뒤에 불휘 갤러리 김 대표와 만나기로 했어. 점심엔 장 화백님과 식사 약속이 있고. 오후엔 공개토론에 참석해야겠지?"

"역시 오자마자 바쁘시군. 부관장이 있으니 든든한데? 이 몸은 없어도 되겠어."

화정은 대답 대신 미간을 잔뜩 찌푸리며 서준을 흘겨보았다. 서준이 큭큭 웃음소리를 냈다.

"걱정 마. 도망치지 않을 테니."

서준이 웃음을 머금은 표정 그대로 라연에게 시선을 주었다.

"유 비서는 어떻게 했으면 좋겠어? 오늘 일정은 별거 없으니 원하는 대로 해."

"그냥 관장님과 동행하겠습니다. 저만 쉴 수는 없어요."

"부관장 의견대로 여기저기 돌아보는 것두 나쁘지 않을 텐데? 오전엔 나도 한가하니 같이 나갈까?"

화정이 어이없다는 얼굴로 서준을 쳐다보았다.

"김 대표 만나는 데 같이 가지? 같이 와 주길 바라는 눈치던데."

"그런 자리 재미없어하는 거 알잖아."

서준이 자리에서 일어나 라연의 앞 테이블 위를 손가락으로 톡톡 치며 말했다.

"식사 다 했으면 그만 일어나지? 말 나온 김에 우린 바로 나가자고. 호텔에만 있기 갑갑했는데 핑계 삼아 나도 바람 좀 쐽시다."

라연이 힐긋 화정을 쳐다보았다. 역시나 불편한 심기가 그대로 드러난 얼굴이었다. 라연이 난처한 표정으로 뭔가 말을 꺼내려는 찰나, 화정이 먼저 입을 열었다.

"내가 먼저 말을 꺼냈으니까 미안해할 것 없어요. 재미있게 놀다 와요."

언제 그랬냐는 듯 입가에 미소를 지으며 화정이 자리에서 일어섰다.

"은 관장은 오후 공개토론 잊지 말고."

비참한 기분으로 남겨지느니 화정은 차라리 겉으로나마 쿨하게 먼저 사라지는 쪽을 택했다. 그녀는 내려오지도 않은 옆머리를 귀 뒤로 쓸어 넘기며 테이블을 뒤로하고 걸어갔다. 이미 누더기가 된 자존심이었지만 그래도 조금은 덜 구질구질해질 수 있을 테니까.

"아무래도 부관장님께 가 보시는 게 좋겠어요. 제주도 구경은 지금까지로도 충분해요."

호텔 레스토랑에서 나와 로비 쪽으로 걸음을 옮기던 라연이 천천히 걸음을 멈춰 섰다. 좋으면서도 불안하고 뿌듯하면서도 뭔가 떳떳지 못한 이 기분을 어떻게 설명하면 좋을까. 라연은 짧은 한숨을 내쉬며 물끄러미 서준을 바라보았다.

"아까는 두 분의 대화에 끼어드는 것 같아 말하지 않았지만……부관장님 말씀을 듣는 게 좋을 것 같아요. 관장님께 지금 무엇보다 필요한 건 인맥 다지기잖아요. 부관장님께만 떠맡기지 마시고 함께 가세요."

"김 대표, 따로 만날 필요 없는 사람이야. 코드가 맞지 않아서 만날 때마다 불편한 사람이기도 하지. 왜? 나하고 나가기 싫은가? 아님, 어제 민 작가하고 따로 약속이라도 잡았어?"

"관장님께서 가끔씩 이런 썰렁한 말씀을 하실 때마다 정말 대략 난감이거든요!"

피식, 미소를 짓는 서준을 따라 웃어 줄 여유는 생기지 않았다. 라연은 여전히 심각한 표정으로 우물쭈물 말을 이어 갔다.

"솔직히 말씀드리면 방금 부관장님께서 그렇게 가시고 마음이 좋질 않아요. 저 때문에……."

"업무에 도움을 주는 건 사실이지만 우리 입장에서 부관장은 불청객 아닌가? 그쪽에서 자초한 일이니 라연 씨가 신경 쓸 일이 아니라고."

"하지만……."

'그분 마음이 어떤지 알아 버렸는데 어떻게 신경을 안 쓸 수가 있겠어요.'

라연은 고개를 푹 숙이며 마음속으로 웅얼거렸다.

"유라연."

서준이 갑자기 라연의 이름을 부르며 그녀의 두 팔을 힘껏 움켜잡아 자신의 앞에 마주 보게 세웠다.

"당당해져! 당신은 누구에게도 절대 꿀리지 않으니까."

"라연아!"

이번엔 서준이 아닌 다른 남자가 라연의 이름을 불렀다. 너무나 친숙한, 하지만 결코 이 자리에서는 듣고 싶지 않은 남자의 음성……. 서준과 라연은 거의 동시에 목소리가 들려온 쪽으로 고개를 돌렸다.

언제부터 그들을 보고 있었는지 알 수는 없지만 진우의 표정이 그리 밝지는 못했다. 그렇다고 화가 났다거나 불쾌한 기색도 보이지 않았다. 기분을 읽을 수 없는 무표정의 그가 두 사람에게로 다가왔다.

"서, 선배."

당황해하는 라연의 음성에 서준의 미간이 슬쩍 구겨졌다. 서준은 잡고 있던 그녀의 팔을 천천히 놓아주었다. 몹시 미안해하는 얼굴, 죄를 지은 사람처럼 어쩔 줄 몰라 하는 라연의 모습에 서준은 심기가 불편했다. 원인을 제공한 사람이 자신이라는 사실이 그를 더욱 견딜 수 없게 만들었다.

라연이 한 걸음 진우에게로 다가갔다.

"여기는 어떻게……."

옅은 회색 면바지에 네이비블루 카디건을 걸친 차림의 진우가 환한 미소로 그녀를 응대했다.

"표정이 왜 그래? 너무 반가워서 얼기라도 한 건가?"

"연락도 없이 어떻게 된 거예요?"

"뭐야? 나 안 반가워? 도로 가?"

장난스러운 말투와는 달리 안경알 너머의 진우의 눈동자는 차갑게 얼어 있었다. 라연은 애써 놀란 표정을 수습하며 진우에게 더 가까이 다가섰다.

"너무 뜻밖이라 놀라서 그러죠. 전화라도 하고 오지."

"호텔 도착하면 전화하려고 했는데 이렇게 쉽게 만나게 될 줄은 몰랐지. 근데 뒤에 계신 분은 누구?"

"아⋯⋯."

라연은 그제야 서준과 함께 있었던 사실을 깨달았다. 그녀는 황급히 서준 쪽으로 몸을 돌려 진우에게 그를 소개했다.

"제가 모시는 관장님이세요. 그리고 이쪽은⋯⋯."

"라연 씨 남자 친구?"

라연이 소개를 끝내기도 전에 서준이 먼저 다가가 진우에게 악수를 청했다.

"은서준입니다."

"황진우라고 합니다. 생각보다 꽤 많이 젊으시네요."

"어째 유감이라는 뜻으로 들리는군요. 나이 지긋한 노인네이길 바랐나 봅니다?"

"뭐, 아니라고는 못 하겠습니다."

잠깐 잡았다 놓은 손이 벌겋게 될 만큼 두 사람은 스스로도 깨닫지 못할 만큼 세게 힘을 주었다 놓았다. 본의 아니게 어색한 분위기가 흘렀고 덕분에 라연만 가운데서 난처한 입장이 돼 버렸다. 라연은 결심한 듯 주먹을 쥐었다 놓으며 서준을 향해 돌아섰다.

"관장님, 허락하신다면 선배와 나갔다 왔으면 하는데요. 아까 말씀하신 오전 휴가⋯⋯ 주시겠어요?"

당당하게 뱉어 낸 그녀의 음성 뒤로 떨림을 감춘 흔적이 느껴졌다. 라연을 바라보는 서준의 눈빛이 안타까움으로 흔들렸다. 그녀가 많이 힘들어하고 있음이 고스란히 전해져 왔기 때문이다.

서준은 부러 삐딱한 표정을 지으며 건들거리듯 대답했다.

"싫은데?"

"네?"

"농담."

서준은 놀란 눈을 깜박이며 그를 쳐다보고 있는 라연의 팔을 가볍게 툭 치고는 말을 이었다.

"만찬행사 때까지만 들어와. 준비도 해야 할 테니 늦지 않게."

"배려해 주셔서 감사해요."

"서울에서 날아온 남자 친구도 있는데 이 정도야 뭐. 재미있게 놀다 와."

서준을 바라보는 라연의 눈동자에 설핏 물기가 서렸으나, 그녀는 이내 담담한 표정으로 속내를 감추고 진우에게로 돌아섰다.

라연이 돌아서자마자 진우는 과시하듯 그녀의 어깨에 팔을 둘렀다. 다정한 연인의 모습이 되어 점점 멀어져 가는 둘의 뒷모습을 바라보며 서준은 관자놀이의 핏줄이 튀어나올 만큼 세게 이를 악물었다.

황진우. 그를 처음 본 순간 온몸에 소름이 끼쳤다. 그가 누구인지, 누구였는지를 한눈에 알아볼 수 있었으니까.

죽을 때까지도, 죽어서도 용서할 수 없었던 자…… 신지겸이라는 것을.

11. 시간의 수레바퀴

쭉 뻗은 소나무 숲 사이로 통나무로 만든 오두막이 보인다. 많은 사람들이 오간 듯 보이는 정겨운 황톳길이 숲 사이를 시냇물처럼 가르고 있었다. 말없이 오솔길을 따라 걷던 라연은 나뭇가지 위를 쪼르르 달려가는 청설모의 모습에 잠시 걸음을 멈췄다.

서로 약속이라도 한 듯 진우와 라연은 아무 일도 없는 것처럼 행동했다. 호텔에서 택시를 타고 나와 눈에 보이는 카페에 들어가 차를 마시고 근처 식당에서 점심을 먹었다. 그동안의 안부를 묻고 대답하고, 가끔씩 의미 없는 농담도 주고받으며 여느 때와 다르지 않은 시간을 보냈다.

하지만 둘은 알고 있었다. 모른 척하고 있을 뿐 둘 사이엔 언제 터질지 모르는 시한폭탄이 째깍거리고 있다는 것을.

산책을 하자고 진우가 데려간 곳은 제주공항에서 그리 멀지 않은 곳에 있는 삼무공원이었다. 어릴 때 가족과 놀러 왔던 적이 있었다며 이곳의 명물이라는 멈춰 있는 증기기관차를 보여 주었다. 그러고는 비교적 인적이 드문 솔숲 쪽으로 라연을 안내했다.

봄바람이 나르는 청량한 솔향기에도 라연의 기분은 나아지질 않았다. 무거운 납덩이 같은 것이 가슴 한쪽을 짓누르고 있었기에 자연이 주는 휴식도 라연에겐 아무런 도움이 되질 못했다.

라연이 멍하니 청설모가 사라진 숲 쪽을 바라보고 있을 때 진우가 무겁게 입을 열었다.

"미안해. 더는 못하겠다. 아무렇지 않은 척, 쿨한 척, 대범한 척."

늘 단정하던 그의 음성이 탁하게 갈라진 채 흔들렸다.

"미술관…… 안 나가면 안 될까?"

"선배……."

"거기 말고도 미술관은 많잖아. 너라면, 네 실력이라면 다른 곳도 충분히 들어갈 수 있을 거야."

라연은 화를 낼 수가 없었다. 그게 무슨 소리냐고 따질 수도 없었다. 진우가 무엇 때문에 이러는지 알기에, 그리고 그것은 이미 현실이 되었기에 라연은 쉽게 입을 열지 못했다.

무테 안경 너머로 그의 눈동자가 어둡게 번해 갔다. 왜 이러냐고, 관장과는 아무 사이도 아니라고 소리칠 거라 기대했던 그녀가 침묵하고 있음에 진우는 더욱 초조해졌다.

"아니다. 그러지 말고 공부를 더 해. 내가 도와줄게. 대학원, 내가 보내 줄게."

"미안해요."

라연이 할 수 있는 말은 정말 그것밖엔 없었다.

"미안해요…… 선배."

"뭐가? 뭐가 미안한데? 여느 때처럼 무슨 말이냐고 화를 내야지, 왜 나한테 미안하다고 하는데!"

더는 미안하다는 말로 무마할 수 없음을 깨달았다. 사랑을 알았기에 진우의 감정을 더는 기만하고 싶지 않았다. 그에게 솔직한 마음으로 용서를 구하고 싶었다.

"노력하면 될 줄 알았어요. 사랑도 노력하면 되는 거라고 생각했어요. 하지만…… 그러지 못했어요. 이렇게 상처만 주게 될 줄 알았으면 어떤 명목으로도 선배 옆에 있지 않았을 거예요."

"내가 너에게 보여 줄 게 얼마나 많은데, 해 주고 싶은 게 얼마나 많은데…… 왜? 왜 갑자기 멈추려는 건데? 왜 갑자기 너의 노력을 멈추려는 거냐고!"

"내가 어리석었다는 걸 알았으니까요. 사랑은 억지로 되는 게 아니라는 걸…… 알아 버렸으니까요."

현실이 아니길 바라듯 진우가 격하게 도리질을 쳤다. 설마 아닐 거라 생각했다. 그저 기우였기를, 혼자만의 질투였기를 얼마나 바랐는지 모른다. 이런 청천벽력 같은 라연의 고백을 들으려 했던 것이 아니었다.

진우는 두 손으로 얼굴을 감싸며 깊은 숨을 몰아쉬었다. 감정에 져 버려서는 안 된다. 우선은 라연을 설득하는 것이 먼저였으니까. 진우는 다소 격앙되었던 음성을 가라앉히고 차분한 어조로 입을 열었다.

"한동안 바쁘다는 핑계로 네게 많이 소홀했던 것 같다. 그동안 서운했던 것 있으면 오늘 다 풀어. 그리고 이렇게 무서운 말은 다신 하지 마. 이렇게 아픈 말…… 다신 하지 마라, 라연아."

"선배."

"내가 더 잘할게. 내가 앞으로 진짜 너한테 잘할게. 그러니까……."

"나 좋아하는 사람……."

진우가 절박하게 라연의 말을 잘랐다.

"말하지 마!"

그가 오열하듯 외치며 라연의 어깨를 세게 움켜잡았다.

"네 입으로 그자를…… 그 자식을 좋아하게 됐다는 말 따위, 듣고 싶지 않아. 그건 내 쓸데없는 걱정일 테니까, 터무니없는 오해일 테니까!"

"나 관장님…… 좋아해요. 아주…… 많이."

"잠깐의 흔들림을 특별한 감정으로 착각하지 마."

"잠깐의 흔들림이 아니에요."

"그렇게 단정적으로 말하지 마. 관장하고 만난 지 얼마나 됐다고 이래? 너 지금 착각하고 있는 거야!"

진우에게 잡힌 어깨가 욱신거렸지만 라연은 내색하지 않았다. 설령 그에 의해 어깨가 부서진다 해도 원망할 생각은 없었다. 자신은 그의 심장을 부서뜨리고 있었으니까.

라연의 바싹 마른 입술이 힘겹게 달싹거렸다.

"관장님 때문만은 아니에요. 선배가 이성으로 느껴지지 않는다는 걸 알면서도 붙잡고 있었던 내 잘못이에요. 좋지만, 선배를 너무 좋아하지만…… 사랑은 아니란 걸 알면서 말이에요."

"그럼 왜, 나는 아니고 그자는 사랑이라는 거지? 왜 나는 안 되고 그자는 된다는 거냐고! 왜!"

다시 높아진 진우의 음성이 매섭게 라연을 질책했다. 남아 있던 이성이 모두 날아간 듯 그는 잡고 있던 라연의 어깨를 힘껏 흔들었다.

"너도 그런 거냐? 돈 많고 잘생긴 남자라면 없던 사랑도 만들어지고 그래?"

눈물을 보이는 것조차 미안해 겨우 참아 왔건만, 결국 라연의 두 눈에 뜨거운 물이 가득 차올랐다. 바로 앞에 있는 진우의 얼굴이 점점 흐릿해져 갔다.

"아니면 그새 여기 와서 그자와 뭔 일이라도 있었어? 그놈하고…… 잔 거야?"

"내가 선배에게 미안한 마음을 갖고 끝내게 해 줘요. 선배를 미워하고 싶지 않아요."

"누가 끝내는데? 뭘 끝내는데? 나는 아직 시작도 안 했는데 어떻게 끝내느냐고!"

"내 마음, 선배에게 다 말했고 그 마음은 바뀌지 않아요. 우린 이제 예전으로 돌아갈 수 없어요."

라연의 눈에 그렁그렁 매달려 있던 눈물방울이 바닥 위로 툭 하고 떨어졌다. 한번 터진 눈물은 쉬이 그칠 줄 모르고 양 볼을 타고 흘러내렸다.

"선배는 내게 가족 같은 사람이에요. 이성으로 느껴지지 않았을 뿐, 내가 제일 좋아하는 사람이었다고요."

"끝인 것처럼 말하지 마. 네가 뭐라고 해도 난 끝낼 생각 없으니까. 지금 넌 일시적인 흔들림과 사랑을 혼동하는 것뿐이야. 시간이 지나면 너도 깨닫게 되겠지."

"선배, 제발 이러지 마요."

"아니. 지금은 내가 무슨 말을 해도 네 귀엔 아무것도 들리지 않을 거야. 기다릴게. 네 마음이 돌아올 때까지…… 기다린다."

"선배."

어깨를 잡고 있던 진우의 손이 라연의 얼굴을 감쌌다. 진우는 떨리는 손으로 조심스레 그녀의 눈물을 닦아 주었다.

"아까 심한 말 했던 거 사과할게. 화가 나서 제정신이 아니었나 보다. 아무리 화가 났어도 해서는 안 되는 말이었는데……."

"아니, 내가 미안해요. 내가……."

진우가 왈칵 라연을 품에 끌어안았다. 놓치고 싶지 않다. 뺏기고 싶지 않다. 그녀가 없는 지옥 같은 삶을 또다시 경험하고 싶지는 않았다.

진우는 눈물을 참느라 붉게 충혈된 눈을 질끈 감았다 뜨고는 라연을 품에서 놓아주었다.

"네 감정, 인정할게."

갑작스런 그의 변화에 라연의 눈이 동그랗게 커졌다. 말을 잇기가 힘이 드는 듯 진우의 미간에 설핏 주름이 잡혔다 사라졌다.

"대신 너에 대한 내 마음을 접으라고 강요하지 마. 지금 당장은 내가 너에게 남자가 아니어도 좋아. 지금껏 그래 왔듯이 조금 더 길어진다고 생각하지 뭐. 그러니까 우린 달라지는 거 없어. 단지 내가 그 남자를 인정하는 것 외에는."

"그럴 순 없어요."

"그래야만 해. 그래 줘야만 해."

"싫어요! 이건 선배를 더 힘들게 할 뿐이라고요!"

"안 그러면 내가 죽어!"

붉게 충혈된 그의 눈에 물기가 서렸다.

'너를 먼저 만난 것은 나인데, 너의 곁에 있어 준 건 나인데 왜, 왜!'

눈물을 참으려 꽉 쥔 주먹이 부르르 떨렸다.

"고통스럽더라도, 죽을 만큼 힘들더라도 너를 보지 못하는 것보단 나을 테니까. 그러니까 나에게 너를 놓으라고 하지 마. 그건 나더러 죽으라는 것과 같아."

"선배!"

"바람은 언젠가 멈추기 마련이야. 큰 바람일수록 적막을 남기지. 나는 오늘 아무것도 듣지 않았어. 부탁이니 너도 그렇게 해 줘."

더는 어떤 말로도 진우를 설득할 수 없다는 것을 라연은 알 수 있었다. 단호한 그의 눈빛이, 꽉 쥔 주먹 위로 불거진 굵은 핏줄이 그것을 말해 주고 있었으니까.

"서울에서 만날 땐 우리 아무 일도 없었던 거다. 미안하다는 말 한 번만 더 하면 나 정말 화낼 거니까 다신 하지 마."

라연이 담담한 어조로 물었다.

"오늘 올라갈 거예요?"

"어. 그래야지."

"그럼 가는 거 보고 들어갈게요."

"아니, 넌 호텔로 돌아가. 데려다줘야 하는데 솔직히 지금……
많이 힘들다. 그러니까 난 여기 좀 앉아 있다 갈게."

"선배……."

"또, 또! 그런 얼굴 하지 말랬지."

멀리서 두런거리는 사람들의 소리가 들려왔다. 라연은 뭐라 말을 하려다 입을 다물었다. 눈가가 불그스름한 그가 애써 웃음을 지어 보인다. 눈물보다 더 아픈 미소였다.

"가."

라연은 대답 대신 고개를 끄덕이고 돌아섰다. 그녀가 몇 발자국 움직였을 때 뒤에서 진우가 부르는 소리가 들렸다.

"라연아."

"네?"

진우는 혹시나 뭔가를 물어보려다 그만두었다. 라연의 표정 그 어디에도 숨기고 있는 것은 없었으니까. 그는 멋쩍게 손을 들어 보이며 피식 웃었다.

"얼굴 한 번 더 보려고 불러 봤어. 서울 가면 전화할게."

잠시 머뭇거리던 라연이 다시 돌아서서 걸어갔다. 점점 그녀의 뒷모습이 작아져 갔다. 차오르는 눈물에 그녀가 부옇게 흐려진다. 그리고 그마저도 어느새 그의 시야에서 사라졌다.

윤라연. 그녀를 마음에 품게 된 것은 지겸이 열두 살이 되던 해, 문하시중(門下侍中)인 아버지와 절친한 어사대부 윤희목 대감의 댁을 찾았을 때였다. 윤 대감의 곁에 다소곳이 앉아 있는 라연의 모습을 보는 순간, 지겸은 자신의 온 마음을 그 아이에게 빼앗겨 버렸음을 느꼈다.

예쁘게 튀어나온 이마, 솜털이 보송한 뽀얀 피부, 투명하게 반짝이는 동그란 눈망울…… 뒤뜰에 나와 함께 걷는 내내 지겸은 넋을 놓고 라연의 옆모습을 바라보고 또 바라보았다.

『어른들의 말씀이 길어질 모양입니다. 도련님과 저를 내보내신 걸 보면요.』

꽤 오랜만에 만난 정혼녀의 목소리는 단아하면서도 청아했다. 생 김새만큼이나 지겸의 마음을 흔들어 놓는다. 어린 그의 가슴에 찰 랑, 간지러운 물결이 일었다.

『몰라보게 자랐구나. 아주 어릴 적 몇 번 보았을 때와는 많이 달 라져서 놀랐다.』

『도련님도 그러한걸요.』

지겸이 잠시 머뭇거리다 최대한 의젓하게 입을 열었다.

『자당 일은…… 많이 안 되었다. 힘들지 않았느냐?』

『불공을 드리러 다닙니다. 어머니와 동생의 극락왕생을 빌고 있 어요.』

『그렇구나.』

의연하게 미소 짓는 라연의 모습이 그토록 애잔해 보일 수가 없 었다. 지켜 주고 싶다. 평생 이 아이를 행복하게 해 주고 싶다. 이 날 지겸은 사내로서의 다짐을 그렇게 가슴속 깊은 곳에 묻어 두었 나.

호텔에서 라연과 마주 보고 선 남자를 보았을 때 처음엔 그저 관 장이 꽤 젊은 남자라고만 생각했다. 그의 얼굴을 정확히 마주하기 전까지는.

짙은 눈썹, 홑겹의 긴 눈, 유난히 까만 눈동자. 어떻게 그 얼굴 을 잊을 수 있을까. 말라 죽을 때까지도 아기씨란 말을 입에서 놓지 못하던 망할 놈의 노비, 천유를……

대학 3학년이 끝날 무렵, 동아리 친구 녀석이 아는 선배의 부탁이라며 논문 준비를 하는 심리학과 조교의 연구실로 끌고 간 적이 있었다. 다양한 임상 사례가 필요하다는 이유로 다짜고짜 최면을 받게 했고, 그때 진우는 공교롭게도 전생을 보게 되었다.

처음엔 그저 환각이라고만 생각했다. 라연을 너무 좋아한 나머지 그녀를 전생의 인연이라 믿고 싶어 했기 때문이라고. 하지만 그날 이후, 그는 꿈을 꾸게 되는 날이면 어김없이 전생을 보았다. 그리고 확실히 기억나기 시작했다. 진우 자신이 누구였고 누구를 사랑했으며, 어떻게 망가졌고 괴로워했는지를…… 얼마나 라연을 다시 보고 싶어 했는지를……

부모님들이 정해 준 인연이었지만 진심으로 사랑했었다. 천유 그 놈이 중간에 끼어들어 남의 사랑을 가로채지만 않았어도, 그러지만 않았어도……. 징그럽게 되풀이되는 운명이 원망스러웠다. 왜 또 내가 아닌 그자란 말인가, 왜, 왜!

'남겨진 사람의 고통이 어떤지 알아? 사랑하는 사람을 제 손으로 죽이고 차마 미안해서 따라 죽을 수도 없었던 비참한 삶을 아느냐고!'

이대로 두 사람의 사랑을 인정하고 떠나기엔 피눈물을 흘리며 다음 생을 기약했던 지점이 너무도 가여웠다. 첫눈에 반해 가슴 설레며 잠 못 이루었던 자신의 대학시절이 속절없이 사라져 버리는 것 같아 억울했다. 이대로는, 이대로는 결코 물러설 수 없었다.

'뭔가 방법이 있을 거야. 라연이 내게 오게 하는 방법이 분명 있을 거다.'

벤치에 얼마나 앉아 있었을까. 바닥에 디딘 진우의 신발 위로 바람이 쓸어 온 솔가지들이 지저분하게 걸쳐져 있었다. 진우는 발을 굴러 그것들을 떨어내고 바지를 툭툭 털며 자리에서 일어섰다.

'어차피 전생은 나만 기억하고 있을 뿐이야. 더는 전생에 연연해하지 말자. 지금의 난 신지겸이 아닌 황진우니까.'

어디선가 서늘한 바람이 불어왔다. 진우는 한기가 느껴져 두 팔을 감싸며 몸을 움츠렸다. 몸도 마음도 감기에 걸린 것일까. 아무래도 크게 아플 것만 같았다.

※

라연이 호텔에 도착했다는 전화를 받은 서준은 로비에서 그녀를 보자마자 다짜고짜 손을 낚아채듯 잡고는 주차장으로 향했다. 라연이 뭐라 말할 틈도 주지 않고 그는 서둘러 호텔 밖으로 차를 몰았다.

심장이 터질 듯 쿵쾅거리고 있다. 제정신이 아닌 게 분명했다. 진우와 불편한 대화를 나눈 지 얼마나 됐다고 서준으로 인해 숨도 쉴 수 없을 만큼 가슴이 두근거린다. 그의 손에 잡혔던 왼손이 아직도 후끈거린다. 빠르게 달리는 차 안에서 라연은 두 눈을 꼭 감아 버렸다.

해가 많이 길어졌음에도 세상은 어느새 어둑어둑 땅거미가 져 온통 어스레했다. 한참을 가다 보니 다소 익숙한 해변이 보이기 시작했다. 별장을 향하고 있음이라.

라연이 당황스러워하며 서준에게 고개를 돌렸다.

"관장님, 만찬은 어쩌시고⋯⋯."

서준은 대답 대신 블루투스 이어셋을 찾아 귀에 꽂았다. 그리고는 누군가에게 전화를 걸었다.

"⋯⋯나야. 오늘 만찬은 부관장 혼자 참석해야겠어. 미안, 갑자기 급한 일이 생겨서. 내일도 아마 같이 가지 못할 것 같다. 서울 가서 봐."

그는 통화를 끝내자마자 이내 전원을 꺼 버렸다. 귀에 꽂았던 블루투스 이어셋도 거칠게 내려놓았다. 그러는 동안에도 서준은 한 번도 라연을 쳐다보지 않았다.

진우와 나갈 때에는 아무런 반응도 보이지 않던 그가 갑자기 왜 이러는 것일까? 평소와는 다른 서준의 모습에 라연은 불안했다.

"관장님, 실은⋯⋯."

그는 여전히 앞만 바라보며 가라앉은 음성으로 입을 열었다.

"아무 말도 하지 마. 지금은 아무 말도."

"관장님."

"부탁이야."

완곡하지만 단호한 그의 대답에 라연은 더 이상 말을 할 수가 없었다. 농담까지 하며 아무렇지 않게 보냈으면서 왜? 혹 내가 없는 사이 무슨 안 좋은 일이라도 있었던 걸까?

오만 가지 생각이 머릿속을 채우며 그녀를 괴롭혔지만 정작 아무것도 할 수가 없었다. 단지 그녀가 할 수 있는 일이라곤 의자에 몸을 기댄 채 어두워지는 하늘을 바라보는 것뿐이었다.

별장에 도착해 흐릿한 조명이 켜진 정원을 가로질러 캄캄한 집

안에 들어설 때까지도 두 사람은 아무 말도 하지 않았다.

서준이 먼저 거실에 들어서고 라연이 뒤따라 들어갔다. 라연이 불을 켜려 벽의 스위치에 손을 뻗으려 할 때, 서준이 그녀의 팔을 잡아 끌어당겼다. 서준은 으스러트릴 것처럼 세게 그녀를 안으며 격한 음성으로 토해 내듯 말했다.

"이렇게도 미칠 수 있다는 걸 알았어."

"과, 관장님!"

"당신을 보내고 바로 후회했어. 어른인 척, 멋진 척, 그런 건 개나 줘 버리라고 해! 내가 그자에게 당신을 보내고 어떤 마음이었는지, 어떤 지옥을 경험했는지 알아? 다신, 두 번 다신 그런 어리석은 짓 안 해."

서준이 다시 라연의 팔을 잡아 자신의 앞에 마주 보게 세웠다. 짙은 어둠 속에서도 번민으로 가득한 그의 눈빛이 그대로 느껴졌다. 그의 긴 한숨 뒤로 갈라진 음성이 흘러나왔다.

"이젠 놔주지 않아. 이렇게 내 눈앞에만 있어. 아무 데도 가지 마."

"사귀는 사람이 있다고 한 건 사실이 아니었어요. 단지 선배기……."

서준의 입술이 라연의 입을 덮어 버려 더는 말을 이을 수가 없었다. 그의 거친 숨결이 그녀의 얼굴을 쓸며 흩어졌다. 격정적인 그의 키스에 라연은 아무 생각도 할 수 없었다. 피가 뜨겁게 머리 위로 솟구치는 느낌이었다. 평소 그답지 않은 조급함마저 느껴져 라연은 저도 모르게 그의 머리를 힘껏 감싸 안았다.

얼마 후, 얼얼해진 입술을 겨우 놓아주며 그가 뜨거운 숨을 내쉬었다.

"이대로 사라져 버리면 어쩌나, 그가 당신을 놓아주지 않으면 어쩌나, 당신이 내가 아닌 그에게로 가 버리면 어쩌나, 그 짧은 시간 동안 난 제정신일 수가 없었어. 미친놈, 왜 잡지 않았어! 왜 그냥 보냈냐고 수도 없이 소리쳤지. 이젠 정말 당신 없으면 난 살 수가 없는데! 살 수가……."

"난 아니라고 해도 놔주지 않을 건가요?"

서준의 표정이 어둡게 변해 갔다. 거짓말처럼 라연을 잡고 있던 그의 손이 약하게 흔들렸다. 이번엔 라연의 입술이 그의 입을 막았다. 더 들어야 할 말은 없었다. 이렇게 사랑하는데, 이렇게 사랑받고 있는데 무슨 말이 더 필요할까. 라연은 부드럽게 그의 입술을 물었다 놓으며 고개를 들었다.

"떠나지 않아요."

라연은 용기를 내어 조심스레 그의 허리를 감싸 안았다. 단단한 그의 가슴에 얼굴을 묻으며 천천히 눈을 감았다.

쿵쿵……. 그의 빠른 심장 소리에 라연의 가슴도 함께 울렁거렸다.

"이미 사랑하게 된걸요. 이미 함께 있고 싶은걸요. 이젠 내가 관장님을 놔주고 싶지 않아졌다고요. 아무에게도."

서준이 놀란 몸짓으로 다급히 그녀를 떼어 내어 자신의 앞에 세웠다. 익숙해진 어둠 속에서 그의 긴장된 눈빛이 라연을 찾았다.

"지금 뭐라고 했지?"

"관장님을 놔주고 싶지 않다고요."

"아니, 그 전에."

"관장님과 함께 있고 싶다고요."

"아니, 그 전."

라연의 입은 대답 대신 수줍은 미소를 그렸다. 서준이 채근하듯 그녀를 잡고 있는 손에 힘을 주었다.

"말해 줘."

라연이 고개를 숙이며 작은 소리로 대답했다.

"……해요."

"뭐라고? 안 들렸어."

"사랑……한다고요."

와락 껴안아 줄 거라 기대했건만 그는 얼어붙은 사람처럼 꼼짝도 하지 않았다. 머쓱해진 라연이 고개를 들려는 찰나, 그가 가만히 그녀를 끌어안아 자신의 품에 가두었다.

"우습게 들리겠지만 순간 꿈이 아닐까 두려웠어. 당신을 안으면 그대로 사라질 것 같아 겁이 나."

라연을 감싸고 있는 그의 팔이 떨리고 있음이 느껴졌다. 라연은 함께하는 지금이 두려울 만큼 행복하다는 그의 말이 거짓이 아님을 알고 있었다. 그녀 역시 행복 속에서 불안했고, 눈을 뜨면 그가 사라질까 두려웠기 때문이다.

'아주 오래전부터 당신을 사랑하도록 정해진 운명일까요? 어쩌면 당신을 처음 만난 순간부터 사랑을 예감했는지도 모르겠어요.'

서준의 품에 안겨 그의 숨소리를 듣고 있자니 아득한 그리움 같은 것이 밀려왔다. 무엇 때문인지는 알 수 없지만 코끝이 시릴 만큼 아련한 기분에 사로잡혀, 라연은 저도 모르게 눈물을 흘렸다.

"이상해요. 멋대로 눈물이…… 나 원래 이런 성격 아닌데……."

서준의 입술이 그녀의 볼에 와 닿았다. 그의 입술은 조금씩 위로 올라가 그녀의 눈가에 머물렀다.

"이젠 절대 당신을 혼자 두지 않아."

라연의 허리를 감싸고 있던 그의 두 손이 미끄러지듯 내려가 그녀의 엉덩이를 감싸 쥐었다. 그의 뜨거운 입김이 그녀의 목덜미를 덮으며 흩어질 즈음 현관으로 누군가 들어오는 소리가 들렸다. 두 사람은 후끈해진 각자의 몸을 떨어뜨리며 주춤 물러섰다. 곧바로 누군가 안으로 들어섰고, 거실에 불이 켜졌다.

"어머, 도련님 계셨네요."

뻘쭘한 표정의 관리인 아주머니가 거실 입구에 서 있었다. 어색한 정황상, 두 사람과 제대로 눈도 맞추지 못하고 그녀는 주뼛주뼛 말을 이었다.

"차는 밖에 서 있는데 집 안에 불이 꺼져 있어서 산책 나가셨는 줄 알고…… 슬슬 저녁 준비를 할까 해서……."

"좀 전까지만 해도 어둡지 않아서 그냥 이야기 중이었는데 언제 이렇게 깜깜해졌죠? 저희 오늘 여기서 묵을 거니까 저녁 맛있게 해 주세요."

열없어진 라연이 얼굴을 붉히고 있는 것과는 달리 서준은 너무도 태연하게 관리인 아주머니를 대했다. 라연은 슬쩍 그를 올려다보다 그만 쿡 하고 몰래 웃음을 터트렸다. 그 역시 귓가가 발그레하게 물들어 있었기 때문이다.

"나, 라연 씨에게 말하지 않은 게 있어."

저녁 식사를 마치고 둘이 거실에서 차를 마시고 있을 때였다. 키위 한 조각을 포크로 찍으려던 손을 멈추고 라연이 고개를 들었다. 서준은 들고 있던 찻잔을 테이블 위에 놓으며 잠시 뜸을 들였다.

나른한 봄밤을 즐기듯 시끄럽게 울어 대는 풀벌레 소리가 새삼 귓가에 들려왔다. 어떻게 말을 꺼내야 하는 걸까, 서준은 살짝 이마를 구겼다.

"침묵이 너무 길어지면 겁나는데…… 무슨 얘긴데요?"

라연이 소파에 몸을 기대며 그를 바라보았다. 무조건적인 신뢰를 담은 저 표정, 그래서 더 말을 꺼내기가 겁이 났다. 혹, 화를 많이 내면 어쩌지?

"우리가 여기 있는 동안 내 맘대로 라연 씨 짐을 오피스텔로 옮겼어. 더 정확히 말하면 내 옆 호실로."

역시나 라연의 눈이 점점 커져 갔다. 그리고 얼굴에 미소가 사라졌다.

"내 마음이 급했다는 거 인정할게. 하지만 진심으로 그곳에서 당신을 데리고 나오고 싶었어. 여자 혼자 살기엔 너무 위험한 환경이었으니까."

"내가…… 관장님에게 마음을 주지 않았더라면 어쩌시려고 그러셨어요? 왜 묻지도 않고……."

"여유가 없었으니까. 다른 생각 같은 거…… 할 수 없었어."

라연이 어이없다는 듯 고개를 저으며 말했다.

"하지만 이건……."

"당신에게 어떤 비난을 받더라도 그곳에서 하루빨리 데려오고 싶은 마음뿐이었어. 어느 정도의 원망은 각오하고서라도."

"나 자격지심 많은 거 몰라요? 예전에 뺨도 맞아 봤으면서……."

다소 누그러진 그녀의 말투에 서준은 그제야 한시름 놓으며 가벼운 미소를 지었다.

"이번엔 살살 때려 줄 건가?"

"내 방 정말 형편없는데……."

"이삿짐센터 직원은 그 방 주인이 누군지 모르니 걱정 마."

라연이 아랫입술을 깨물며 긴 한숨을 내쉬었다. 그러고는 이내 의심 가득한 눈빛으로 그를 쳐다보았다.

"그 오피스텔은…… 정말 친구가 살던 곳 맞나요?"

"그럼."

당연히 아니지만 굳이 밝힐 필요는 없었다. 서준은 얼른 멜론 한 조각을 입에 넣으며 화제를 돌렸다.

"그 선배하고는 얘기가 잘 된 건가? 이런 질문, 불편하면 대답 안 해도 돼."

"선배는 받아들일 수가 없대요. 전 이다음에 천국 가기는 힘들 것 같아요. 나 좋자고 다른 사람에게 너무 큰 상처를 줬으니까요."

그가 쉽게 단념할 거라고는 생각하지 않았다. 그렇게 간단히 끊어질 인연이었다면 이렇게 다시 마주치는 일은 없었을 테니까. 서준은 씁쓸함을 감추며 덤덤한 어조로 말했다.

"벌을 받더라도 내가 받아. 착한 사람을 꾀어서 유혹한 쪽은 나니까."

"선택은 내가 했어요. 그 책임도 제가 져야죠."

이 상황에서도 책임을 운운하다니, 역시나 그녀다운 대답이었다. 서준은 피식 웃음을 지었다.

"달달한 것하고는 참 거리가 먼 사람이야. 유라연."

"관장님도 만만치 않거든요."

서준이 슬쩍 인상을 찌푸렸다.

"우리 호칭부터 정리하지. 난 그 관장님 소리, 둘만 있을 땐 안 들었으면 좋겠는데."

"선배님이라고 불러 드려요?"

"싫어. 그 녀석 때문에 기분 나빠."

"그럼…… 서준 씨?"

"뭐 더 듣기 좋은 말 없나?"

"달달한 것과 거리가 먼 저에게 뭘 더 바라세요?"

"그러게. 뭘 더 바라겠어."

서준이 서서히 몸을 숙이며 라연에게로 다가갔다. 라연은 난처한 표정을 지으며 앉은 자세로 주춤 물러났다.

"과, 관장님…… 저, 저기…….."

"그렇게 부르지 말라니까."

"우, 우리 사, 산책하러 갈까요?"

"아니. 난 아까 우리가 하려다 못한 걸 마저 하고 싶은데?"

"나, 나는 그러니까 아, 아직…… 그, 그러니까 씨, 씻지도 않았고, 그, 그러니까…….."

멜론 향이 가득한 서준의 입술이 도톰한 라연의 입술을 가득 머금었다. 따뜻한 그의 혀가 부드럽게 밀고 들어가 그녀의 혀를 찾았다. 당황하여 머뭇거리던 라연의 손이 천천히 그의 머리를 감쌌다. 그녀의 소심한 손길에도 서준의 감각은 예민하게 반응했다. 아찔한 전류가 온몸을 휘감아 흘렀다.

서준의 마음은 곧 천유의 것이기에 어쩌면 태어났을 때 이미 정해졌는지도 모른다. 그의 몸은 오직 라연에게만 끌리도록, 라연에게만 흔들리도록……

한 번도 해 본 적 없는 애정행위였지만 그의 몸은 본능적으로 사랑하는 여인의 몸을 원했다. 소파를 짚고 있던 그의 손이 조심스레 그녀의 봉긋한 가슴 위에 겹쳐졌다.

"저, 저기……"

달짝지근하면서도 여릿한 라연의 숨결이 그의 목덜미를 간질였다. 그녀가 꼼지락꼼지락 그의 가슴께를 밀어내려 애쓰는 게 느껴졌다.

"난 아직 주, 준비가……"

라연의 귓불을 물고 있던 서준의 입술이 힘겹게 떨어졌다. 그러나 그의 손은 여전히 꿈쩍도 하지 않은 채 그녀의 가슴에 머물러 있었다.

"관장님……"

라연이 다시 몸을 들썩였고, 서준은 하는 수 없이 욕구를 누른 채 잔뜩 찌푸린 얼굴을 들었다. 정말 쉽게 되는 게 하나도 없다.

"관장님 소리 들으니 김이 팍 새네. 도대체 무슨 준비를 해야 한다는 거지?"

"마음의 준비랄까, 소, 솔직히 경험이 없어서 당황스럽기도 하고 거, 겁도 나고……"

더 이상의 진행은 무리인 것 같아 서준은 체념하듯 앞머리를 헝클어트리며 몸을 일으켰다.

"경험 없는 건 나도 마찬가지인데 뭐."

"네?"

말도 안 돼. 라연의 표정은 딱 그리 말하고 있었다. 하긴, 서른 두 살 먹도록 여자와 연애를 안 해 봤다고 하면 성격이상자거나 동성연애자거나 둘 중의 하나라 생각하겠지. 서준은 짧게 혀를 차며 소파에 몸을 기대었다.

"안고 싶은 여자가 없었어. 딱히 연애를 하고 싶은 생각도 없었고. 아, 그렇다고 남자를 좋아했던 건 아니니까 이상한 생각은 마."

"사춘기 때 남자들 막 야한 잡지도 보고 영화도 보고 그러지 않아요? 그럼 자연스레 연애도 하고 싶어질 테고……."

"그러는 아가씬 왜 경험이 없으실까?"

라연의 얼굴이 눈에 띄게 붉어졌다. 그 모습이 참을 수 없이 사랑스러워 서준은 불쑥 손을 내밀어 그녀의 얼굴을 감쌌다.

"그런 표정 짓지 마. 너무 예뻐서 이번엔 진짜 확 덮쳐 버릴지도 모르니까."

서준은 자신의 이마로 볼록 튀어나온 라연의 이마를 가볍게 콩 찍고는 그녀를 놓아주었다.

"술을 마실 걸 그랬나? 해변에선 엄청 대담했던 걸로 기억하는데."

"그, 그땐 정신이 나가 버려서 가능했던……."

"그럼 맨정신으론 불가능하다?"

"조금만, 기다려 줄래요? 솔직히 지금 관장님을 마음에 품은 것만으로도 벅차서…… 키스만으로도 심장이 터질 것 같은데 그 이상 갔다가는……."

무슨 상상을 했는지 그녀가 붉어진 얼굴을 손으로 감싸며 시선을 떨궜다. 불쑥 그의 머릿속에서 심술궂은 생각이 고개를 들었다.

'앙큼하게 혼자 상상할 건 다 하면서 제대로 벌을 세우는군. 정말 순진한 건지, 아님 귀여운 여우인 건지……'

서준은 모른 척 자리에서 일어서며 길게 기지개를 켰다.

"하아, 나가서 조깅이라도 해야겠다. 이대로는 잠도 올 것 같지 않은데."

"저, 너무 재미없죠? 관장님 말대로 달달하지도 않고, 애교도 없고, 분위기도 다 망쳐 버리고……."

"어. 심하게 재미없어."

시선을 내린 채 의기소침하게 앉아 있던 라연이 뿌루퉁한 표정으로 그를 쳐다보았다. 서준은 삐져나오는 웃음을 겨우 참으며 짐짓 퉁명스럽게 물었다.

"왜? 왜 그렇게 쳐다보는데?"

"아무리 그래도 너무 빨리 대답하시는 거 아니에요? 사람 민망하게."

"누구 때문에 달밤에 운동하게 생겼는데, 이 정도의 심술은 봐줘야 하는 거 아닌가? 나 원래 성격 안 좋은 거 몰랐어?"

서준이 깍지를 낀 채 팔을 머리 위로 쭉 뻗어 이리저리 흔들며 현관 쪽으로 걸어갔다. 몇 발자국 걸음을 옮기던 그가 잠시 자리에 멈춰 섰다.

'수백 년을 기다려 만났는데 얼마를 더 못 기다릴까. 이렇게 와준 것만으로도 내겐 꿈같은 일인걸……'

만약 조금 전 분위기가 무르익어 사랑을 나누게 되었다면 정작 심장이 터져 버렸을 사람은 서준, 자신이었을 것이다. 지금 이렇게 함께 있다는 사실만으로도 미친 듯이 날뛰는 맥박이 그것을 증명하고 있으니까.

서준은 천천히 그녀를 향해 돌아섰다. 서준의 뒷모습을 바라보고 있던 라연은 다소 긴장된 표정으로 그의 시선과 마주했다. 한참 동안 말없이 그녀와 눈빛을 교환하던 그가 더없이 따뜻한 미소를 지으며 입을 열었다.

"고맙다. 내게 와 줘서."

금방이라도 울 것처럼 보이는 라연의 얼굴엔 많은 대답이 담겨 있었다. 서준은 그 대답들을 가슴에 담으며 돌아섰다. 그녀의 마음도 그와 같음을 느끼며…….

12. 사랑이 아프다

관장실에 차를 들고 들어갔던 선주가 상기된 표정으로 문을 열고 나왔다. 무심코 고개를 들었던 라연은 할 말이 많아 보이는 선주와 그만 눈이 딱 마주치고 말았다. 라연은 속으로 아차 하고 혀를 차면서 어색하게 미소를 지었다. 제주도에서 돌아온 지 일주일이 지난 지금, 가장 불편한 것은 아무것도 모르는 선주의 질문공세였다.

"유후, 오늘 관장님 향수 뭐 뿌리셨는지 알아요? 불가리 같긴 한데 맞은편 장 회장님 스킨 냄새가 워낙 독해서 헷갈린단 말이죠. 잠깐 곁에 서 있다 왔을 뿐인데도 이렇게 가슴이 벌렁거리는데 우리 관장님과 사귀는 여자는 어떻게 견딜까 몰라. 그죠?"

"그런가요."

"쳇, 이 쿨한 반응 좀 보라지. 라연 씨는 근사한 애인이 있으니 관심 없다?"

바로 이런 대화만 벌써 며칠째. 시시콜콜 진우와는 그런 사이가 아니라고 말하기도 뭣하고, 그렇다고 계속 이런 이야기들을 주고받자니 진이 빠지고……. 라연은 매번 모호한 웃음으로 대답을 대신했다.

서준과 이웃으로 지낸 지 일주일. 제주도에서 돌아온 첫날 그와 함께 오피스텔에 간 것을 제외하고는 한 번도 왕래를 하지 않았다.

그녀도 처음엔 서로 조심해서 나쁠 건 없다고 생각했다. 괜히 아는 사람들 눈에 띄어 곤란해지는 것은 원치 않았으니까. 하지만 날이 갈수록 전화는 고사하고 미술관에서도 업무적인 용건 이외에는 눈도 마주치려 하지 않는 그의 태도에 슬슬 서운함이 밀려왔다.

'뭐가 문제인지 말을 해 줘야 알지!'

라연은 처음 서준과 함께 오피스텔에 들어갔던 그날을 떠올렸다.

커다란 유리창을 가린 연한 하늘빛 블라인드 사이로 햇살이 물결치듯 새어 들었다. 셋은 누워 잘 수 있을 것 같은 넓은 침대, 편안해 보이는 4인용 소파, 40인치 정도 돼 보이는 벽걸이 TV, 아일랜드식 식탁이 놓인 깔끔한 주방…… 라연은 벌어진 입을 다물지 못하고 거실 입구에 우두커니 멈춰 섰다.

『왜? 별로 마음에 안 들어?』

서준이 뒤따라 들어와 라연의 어깨에 손을 얹으며 말했다.

『마음에 안 드는 것 있으면 말해. 내가…….』

『그럴 리가 있겠어요? 제가 살던 곳 아시면서…….』

라연이 그를 향해 돌아섰다.

『그냥 좋아서…… 잠시지만 그래도 내 집이 된다는 게 너무 좋

298

아서 넋을 잃고 보고 있었어요.』

『불편하거나 바꾸고 싶은 게 있으면 언제든지 말해. 부담 갖지 말고.』

『그런 게 있을 리가 있나요. 지붕 있는 곳이라면 어디든 감지덕지라고 생각했는데. 여긴 저에게 과분할 만큼 근사해요.』

『다행이군.』

『단지…….』

라연은 입술을 뾰족이 내밀며 말하기를 망설였다. 라연의 침묵이 다소 길어지자, 서준은 바지 뒷주머니에 손을 꽂으며 그녀의 마지막 말을 되물었다.

『단지 뭐?』

『혹시라도 제가 관장님께 누를 끼칠까 봐 걱정이에요. 같은 오피스텔에, 그것도 바로 옆집에 사는 걸 누가 알기라도 한다면…….』

『상관없어. 알게 되면 뭐 어때. 서로 사랑하는 사인데 문제 될 거 있나?』

『제가 관장님께 턱없이 부족한 상대니까요. 관장님에겐 부관장님처럼 멋진 사람이 어울리는데 제가 괜히 욕심을…….』

『그만!』

묵직하면서도 단호한 그의 음성에 라연은 입을 다물었다. 공기의 흐름이 멈춰 버린 것 같은 시간 속에서 서준은 말없이 그녀를 바라만 보았다.

그렇게 얼마가 지났을까, 서준이 미간에 짙은 주름을 세우며 긴 숨을 몰아 내쉬었다.

『피곤할 테니 그만 쉬어.』

『아, 네……. 관장님도 쉬세요.』

가슴이 턱 막힌 것처럼 답답했지만 더는 그에게 말을 걸 수가 없었다. 쉽게 입이 떨어지질 않았다. 붙잡고 싶은 마음을 애써 누르며 라연은 그렇게 맥없이 그를 보내야 했다.

무의미하게 움직이던 마우스를 잡은 손이 멈춰졌다. 무거운 한숨을 길게 내쉬어 보지만 우울한 기분은 쉬이 가시질 않는다. 라연은 커피를 마실 요량으로 자리에서 일어섰다.

다닥, 다다닥, 준비실로 들어서는 라연의 등 뒤로 키보드 치는 소리가 들려왔다. 발랄한 성격만큼이나 선주의 타이핑 소리는 유쾌했다. 라연은 문득 자신의 타이핑 소리가 궁금해졌다.

퇴근 시간이 다 될 무렵, 서류를 정리하던 선주가 시계를 힐끗 쳐다보더니 라연에게 불쑥 말을 걸었다.

"오늘 시간 괜찮아요? 남친하고 선약이 있으려나?"

"네? 아뇨. 괜찮아요. 왜요?"

"실은 오늘 내 생일인데 파티해 주기로 한 친구 몇 명이 펑크를 내는 바람에 내일로 미뤄겼거든요. 명색이 생일인데 그냥 넘어가려니 아쉽고 해서……. 나하고 저녁 같이할래요?"

"미리 말해 주지 그랬어요. 생일 축하해요."

선주가 특유의 웃음소리를 내며 손을 살래살래 흔들었다.

"에이, 나이 먹는 게 무슨 자랑이라고. 아무튼 오늘 저하고 맛있는 거 먹어요."

"이럴 줄 알았으면 점심때 케이크라도 준비하는 건데 그랬어요."

"굳이 선물이 하고 싶다면 난 향수 좋아하니까 여름에 어울리는 향으로 하나 사 줘요. 콕 집어 말해 주니 쉽죠?"

선주의 너스레에 라연이 웃고 있을 때 관장실 문이 열렸다. 라연은 얼른 표정을 가다듬고 자세를 바로잡았다.

"뭐가 그렇게 재밌어요? 같이 알죠."

라연의 시선은 모니터를 향하고 있었지만 서준이 다가옴은 느낄 수 있었다. 옆에 앉아 있던 선주가 기다렸다는 듯 일어서며 대답했다.

"아, 오늘 제 생일이라 같이 저녁 먹자는 얘길 하고 있었어요."

"이거 서운한데요. 같은 방에 있는 저는 초대 안 합니까?"

"관장님이 같이 축하해 주시면 저야 너무 고맙죠."

"선물을 준비 못 했으니 대신 저녁은 내가 사죠. 가고 싶은 데 있으면 말해 봐요."

신난다고 좋아하는 선주의 웃음소리가 모기 소리처럼 윙윙 머릿속을 어지럽혔다. 라연은 고개를 푹 숙인 채 인상을 잔뜩 찌푸리며 퇴근할 준비를 했다.

'며칠간 투명인간 취급 해 놓고 어쩜 저리 아무렇지 않게 내 앞에서……. 약 올리는 것도 아니고.'

갑자기 약속이 생각났다 하고 확 가 버릴까? 그러면 선주는 뛸 듯이 기뻐하겠지. 쓸데없는 생각들로 머리를 굴리던 라연 앞에 없던 그림자가 드리워졌다. 라연은 반사적으로 고개를 들었다.

"유 비서는 내가 가는 게 싫은가 봐? 왜 이렇게 인상을 쓰고 있어?"

"방금 전까지 괜찮았는데 머리가 좀 아프네요."

가방을 집어 들던 선주가 이게 웬 떡이냐는 듯 호들갑스럽게 끼어들었다.

"어머! 왜? 많이 아파요?"

그냥 둘러대려고 한 말인데 어쩌다 보니 선주에게 희망을 안겨준 꼴이 되고 말았다. 라연은 오래 고민할 것도 없이 기대로 가득한 선주의 시선을 느끼며 최대한 힘없이 대답했다.

"네. 사실 아까부터 감기 기운이 있었는데 선주 씨 생일이라고 해서 거절할 수가 없었어요. 다행히 관장님께서 가 주신다고 하니 저는 오늘 마음만 함께할게요. 선주 씨 미안해요."

"아뇨, 내가 더 미안하죠. 괜히 아픈 사람 고생시킬 뻔했는데. 저 신경 쓰지 말고 집에 가서 푹 쉬어요."

걱정해 주는 사람치고는 선주의 표정은 날아갈 듯이 행복해 보였다. 라연이 괜찮다고 했으면 어쩔 뻔했나 싶을 만큼…….

라연은 차라리 잘됐다고 생각했다. 일방적인 서준의 침묵에 그녀역시 기분이 좋지 않음을 알려 주고 싶었다. 이런 기분으론 도저히 서준을 아무렇지 않게 대할 자신이 없었으니까.

퇴근 준비를 마치고 세 사람이 함께 미술관 밖으로 나왔을 즈음, 건물 벽에 기대어 서 있던 진우가 그들을 발견하고는 몸을 바로 세웠다. 이들의 분위기를 알 리 없는 선주는 의미심장한 미소와 함께 라연의 옆구리를 팔꿈치로 쿡 찌르며 소곤거렸다.

"뭐야, 선약이 있었으면서 아픈 척한 거예요? 그러지 않아도 됐는데."

라연이 당황한 표정을 감추며 대답했다.

"아뇨. 저도 모르고 있었어요."

"이야, 그럼 깜짝 데이트? 누군 좋겠다."

라연은 어색한 웃음으로 분위기를 무마하며 힐긋 서준의 표정을 살폈다. 어스름한 어둠에 가려져 잘 보이지는 않았지만 분명 기분이 좋을 리는 없었다. 라연은 서둘러 두 사람에게 인사를 하고는 진우가 있는 쪽으로 걸어갔다.

한 걸음 한 걸음 진우에게 다가갈 때마다 등 뒤로 쏟아지는 서준의 시선이 느껴졌다. 착각인 줄 알면서도 그가 뒤에서 쫓아오는 것만 같았다. 그럴 리 없다는 걸 잘 알고 있으면서도……

가까워질수록 진우의 표정은 점점 더 굳어졌다. 무거운 마음으로 라연이 말을 걸려는 찰나, 바로 뒤에서 익숙한 음성이 들려왔다.

"또 보는군. 다시 볼 일 없을 줄 알았는데."

라연이 깜짝 놀라 돌아보니 그녀의 뒤에 서준이 우뚝 서 있었다. 그녀의 느낌은 착각이 아니었던 것이다.

"원래 패턴이 막무가내신가? 연락 없이 불쑥불쑥."

"그쪽하고는 할 말 없으니 자리 좀 비켜 주시죠."

"내가 왜 비켜야 하지?"

서준의 삐딱한 말투에 진우의 미간이 심하게 구겨졌다. 하지만 이내 그는 어이없다는 듯 픽 웃으며 예의 싸늘한 표정으로 돌아갔다.

"달라진 건 없으니까. 나는 끝내지 않았으니까. 그러니까 그쪽이 이렇게 나설 이유가 없다는 겁니다."

"상대를 곤란하게 만드는 게 그쪽 방식의 사랑인가?"

"적어도 나는 누구처럼 남의 사랑을 빼앗진 않죠."

"그만해요!"

더 이상 지켜만 봐서는 안 될 것 같아 라연이 둘 사이를 가로막아 섰다. 서준을 향해 몸을 돌린 라연은 차마 그의 얼굴을 마주하지 못하고 낮게 가라앉은 음성으로 입을 열었다.

"관장님은 그만 선주 씨에게 가세요. 지금도 충분히 이상하게 생각하고 있겠지만 더는 선주 씨의 상상력을 자극하고 싶지 않아요."

"상관없다고 했을 텐데."

"저는 상관있다고 했어요! 관장님이 안 가시면 제가 가죠."

라연은 빠르게 몸을 돌려 진우에게 다가가 그의 팔을 잡았다.

"선배, 가요."

차라리 악몽이었으면 좋겠다고 생각했다. 서준은 서준대로 진우는 진우대로 두 남자에게 상처만 되풀이시키고 말았다. 과한 욕심을 부린 대가를 톡톡히 치르고 있단 생각이 들었다.

조금 떨어진 건물 앞엔 선주가 여전히 이쪽을 쳐다보고 있었다. 라연은 의도적으로 진우의 곁에 가까이 붙어서 걸었다.

'지금은 이게 최선인 거야. 나 때문에 관장님의 경력에 흠집을 낼 순 없어.'

서준에게 서운했던 감정 따위는 이미 라연의 마음속에서 사라지고 없었다. 화가 난 서준의 음성이 귓가에서 사라지질 않는다. 그에게서 등 돌릴 수밖에 없었던 상황을 저주하며 라연은 무거운 걸음을 옮겼다.

말이 씨가 된다고 했던가. 눈에서 열감이 느껴질 만큼 몸에 열이 나는 것 같았다. 온몸이 물에 젖은 솜처럼 무겁게 느껴졌다. 라연은 지금 마시는 커피가 무슨 맛인지도 모른 채 찻잔을 몇 번째 입에 가져가고 있었다.

진우와 함께 찾은 곳은 미술관 근처의 작은 카페였다. 패브릭 소품으로 아기자기하게 꾸며진 실내는 아늑한 분위기가 물씬 풍겼다. 어두운 오렌지빛이 가득한 공간 사이로 뉴에이지풍의 피아노곡이 잔잔히 흘렀다. 무겁디무거운 침묵 속에서 라연은 그저 이 모든 상황이 어지럽고 울렁거릴 뿐이었다.

"내 전화, 왜 안 받아?"

달칵, 내려놓은 커피 잔이 접시에 부딪쳤다. 드디어 갑갑했던 침묵이 깨졌다. 그러나 여전히 답답하기는 마찬가지였다. 라연은 대답을 하지 않았다. 아니, 대답할 말이 없었다.

"이사……했더라."

흐르던 음악이 끝났다. 창문 너머로 지나다니는 차 소리가 들려온다. 새로운 음악이 흘러나온다. 라연은 애매한 찻잔만 계속 만지작거렸다.

"잘했어. 그 동네 위험해서 진작 이사했어야 했는데. 내가 도와주지 못해서 유감이지만."

숨이 막힐 것 같았다. 아무 일 없듯, 아무렇지 않게, 그리고 여전히 상냥하게…… 이렇게 애쓰는 진우가 안타까우면서도 화가 났다. 그녀를 점점 더 나쁜 사람으로 몰아가는 그가 미웠다. 진우에게 상처를 줘야만 하는 그녀 자신이 너무 싫었다.

"새로 옮긴 곳은 마음에 들어? 이사하느라 힘들진 않았고?"

"지금 나, 무슨 생각 하는지 알아요? 선배 때문에 두고 온 관장님 걱정하고 있어요. 마음 상했으면 어쩌나 선배 때문에 날 싫어하면 어쩌나, 그리고 또 내일은 어떤 얼굴로 봐야 하나 그런 걱정하고 있다고요. 전화요? 앞으로도 안 받을 거고 계속 전화하면 번호도 바꿔 버릴 거예요."

독하게 마음먹고 쏟아 낸 가시가 부메랑처럼 돌아와 가슴에 촘촘히 박혀 온다. 진우와 함께한 좋았던 기억들이 영화 필름처럼 빠르게 지나갔다. 눈물을 보이지 않으려 테이블 아래로 꼭 쥔 주먹에 힘을 주었다. 라연은 한 번도 보인 적 없는 싸늘한 얼굴로 그를 똑바로 쳐다보았다.

"다신 미술관에도 찾아오지 마세요. 알은척 안 할 거니까."

"애쓰지 마. 나 때문에 일부러 나쁜 애처럼 굴 필요 없어."

"아뇨, 저 원래 이런 애예요. 저밖에 모르고 제 생각밖에 안 해요. 선배의 감정 같은 거 하나도 신경 쓰지 않는다고요!"

"라연아. 그러지 마."

진심으로 걱정하는 눈빛, 하지만 예전과는 다른 의기소침한 표정…… 늘 자신감 넘치고 당당했던 진우는 그곳에 없었다. 금방이라도 무너질 것 같은 소심해진 남자만이 있을 뿐.

"내가 그렇게 불편하니?"

약해지면 안 되었다. 그를 확실히 놓는 것만이 지금 라연이 할 수 있는 최선이라 생각했다. 이 남자를 받아 줄 수 없다면 철저히 나쁜 여자가 돼야만 한다.

"네. 꽤 많이."

"나를…… 좋아하긴 했었니?"

"좋아했어요. 지금도, 그리고 앞으로도 선배는 내게 좋은 사람이에요."

다른 건 몰라도 진우에 대한 감정까지 거짓말을 하고 싶진 않았다. 누가 뭐래도 진우는 고맙고도 소중한 사람이니까.

진우의 미간에 굵은 주름이 새겨졌다. 붉어지는 그의 흰자위 위로 얇은 물기가 서렸다.

"라연아, 나는…… 너를 놓을 수가 없어. 언제부턴가 넌 내가 살아가는 의미였고 이유였다. 네가 생각하는 것보다 훨씬 더 많이 너는 내 안에 있어."

"내 안엔 다른 사람이 있어요."

"그런데 아깐 왜 그랬어? 마치 두 사람의 관계가 알려지면 안 되는 것처럼……."

가슴이 조이듯 욱신거렸다. 입안이 바싹 말라 혀를 굴려 침을 모았다. 모인 침은 쓰고 텁텁했다.

"나 때문이에요. 내가 불편해지기 싫어서 그랬어요."

"뭐가 불편한데?"

"선배와 상관없는 얘긴 더 이상 하고 싶지 않아요. 어찌 됐건 그건 나와 관장님 일이고 선배가 관여할 일이 아니에요."

"네가 왜 그런 힘든 사랑을 해야 하니. 네가 왜……."

"지금 나를 더 힘들게 하는 건 선배잖아요."

길게 뱉어 내는 진우의 한숨이 여리게 흔들렸다. 안경알 너머로 촉촉해진 그의 슬픈 눈이 보였다. 꺼내기 힘겨운 말을 준비하는 듯 콧등에 깊은 주름이 잡혔다.

"가끔 네 목소릴 듣는 것도, 얼굴을 보는 것도 나는 안 된다는 말이지?"

"네. 그래요."

"어쩌다 내가 너에게 그런 존재가 돼 버린 거니. 존재하는 것만으로도 부담스러운 사람이……."

아니라고, 실은 정말 힘이 돼 주는 사람이었다고 말하고 싶었지만 그러지 않았다. 잡을 수 없다면, 그의 마음을 받아 줄 수 없다면, 그를 놓아주는 것이 정답이라 생각했다. 라연의 짧은 침묵 뒤로 진우의 갈라진 음성이 이어졌다.

"네 앞에 나타나지도, 전활 걸지도 않을 게. 네가 원하지 않는다면 우연히라도 마주치는 일, 없게 할게. 하지만 그 사람과 행복하라고 빌지는 않아. 너는 반드시 내게 돌아올 테니까. 언제까지라도 기다릴 거니까."

머리가 부서질 것처럼 아파 왔다. 맞은편에 앉은 진우의 모습이 어지럽게 겹쳐 보이기 시작한다. 라연은 눈을 감았다 뜨며 긴 숨을 내쉬었다. 이젠 콧숨마저도 뜨거웠다.

"미안하다는 말은 안 할게요. 대신 저 때문에 아프지 마세요. 기다리지도, 생각하지도 마시고요. 어떠한 경우라도 제가 선배에게 다시 가는 일은 없어요. 그러니까 나를 그냥 잊어버려요."

"너…… 참 잔인하구나. 그건 나더러 죽으라는 말과 같아."

"먼저 일어날게요."

자리에서 일어나 그의 곁을 지나치던 라연이 멈칫 멈춰 섰다.

"그동안 고마웠어요. 진심으로."

진우의 따뜻했던 미소, 언제나 힘이 되어 주었던 그의 넓은 어깨는 아마도 평생 잊지 못할 것이었다. 그의 과분했던 사랑도.

참았던 눈물이 터진 봇물처럼 흘러내린다. 점점 심해지는 열기가 더해져 눈앞이 흐릿해졌다. 카페 문을 열고 밖으로 나온 라연은 숨겼던 긴장을 내려놓으며 건물 벽에 기대어 섰다. 세상이 느릿하게 춤을 추고 있었다. 기분 나쁜 흐느적거림이었다. 라연은 남아 있는 힘을 겨우 모아 택시가 있는 곳으로 천천히 걸었다.

"그렇게 힘이 드나? 녀석을 보내는 게."

처음엔 잘못 들었다고 생각했다. 열이 나니 이젠 환청까지 들린다고……. 라연이 스스로에게 어이없어하며 택시 문을 열려는 찰나, 누군가 뒤에서 그녀의 손목을 잡았다.

"다신 혼자 보내지 않는다고 했을 텐데."

라연은 어찌해 볼 새도 없이 서준의 억센 손에 이끌려 그의 앞에 세워졌다. 갑작스런 흔들림에 순간 몸이 휘청거렸다. 하지만 이내 그녀는 재빨리 다가온 서준의 품에 안겨졌다.

"설마, 정말 아팠던 건가?"

라연이 몸을 빼려 하자, 그는 더욱 단단히 그녀를 안으며 이마에 손을 얹었다. 이마에 닿았던 그의 손이 재차 얼굴을 감쌌다.

"병원 가자. 열이 심해."

"관장님이 왜 여기 있어요? 선주 씨는요?"

"그게 뭐가 중요해! 얼른 병원부터……."

"병원 갈 만큼 아프지 않아요."

라연이 있는 힘껏 몸을 뺐지만 그는 꿈쩍도 하지 않았다. 그녀의 어깨가 힘겹게 들썩였다.

"놔줘요."

"병원이 싫으면 같이 집으로 가."

"저 혼자 갈게요."

"한 번만 더 놔 달라거나 혼자 간다고만 해 봐. 강제로 안고 갈 테니."

낮게 깔린 그의 음성은 단호하면서도 위협적이었다. 서준은 품에서 그녀를 놓아주는 대신 깍지를 끼워 손을 단단히 붙잡았다.

"난 이 손 절대 안 놔. 그러니까 날 믿어. 제발."

그에게 잡힌 손이 심하게 욱신거렸다. 덩달아 가슴도 같이 욱신거린다.

아팠다. 열 때문에 아프고, 잡힌 손이 아팠지만 그보다 더 아픈 것은 그녀 때문에 힘들어질지도 모를 서준을 걱정하는 마음이었다.

"관장님은 저를 따라오면 안 되는 거였어요."

금방이라도 쓰러질 것 같은 얼굴을 한 라연이 바싹 마른 입술을 힘겹게 달싹인다. 집에 들어왔으면 소파에라도 앉을 것이지 그녀는 기다렸다는 듯 그를 향해 돌아섰다.

무엇이 이토록 그녀를 걱정하게 만드는 것인지 차라리 몰랐더라면…… 그랬다면 이렇게 안타깝지도, 화가 나지도 않았을 텐데……. 서준은 깊은 한숨을 속으로 삭이며 최대한 아무렇지 않은 얼굴로 타이르듯 말했다.

"샤워하고 좀 누워. 옷 갈아입고 올게."

돌아서려는 서준의 팔을 그녀가 붙잡았다. 셔츠 위로 느껴지는 라연의 손은 몹시 뜨거웠다.

"선주 씨, 분명 이상하게 생각할 거예요. 이야기하는 거 좋아하는 사람이라 알려지는 거 금방일 거라고요. 도대체 왜 그러셨어요!"

"우리가 불륜인가? 알려지면 왜 안 되지? 그런 걱정 할 필요 없어."

열 때문에 벌겋게 달아오른 얼굴, 물기를 머금은 촉촉한 눈, 버석하게 갈라진 입술…… 바라보는 것만으로도 가슴이 타들어 간다. 바보처럼 왜 아파서는…….

무언가 목에 걸린 듯 쉽게 목소리가 나오질 않았다. 서준은 탁하게 갈라진 음성으로 어렵게 입을 열었다.

"지금은 아무 생각 말고 쉬어. 이야긴 나중에 해."

"저를 다시 어시로 보내 주세요. 이대로 관장님 곁에 있을 수 없어요."

"싫어."

"관장과 비서의 스캔들만으로도 말들이 많을 텐데 지금은 상황이 더 나쁘잖아요. 관장님에게 지금이 얼마나 중요한 시기인데, 취임한 지 얼마 되지도 않아 이런 일로 힘들게 하고 싶지 않아요. 제말대로 해 주세요."

지금은 다른 생각을 할 겨를이 없었다. 일단은 라연을 쉬게 하는 게 우선이었으니까. 서준은 가만히 다가가 그녀를 품에 안았다. 온몸이 불덩이처럼 뜨거웠다.

"알았어. 그만 말하고 얼른 옷부터 갈아입어."

"관장님!"

"내가 갈아입혀 줄까? 더 말하면 정말 그렇게 한다."

가슴 언저리에서 그녀가 뿜어내는 뜨거운 숨이 느껴졌다. 아니라고, 아닐 거라고 생각하면서도 못난 생각이 불쑥불쑥 고개를 들었다.

'아프지 마. 그 녀석 때문에 이렇게 아파하지 마. 다른 건 다 참

을 수 있어도 당신이 아픈 건 정말 못 견디겠으니까.'

서준은 조심스레 라연의 어깨를 잡으며 마주 보았다.

"문 번호 안 바꿨지? 금방 올게. 쉬고 있어."

라연은 그제야 느릿하게 고개를 끄덕였다.

'한 가지밖에 모르는 꽉 막힌 고집불통 같으니…….'

오늘따라 유난히 라연의 어깨가 가녀리게 느껴졌다. 서준은 잡았던 어깨를 아쉽게 놓으며 돌아섰다. 더 늦기 전에 약국부터 찾아봐야 할 것 같다. 현관을 나서는 그의 머릿속이 분주히 움직였다.

❈

『윤 낭자가 만명사에 갈 때마다 네놈을 데려갔다지?』

노비문서가 신대곤 대감의 손으로 넘어가던 날, 천유는 지겸에게 따로 불려갔다. 인적이 거의 드문 사랑채의 뒤뜰에는 두 남자만이 알 수 있는 묘한 기류가 흘렀다. 첫 대면부터 예사롭지 않은 질문에 천유는 긴장을 감추며 대답했다.

『대감마님의 분부대로 그리했습니다.』

『제법 여러 해를 함께 다녔다더군. 그러하냐?』

『그러합니다.』

『몸종도 없이 너만 데리고 다녔다는 것도 맞느냐?』

『맞습니다.』

어떠한 흔들림이나 머뭇거림도 없어야 했다. 아기씨에게 누가 될 만한 거리를 보이지 않아야 했으니까. 천유는 머리를 조아리며 이를 악물었다.

『윤 낭자가 말이다.』

지겸이 짧게 숨을 뱉어 낸 뒤 덧붙여 말했다.

『네놈을 꽤나 아낀 모양이구나.』

그 뒤로 지겸은 오랫동안 말없이 천유의 앞을 서성거렸다. 천유는 고개를 숙인 채 녹피(鹿皮)로 된 지겸의 가죽신만을 쳐다볼 뿐이었다.

그러던 어느 순간, 쉼 없이 움직이던 지겸의 발이 천유 앞에 우뚝 멈춰 섰다.

『네놈의 어디가 그리 대단해서 아꼈는지 심히 궁금해서 말이다. 종놈 데려오는 거야 뭐, 그리 어렵지 않으니.』

지겸이 발을 들어 천유의 턱을 들어 올렸다.

『반반하게 생겼어도 종놈은 종놈일 뿐 사람이 될 순 없지.』

귀에 인이 박이도록 들어 왔던 그 말이 유난히 아프게 가슴을 파고들었다. 종놈은 종놈일 뿐 사람이 될 순 없다……. 지겸의 발이 희롱하듯 천유의 턱을 툭툭 건드렸다.

『실컷 부려 먹다가 맘에 안 들면 팔아 버리면 그만이고, 병들면 내쫓아 버리면 그만이야. 네놈 같은 종놈들이 소보다도 못한 이유가 뭔지 아느냐? 네놈들이야 죽이 버리면 그만이지만 소는 죽어서도 주인에게 고기와 가죽을 바치거든.』

못 건드릴 것을 건드린 양, 지겸이 자신의 가죽신을 손으로 툭툭 털며 인상을 찌푸렸다. 천유는 숨소리조차 크게 내지 못하고 바닥에 넙죽 엎드렸다.

『제가 종놈이란 사실은 한 번도 잊은 적이 없습니다. 그렇기에 앞으로 제 주인은 도련님이시고, 이 몸 죽을 때까지 성심을 다해 모실 것입니다.』

『당연히 그래야지. 이제부턴 내가 널 데리고 다닐 테니 늘 가까이 대기하고 있어라.』

『명심하겠습니다.』

그제야 지겸은 만족한 듯 여유로운 걸음걸이로 그곳에서 사라졌다. 잠시 후, 천유는 숙였던 몸을 펴고 자리에서 일어섰다.

짐승보다 못한 종놈이었지만 천유에게도 살아가는 이유는 있었다. 아기씨를 모실 수 있다는 것, 아기씨의 웃는 얼굴을 곁에서 지켜볼 수 있다는 것……. 이제 그리할 수는 없지만, 아기씨가 행복하게 사시는 모습을 평생 바라볼 수만 있다면 종놈이 사는 이유로는 그것으로도 충분하다고 생각했다.

불현듯 눈이 떠졌다. 라연의 이마에 물수건을 올려 주다 그 역시 깜박 잠이 들었던 모양이다. 서준은 엎드렸던 몸을 바로 일으키며 길게 기지개를 켰다. 곁탁자 위의 시계가 새벽 두 시를 조금 넘기고 있었다. 엎드려 자던 자세가 좋지 못했던 탓인지 목이 뻐근했다.

해열제를 먹이고 물수건으로 닦아 준 덕에 열은 많이 내린 것 같다. 라연의 이마를 짚었던 그의 손이 조심스레 그녀의 머리카락을 쓸어내렸다.

가지런히 정돈된 단정한 눈썹, 보기 좋게 오뚝한 코, 혈색을 찾은 도톰한 입술, 고집이 느껴지는 갸름한 턱……. 천유가 그리도 보고 싶어 했던, 눈을 감을 때까지도 잊지 못했던 얼굴이 바로 눈앞에 있다. 조금 더 성숙해진 모습으로.

자꾸만 움츠러드는 라연을 볼 때마다 천유의 마음이 살아난다. 좋아하면서도 감히 쳐다볼 수도 없었던, 괜한 소문이라도 날까 봐 마음을 꽁꽁 닫으며 멀리할 수밖에 없었던 천한 노비의 기억이. 그래서 안타깝고 화가 났다.

처음 오피스텔에 라연을 데리고 왔던 날, 그녀가 화정과 자신을 비교하며 걱정스럽게 말했던 그때도 서준은 그랬다. 라연의 기분을 너무도 잘 알고 있기에…….

'당신은 누구보다 내게 고귀한 사람이야. 그걸 왜 모르는 거니. 좀 더 자신을 소중히 여겼으면 좋겠는데…….'

서준의 손끝이 조심스레 라연의 볼을 타고 흘렀다. 가슴속으로 아릿함이 전해진다.

지금은 신분제도도 직업의 귀천도 없는 시대. 라연은 엄연히 천유와는 다르다. 굳이 나눈다면 돈, 명예, 지위, 그것을 가진 자와 못 가진 자 정도이니까.

'걱정할 필요 없어. 내가 가진 걸 전부 당신에게 주면 돼. 아니면 전부 버려 버리든가.'

오늘쯤 말할 생각이었다. 적당히 거리를 두어 생각할 시간을 주고 싶었던 게 오히려 라연을 불안하게 만들었던 것 같다. 선주와의 저녁 식사에도 빠지려 했던 것을 보면.

'난 그리 대단한 사람이 아니야. 부모 잘 만난 덕에 남들보다 조금 더 많이 누리고 살 뿐, 인생에서 정말 중요한 열정이나 재능은 당신이 가지고 있잖아. 욕심은 당신이 아닌 내가 부리고 있어. 유라연은 내게 과분할 만큼 반짝이는 사람이니까.'

서준이 한 번 더 이마를 확인하려 손을 뻗었을 때, 라연이 눈을 떴다. 서준은 머쓱한 표정을 지으며 그녀의 이마에 손을 얹었다.

"열이 다 내렸네."

"아직 안 가셨어요?"

서준이 침대에 걸터앉으며 서운한 듯 대답했다.

"기껏 열 내려 줬더니 내쫓기부터 하려는 건가?"

"미안해서 그러죠."

자다 일어난 얼굴이 아이처럼 해맑다. 아픈 모습이 이리 예뻐 보일 수 있음이 새삼 신기했다. 그의 이런 마음을 아는지 모르는지, 라연이 몸을 일으키며 작게 중얼거렸다.

"지금 내 얼굴 엉망일 텐데…… 눈도 붓고 머리는 부스스할 테고."

"잘 아네. 못난이도 이런 못난이가 없다."

"며칠 전부터 목이 좀 아팠는데 그것 때문에 열이 났나 봐요. 귀찮아서 약을 안 먹었더니."

"그 녀석 때문에 마음이 아파서 그런 건 아니고?"

계획에도 없던 속내가 불쑥 튀어나왔다. 불편해할 거라 예상했던 것과는 달리 라연의 대답은 무덤덤했다.

"전혀 아니라고는 못 하겠어요."

솔직한 대답에 서준은 오히려 안심이 되었다. 전부는 아니겠지만 그녀 안에서 정리가 되었다는 의미일 테니. 그 역시 편안하게 받아 주었다.

"나만 완전 나쁜 놈 됐군. 그래도 상관없어. 나쁜 놈 하지 뭐."

그의 말이 끝나고 잠시 침묵이 흘렀다. 무슨 생각을 하는지 한참 동안 손가락만 만지작거리던 라연이 자신 없는 음성으로 입을 열었다.

"저 관장님한테 묻고 싶은 거 있어요."

"관장님 소리 치우면 대답할게."

"일주일 동안 왜 알은체 안 하셨어요? 제가 뭐 실수라도 했나요?"

"궁금했나?"

라연이 뚱하게 대답했다.

"네."

"그럼 먼저 전화하지 그랬어. 너 뭔데 이랬다저랬다 하니? 밥맛 제대로다! 하고 따져 보지."

라연이 피식 웃는가 싶더니 밉지 않은 얼굴로 서준을 흘겨보았다.

"이렇게 얼렁뚱땅 넘어가려 하지 마요. 저 진짜 관장님 때문에……."

"내가 왜 그 관장님 소리 싫어하는지 알아? 나는 라연 씨에게 그냥 남자이고 싶은데 라연 씨는 여전히 나를 관장으로만 보고 있는 것 같아서, 그래서 싫어. 진짜 나에 대해 말해 줄까? 나는 말이야 편식이 심하고, 게으르고, 변덕도 심해. 학교 다닐 땐 까칠하고 괴팍하단 소리도 많이 들었어. 겁도 많아. 무서운 영화? 혼자는 못 봐. 그리고 이번에 안 건데…… 질투도 많더라. 꽤."

서준이 몸을 숙여 라연에게 가까이 다가가며 물었다.

"당신이 말했던 부족하다는 기준이 뭐지? 학력? 돈? 사회적 위치? 라연 씨는 내가 부자라서, 관장이라서 좋아? 내가 그것들을 모두 내려놓으면 나를 떠날 건가?"

"그런 말이 어디 있어요!"

"나는 은서준이야. 사랑하는 여자에게는 늘 강해 보이고 싶고, 멋있어 보이고 싶고, 뭐든 해 주고 싶은 보통 남자 은서준. 유라연만 내 옆에 있어 주면 아무것도 바랄 게 없는……."

그가 비스듬히 고개를 숙여 라연의 입술에 짧은 입맞춤을 남겼다. 언제나 그렇듯 그녀와의 접촉은 숨을 멎게 할 만큼 긴장되고 짜릿했다.

"삐쳐 있었어. 당신이 얼마나 괜찮은 사람인지, 내게 얼마나 소중한 사람인지 모르는 게 화가 났어. 그래서 당신에게 투정 부린 거야. 나 원래 속도 무지 좁거든."

"어째 좋은 점이 하나도 없네요."

"대신 잘생겼잖아."

라연이 새침한 표정으로 피식 웃었다.

"나는 어디가 좋았어요?"

물어 놓고도 쑥스러운지 라연이 손으로 얼굴을 감쌌다. 이런 모습들 하나하나가 다 좋다고 하면 믿어 줄까?

"이렇게 멋진 남자를 스토커 취급하던 시니컬함에 반했다고 해 두지. 지금 생각해도 어이가 없네. 어떻게 나를 스토커로 오해할 수가 있지?"

"그만큼 상황이 절박했거든요. 너무나 원했던 일자리인데 스토커 때문에 쫓겨날 수는 없잖아요. 우연치곤 너무 자주 만났으니까."

"인연이었다고는 생각 안 해?"

서준이 침대에서 일어났다.

"선주 씨 일은 걱정 마. 내가 대충 둘러댈 생각이니까. 라연 씨는 다른 말 할 필요 없어. 여느 때와 똑같이 출근해서 일하면 돼."

"뭐라고 하실 건데요?"

"그전부터 라연 씨가 헤어지자고 했는데 그 녀석이 계속 귀찮게 해서 내가 도와줬다고 하지 뭐. 생각해 보면 그리 심각한 문제도 아닌데…… 라연 씨가 너무 앞서갔어."

"나 때문에 선배를 이상한 사람 만드는 것 같아 마음이 좋질 않아요."

"딱히 거짓말을 하는 건 아니잖아. 아, 벌써 세 시가 넘었네."

불편한 주제를 길게 끌어서 좋을 건 없었다. 서준은 손을 뻗어 라연의 머리를 장난스럽게 쓰다듬었다.

"불만이긴 하지만 당분간은 비밀로 하는 게 당신에게 좋을 것 같다. 분명 쓸데없는 말들이 오갈 테고 그러면 애꿎은 내 비서님만 불편해질 테니."

"저 때문에 못 주무셔서 어떡해요?"

"오늘 오전엔 별 스케줄 없으니 조금 늦게 출근하면 돼. 그런 건 비서님이 알아서 처리해 줘야지."

마음 같아선 함께 더 있고 싶었지만 아픈 사람을 오래 붙잡아 둘 수는 없었다. 서준은 아쉬운 마음을 뒤로하고 몇 걸음 물러섰다.

"푹 자고 출근 잘 해."

"고맙습니다. ……전부 다."

"못난이. 다신 아프지 마."

서준이 현관 쪽으로 몇 걸음 걸었을 때, 뒤에서 라연의 음성이 들렸다.

"이따가 봐요."

그가 뒤를 돌아보자 라연이 싱긋 미소를 지었다.

"잘 자요. 서준 씨."

연인의 달콤한 인사에 잔잔했던 가슴이 물결친다. 오늘 밤은 기분 좋은 뒤척임으로 쉽게 잠이 들 것 같지 않았다. 돌아서 걷는 서준의 발걸음에 천유의 설렘이 묻어났다. 아스라한 기억의 흔적을 남기며……

13. 폭풍 전야

후텁지근한 공기 사이로 시원한 바람이 청량제처럼 불어 들었다. 파릇하기만 하던 은사시나무가 울창한 잎을 자랑했고, 가지 어디엔가 매달려 있을 매미는 일분일초가 아쉬운 듯 가열하게 울어댔다. 어느덧 계절은 여름의 절정에 다다르고 있었다.

미술관 별관의 뒤뜰은 언제나 그렇듯 한적했다. 전시실이 있는 본관과 떨어져 있는 탓에 직원이 아닌 일반인들은 거의 출입을 하지 않았고, 덕분에 리연은 점심시간이 되면 종종 그곳을 찾았다.

진우가 미술관을 찾아온 날로부터 두어 달이 지난 지금, 라연이 우려했던 일들은 일어나지 않았다. 선주는 다행히 그날 일을 대수롭지 않게 여겼고 진우 역시 그날 이후 연락을 해 오는 일이 없었다.

어쩌다 관장실에 라연과 단둘이 남아 있을라치면 어김없이 보이는 서준의 돌발 행동만 없다면 제법 평온한 나날이라 할 수 있었다.

라연은 늘 찾는 벤치에 편하게 기대앉아 하루 중 유일한 여가를 맘껏 즐겼다. 숨을 있는 대로 길게 들이마시자 여름 특유의 달콤한 냄새가 콧속으로 가득 퍼져 들었다. 기분 좋은 나른함이 밀려와 라연은 자연스레 눈을 감았다.

조금씩 적응이 되고는 있지만 눈코 뜰 새 없이 바쁜 일상은 여전히 버거웠다. 지난달부터 시작한 새벽반 영어 학원과 퇴근 후 윤희와 함께 다니는 요가센터, 틈틈이 들르는 뷰티 숍, 업무를 위한 자료 조사 등 일과가 끝나고 집에 들어가면 샤워도 하는 둥 마는 둥하고 바로 뻗어 버리기 일쑤였다.

그런 이유로 옆집에 사는 연인과의 밀회는 꿈도 꿀 수 없는 상황이 돼 버렸고, 직장에서의 연인의 도발은 잦아졌다.

『키스, 한 번만.』
『누누이 말씀드리지만 여긴 직장이고 업무 중입니다.』
『안 해 주면 결재도 안 해.』
『밖에서 기다리고 계신단 말이에요.』
『기나리라지.』
『관장님!』

그가 느닷없이 자리에서 일어나 라연의 허리를 감싸 안았다. 그러고는…… 라연은 눈을 감은 채 붉어진 얼굴을 두 손으로 가렸다. 그와의 키스는 생각만으로도 온몸에 짜릿한 희열을 느끼게 한다. 서준의 입술이 주는 감촉, 숨결, 향기…… 마치 지금도 그가 곁에 있는 것 같아 가슴이 두근거렸다.

"내 생각 했지?"

"우앗!"

라연은 우스꽝스러울 만큼 화들짝 놀라며 의자에 기대었던 몸을 일으켰다. 그녀의 눈앞엔 문화재단 일로 오후 늦게나 돌아올 줄 알았던 서준이 입술을 실룩이며 웃음을 참고 서 있었다.

"너무 티 난다."

"무, 무슨, 아니거든요!"

"얼굴까지 붉힌 걸 보니 음흉한 생각 했구나?"

"아, 아니라니깐요!"

서준이 눈을 가늘게 뜨며 라연의 곁에 바짝 다가가 앉았다.

"무슨 생각 했어? 키스? 아님 더 찐한 거?"

"늦게 오실 줄 알았는데, 어떻게 된 거예요?"

"말 돌리려 하지 말고, 대답해. 키스? 그 이상?"

이젠 거의 울상이 된 라연이 애원하듯 대답했다.

"누가 오면 어쩌려고 이러세요? 요즘 관장님 때문에 제가 조마조마해 미치겠어요."

"나는 그쪽 때문에 애가 타서 미치겠는데?"

"관장님!"

라연이 인상을 쓰며 흘겨보았지만, 그는 개의치 않고 어깨를 한 번 으쓱이며 말했다.

"그럼 약속해. 내일 저녁엔 나하고 쭉 함께 있겠다고."

"뜬금없이 이러시면…… 저 내일 무지 바쁜데."

"너무하네."

"무슨 일…… 아!"

며칠 전까지만 해도 기억하고 있던 그의 생일이 떠올라 라연은 또 한 번 얼굴을 붉히며 미안한 표정을 지었다.

"알고 있었는데 갑자기 생각이 안 났어요."

"야한 생각은 하면서 내 생일 같은 건 잊어버리고 있었군."

"그런 게 아니라……."

서준의 입술이 빠르게, 하지만 결코 가볍지 않게 라연의 입술에 닿았다 사라졌다. 장난기 빠진 그의 짙은 눈동자가 열망을 드러내며 그녀를 응시했다.

"하루에도 수십 번씩 당신과 키스하는 상상을 해. 매일 밤 당신의 집에 들어가 사랑을 나누는 꿈을 꿔. 내 머릿속엔 온통 라연 씨 생각뿐이고 바보가 된 것처럼 다른 생각은 할 수가 없어."

그가 손을 들어 라연의 아랫입술을 엄지손가락으로 부드럽게 쓸었다.

"변태로 오해받기 십상인 니글거리는 멘트의 극치군. 은서준 입에서 이런 말이 나오게 될 줄 누가 알았나? 근데 이게 진짜 내 마음인 걸 어떡해."

이번엔 라연도 그를 밀어내지 않았다. 서준의 진심에 그녀 역시 솔직하게 답하고 싶었으니까.

"하나도 니글거리지 않아요. 관장님과 있으면 제가 참 특별한 사람이 된 것 같거든요. 그래서 더욱, 저는 관장님에게 필요한 사람이 되고 싶어요."

"지금도 충분히……."

"아뇨! 지금은 제가 받고만 있는걸요. 과분할 만큼 많이."

사라락, 은사시나무 잎들이 바람에 부대끼며 은빛으로 반짝인다. 벤치의 그늘을 만들어 주는 삼나무 사이로 바람이 불어 든다. 그 바람에 실린 서준의 향기가 고스란히 전해진다.

따뜻하면서도 우직함이 느껴지는 나무 향기, 나의 연인의 향기, 내 남자의 향기……. 라연은 저도 모르게 서준의 얼굴에 손을 갖다 대었다. 그녀의 손이 조심스레 그의 볼을 어루만졌다.

"가진 건 없지만 그래서 더 주고 싶고, 힘이 되고 싶어요. 그리고 저도 절대……."

라연의 손이 그의 손 위로 단단히 겹쳐졌다.

"이 손 놓지 않아요."

"가진 게 왜 없어. 라연 씨는 갖고 있는 게 참 많은 사람이야. 그 갖기 힘들다는 은서준의 마음도 이미 가졌잖아?"

"관장님 요즘 너무 느물거리시는 거 알아요?"

"어어, 입술 내밀지 마. 또 키스하고 싶어지니까."

라연이 어이없다는 듯 피식 웃으며 그의 손을 아프지 않게 찰싹 때렸다.

"솔직히 말해 봐요. 연애 많이 해 봤죠?"

"어."

"체, 그럴 줄 알았어."

서준의 따뜻한 손이 라연의 손을 감싸며 그녀의 투덜거림을 잠재웠다. 그의 체온은 편안함과 두근거림을 동시에 느끼게 해 주었다. 귓가에 속삭이듯 불러 주는 자장노래처럼.

"약속한 거다. 이 손 절대 놓으면 안 돼! 무슨 일이 있어도. 알았지?"

라연이 천천히 고개를 끄덕였다. 그와 동시에 서준의 입가엔 흐뭇한 미소가 스몄다.

라연은 마음속으로 조용히 바랐다. 행복한 이 순간이 천천히 지나가길, 여름 하늘의 여유로운 구름처럼 오래오래 머물다 흘러가기를.

✻

가을 특별전 구상을 위한 자료를 찾던 화정은 필요한 화보집을 가져가기 위해 주인도 없는 관장실에 들어섰다. 아직 점심시간이 끝나지 않은 터라 비서들은 여전히 자리를 비운 상태였다. 화정은 느긋하게 화보집을 찾아 들고는 서준의 책상으로 다가갔다.

은서준. 세 글자가 적힌 명패를 손끝으로 쓰다듬으며 화정은 복잡한 기분에 사로잡혔다. 씁쓸하면서도 애틋하고 가슴 한구석이 아릿한 느낌……. 잠잠하던 상처가 다시 욱신거린다.

'난 단 한 번도 널 여자로 느낀 적 없어. 넌 내게 친구이기 이전에 가족 같은 존재니까.'

면전에서 그렇게 대놓고 거절을 당했으면서도 여전히 이런 마음이라니……. 나쁜 놈. 배려라고는 눈곱만큼도 없는 놈. 그런 남자가 뭐가 좋다고 매번 무시를 당하면서도 놓지를 못하는 건지…….

머릿속으로는 수십 번을 욕하고 수백 번도 더 포기했다. 세상에 남자가 어디 은서준 하나뿐이랴, 눈만 조금 돌리면 나만 사랑해 줄 남자는 널리고 널려 있는 것을.

하지만…….

'내가 사랑할 수 있는 남자는 너뿐인걸. 은서준. 너뿐이야.'

연애를 안 해 본 것은 아니었다. 유학시절 꽤 깊게 사귀었던 남자도 있었다. 물론 그리 오래가지는 못했지만…… 매번 남자들과 헤어지는 이유는 같았다. 그들은 은서준을 대신할 수 없다는 것, 결코 은서준이 될 수 없다는 것.

'아주머니가 살아 계셨다면 분명 내 편이셨을 테지. 종종 입버릇처럼 그러셨으니까. 딸 대신 며느리로 데려오면 된다고, 며느리도 자식이라고.'

서준 어머니가 살아 있었다면, 어쩌면 이미 오래전에 결혼 이야기가 오갔을지도 모른다. 꿈쩍도 하지 않는 아들 대신 일사천리로 일을 진행시켰을 테니까.

화정은 아쉬운 마음에 책상 주변을 맴돌다 무심코 유리벽 쪽으로 고개를 돌렸다. 유리벽 너머로 뒤뜰의 오솔길을 따라 걷고 있는 서준의 모습이 보였다. 그녀의 머릿속을 온통 차지하고 있는 그 남자는 엉뚱하게도 다른 여자를 향해 걷고 있었다.

서준이 벤치에 앉은 라연의 곁으로 조심스레 다가갔다. 한 번도 본 적 없는 서준의 들뜬 표정…… 제법 먼 거리였지만 화정에겐 그의 표정 하나하나가 그대로 전해졌다.

짧은 입맞춤, 연인들만이 할 수 있는 친밀한 스킨십, 라연을 바라보는 서준의 그윽한 눈빛…… 그것은 누가 봐도 사랑에 빠진 남자의 모습이었다.

"하, 하하……"

너무나 어이가 없어 헛웃음이 새어 나왔다. 가벼운 팔짱에도 정색을 하며 공과 사를 운운하던 그가 사춘기 소년처럼 얼굴을 붉히며, 그것도 모자라 오픈된 장소에서 애정행각이라니, 게다가 질 떨어지는 고아 출신의 어시스턴트 따위와.

'제주도에서의 그 불길한 느낌이 맞았던 거야? 처음부터 찝찝했던 내 예감이 들어맞은 거냐고! 이건 말도 안 돼! 너 따위가, 가진 거라곤 어린 몸뚱이밖에 없는 니가 감히 내 남자를 뺏어?'

이런 줄도 모르고 멍청하게 행복한 고민에 빠져 있었다. 내일 그의 생일 선물로 무얼 사 줄지, 저녁 식사는 어디에서 하면 좋을지, 무슨 옷을 입고 나가야 할지……. 떡 줄 놈은 생각도 않는데 김칫국부터 마신 꼴이라니.

어릴 때부터 불쌍한 애들에겐 유독 관대했던 그였다. 무뚝뚝하고 때론 싹수없어 보일 만큼 차가운 성격이었지만 종종 주인 잃은 강아지를 집으로 데려와 아주머니를 당황케 하곤 했었으니까.

아마 지금도 그것과 같은 맥락일 거라 화정은 믿기로 했다. 어리고, 가진 것 없고 불쌍해 보이는 저 여자에게 무의식적으로 끌리고 있는 거라고, 동정심을 사랑이라 착각하고 있는 거라고.

'어릴 땐 함께 살 수만 있다면 너의 여동생이라도 되었으면 좋겠다고 생각했어. 너와 비슷해지고 싶어 그림도 그려 봤지만 재능이 없었지. 그래서 택한 게 지금의 일이야. 언젠간 아주머니 곁에서 같은 일을 하겠다고, 딸이 아닌 며느리로서 힘이 돼 드리겠다고……'

자존심이 상해 차마 한 방울의 눈물도 용납할 수 없었다. 화정은 붉어진 눈시울에 힘을 주며 안간힘을 다해 감정을 다스렸다.

'그거 아니? 네가 미술관을 맡는다고 했을 때 내가 얼마나 기뻤는지. 더 좋은 자리 다 마다하고 뒤도 돌아보지 않고 이곳에 왔어.

네가 날 불러 줬다는 그 이유 하나만으로!'

그 순간, 서준의 어깨에 라연이 비스듬히 기대는 모습이 보였다. 그의 고개가 천천히 라연을 향해 비스듬히 기울었다.

툭!

크리스틸로 장식된 화정의 인조손톱이 바닥으로 떨어졌다. 검붉게 변한 그녀의 주먹이 부르르 떨렸다. 바닥으로 떨어진 것은 비단 인조손톱만이 아니었다. 그 소리는 어쩌면 화정의 이성이 끊어져 버리는 소리였는지도 모른다. 그녀의 인내가 그렇게 무너져 버린 것이었다.

'납득할 이유 없이 나는 안 된다고 해 놓고 어떻게 이럴 수가 있어? 싸워 볼 가치도 없는 저런 애와, 그것도 내가 버젓이 일하고 있는 건물 뒤에서 뭐하는 짓이냐고! 내 마음을 알면서, 너무나 잘 알면서 어떻게 이래?'

서준에 대한 배신감, 라연을 향한 질투, 그리고 무엇보다도 화정이 목숨보다 소중히 여기는 프라이드가 그녀를 격하게 자극했다.

'나를 아프게 한 만큼 딱 그만큼만 너희들도 아파 봐. 그리고 기다려. 두 사람이 얼마나 안 어울리는지, 은서준의 옆에 있어야 할 사람이 진정 누구인지를 똑똑히 알게 해 줄 테니까.'

화정은 길게 심호흡을 하고는 몇 번의 헛기침으로 목소리를 가다듬었다. 휴대폰을 들어 가까운 숫자의 단축번호를 눌렀다.

— 여보세요?

"엄마? 지금 통화 가능하죠?"

언제 그랬냐는 듯 화정의 얼굴에 근심 따윈 남아 있지 않았다.

서준을 사랑하는 마음이 컸던 만큼 이제 그녀의 가슴에 남은 것은 독기뿐이었다.

화정은 찾아 놓은 화보집을 챙겨 들고 관장실 밖으로 바삐 걸었다. 머릿속엔 이미 여러 가지 플랜들이 준비되어졌다. 그녀는 어머니에게 무언가를 열심히 설명하며 자신의 방으로 향했다.

❋

"라연이 너, 요즘 연애하니?"

퇴근 후 요가센터에서 함께 요가를 하고 나오던 윤희가 난데없는 질문을 던졌다.

"어째 점점 예뻐지는 게 수상해서 하는 말이야. 맞지? 너 연애하지?"

라연이 벌게진 얼굴을 채 수습도 하기 전에 윤희의 의미심장한 눈빛과 딱 마주치고 말았다.

"오호, 요것 봐라?"

"이, 이모. 그게 아니고요."

"오늘은 그냥 헤어지려고 했는데 어디 가서 차 한잔 마셔야겠다. 따라와."

라연은 얼떨결에 윤희의 손에 잡혀, 같은 건물에 있는 카페로 이끌려 갔다. 눈 깜짝할 사이 난감한 상황이 벌어지고 말았다.

라연은 입안에서 겉도는 까끌까끌한 키위 씨에 인상을 찌푸리며 일없이 빨대로 주스를 휘저었다. 무슨 질문이 날아올까 조마조마하여 차마 윤희의 얼굴을 쳐다볼 수도 없었다. 보지 않아도 느껴지는 윤희의 호기심 가득한 시선이 심히 부담스러울 정도로 느껴졌으니까.

문득 카페에서 라연이 좋아하는 가수인 버스커버스커의 노래가 흘러나왔다. 사랑이란 서로의 향기를 맡는 거라는 가사에 라연은 아주 잠깐 서준의 향기를 떠올렸다. 저도 모르게 입가에 미소가 번졌다.

"저렇게 티가 나는데 난 왜 그동안 몰랐지?"

조용하던 윤희가 입을 열자, 라연은 아차 하며 혀를 살짝 내밀었다.

"은 관장을 좋아하게 된 거니?"

라연은 말보다 더 확실한 제스처로 윤희의 질문에 대답했다. 거짓말하다 들킨 아이처럼 동그래진 눈으로 윤희의 눈과 마주치고 말았으니까.

"그렇게 놀랄 거 없어. 언젠가는 두 사람, 이렇게 될 줄 알았으니까. 단지 시간문제일 거라 생각했지."

"이모……."

"근데 난 솔직히 네가 은 관장을 좋아하지 않길 바랐어. 네가 힘들어질 게 눈에 보이니까."

윤희는 빨대를 꺼내고는 잔을 들어 주스를 마셨다. 사십 대로는 절대 보이지 않는 탱탱한 그녀의 이마에 슬쩍 주름이 잡혔다 사라졌다.

"라연이 넌, 날 어떻게 생각하니?"

"네?"

"그렇게 심각하게 쳐다볼 거 없어. 말 그대로 날 어떻게 생각하냐고."

라연이 잠시 머뭇거리다 대답했다.

"음……. 부담 갖지 말고 들어 주세요. 이모는 제게 가족 같은 분이세요."

"가족?"

라연이 수줍게 고개를 끄덕였다.

"처음부터 혼자였기 때문에 가족의 느낌을 잘 알지는 못하지만, 이모와 함께 있으면 편안해지고 의지하고 싶고, 뭐든 말하고 싶고…… 그래요."

라연의 대답을 듣는 윤희의 얼굴에 흐뭇한 미소가 번졌다.

"제가 귀엽질 못해서 감정 표현이 서툴러요. 노력은 하는데……. 이모는 관장님이 제게 주신 가장 큰 선물이에요."

"은 관장이 처음 널 소개해 준 그날부터 난 니가 좋았어. 나 원래 정에 인색한 사람이라 지금껏 혼자 사는데, 신기하지? 부모 도움 없이 살아야 했기 때문에 뭐든 악착같이 해야 했어. 공부도, 그림도, 일도……. 성공이란 걸 하고 여유가 생겼을 땐 이미 세월이 많이 흘러 있었고 사랑도 떠나 버렸지."

윤희가 손을 뻗어 라연의 손을 잡았다.

"내게 남은 건 그림뿐일 때 네가 나타났어. 라연이 너야말로 은 관장이 내게 준 선물이야."

"관장님도 그렇고 이모도 그렇고, 두 분 다 제게 주시기만 하는걸요. 저는 아무런 도움이 못 돼 드리는데……."

"너는 내게 사는 즐거움을 주고 있잖니? 함께 하고 싶은 것도,

가르쳐 주고 싶은 것도 많아서 하루하루가 재밌어. 아무래도 라연이 전생에 내 딸이었나 봐. 미련이 많이 남아서 이렇게 다시 만난 게 아닐까?"

따뜻하면서도 아늑한 느낌……. 서준이 주는 믿음과는 또 다른 믿음에 라연은 가슴이 뭉클해졌다.

"라연아."

윤희가 불러 주는 자신의 이름이 너무도 예쁘게 들려왔다. 대답을 하는 라연의 음성이 먹먹히 가라앉았다.

"네."

"은 관장, 많이 좋아하니?"

라연이 말없이 고개를 끄덕였다.

"앞으로 무슨 일이 생긴다 해도 다 견딜 수 있을 만큼 그를 사랑해?"

"네?"

"쉽지 않을 거야. 은 관장도 그렇고 너도 그렇고, 보통 사람들하고는 좀 다른 상황이잖아? 게다가 은 관장의 형들은 뭐랄까…… 참 많이 달라. 모든 인간관계를 계산적으로만 하는 사람들이라……."

생각해 보지 않았던 이야기, 미처 깨닫지 못했던 현실. 라연은 순간 머리에 돌을 맞은 것처럼 강한 충격을 받았다. 왜, 왜 생각지 못했을까.

"겁먹으라고 하는 소리가 아니야. 오히려 강해지란 말을 해 주고 싶어서 널 여기 데려왔어. 절대 주눅 들지 마. 약해지지도 말고 도망치지도 마. 그리고 끝까지 은 관장을 믿어야 해."

아무 생각도 나지 않아 머릿속이 텅 빈 것처럼 멍하기만 했다.

라연은 무슨 말을 해야 할지 몰라 눈만 깜박이며 윤희를 바라보았다.

윤희의 표정에 설핏 안타까움이 스쳤으나, 이내 아무렇지 않은 듯 은은한 미소를 띠며 다시 입을 열었다.

"호들갑을 떨면서 두 사람의 연애담을 듣고 싶고, 함께 웃어 주고 싶어. 솔직히 은 관장이 널 내게 데려왔을 때 직감하고 있었거든. 이 남자가 널 많이 좋아하고 있구나, 많이 아끼고 있구나, 라고."

윙윙, 윤희의 이야기들이 어지럽게 머릿속을 날아다닌다. 라연은 현실의 벽에 부딪쳐 혼란스럽기만 했다.

몰랐던 사실도, 터무니없는 이야기도 아니었다. 어느 정도는 예상하고 있던 일이 아니던가. 그럼에도 불구하고 혹시나 하는 마음이 자리하고 있었는지도 모른다. 서준의 가족들도 그녀를 받아 줄 거라는 말도 안 되는 기대를……. 막연하기만 했던 걱정들이 산이 되어 그녀 앞을 막아선다.

"유라연!"

앞에 앉아 있던 윤희가 갑자기 라연의 옆으로 다가와 앉았다. 당황할 새도 없이 그녀는 라연의 볼을 찰싹, 소리가 나게 감싸 잡았다.

"정신 차려. 너의 연애에 찬물을 끼얹으려고 이런 얘길 꺼낸 게 아니야. 어느 날 갑자기 네가 생각지도 못했던 일이 생겼을 때 지금처럼 멍 때리고 있을까 봐, 혼자 힘들어할까 봐 미리 일러두는 거니까."

윤희의 얼굴에 아픈 미소가 서렸다.

"혼자 아프고, 혼자 힘들어하고, 그러다 바보처럼 도망치고……
너는 그렇게 만들고 싶지 않아. 나처럼 후회하면서 살게 하고 싶지
않아."

늘 당당하고 강해 보이던 윤희였다. 후회 같은 단어는 절대 어울
릴 것 같지 않은 그녀가 꼭꼭 숨겨 두었을 상처를 오직 라연을 위
해 힘겹게 드러내고 있었다.

의욕을 잃고 흐릿해졌던 라연의 눈빛이 놀람으로 되살아났다. 감
동 그 이상의 뭉클함이 상심으로 젖어 있던 라연의 마음을 흔들었
다.

"내가 널 이렇게까지 아끼게 될 줄 몰랐어. 이럴 줄 알았으면 은
관장과 가까워지기 전에 말려라도 봤을 텐데……. 뭐, 그런다고 은
관장이 포기할 사람은 아니지만."

윤희는 뭔가를 말하려다 입을 다물었다. 그것은 본인이 밝혀서는
안 될 것 같아 잠정 함구하기로 마음먹었다. 그녀는 라연의 옆 머
리카락을 귀 뒤로 넘겨 주며 다시 편안한 얼굴로 돌아갔다.

"사랑하는 사람을 진정으로 위한다면 절대 떠나지 마. 어떠한 경
우에도 곁에 있어. 그리고 스스로를 낮추지도 마. 넌 누구에게도
꿀리지 않으니까."

윤희의 따뜻한 손이 라연의 볼을 다정히 어루만졌다.

"혼자라는 생각도 지워. 네 곁엔 이미 은 관장이 있고, 네 뒤엔
내가 있으니까."

"이모……."

"기집애, 내가 묻기 전에 먼저 말해 주면 어디가 덧나니? 연애
한다고 자랑도 하고 애인 흉도 보고 그러면 좋잖아. 너 진짜 재미

없다."

"관장님도 그러셨어요. 저 재미없다고."

"은 관장 취향도 참 희한해. 그치?"

긴장으로 굳어 있던 라연의 얼굴이 그제야 조금씩 편해졌다. 배시시 웃는 라연을 바라보며 윤희는 몰래 걱정을 삼켰다.

'은도준 회장은 절대 둘을 보고만 있을 사람이 아니야. 송 관장님도 큰아들의 권위적이고 계산적인 성격을 늘 못마땅해하셨으니까. 일단 서준 씨를 믿어 보는 수밖에. 무슨 인연인지는 모르겠지만 라연이를 고등학교 때부터 지켜 준 키다리 아저씨니까.'

미련할 만큼 성실하고 늘 당당하려는 모습, 매사에 악착같은 근성, 부지런함⋯⋯. 그런 라연의 모습에서 윤희는 자신의 모습을 보았다.

사람을 싫어하진 않지만 쉽게 정을 주지 못하고 감정을 표현하지도 못하는 재미없는 성격까지도 둘은 너무나 닮아 있었다. 모녀지간이라 해도 믿을 만큼.

'네가 행복해지면 내 지나간 젊은 시절도 보상받는 기분이 들 것 같아. 그러니까 꼭 행복해져라, 라연아.'

윤희는 말없이 라연의 손을 꼭 잡았다. 성격뿐 아니라 힘든 사랑을 하는 것까지 꼭 닮은 이 아이를 지켜 주리라 마음먹었다. 그리고 서준의 지고지순한 오랜 사랑에 힘을 주고 싶었다. 두 사람의 사랑이 이루어지길 윤희는 마음 깊이 응원했다.

✳

점심 식사 후, 화정은 본관 2동에 있는 카페테리아에서 혼자 커피를 마시고 있었다. 만나기로 약속한 잡지사 기자가 조금 늦을 것 같다는 문자를 보내온 터라 그녀는 준비해 왔던 자료들을 다시 한 번 느긋하게 훑어보았다.

"라연이 걔, 나이도 어린 게 완전 고단수야. 예쁘장하게 생긴 얼굴 믿고 그러는 거겠지만."

자리에 앉았을 때부터 쉬지 않고 떠들어 대던 뒷자리에서 아는 이름이 들려왔다. 화정은 설마 하는 생각에 슬며시 뒤로 몸을 기대었다.

"돈 아낀다고 도시락 싸 와서는 착한 관장님 꾀어서 은근슬쩍 점심시간마다 같이 나가더라고. 내가 알은척을 안 했을 뿐이지 몇 번이나 봤는지 몰라. 게다가 몇 달 전엔 멀쩡하던 애인도 차 버린 것 같더라니까."

"어머, 그 정도야?"

"도시락 싸 오는 애가 옷이며 신발이며 전부 명품이야. 말이 되니? 혹시나 집이 좀 사는 앤가 하고 알아봤는데……."

여자의 목소리가 순간 작아졌다.

"고아녀라. 학교도 태은문화재단 후원받아서 다닌 거 있지?"

"웬일이니."

"그 주제에 명품이 가당키나 하니? 완전 어이없어서."

그러고 보니 자주 듣던 음성이었다. 칸막이로 가려져 있어 확인할 수는 없었지만 관장실 비서 선주인 듯했다.

"관장님한테 관심 없는 척하면서 뒤로는 호박씨 까고 있었던 거지. 걔 첨에 어시로 들어왔던 거라며? 근데 무슨 수로 관장 비서

자리를 꿰찼겠어? 어린애가 너무 구린내를 풍기니까 같이 일하기도 진짜 짜증나. 이래서 출신은 무시를 못 하나 봐."

"설마 이러다 걔, 관장 사모님 되는 거 아니니? 얘기 들어 보니 그러고도 남을 애 같다."

"관장님이 미쳤니? 잠깐 데리고 노는 거라면 모를까, 뭐가 아쉬워서 그런 애랑……. 아, 시간 다 됐다. 들어가자."

딴에는 자기들끼리 조용히 말하다 간 줄 알겠지만 그녀들이 가고 나자 세상이 조용한 듯 고요해졌다. 화정은 씁쓸한 표정을 지으며 기대었던 몸을 바로 일으켜 앉았다.

'은서준. 이런데도 네가 그 애와 잘 될 거라 생각해? 세상 모든 사람들이 널 미쳤다고 할 거야. 그러니 제발 정신 차려. 잠깐 데리고 논 것 정도는 눈감아 줄 테니…….'

라연에 대한 험담을 듣고 있자니 묘한 카타르시스가 느껴졌다. 어제 관장실에서 받았던 마음의 상처가 다소 사그라졌다고나 할까.

화정은 한쪽 입 끝을 올리며 의미심장한 미소를 지었다. 왠지 오늘 준비한 일들이 잘 될 것만 같은 예감이 들었다. 세상은 김화정, 자신의 편이 되어 돌아가고 있었으니까.

※

'라연을 집으로 초대해 저녁 식사를 함께하고, 준비해 둔 와인을 마시며 자연스레 분위기를 조성한 다음, 그다음엔…….'

요리 파워블로그에서 찾은 봉골레 스파게티 레시피를 들여다보

338

고 있는 서준의 얼굴엔 연신 웃음이 가시질 않았다. 라연과 함께 할 저녁 식사를 생각하면 얼빠진 놈처럼 자꾸 웃게 되는 것이었다. 스스로도 어이가 없을 만큼.

서준은 말끔히 면도한 자신의 턱을 손으로 문지르며 문 너머에 있을 라연을 생각했다. 방금 전까지 점심도 먹는 둥 마는 둥 하고 얼굴만 쳐다보다 왔는데도 벌써 그녀가 보고 싶어졌다. 자신이 생각해도 이건 중증이 분명했다.

『오늘 저녁 기대해. 내가 직접 요리해서 대접할 테니.』
『히야, 요리도 할 줄 알아요?』
『은서준이 만든 요리를 최초로 맛볼 수 있게 해 주지.』
『점심 먹지 말 걸 그랬네. 완전 기대되는데요?』
『한 번 맛보면 자꾸 해 달라고 할걸? 내가 라연 씨한테 키스해 달라고 조르는 것처럼.』

연애 처음해 본 놈 아니랄까 봐 그녀와의 일분일초가 설레고 즐겁다. 일은 손에 잡히지 않고 머릿속엔 온통 오늘 밤 그녀를 어떻게 유혹할까 그 궁리뿐이다. 이건 뭐 시춘기 소년도 아니고, 서른 두 살씩이나 먹어서…….

라연과 하고 싶은 게 너무도 많았다. 다른 연인들처럼 심야영화도 함께 보러 가고 놀이공원에도 가고, 쉬는 날엔 도시락 들고 야외에도 나가고, 아님 둘이 하루 종일 집 안에서 뒹굴뒹굴 게으름도 피워 보고…….

그러나 서준의 바람과는 달리 그의 연인은 너무나 바빴다. 새벽부터 밤늦게까지, 하물며 쉬는 날조차도 뭔가를 쉼 없이 배우고 또 배웠다. 물론 그건 다, 전부 그녀를 위해 그가 준비해 준 것들이었 지만.

'이럴 줄 알았으면 몇 개는 뺄 걸 그랬어. 이렇게 얼굴 보기도 힘들어서야⋯⋯.'

서준은 그새를 못 참고 라연을 불러들일 요량으로 전화기에 손 을 뻗었다. 그때 마침 책상 위에 올려 뒀던 휴대폰이 울려 댔다. 태 은그룹 회장 은도준. 큰형이었다.

"네, 형님."

— 목소리 듣기 힘들다. 일은 할 만하냐?

"네. 잘 지내셨습니까?"

— 집에 한번 들르라는데 왜 아직 소식이 없어? 니 형수가 많이 섭섭해한다.

서준의 인상이 슬쩍 찌푸려졌다. 살가운 성격과는 거리가 먼, 늘 도도하고 차갑기만 하던 형수가 그럴 리 없다는 건 그가 더 잘 알 고 있다. 오히려 간다고 하면 짜증부터 낼 게 분명했으니까.

"네. 조만간 들르겠습니다."

— 조만간은 무슨, 오늘 와라. 한국 와서 첫 생일인데 미역국이 라도 같이 먹어야 한다고 니 형수가 어제부터 준비하는 것 같더라.

언제부터 가족 대소사에 신경을 쓰셨다고 갑자기 이러신답니까? 서준은 진심으로 이렇게 묻고 싶었다.

"선약이 있습니다. 마음만 받겠다고 형수님께 전해 주세요."

— 현준이 내외도 오기로 했다. 네 생일 핑계로 겸사겸사 형제들 끼리 저녁 식사 한번 하려는 거니, 무슨 약속인지는 모르겠다만 그

건 다음으로 미루고 오늘은 내 집으로 와.

"중요한 약속이라 미룰 수가 없습니다."

— 가족보다 더 중요한건 없어. 어떻게든 약속 취소하고 오도록
해. 저녁 일곱 시다. 늦지 마라.

상대방의 의사 따윈 중요치 않은 듯, 도준은 일방적으로 전화를
끊어 버렸다. 서준은 들고 있던 휴대폰을 신경질적으로 내려놓으며
거친 한숨을 뱉어 냈다.

이런 성격이란 걸 몰랐던 것은 아니지만 매번 당할 때마다 기분
이 더러워지는 것은 어쩔 수 없었다. 골수까지 권위로 똘똘 뭉친
안하무인 태도는 나이가 들수록 더 심해지는 듯했다.

형이라고는 하지만 서준에게 도준은 아버지보다 더 어렵고 불편
한 존재였다. 열두 살이라는 많은 나이 차이 탓에 어릴 때에도 말
을 놓은 적이 없었고, 가끔씩 놀아 주던 둘째 형 현준과는 달리 도
준은 매사에 엄격하기만 했다.

큰형의 그러한 성향은 아버지가 돌아가신 후 더 심해졌고 어머
니와도 늘 삐걱거렸다.

'또 무슨 꿍꿍이인 거지? 절대 아무 이유 없이 내 생일 같은 걸
챙길 위인이 아닌데…….'

방금 전까지도 총천연색이던 기분이 한순간에 무채색으로 바뀌
어 버렸다. 서준은 낭패 섞인 얼굴로 혀를 차며 인쇄된 스파게티
레시피를 집어 들었다. 오늘 꼭 직접 만들어 먹이고 싶었다. 맛있
게 먹는 라연의 모습이 보고 싶었는데…….

서준은 씁쓸함과 안타까움을 감추지 못하며 전화기의 호출 버튼
을 눌렀다.

라연은 얼음을 입에 가득 넣고 와드득와드득 씹고 있는 서준을 걱정스런 눈빛으로 바라보았다. 생수에 얼음 잔뜩 넣어서 가져오라고 불러 놓고는 몇 분째 말없이 얼음만 씹어 대고 있다. 말도 붙일 수 없을 만큼 진지한 얼굴로.

"나하고 오늘 어디 좀 갈래?"

얼음이 바닥난 유리컵을 탁자 위에 놓으며 그가 처음 입을 열었다.

"많이 생각해 봤는데 언젠가는 거쳐야 할 일인 것 같다. 넘어야 할 산이기도 하고."

그가 앞머리를 손으로 쓸어 넘기며 길게 숨을 내쉬었다. 그제야 서준은 고개를 들어 라연에게 시선을 주었다.

"형님들에게 당신을 소개해 줄 기회가 생겼어. 그리 따뜻한 사람들은 아니지만…… 그래도 내 가족이니까."

라연의 가슴이 불안으로 조금씩 두근거렸다. 어젯밤 윤희가 했던 말들이 머릿속을 스치며 지나갔다. 그녀는 라연에게 당부의 이야기들을 해 주었었다. 마치 지금 이 순간을 미리 보기라도 한 사람처럼…….

"다소 생뚱맞긴 한데, 내 생일파티를 해 주신다고 하시네. 같이…… 가 줄 거지?"

"제가 껴도 되는 자리인가요? 가족모임인데……."

"가족모임이니까 당신과 함께 가려는 거야. 내가 사랑하는 사람을 보여 주고 싶으니까."

"솔직히 너무 갑작스러워서……."

가만히 라연을 바라보고 있던 서준이 은근한 미소를 지으며 그녀에게 손을 내밀었다.

"손."

라연의 손이 그의 손 위에 올려졌다. 서준의 손이 단단히 그녀의 손을 붙잡았다.

"내키지 않으면 안 가도 돼. 당신과의 약속이 먼저였으니 우리끼리 저녁 먹자."

"아뇨. 저랑은 나중에 하시고 다녀오세요. 기다리고 있을게요."

"혼자 기다리게 하고 싶지 않아. 같이 가지 않으면 나도 가지 않겠어."

라연이 입을 내밀며 곤란한 표정을 지었다.

"저를 마음에 들어 하실까요?"

"원래 가시가 많은 사람들이라 좋은 반응은 기대 안 해. 어쩌면 많이 불편한 자리가 될 수도 있겠지. 그래도 당신을 형님들에게 정식으로 소개해 주고 싶어. 숨길 이유가 없으니까."

그가 다른 한 손으로 라연의 손을 감쌌다.

"유라연 없으면 내가 못 살겠다는데 형들이 어쩔 거야? 억지로 그 사람들 마음에 들 필요 없어."

"그런 억지가 어디 있어요."

"당신의 진가를 못 알아본다면 그건 형들 잘못이지 라연 씨 잘못이 아니니까. 절대 옆에서 떨어지지 않고 붙어 있을 테니 너무 긴장할 것 없어. 식사만 얼른 하고 오자."

라연은 어쩔 수 없다는 듯 깊은 숨을 내쉬며 고개를 끄덕였다. 서준의 말대로 언젠가 한 번은 꼭 거쳐야 할 일이었다. 그 시기가 생각보다 조금 앞당겨졌을 뿐.

'내 사랑에 부끄럽지 않으려면 나부터 당당해져야 해. 이 남자를 실망시키고 싶지 않아. 난 잘할 수 있어!'

윤희의 말대로 라연은 이제 혼자가 아니었다. 이 세상에 그녀를 지지해 주는 든든한 편이 둘이나 있었으니까.

14. 눈물(雪水) 속에 피는 꽃

화정은 도준의 집 거실로 들어서는 서준과 라연을 바라보며 아연실색하였다. 설마 저 애를 데려올 거라는 생각은 하지 못했다. 설사, 지금 둘이 서로 죽고 못 사는 사이라고 하더라도 가족들 앞에 함께 나타날 거라고는 꿈에도 예상치 못했던 것이다.

도대체 얼마나 좋아하기에, 얼마나 깊이 마음에 품었기에 서준은 뻔히 보이는 반대를 무릅쓰고 무모한 감행을 선택한 것일까.

저녁 식사를 하기 전 거실에 앉아 차를 마시고 있던 사람들은 일제히 두 사람을 쳐다보았다. 눈에 띄게 놀란 얼굴을 한 화정을 제외하고는 모두 무덤덤한 표정들이었다.

서준과 많이 닮았으나 좀 더 살집이 있고 뭉툭한 이미지의 도준이 먼저 알은체를 했다.

"늦었구나."

서준이 가볍게 묵례를 하며 대답했다.

"차가 좀 밀렸습니다."

"함께 축하해 주신다고 화정이 부모님도 오셨는데 좀 더 일찍 출발했으면 좋았을 걸 그랬다."

전혀 생각하지 못한 듯 서준의 표정에 당황한 기색이 비쳤다. 하지만 이내, 그는 평소의 담담한 얼굴로 돌아가 도준의 맞은편에 앉은 화정의 부모에게 정중히 인사를 건넸다.

"죄송합니다. 오시는 줄 알았으면 서둘렀을 텐데……. 많이 기다리셨습니까?"

화정의 어머니인 희재가 편안한 미소로 대답했다.

"아냐. 우리가 일찍 왔어. 은 관장은 제시간에 왔는데 뭐."

"집사람이야 원래 은 관장이라면 껌뻑 넘어가는 사람이잖아. 잘 지냈나?"

"네. 바쁘실 텐데 이렇게 와 주셔서 감사합니다."

누구 한 사람쯤은 서준의 옆에 있는 라연에 대해 물어볼 만도 한데 아무도 그러는 사람이 없었다. 관심이 없는 것인지, 아니면 으레 수행비서쯤으로 여기는 것인지 애꿎은 화정만 혼자 속을 끓이고 있을 뿐이었다.

시준이 뭔가 말을 하려고 입을 떼는 순간, 거실에 안 보이던 도준의 처 현영이 모습을 드러냈다. 올백으로 단정히 올린 머리, 심플한 디자인의 아이보리색 원피스, 길고 가는 목에 반짝이는 다이아 목걸이……. 다소 날카로워 보이는 인상의 그녀가 예의 형식적인 미소를 띠며 서준에게 알은체를 했다.

"도련님 오셨네요. 한번 오시라니까 그렇게 걸음 하기가 힘드세요? 마침 식사 준비 다 됐으니까 모두 식당으로 오세요."

"들어가기 전에 소개해 드릴 사람이 있습니다."

자리를 이동하려 몸을 일으키던 사람들이 주춤하며 서준에게 고개를 돌렸다. 서준이 말을 이으려는 찰나, 화정이 다급히 끼어들며 나섰다.

"그러고 보니 유 비서도 같이 왔네? 저쪽은 서준이가 아끼는 비서예요. 재능이 많은 친구라 한번 키워 보고 싶다고 하더니, 어디든 데리고 다니는 모양이에요. 오늘도 아마 그래서 함께 왔나 보네요."

도준은 그제야 못마땅한 얼굴로 서준과 라연을 번갈아 쳐다보며 말했다.

"아무리 아끼는 비서라도 그렇지, 가족모임에까지 데려올 필요야 있나. 오늘은 그만 돌려보내."

"그러지 말고 유 비서도 함께 식사하게 해 주세요."

화정이 최대한 애교 섞인 표정으로 도준을 바라보았다.

"가족 없이 혼자 자란 친구라 제대로 된 집 밥은 못 먹어 봤을 거예요. 이왕 여기까지 왔는데 식사는 하고 가게 하세요."

이렇게까지 말했는데 간덩이가 붓지 않고서야 둘이 사귄다는 말을 내뱉지는 못할 것이었다. 화정은 어디 한번 해 보라는 듯 한쪽 입꼬리를 올리며 서준을 향해 비아냥거리는 시선을 보냈다.

"서준이가 옛날부터 사람이든 동물이든 불쌍한 건 그냥 못 지나쳤잖아요. 그게 서준이의 매력이기도 하지만."

"이 사람은……."

서준의 말을 막은 사람은 이번엔 화정이 아니었다. 옆에 선 라연이 다른 사람들이 눈치채지 못하게 그의 손을 잡았던 것이다. 하지만 화정은 그 모습을 놓치지 않았다.

'역시 네가 그렇게 나올 줄 알았어. 적어도 염치는 있을 테니 자기 때문에 서준이가 가족들과 등지게 되는 건 막고 싶겠지.'

이젠 서준이 자신의 남자가 될 수 없다는 걸 화정도 인정할 수밖에 없었다. 강제로 맺어진다 한들 평생 빈껍데기와 살아가야 한다는 것도……. 하지만 자신이 갖지 못하는 것을 보잘것없는 저런 어린애가 갖는 꼴 역시 두고 볼 수는 없었다.

'그래, 난 나밖에 몰라. 살면서 한 번도 내가 갖고 싶은 걸 포기한 적 없어. 무슨 수를 써서라도 손에 넣고 말지. 내가 가질 수 없다면 너도 안 돼.'

막연한 믿음 같은 게 있었다. 드러내진 않지만 무뚝뚝한 서준의 마음속엔 김화정이 있을 거라고, 언젠가는 그가 마음을 보여 줄 것이라고 기대하고 있었다. 철석같이, 아무런 의심 없이…….

대학을 다닐 때에도, 유학을 다녀왔을 때에도 그의 곁에 여자의 흔적은 없었다. 은서준이 곁을 내주는 여자는 유일하게 그녀 자신뿐이라고 자부했는데…….

'기대하게 만든 건 너야. 나를 먼저 불러 준 건 너라고! 너는 나한테 이러면 안 되는 거잖아.'

길었던 짝사랑에 찍는 마침표는 너무도 아팠다. 그렇기에 아픈 만큼 좁아지는 가슴은 어쩔 수 없었다. 결코 서준의 사랑을 인정하고 싶지 않았다.

화정의 제안에도 불구하고 도준은 생각할 가치도 없다는 듯 자리에서 일어서며 말했다.

"서준이나 화정이 둘 다 꽉 찬 나이니 이제 슬슬 결혼 얘기가 오갈 때도 됐지. 그래서 겸사겸사 어른들 모시고 자리를 마련했으니 비서는 그만 돌려보내는 게 옳아. 오늘은 지극히 사적인 모임이니까."

"제 생일 때문에 모인 자리가 아니라면 전 여기 더 있을 이유가 없습니다. 결혼 문제 때문이라면 더욱."

"뭐?"

"화정이는 제게 형님들과 마찬가지로 가족과 같은 사람입니다. 단 한 번도 이성으로 생각해 본 적 없어요. 게다가 전 따로 마음에 둔 사람이 있습니다."

어정쩡한 자세로 두 사람을 지켜보던 사람들은 숨을 죽인 채 슬며시 다시 자리에 앉았다. 이미 저녁 식사는 물 건너간 듯 보였고 분위기는 차가워질 대로 차가워졌다.

희재가 이게 어찌 된 일이냐는 질문이 담긴 시선으로 옆에 앉은 자신의 딸 화정을 돌아보았다. 화정은 어머니의 시선은 외면한 채 아랫입술을 질끈 깨물며 서준을 노려보았다.

'미쳤구나. 도대체 뭐니. 저 애가 도대체 너한테 뭐길래 이렇게까지 하는 거냐고!'

화정의 질투에 찬 속마음에 대답이라도 하듯 서준이 자신의 옆으로 라연을 가까이 붙여 세웠다. 그가 라연의 어깨를 다정히 감싸며 다시 입을 열었다.

"오늘 형님들께 이 사람을 소개할 생각이었습니다. 지금 교제하고 있고, 제가 사랑하는 사람입니다."

당장 배우를 해도 될 만큼 뛰어난 미모에 완벽한 몸매, 게다가 기품이 느껴지는 단아한 분위기까지…… 화정이 미리 말을 하지 않았다면 다들 라연을 어느 잘나가는 집안의 여식이나 엘리트 재원쯤으로 생각했을 것이었다. 불쌍한 동물까지 들먹이며 고아라는 것을 까발리지만 않았어도.

주뼛거리며 제대로 말도 못 할 줄 알았던 라연이 당당히 고개를 들고 사람들 쪽으로 몸을 돌렸다. 화정의 표정은 점점 더 일그러졌다.

"안녕하세요. 처음 뵙겠습니다. 유라연이라고 합니다."

모두들 뜨악한 분위기……. 누구 하나 선뜻 라연의 인사에 대꾸하는 사람이 없었다. 단지 얼굴을 붉힌 채 여전히 서 있는 도준만이 같잖다는 반응을 보였다.

"일하라고 불러들였더니 어디서 허튼짓이야! 어머니께서 이러라고 너에게 미술관을 맡기셨는 줄 알아? 도대체 나이를 어디로 먹은 거냐!"

"허튼짓한 것 없습니다. 미술관 역시 어머니 못지않게 애정을 갖고 운영하고 있습니다. 형님께서 이렇게 화를 내실 이유, 없단 말씀입니다."

"새파란 어린애를 비서랍시고 데리고 다니면서 연애질이나 하는 주제에 이유가 없어? 그것도 어디서 저런……."

도준은 최대한 감정을 자제하는 듯 짜증 섞인 한숨을 내쉬며 손사래를 쳤다.

"됐다. 화정이 부모님 모신 자리에서 더 이상 언성 높이고 싶지 않으니 그 아이는 그만 보내. 너와도 우리 집안과도 맞지 않는 아이야."

"환영하실 거란 기대는 안 했지만 적어도 예의는 지켜 주실 줄 알았습니다. 제가 오지 말았어야 할 자리에 온 것 같군요."

서준이 짧게 고개를 숙여 인사를 하고는 뒤로 돌아섰다. 절대 굽힐 것 같지 않은 동생의 완강한 태도에 도준의 인내가 한계를 드러냈다. 그나마 조용조용했던 그의 언성이 일순간 높아졌다.

"이대로 돌아서서 가면 네 뜻대로 될 줄 아는 거냐?"

도준이 벌게진 얼굴로 뭐라 더 말을 하려는 순간, 맞은편에 앉았던 화정의 아버지가 자리에서 일어섰다.

"우리야말로 먼저 일어서야 할 것 같네. 축하해 주러 왔는데 오히려 불편한 자리만 만들어 버린 것 같군. 화정이랑 당신도 그만 일어나요."

화정이 식당 쪽에 서 있던 현영에게 빠르게 시선을 보냈다. 현영은 유감이라는 듯 눈살을 찌푸리며 고개를 흔들었다. 바짝 약이 오른 화정은 어금니를 꽉 물며 자리에서 일어섰다.

'우습지도 않은 애 때문에 이게 무슨 꼴이야? 우리 가족이 이 무슨 수모냐고!'

화정은 애써 아무렇지 않은 척 서준의 형제들에게 인사를 하고는 서준에겐 시선 한 번 주지 않고 그곳에서 벗어났다. 서준에게 한 방 먹이려 준비했던 자리가 되레 그녀에게 치욕만 안겨 준 셈이 되고 말았다.

차가 출발하고 얼마 후, 조수석에 앉은 희재가 뒤에 앉은 딸에게 고개를 돌리며 입을 열었다.

"너…… 알고 있었지? 서준이와 그 애 사이."

화정은 대답하지 않았다.

"네가 현영 씨에게 부탁해서 생일파티 준비해 달라고 했을 때 뭔가 서두른다는 느낌은 받았어. 그래도 이건 아니지. 몰랐으면 모를까, 곁에 사람이 있는 걸 알면서 뺏으려 하는 건 옳지 못해. 무엇보다…… 포기하지 않으면 제일 아픈 사람은 너일 거다. 그러니까……."

"엄마, 내 엄마 맞아? 이럴 땐 나한테 위로부터 해 줘야 하는 거 아니야? 내가 서준이 얼마나 좋아하는지 알면서 어떻게 포기하란 말부터 해? 어떻게 내가 잘못했단 말부터 하냐고!"

화정은 쌓였던 울분을 터뜨리며 눈물을 흘렸다.

"나도 몰랐어. 그 애를 데려올 줄은 꿈에도 몰랐단 말이야. 서준이 걔, 지금 제정신이 아니야. 내가 다시 돌려놓을 거라고!"

"엄만 싫다. 엄만 내 딸이 행복하길 바라. 일방적인 사랑은 절대 행복할 수 없어. 서준이를 아끼지만 다른 사람을 마음에 품고 있는 녀석에겐 내 딸 줄 수 없어. 엄마가 반대할 거야."

"엄마!"

"혹여, 너를 선택하지 않은 것 때문에 서준일 훼방 놓을 생각이라면 그만둬. 분위기를 보니 그 두 사람, 도준이가 쉽게 허락할 것 같지 않아. 그러니까 너는 그냥 놔둬. 누군가를 괴롭히면 그 상처는 고스란히 자기에게 돌아오는 법이야."

아내의 생각이 곧 자신의 생각이라는 듯 화정의 아버지는 묵묵히 운전만 할 뿐이었다. 평소에도 고지식하다고 느낄 만큼 매사에 공정한 두 분의 성격이 화정은 오늘따라 이리도 야속할 수가 없었다.

'돌아오는 상처가 아무리 커도 사랑을 빼앗긴 아픔보다 클 리는 없어. 난 이제 아무래도 좋아. 그 둘을 갈라놓을 수만 있다면.'

당당히 그 애를 소개하던 서준의 눈빛, 그의 곁에서 빛나던 라연…… 마음 같아선 끝까지 그곳에 남아 그들이 도준에게 처절히 깨지는 광경을 지켜보고 싶었다.

'나를 이렇게 만든 건 은서준 너야. 내가 나쁜 게 아니야.'

어둠 속의 네온사인들이 물에 퍼진 잉크처럼 어지럽게 스쳐 지나갔다. 화정의 마음은 이미 치유될 수 없을 만큼 깊게 병들어 있었다. 어느새 파괴만이 안식을 줄 것이라 믿기 시작했다. 그리고 결심했다. 그 두 사람 모두 부숴 버리겠다고.

화정의 가족이 사라지고 집 안 분위기는 한층 더 얼어붙었다. 거실 한쪽에 서 있던 현영은 화정의 부모가 앉았던 자리에 가 앉았고, 도준은 여전히 서준을 노려보며 서 있었다. 둘째 현준 부부는 마뜩잖은 얼굴로 라연과 서준을 번갈아 쳐다보며 수군거렸다.

집 안의 공기가 전부 사라지기라도 한 듯, 라연은 제대로 숨을 쉴 수가 없었다. 정신을 똑바로 차리고 서준에게 힘을 보태야 한다고 수없이 머릿속으로 다짐하지만 바로 주저앉고 싶을 만큼 다리가 후들거렸다.

과할 정도로 화려한 인테리어와 호의적이지 않은 눈빛들, 시계 초침조차 무음인 적막…… 그곳에서 라연은 먼지보다도 못한 존재였다.

"잘하는 짓이다. 이게 도대체 뭐야! 집안 망신이나 시키고."

도준이 신경질적으로 자리에 앉으며 말했다.

"어머니가 널 심하게 끼고 키우셨어. 그래서 네가 세상을 몰라도 너무 모르는 거다. 도대체 지금 그 애를 데려와서 우리에게 보여 주는 저의가 뭐냐? 설마 결혼까지 하겠다, 뭐 그런 헛소리를 지껄이려는 건 아니겠지?"

"아직 정식으로 프러포즈를 하진 않았지만 이 사람이 허락한다면 그러고 싶습니다."

어처구니없어하는 도준의 표정만큼이나 현영의 반응도 만만치 않았다. 남편이 입을 떼기 전에 그녀가 먼저 황당하다는 듯 입을 열었다.

"뭐라고요? 이 사람이 허락한다면이라고요? 도련님, 결혼이 장난인 줄 아세요? 단순한 사랑 타령이 아니라 인륜지대사란 말입니다. 무슨 뜻인지 아시죠? 집안과 집안의 결합이라고요. 비슷한 집안끼리 만나야 후환이 없다는 겁니다."

현영이 불쾌한 표정을 그대로 드러내며 라연에게 시선을 보냈다.

"이봐요. 비서 아가씨."

서준이 뭐라 말하려는 것을 라연이 그의 손을 잡으며 막았다. 라연은 턱을 살짝 들며 한 자 한 자에 힘을 주어 말했다.

"유라연입니다."

"그쪽 이름엔 관심 없고, 부모님은 어떤 분야의 일을 하시죠?"

라연은 떨리는 것을 감추기 위해 입술을 힘껏 물었다 놓으며 대답했다.

"두 분 다 안 계십니다."

"형제는?"

"없습니다."

"그럼, 보호자가 될 만한 일가친척은?"

"……없습니다."

어처구니없다는 듯 현영이 한쪽 입 끝을 삐딱하게 올리며 콧방귀를 뀌었다. 앞서 화정의 귀띔으로 라연의 사정을 알고 있었음에도 마치 처음 듣는 것처럼 기가 막힌다는 반응을 보였다.

"안 봐도 뻔하네. 그럼 지금 그쪽이 의지할 수 있는 사람은 우리 도련님뿐이겠군요. 한마디로 대단한 봉을 잡은 거네요?"

"형수님!"

언성을 높이는 서준에게 도준이 고함을 치며 끼어들었다.

"이런 변변치도 못한 놈이 누구한테 큰소리야!"

"제가 먼저 좋아했고 제가 먼저 손을 내밀었습니다. 그리고 지금도 제가 훨씬 더 많이 이 사람을 좋아하고 있습니다."

라연의 만류에도 불구하고 서준이 한 발 나서며 격앙된 음성으로 소리치듯 말했다.

"이 사람 없으면 못 사는 쪽은 저라고요!"

"어디 여자가 없어서 근본도 모르는 애를 데려와 들이대는 거냐, 들이대길! 뭐 이건 어느 정도라야 말이라도 들어 보든 말든 하지."

도준은 흥분을 가라앉히려 긴 숨을 뱉어 낸 뒤, 유리잔에 든 생수를 벌컥벌컥 들이켰다.

"좋다. 화정이가 정 안 내키면 니 형수에게 다른 자리를 알아보라 할 테니 영양가 없는 짓은 여기까지 해."

"형님은 애정 없이 조건만으로 결혼할 수 있었는지 모르지만 전 아닙니다. 지금 근본을 운운하셨습니까? 근본을 따지기 전에 어린 사람 앞에 두고 어른스럽지 못한 두 분의 행동을 돌아보십시오!"

"뭐가 어째!"

"높은 자리에서 그만큼 누리고 사시면 이젠 베푸는 마음도 한

번쯤 품어 보세요. 언제까지 본인 욕심에 다른 사람들을 상처 주고 억압하려 하십니까. 세상이 전부 형님 뜻대로 움직여야 한다는 그 독단을 버리시라고요."

분위기는 점점 더 험악해져 갔고, 말없이 상황을 지켜만 보던 현준은 연신 서준에게 그만두라는 눈짓을 보냈다. 그러나 서준은 멈추지 않았다.

"세상 어느 집에서 동생이 사랑하는 사람을 데려왔다는데 다짜고짜 조건 운운하며 거실에 세워만 둔답니까! 돈 좀 있다고 뭐든 다 될 거라는 생각은 도대체 어디서 나온 거냐고요!"

"그 입 다물지 못해!"

"제가 지금 삼류 드라마 속에 들어와 있는 기분입니다. 못 배운 사람들도 지금 두 분처럼은 행동하지 않을 거라고요."

서준이 숨을 고르며 믿을 수 없다는 듯 고개를 저었다.

"설마 형님이 이렇게까지 하실 거라곤……. 제가 형님 동생이란 사실이 처음으로 부끄럽습니다."

"그 입 닥치라고 했지!"

도준의 분노에 찬 고함 뒤로 둔탁하면서도 날카로운 파열음이 들려왔다. 분을 참지 못한 도준이 들고 있던 유리잔을 서준이 서 있는 쪽 벽을 향해 집어 던진 것이다. 그와 동시에 옆에 있던 라연이 본능적으로 서준을 감싸 안았다.

라연은 고개를 숙인 채 서준의 팔을 꽉 붙잡았다. 얼굴에 따끔한 통증이 느껴졌다. 그리고 곧바로 미지근한 액체가 볼을 타고 흘러내렸다. 그녀의 손등 위에도 가는 핏줄기가 몇 군데 흐르고 있었다.

발밑으로 산산이 조각난 유리 파편들이 어지러이 흐트러져 있는 모습이 보였다. 칼날보다 더 날카로운 파편들이 마치 도준 내외의 냉대와 독설로 느껴져 등골이 오싹해졌다.

다리가 후들거려 제대로 서 있을 수도 없었던 전과는 달리 라연은 두려울 게 없어졌다. 강해져야만 서준을 지킬 수 있으리라. 라연은 불끈 쥔 주먹에 용기를 담았다.

라연이 꼿꼿이 고개를 들고 도준을 향해 바로 섰다. 소파에 앉아 있던 사람들은 피가 흐르는 그녀의 얼굴에 다들 놀라는 모습이었다. 도준 역시 움찔, 한쪽 눈썹이 올라가는 듯했으나 이내 뻣뻣한 표정으로 돌아갔다.

"저는 서준 씨 절대 포기하지 않습니다."

굳은 의지를 보여 주듯 라연은 눈에 힘을 주며 도준을 똑바로 쳐다보았다.

"배운 것 없이 자라서 되바라졌다고 흉을 보셔도 상관없습니다. 돈 많은 남자 잡아서 팔자 고치려 한다고 생각하셔도 개의치 않아요. 서준 씨가 저를 원하고, 저와 함께 있어서 행복하다면 저는 절대 떠나지 않을 겁니다. 저의 감정 따위 궁금하지 않으시겠지만, 저는 서준 씨를 위해서라면 무엇이든 할 수 있어요."

"지금의 그쪽이 할 수 있는 게 뭐가 있지?"

"서준 씨를 믿는 것입니다. 그리고 노력……하겠습니다. 곁에 있어도 부끄럽지 않은 사람이 되도록."

도준이 어이없다는 듯 삐딱한 웃음을 지었다.

"세상엔 노력해도 안 되는 게 있다는 걸 모르는 모양이군."

"모르기 때문에 할 수 있을 것 같습니다."

순간 도준의 표정에서 빈정거림이 사라졌다.

"맹랑하군."

조금은 달라진 눈빛으로 라연을 가만히 쳐다보던 그가 어깨를 으쓱이며 소파에 등을 기대었다.

"그래. 배짱 하나는 인정해 주지. 하지만 딱 거기까지야."

"저를 반대하시는 이유…… 잘 알고 있습니다. 가족이니까, 가족이라서…… 이렇게 화를 내시는 것도 이해합니다. 하지만 부족한 저에게도 기회를 주셨으면 해요. 오늘 저 때문에 심려를 끼쳐 드려 죄송합니다."

"그만하고……."

돌아가자는 말을 하려 라연을 돌아보던 서준은 그제야 유리 파편에 찍힌 그녀의 얼굴을 발견했다. 너무 놀라 아무 말도 하지 못하고 눈시울이 붉어진 그를 바라보며 라연은 괜찮다는 듯 엷은 미소를 보였다.

방관자 입장에서 이 모든 상황을 지켜만 보던 현준이 처음으로 입을 열었다. 서준과는 닮지 않은 외모였지만 그 역시 미남형의 젠틀한 이미지였다.

"좋은 날 이렇게 돼서 유감이긴 한데 오늘은 이만 돌아가는 게 좋겠어요. 얼굴에 흉 생기지 않게 얼른 가서 치료부터 해요."

돌아가라는 말이었음에도 오늘 라연이 이곳에서 들은 말 중 유일하게 가시가 돋지 않은 말이었다. 그래서일까, 긴장이 풀리며 유리가 박힌 한쪽 볼이 쓰라려 왔다.

"가자."

낮게 가라앉은 서준의 음성……. 그의 표정이 어떠할지 잘 알기에 라연은 차마 얼굴을 쳐다볼 수 없었다. 서준은 형들에게 따로 인사 없이 라연의 손목을 잡고 몸을 돌리려 했지만 라연은 그를 따르지 않았다. 그녀는 서준에게 손목을 잡힌 채 거실에 앉아 있는 사람들에게 정중히 고개를 숙여 인사를 했다.

'부모가 없다는 거, 가족이 없다는 거…… 쓸쓸했지만 부끄럽다고 생각해 본 적은 없었어. 그런데 오늘은 조금, 아니 많이…… 아프네.'

거실에서 현관까지 걷는 거리는 너무도 멀었다. 손목을 잡고 있는 서준의 따뜻한 손도 이번엔 그리 위로가 되지 못했다. 씩씩한 척 큰소리를 쳤지만 그녀는 어쩔 수 없는 스물네 살의 가진 것 없는 고아였으니까.

※

"괜찮아요?"

병원에서 간단히 드레싱을 받고 밖으로 나오던 라연이 불쑥 그에게 물었다. 손을 꼭 잡은 채 물끄러미 서준을 바라보던 그녀가 바보처럼 배시시 웃는다. 얼굴에 밴드를 붙이고도 뭐가 좋다고…….

도준의 집에서 병원으로 오는 내내 서준은 염치가 없어 라연에게 말을 건넬 엄두조차 내지 못했다. 미안하고 화도 나고, 걱정이 돼 견딜 수가 없었다. 이 모든 게 앞뒤 가리지 못한 자신의 경솔함 때문인 것 같아 서준은 더욱 괴로웠다.

"지금 누가 누구한테 뭘 물어? 다친 게 누군데."

미안하다고 사과를 해도 모자랄 판에 퉁명스럽게 핀잔을 주고 말았다. 은서준, 오늘 못난 짓 골고루 하고 있다.

"나 아플까 봐 걱정하고 있죠? 솔직히 아프긴 한데 못 견딜 정도는 아니에요. 지금 나보다 더 아픈 사람은 서준 씨잖아요."

라연의 입에서 자연스럽게 나오는 자신의 이름이 서준은 듣기 좋으면서도 아팠다. 행복하게 해 줄 일만 남았다고 생각했는데 그 이름이 라연에게 상처만 준 것 같아 마음이 무거웠다.

"유리잔이 나한테 날아왔으면 어쩌려고 날 감싸? 그러다 정말 크게 다치기라도 하면……."

라연의 손등에 자잘하게 박혀 있던 유리 조각이 떠올랐다. 서준은 울컥하고 감정이 북받쳐 와 입을 다물었다.

"내가 덜 아프려고 그랬어요. 서준 씨가 다치면 내가 더 아프니까, 그래서 선수 친 거예요. 나 못됐죠?"

모진 말들로 마음 상해 시무룩해질 만도 한데 오히려 평소보다 씩씩하게 구는 라연이 서준은 안쓰럽기만 했다. 그 속이, 속이 아닐 것인데…….

'그래서 천유 대신 칼을 맞았던 거니? 그렇게 천유를 사랑했던 거니? 나를…… 이 은서준을 사랑해 주는 거니?

라연의 볼에 붙은 밴드를 애틋한 손길로 쓸며 그가 아프게 웃었다.

"당신 말이 맞아. 나 지금 아파서 죽을 것 같다."

"난 배가 고파서 죽을 것 같아요. 우리 저녁 언제 먹어요?"

"어디 갈까? 뭐 먹고 싶어?"

"서준 씨 집에 가서 라면 끓여 먹고 싶어요. 생일엔 원래 국수 먹는 거라잖아요."

라연이 은근슬쩍 서준의 팔에 팔짱을 끼며 다가갔다.

"잔뜩 구박만 받고 왔지만 그래도 가족들에게 인사를 하고 나니, 이제야 진짜 연인 사이가 된 것 같아요. 매도 먼저 맞는 게 낫다더니 정말 그러네요."

"넌더리 난다고 나 버리면 안 돼."

"제발 떨어지라고 빌어도 안 떨어질 거니까 걱정 마요."

축축하면서도 후끈한 밤공기에 그의 음성 또한 젖어 들었다.

"미안해서, 너무 많이 미안해서…… 미안하단 말 안 한다. 오늘 받은 상처는 앞으로 살면서 천천히 다 갚을게. 다시는 아프게 하지 않을게."

"그 약속 꼭 지켜요!"

라연이 잡은 팔을 더욱 꼭 감싸며 머리를 그의 어깨에 기대었다. 라연의 체온이 너무도 가까이에서 느껴져 서준은 숨을 쉴 수가 없었다.

그 와중에 차를 어디에 세워 두었는지 기억이 나질 않았다. 당장이라도 품에 안고 키스하고 싶은데……. 이런 그의 마음을 알 리 없는 답답한 아가씨는 볼살을 부비며 안 부리던 애교 비슷한 행동까지 하고 있다.

서준은 서둘러 이쪽저쪽으로 손을 움직이며 리모컨을 눌러 보았다. 마침내 조금 떨어진 곳에서 삑 하는 소리가 들렸고, 동시에 그는 속으로 안도의 한숨을 쉬었다.

오늘 밤 각오는 하고 있었지만 시기가 예상보다 너무 빨랐다. 차에 올라 운전하는 내내 말이 없을 때부터 알아봤어야 했는데…….

주차장에 내려 엘리베이터를 타고 집에 오는 동안 라연은 쫓기는 사람처럼 서준의 손에 이끌려 허겁지겁 뛰다시피 걸어야 했다.

빠른 손놀림으로 문을 열고 안으로 들어서기가 무섭게 서준은 현관문 쪽에 라연을 몰아세우며 두 팔에 그녀를 가두었다.

"무, 무슨 일……."

무슨 일이냐고 묻기도 전에 무슨 일이 벌어지고 말았다. 그의 입술이 격렬히 라연의 입술을 덮어 버렸던 것이다. 감정을 주체하지 못하는 듯 그의 몸이 빠르게 그녀에게 가까이 밀착되어졌다.

전부 먹어 버릴 기세로 그의 혀가 라연의 입속을 탐욕스럽게 휘저었다. 문을 짚었던 그의 한 손이 라연의 머리를 받치고, 다른 한 손은 소담한 그녀의 엉덩이를 쓰다듬었다. 한 번도 경험하지 못한 그의 격한 애정공세에 라연은 정신을 차릴 수가 없었다.

한차례 비가 쏟아질 듯 여름밤의 공기는 무겁고 끈적거렸다. 현관 위에 달린 센서등이 켜졌다 꺼졌다를 반복했다. 라연의 등이 문에 부딪칠 때마다 쿵쿵대는 소음과 서준의 거친 숨소리가 묘한 자극이 되었다. 그녀의 몸도 자연스레 서서히 달아오르고 있었다.

서준의 입술이 라연의 귓불을 부드럽게 빠는 사이, 그의 손은 부지런히 그녀의 블라우스 단추를 풀어 내렸다. 곧이어 따뜻한 그의 손이 얇은 슈미즈 속으로 들어가 브래지어의 고리를 서툴게 더듬었다.

누가 먼저랄 것도 없이 둘은 서로의 윗옷을 벗기며 거칠게 신을 벗고 거실로 향했다. 그들이 지나간 곳엔 입고 있던 옷과 속옷들이 하나둘 떨어졌다.

침대에 다다른 두 사람은 격정적이던 몸짓을 멈추고 떨리는 눈빛으로 서로를 바라보았다. 깜깜한 방 안으로 도시의 불빛이 새어 들어왔다. 어둠 속에서 라연의 아름다운 몸은 완벽한 실루엣을 그리며 서준을 유혹했다.

금방이라도 일을 낼 듯 덤볐던 그가 손끝으로 아슬아슬하게 그녀의 몸을 쓸어내렸다. 가는 목을 지나 봉긋한 가슴을 스치듯 쓸고는 잘록한 허리를 따라 아래로 내려갔다. 그의 손이 지날 때마다 라연의 피부는 불꽃이 이는 것처럼 화끈거렸다. 온몸의 신경이 그의 손에 반응하듯 짜릿한 전류가 느껴졌다.

라연은 본능적으로 손을 뻗어 매끄러운 그의 가슴을 느릿하게 쓰다듬었다. 조금씩 아래로 더듬어 내려가던 그녀는 은밀한 그의 성을 만났다. 상상했던 것과는 달리 당황스럽지도 부끄럽지도 않았다. 라연은 부드럽게 그곳을 어루만졌다. 단단해진 그의 일부가 그녀의 손안에서 꿈틀거렸다.

경험해 보지 못했던 낯선 감촉이 싫지 않았다. 사랑하는 사람만의 특권이라 생각하니 아찔한 쾌감마저 들었다. 그가 고개를 젖히고 가슴을 크게 들썩이며 거친 숨을 뿜어 댔다. 자신의 손놀림에 민감하게 반응하는 그의 모습이 참을 수 없을 만큼 섹시했다.

"이리 와."

갈라진 서준의 음성이 낯설면서도 야릇하게 라연을 자극했다. 그가 몸을 일으켜 라연의 목덜미에 키스를 했다. 라연은 빠르게 뛰는 자신의 맥박을 느끼며 침대 위에 눕혀졌다.

그의 입술이 쇄골을 지나 흥분으로 솟은 그녀의 유두 위에 머물렀다. 여리고 민감한 두 정점을 손가락과 혀로 희롱하듯 애무하며 그녀를 더욱 촉촉이 젖게 만들었다. 라연은 엉덩이를 들썩이며 저도 모르게 야릇한 소리를 뱉어 냈다.

눈을 감았다 뜰 때마다 어둠 속에 보이는 푸른색 천장이 빙글빙글 돌아갔다. 발끝이 저절로 모아지며 그를 기다리듯 다리가 벌어졌다.

그는 손으로 라연의 한쪽 허벅지를 쓰다듬으며 서서히 그녀의 다리 사이로 몸을 포개었다. 그의 은밀한 그것이 안으로 들어오려 할 때, 라연은 생각지도 못했던 고통에 비명을 질렀다.

"미, 미안."

당황해하며 몸을 일으키려는 그를 라연이 손을 뻗어 붙잡았다. 그녀는 넓고 단단한 그의 등을 손끝으로 더듬으며 끌어안았다.

"설마 그만두려는 건 아니죠?"

"내 생각만 했어. 힘들면……."

"그만두지 마요."

익숙해진 어둠 속에서 열망으로 흔들리는 그의 눈빛과 마주했다. 라연은 서준의 목에 팔을 두르고 몸을 더 가까이 그에게 밀어붙였다.

그가 손을 뻗어 침대에 무게를 실은 채 조심스럽게 허리를 움직였다. 라연의 턱이 위를 향하며 그녀의 입술 사이로 뜨거운 숨이 새어 나왔다. 군살 하나 없는 그의 미끈한 허리와 엉덩이가 앞뒤로 천천히 움직일 때마다 라연의 고개는 점점 더 뒤로 젖혀졌다.

아프기만 했던 감각이 어느새 숨을 가쁘게 했고 갈증이 느껴질 만큼 몸을 뜨겁게 했다. 그녀의 손이 흥건히 젖은 그의 등을 따라 허리를 쓸고, 탄탄한 엉덩이를 움켜잡았다 놓았다.

그의 적나라한 숨소리, 물기로 가득한 밤공기, 점점 더 밝게 느껴지는 어둠, 그리고 머릿속을 하얗게 만드는 최초의 쾌락…….

맹렬히 움직이던 그의 허리가 움직임을 멈췄다. 뭐라 표현할 수 없는 감각에 휩싸여 라연은 다리를 감아 그를 더욱 가까이 끌어안았다. 어느 순간 그의 거친 숨소리는 멈춰졌고 라연은 처음으로 사랑에 매혹된 자신의 탄성을 들었다.

아마도 평생 라연은 이 밤을 잊지 못할 것이었다. 어느새 비가 내리고 있는 창밖, 어둠에 섞인 푸른색 벽지, 따뜻한 서준의 살갗, 서준의 살 냄새, 서준의 숨소리…… 그리고 흥분이 사라진 뒤에 남은 뻐근한 근육통과 아랫도리의 쓰라림, 시트에 남겨진 첫 경험의 흔적…….

서준의 팔을 베고 누워 천장을 바라보고 있던 라연이 슬쩍 고개를 들어 침대를 확인했다. 많지는 않았지만 역시나 군데군데 얼룩이 보였다. 라연이 인상을 찌푸리고 있을 때, 서준의 손이 그녀의 얼굴을 쓸어내렸다.

"신경 쓰지 마. 우리 집 세탁기 크고 좋아."

서준이 나른한 음성으로 라연의 귓가에 속삭이듯 말했다.

"내가 처음이라…… 많이 힘들게 했을 것 같다. 이럴 줄 알았으면 연습을 해 놓을 걸 그랬나 싶기도 하고."

자기가 말하고도 우스운지 그가 피식 웃었다.

"당신이 아니면 하지도 않았겠지만."

"처음 맞아요? 나야말로 처음이라 알 수가 있나."

이번엔 라연이 키득하고 웃었다.

"웃지 마. 또 안고 싶어지니까."

"이것 봐. 선수 같다니까. 나 더는 힘없어서 안 돼요. 배고프단 말이야."

서준이 자신의 품속에 그녀를 가두듯 힘껏 끌어안으며 말했다.

"옛날엔 노래 가사들이 죄다 사랑, 사랑…… 지겹다고 툴툴댔는데, 요즘은 혼자서 이 노래 저 노래 흥얼거리고 있어. 당신이 내게 얼마나 많은 것을 줬는지 알아? 말로는 표현할 수 없을 만큼…… 당신이 좋아."

"말로 표현해 봐요. 얼마나 좋은지."

"숨 쉴 때마다 당신이 보고 싶고, 하루 종일 당신과 이렇게 있고 싶어. 내가 가진 걸 전부 당신에게 주고 싶……."

라연의 손이 은근하게 그의 민감한 부분을 쓰다듬었다. 그녀의 입술이 섹시하게 돌출된 그의 목울대를 지그시 누르며 아래로 내려갔다.

"생일…… 축하해요."

창밖에선 빗소리에 섞인 자동차 경적 소리가 희미하게 들려왔다. 비릿한 빗물 냄새 때문일까. 문득 눈이 시릴 만큼 파랗던 제주의 바다가 떠올랐다.

서준의 몸이 슬며시 그녀의 위로 겹쳐졌다. 기분 좋은 무게감이 방금 전 알아 버린 감각을 되살아나게 했다. 라연은 또다시 깊고 깊은 열락의 늪으로 빠져 들어갔다.

하트 그림이 그려진 진한 핑크색 트렁크에 포대 같은 헐렁한 면 티셔츠를 입은 라연이 머리에 수건을 둘둘 만 채 욕실에서 나왔다.

"이 속옷 서준 씨 거 맞아요? 트렁크 안 입을 것 같은데, 게다가 이 색도……."

끓고 있는 라면에 잘게 썬 파를 넣고 있던 서준이 그녀를 돌아보며 말했다.

"예전에 이종사촌 형이 여친 붙는 부적이랍시고 사 준 건데, 한 번도 입은 적은 없어. 아, 나중에 지호 형 소개해 줄게. 우리 학교 심리학과 교수로 있는데, 어쩌면 라연 씨도 왔다 갔다 하면서 본 적 있을지도 모르겠다. 교양으로 수업을 들었을 수도 있고."

"어? 심리학과 교수면 혹시 공지호 교수님 말씀하시는 거예요?"

"뭐야? 아는 거야?"

라연이 수건을 풀어 머리끝을 톡톡 쳐서 닦으며 식탁 의자에 앉았다.

"저 학교 다닐 때 동아리 선배가 도와 달라고 해서 몇몇 친구들하고 그분 연구실에 간 적이 있어요."

서준은 너무 놀라 들고 있던 국자를 바닥에 떨어뜨렸다. 라연이 동그래진 눈으로 몸을 일으키며 그를 살폈다.

"국물이 튀었어요? 어디 다친 건 아니죠?"

"아, 아냐. 손에 갑자기 힘이 풀려서……."

서준이 얼른 허리를 숙여 국자를 집어 들었다.

"그래서 뭘 도와줬는데?"

"아마 그때 저희 동아리 애들 거의 다 그 교수님 마루타 해 드렸을걸요? 호기심 반 강제 반 끌려가서 역행최면실험? 뭐 그런 거 했던 것 같아요."

서준은 있지도 않은 침을 삼키며 긴장을 감추었다. 그 사실을 알리 없는 라연은 수저들을 식탁 위에 놓으며 무심히 말을 이었다.

"근데 전 솔직히……."

"솔직히?"

"최면이란 거 안 믿거든요. 저도 그날 받아 봤는데 역시나 별거 없었어요."

"아무 일도 없었다고?"

라연이 고개를 끄덕였다.

"버림받은 상처로 아프기만 했던 어린 시절은 내겐 악몽과도 같았기 때문에…… 끄집어내서 다시 보고 싶은 생각은 추호도 없거든요. 그래서 아마 더 아무것도 안 보였는지 모르겠어요."

"최면치료를 받다 보면 간혹 전생 같은 것도 본다고 하던데 그런 것도 없었어?"

"잠깐 꿈 같은 걸 꾸긴 했어요. 어떤 아주머니가 보였었는데…… 그게 다예요. 전생…… 그런 거 믿진 않지만, 만약 있다면 난 사람이 아니었을 것 같아요."

라연은 어깨를 한번 으쓱이고는 혼잣말로 중얼거리며 냉장고 쪽으로 걸어갔다.

"나무였거나 풀이었거나 물고기였을지도……."

서준은 멍하니 라연의 뒷모습을 바라보며 착잡한 기분에 잠겼다. 뜻하지 않게 알게 된 사실……. 라연 역시 전생을 볼 수 있었음에도 그녀는 아무것도 보지 못했다. 그것은 과연 무엇을 의미하는 것일까?

'내가 본 것이, 내 머릿속의 기억들이 그저 내가 만들어 낸 환상이었다는 건가? 아니면 라연이 스스로 기억들을 봉인해 버린 건가.'

전자라고 하기엔 진우의 존재가 못내 꺼림칙했다. 우연치고는 너무나 절묘했으니까. 게다가 천유를 환상으로 치부하기엔…… 서준의 모든 세포가 똑똑히 그를 기억하고 있었다. 바로 어제 일처럼 생생하게.

냉장고에서 김치를 꺼내 오는 라연을 물끄러미 바라보며 서준은 생각했다. 전생은 그저 가슴속에 남아 있는 기억의 조각일 뿐, 그가 사랑하는 사람은 지금을 살고 있는 유라연이다. 그녀가 굳이 전생을 알 필요도 알 이유도 없는 것이다. 차라리 잘된 일인지도 모른다.

단지…… 서준의 가슴 한구석에 자리하고 있는 천유의 마음은 서운함을 감추지 못했다. 서준에게 지금의 라연이 소중한 존재인만큼 천유에게 아기씨는 억겁의 세월을 견뎠을 만큼 간절한 사람이었으니까…….

15. 인연은 하늘이 주는 것

한 번도 본 적 없는 서준의 눈빛에서 얼음보다 시린 경멸이 그대로 전해졌다. 화정은 흔들리는 마음을 다잡으며 관장실 문을 닫았다.

"그렇게 보지 마. 나도 모르고 간 자리였으니까."

애써 태연한 척 소파에 앉으며 화정은 몰래 주먹을 꽉 쥐었다. 긴장한 탓에 눈 밑에 약한 경련이 일었다.

"나 커피 한 잔만 줄래?"

자연스럽게 말한다는 것이 오히려 더 어색하기 그지없었다. 화정은 짜증스럽게 아랫입술을 물었다 놓으며 이내 아무렇지 않은 얼굴로 그를 쳐다보았다.

"방 안에 커피 향이 없는 걸 보니 너도 아직 안 마신 거 맞지? 같이 마시자."

"용건이나 말해."

눈빛만큼이나 서늘한 서준의 음성에 화정은 저도 모르게 몸을 움츠러트렸다.

"어디 무서워서 입이나 벙긋하겠니?"

"업무에 필요한 얘기 아니면 나가 줘."

삭막하기 그지없는 말투. 그는 이제 시선조차 주지 않은 채 철저히 무시하는 태도를 보였다. 꼬리를 내리고 저자세로 대화를 시도하려 했던 화정의 결심이 그대로 무너져 버리는 순간이었다. 화정은 수습되지 않는 표정을 그대로 드러내며 그를 쏘아보았다.

"모르고 간 자리라고 했잖아! 적어도 내 얘기는 들어 줄 수 있는 거 아니니? 이렇게 일방적으로 화만 낼 게 아니고 말이야."

"너에게 내가 무슨 얘길 들어야 하는데?"

"뭐?"

얼굴을 든 서준의 입가에 차가운 조소가 서렸다.

"모르고 간 자리? 그게 뭐가 중요하지? 너는 남의 상처를 아무렇지 않게 이야깃거리로 즐기듯 뱉어 냈어. 그때 네 행동, 비열 그 자체였다."

좋지 못한 소리를 들을 거란 각오는 하고 왔지만 이렇게 노골적인 적대감을 보일 줄은 상상도 하지 못했다. 화정은 화기가 닿은 것처럼 얼굴이 화끈거려 더는 그의 눈빛을 마주할 수 없었다. 아무리 서운했다 하더라도 이건 너무하지 않은가.

"내가 틀린 말 한 거 있어? 어차피 알게 될 일이었고 내가 그 수고를 덜어 줬을 뿐이야."

"더는 실망하지 않게 해 줘. 적어도 너를 친구로 생각했던 지난 시간들은 후회하고 싶지 않으니까."

"친구? 내가 너의 친구였던 적은 있었니?"

"그건 내가 묻고 싶은 말이다."

서준의 표정에서 빈정거림이 사라졌다. 대신 안타까움이 묻어나는 진지한 눈빛으로 화정을 마주했다.

"나를 이해해 줄 줄 알았어. 너라면, 내가 알고 있는 김화정이라면 나에 대한 너의 감정과는 별개로 내 선택을 인정해 줄 거라고 믿었어. 내 오래된 친구로서 말이야."

"오래된 친구? 넌 내 기분 같은 건 생각 안 해 봤니? 그 자리에서 네가 다른 여자와 함께 들어오는 모습을 봐야 하는 내 마음은 어땠을 것 같아? 박수라도 치면서 축하해 줬어야 하는 건가?"

"화를 내고 싶었으면 내게 냈어야지. 그 사람이 아닌 나를 아프게 했어야지!"

화정의 한쪽 입 끝이 교묘히 비틀렸다.

"너, 지금 아프잖아."

서준의 눈빛이 어둡게 변해 갔다. 하지만 화정은 멈추지 않았다. 아니, 멈춰지지가 않았다.

"그래, 나 이것밖에 안 돼. 내가 아픈 만큼, 네가 날 아프게 한 만큼, 너두 아프게 하고 싶었어. 상처받았을 그 애 때문에 아프니? 그래서 친구로 생각했다는 나한테 화가 나? 말도 걸기 싫을 만큼? 쳐다보기도 싫을 만큼?"

"너 스스로를 힘들게 하지 마. 나는 네 마음을 받아 줄 수 없다고 했잖아. 왜 미련을 버리지 못해!"

"감정이 그렇게 맘먹은 대로 움직인다고 생각해? 이십 년 가까이 품어 온 마음이야. 지금 너처럼 한순간에 불타오른 감정이 아니라고!"

화를 낼 거라 예상했던 것과는 달리 서준은 짧은 한숨만을 내쉴 뿐이었다. 그가 앞머리를 거칠게 손으로 넘기고는 자리에서 일어섰다.

"네 말이 맞아. 오랫동안 품어 온 마음은 맘대로 움직일 수가 없지. 누구보다 그걸 잘 알기에 널 비난하지는 않아."

"니가 뭘 알아? 네가 그런 사랑을 알기나 해?"

서준이 천천히 다가가 화정의 맞은편에 앉았다. 약한 바람이 일며 그 특유의 따뜻한 나무 향기가 전해졌다. 가슴이 두근거림과 동시에 쓰라렸다. 화정은 이런 상황 자체가 그저 비참하기만 할 뿐이었다.

"믿을지 모르겠지만 그 사람을 품은 내 마음은 네가 생각하는 것보다 훨씬 오랫동안 여기에 있었다."

서준이 자기 가슴에 손을 올리며 말했다.

"너와 나의 인연은 비교도 할 수 없을 만큼 오랜 세월, 난 그 사람을 기다렸어. 그 기다림을 너에게 이해해 달라고 하진 않아. 말해도 알 수 없을 테니까. 다만 내가 널 무시한다거나 네 마음을 하찮게 여긴다고 생각하지는 마. 그저 받아 줄 수 없을 뿐이야."

"오랜 세월이라고? 나보다 더? 너 지금 그걸 나보고 믿으라고 하는 소리니?"

"믿든 안 믿든 그게 사실이니까."

"하!"

화정이 매우 화가 난 얼굴로 그를 쳐다보았다.

"나 지금 빈말이라도 사과하려고 왔었어. 엄마의 성화도 있었지만 너하고 계속 껄끄럽게 지내기 싫어서 출근하자마자 온 거야. 근데 나를 마치 벌레처럼 쳐다보는 네 표정, 네 태도에 기가 막히더라. 내가 뭘 그리 잘못했는데? 네가 내게 준 모욕에 비하면 그건 아무것도 아니었거든! 사과? 웃기지 마. 난 잘못한 거 없고 너에게 거짓말까지 들으면서 불쌍한 사람 취급받기 싫어. 차라리 대놓고 화를 내!"

"처음부터 잘못 찾아왔어. 사과는 내가 아니라 그 사람에게 했어야지."

"뭐?"

"어제 형님이 내게 던진 유리잔에 그 사람이 대신 다쳤어. 벽에 부딪쳐 박살이 난 유리 파편에 나를 감싸느라 대신……."

서준은 떠올리기 싫은 기억에 힘이 드는 듯 격하게 숨을 몰아쉬었다.

"넌 틀린 말 아니라고 쉽게 뱉어 낸 말 한마디가 그 사람에겐 평생 잊을 수 없는 상처가 되었어. 덕분에 남의 이목과 돈밖에 모르는 우리 집안사람들 앞에서 그 사람은 아무 죄 없이 조롱거리가 됐지. 내가 뭐라고, 나 같은 놈이 도대체 뭔데!"

화정의 식구가 도준의 집에서 나간 뒤, 분위기는 생각보다 훨씬 더 험악했던 것임이 분명했다. 결코 좋은 소리가 오갈 것이라고는 생각 안 했지만 설마 유리잔을 던졌을 줄이야…….

서준이 두 손으로 자신의 얼굴을 힘껏 감쌌다가 놓으며 화정을 똑바로 쳐다보았다. 그의 눈시울이 붉게 충혈되어 있었다.

"그 누구에게도 무시당할 이유 없는 사람이야. 주어진 환경에 안주하지 않고 정말 열심히 살아왔고 실력도 갖추었어. 너와 난 뭐가 그리 잘났지? 과연 너와 내가 부모가 없었다면 지금 이 위치에 있을 수 있었을까?"

선뜻 대답을 찾지 못하고 얼굴빛이 점점 붉어지는 화정을 바라보며 서준이 자리에서 일어섰다.

"나와 함께 일하기 정 힘들면 언제든 말해. 너보다 유능한 파트너를 찾긴 쉽지 않겠지만 네가 원한다면……."

"왜? 더 좋은 자리 알아봐 주게?"

"이 상태로 내 얼굴 보기 힘들잖아, 너."

"고마워서 눈물이 다 날 것 같네. 지금 내 생각해 준다는 거니? 네가 불편한 게 아니고? 왜? 내가 그 아이 괴롭히기라도 할까 봐?"

화정이 자리에서 일어나 서준을 매섭게 쏘아보며 말했다.

"근데 나 그만두지 않아. 너와의 감정과는 별개로 이 미술관 내겐 각별한 곳이거든? 불러 준 건 너지만 내가 먼저 도망치듯 나가는 일 절대 없어."

"그런 뜻 아니란 거 알잖아!"

"사람 참 한순간이야. 비열하고 치졸해지는 거. 난 내가 나름 쿨한 인간이라 자부했는데 아니더라. 이렇게 밑바닥까지 보고 나니 말이야."

"김화정, 너 괜찮은 여자야. 너를 이해 못 하는 것도, 비난할 생각도 없어. 내가…… 많이 미안하다."

끝까지 갈라놓을 생각이었다. 화정 자신보다 어디 하나 나은 것 없는 어리기만 한 여자와 그녀를 선택한 서준, 그 둘이 불행해질 때까지 괴롭혀 주고 싶었다. 사랑한 만큼, 눈앞의 이 남자를 많이, 아주 많이 사랑했던 만큼.

'차라리 계속 화를 내지. 꼴도 보기 싫다고 소리라도 지르지. 차갑기만 하던 은서준이 어떻게 이렇게 변해? 미안해? 뭐가? 니가 뭐가 미안한데!'

통쾌할 줄 알았다. 유라연이 그런 멸시를 당했다는 사실만으로도 속이 후련해질 줄 알았는데…… 이 개운치 못한 기분은 뭐란 말인가.

화정은 자조 띤 웃음을 입가에 머금으며 그에게서 돌아섰다.

"방금 전까지도 으르렁거린 주제에 폼 잡긴."

이젠 정말 미련을 버려야 한다는 것을 안다. 한결같이 너는 아니라고 밀어내는 이 남자를 놓아야 한다는 것도.

숨김없이 한바탕 퍼부은 탓일까? 화르륵 치밀어 올랐던 화가 조금씩 사그라지는 것이 느껴졌다. 똑같이 아프게 해 주고 싶었는데…….

여전히 서운한 마음이 가슴 한쪽을 누르고 있지만 원망은 없었다. 아마도 체념이란 걸 배워 가는 과정이리라.

문을 향해 걸어가던 화정이 잠시 걸음을 멈추었다.

"넌 그 애가 왜 좋아?"

등 뒤로 서준이 차분한 음성이 들렸다.

"이유가 꼭 있어야 하나?"

"그런가? 이유가 필요 없는 건가?"

화정이 어깨를 가볍게 으쓱이며 뒤로 슬쩍 눈길을 주며 말했다.

"남의 일에 내가 감 놔라 배 놔라 할 문제는 아니지만 난 여전히 두 사람 관계, 회의적이야. 오래갈 거라고는 생각하지 않아."

화정의 입 끝이 삐딱하게 올라갔다.

'그 애와 헤어진다 해도 나를 돌아보지는 않을 거란 것도……
이젠 알아.'

마지막 말은 떨떠름한 표정 뒤로 삼키며 화정은 지체 없이 그곳
에서 사라졌다.

관장실 문이 열리고 화정이 밖으로 나오자 일을 하고 있던 라연
이 고개를 들었다. 어젯밤만 해도 멀쩡했던 얼굴에 살색 밴드가 붙
어 있는 모습이었다.

둘은 어색하게 눈이 마주쳤고, 먼저 시선을 피한 쪽은 라연이었
다. 화정은 천천히 라연의 책상 앞으로 다가갔다. 라연을 쳐다보는
화정의 눈 밑에 얇은 주름이 잡혔다 사라졌다.

"선주 씨는 어디 갔나 봐?"

"네. 학예사실에 잠시. 뭐 시키실 일이라도……."

라연이 엉거주춤한 자세로 자리에서 일어서려 하자, 화정은 앉으
라는 손짓을 보였다.

"우리 얘기 좀 할까?"

화정은 불편한 심기를 굳이 감추지 않으며 라연을 바라보았다.
얼굴은 왜 그러냐고 물으려다 그만두었다. 무슨 대답을 듣겠다
고…….

"은 관장이 라연 씨에게 사과하라고 하더라. 근데 나 안 할 거
야. 결국 알려지게 될 일이었고, 그걸 내가 먼저 말한 것뿐이니까."

"부관장님 말씀대로 언젠가는 알려지게 될 일이었지만 그 시기
나 장소가…… 너무 최악이었죠."

"내가 많이 밉겠구나?"

"네."

라연의 서슴없는 대답에 화정은 순간 당혹스러웠다.

"기다렸다는 듯 대답하네."

"저도 사람이니까요."

갈색 눈동자가 무례할 만큼 빛을 내며 화정을 응시했다.

"하지만 오래 미워하진 않을 겁니다. 제가 부관장님을 미워하면…… 서준 씨가 더 힘들어할 테니까요. 두 분은 오랜 친구 사이고 부관장님은 서준 씨에게 가족 같은 분이니까."

서준 씨라고 콕 집어 말하는 라연의 태도가 당돌하다 싶으면서도 화가 나지는 않았다. 주눅이 들어 제대로 대답도 하지 못했다면 오히려 실망했을지 모른다는 생각마저 들었다. 하긴, 그런 성격이 아니었다면 혼자의 몸으로 미술 공부까지 하며 지금껏 버틸 수 없었겠지만…….

눈앞의 당돌한 어린 여자는 시선을 피하지 않으며 꿋꿋이 화정을 응대했다. 미간에 살짝 접힌 주름, 굳게 닫은 입술, 누가 봐도 잔뜩 긴장한 모습으로.

얼굴에 붙인 밴드로 자꾸만 눈길이 쏠렸다. 과연 그 상황이 된다면 화정, 자신은 어떻게 했을까? 아마 지레 겁을 먹고 눈물부터 흘렸을 터였다. 서준을 지켜 주려 하기보다 오히려 그에게 의지하면서.

'그래. 인정할게. 서준일 사랑하지만 나를 포기할 만큼은 아니야. 난 너처럼은 할 수 없어.'

처음 마주쳤을 때와는 달리 이번엔 화정이 먼저 시선을 돌렸다. 씁쓸한 그녀의 표정 뒤로 다소 편안해진 미소가 짧게 스쳤다.

"두 사람, 잘 될 거라는 생각은 안 해. 잘해 보란 빈말도 하지 않아. 물론 앞으로도 라연 씨와 친해지고 싶은 생각 추호도 없어. 단, 방해는 하지 않을 테니 그 점은 걱정하지 마. 깔끔하지 못한 행동은 지금까지로도 충분했으니."

미묘한 공기와 더불어 짧은 침묵이 불편해지려는 찰나, 선주가 문을 열고 들어왔다. 화정은 이내 평소와 같은 도도한 표정으로 돌아가 선주의 인사를 가볍게 받았다.

"할 말 있었는데 마침 잘됐네요. 선주 씨, 잠깐 나하고 얘기 좀 할래요?"

"네? 네."

"그럼, 라연 씨는 수고."

하나 마나 한 형식적인 인사를 남기고 화정은 문을 향해 빠르게 걸어갔다. 이왕 쿨한 척 하기로 맘먹은 이상 마무리도 깨끗이 해야겠다 생각했다. 여전히 김화정에게 유라연은 사랑하는 남자를 뺏어 간 꼴도 보기 싫은 여자였지만……

"라연 씨, 다녀올게."

선주는 들고 있던 서류들을 잽싸게 자신의 책상 위에 올려놓은 뒤, 허겁지겁 화정의 뒤를 따랐다.

화정을 따라 부관장실에 다녀온 선주는 감정을 추스르기 위해 부랴부랴 준비실로 들어갔다. 뭔가 특별한 일을 시키기 위해 불렀다 생각했는데, 기분 좋게 따라갔던 그곳에서 선주는 때아닌 무안을 당한 채 얼굴을 붉히며 나와야만 했다.

『선주 씨는 비서에게 있어 반드시 필요한 덕목이 뭐라고 생각해요?』

대화를 시작하기 전 별 뜻 없는 질문이라 생각한 선주는 다소 뜬금없는 화정의 질문에 가벼운 마음으로 대답했다.

『모시는 분이 업무를 최적의 상태로 보실 수 있게 뒤에서 보좌하는 것이 아닐까요?』

『그건 비서의 역할이고, 갖춰야 할 마음가짐 말이에요.』

웃으며 한 대답에 화정이 정색을 하며 지적하자, 선주는 그제야 뭔가 잘못되었다는 것을 감지했다.

『혹시 제가 무슨 실수한 일이라도 있나요? 뭔가 하실 말씀이 있으신 것 같은데…….』

『그동안 지켜봤는데, 선주 씨 능력 있어요. 업무처리 확실하고 스케줄 관리도 정확하고. 연성 미술관에서 괜히 칭찬한 게 아니더군요. 근데…….』

화정이 앉은 자세를 고치며 잠시 뜸을 들였다. 분위기상 뭔가 불편한 이야기가 나올 것만 같아 선주는 몰래 마른침을 삼켰다.

화정은 자연스럽게 그려진 갈색 눈썹을 찡긋 올렸다 내리며 다시 입을 열었다.

『선주 씨가 전에 하던 홍보 일과는 달리, 여기의 업무는 비서예요. 비서는 무엇보다 입이 무거워야 합니다. 미술관 내의 그 어떤 일도 외부에 전해지게 해서는 안 된다는 말이죠. 업무에 관한 일뿐 아니라 관장실 내에서 일어나는 모든 사적인 일들도 예외는 아니라는 말씀입니다. 관장님을 모시는 비서가 옳지 못한 일로 입방아에 오르내리게 되면 그 비서뿐 아니라 관장님은 물론 그 미술관의 이미지까지 실추되는 것은 당연한 이치겠죠. 더군다나 유출된 것들이 검증되지 않은 얘기들이라면 문제는 더 심각해질 테고요. 내가 무슨 말을 하는지, 선주 씨는 잘 알 거라 생각하고 오늘 얘기는 여기까지 할게요.』

언제 어디서 어떻게 들었는지는 정확히 모르겠지만 부관장이 무얼 들었는지는 알 수 있었다. 관장실 내에서의 사적인 일이라면 유라연에 관한 일뿐일 테니까.

더럽고 고까웠지만 어쩌겠는가. 윗사람이 하라면 하는 것이 직장생활인 것을. 선주는 냉장고에서 꺼낸 냉수를 벌컥벌컥 들이켜며 새까맣게 탄 속을 달랬다.

✼

계절은 마법사의 장난처럼 소리 소문 없이 변해 갔다. 풋풋했던 여름 향기는 어느새 시니컬한 가을향기로 바뀌어 낙엽을 쓸어 가는 바람에 묻어났다.

외출 준비를 마치고 문단속을 하던 라연은 어두워진 창문 밖을 무심코 쳐다보았다. 엊그제만 해도 푸르던 은행잎이 제법 노랗게 물들어 바람결에 하늘거렸다. 금방이라도 바닥에 떨어질 듯 아슬아슬하게.

여전히 정신없이 바쁜 하루하루였지만 가끔은 겁이 날 만큼 평온한 일상이기도 했다. 사랑하는 사람, 좋아하는 일, 꿈, 희망……모든 것을 가졌다고 해도 과언이 아니건만 불쑥불쑥 튀어나오는 불안을 완전히 지울 수는 없었다.

태은그룹, 은도준. 뛰어넘어 보겠다고 감히 발버둥 치지도 못할 만큼 높은 산. 언제 폭발할지 모를 활화산. 늘 무겁게 마음을 짓누르는 공포…….

'선배의 마음을 아프게 한 벌인 거야. 다른 사람에게 상처를 주고도 혼자만 행복해지길 바라는 건 욕심인 거지.'

혼자만 아픈 것은 참을 수 있다. 하지만 자기 때문에 서준이 다치게 되는 것은 견딜 수 없을 것 같았다. 절대 그의 곁에서 떠나지 않겠다고 큰소리를 쳤지만 실상…… 자신이 없었다.

언제나 혼자였던 삶. 힘겹고 때로는 지치는 삶이었지만 자기 한 몸만 지키면 되었기에 이를 악물고 살아왔다. 누군가에게 기대고 누군가를 지키고…… 그러한 상황이 여전히 라연에겐 생경했고 조금은 버거웠다.

저녁 무렵, 서준에게서 퇴근 후 만나자는 문자를 받았다. 예전에 한번 말했었던 이종사촌 형을 소개해 주기로 했었는데, 그의 대학원 강의가 늦게 끝나 일단 학교에서 만났으면 한다는 내용이었다.

현관을 나서다 라연은 문자 오는 소리에 가방에서 휴대폰을 꺼내었다. 주소록에서 지워 버린, 하지만 익숙한 번호. 진우의 번호가 화면에 떴다.

[할 얘기가 있어. 네 오피스텔 앞이다. 나올 때까지 기다린다.]

가까운 곳에서 차 한잔 하자고 했던 진우는 카페에 온 뒤로 아무 말이 없었다. 두 사람 사이엔 무거운 침묵만이 흘렀고 아까운 시간만 무의미하게 흐르고 있었다.

테이블 너머의 진우는 눈에 띄게 야윈 모습이었다. 언제나 단정했던 짧은 머리는 한동안 손질을 하지 않은 듯 덥수룩했고 살이 빠져 더욱 날렵해진 턱 주변엔 거뭇거뭇한 수염이 보였다. 많이 초췌해진 선배의 모습에 라연은 불편한 것과는 별개로 마음이 좋질 못했다.

떠올릴 때면 늘 훈훈한 미소가 저절로 그려졌던 사람이었다. 힘들 땐 기댈 수 있었고, 즐거울 땐 함께 웃어 주었던 유일한 사람. 그랬던 사람이, 그랬던 선배가 지금은 몹시 어색하고 불편한 사람이 되어 있었다. 숨 막히는 침묵 속에 라연의 머릿속엔 의구심만이 점점 커져 가고 있었다.

'집은 어떻게 알고 왔을까? 미술관 직원들도 아무도 모르는데⋯⋯. 설마 뒤라도 밟은 건가?'

라연의 속을 들여다보기라도 한 듯 진우가 불쑥 대답 아닌 대답을 했다.

"미술관에서부터 네 뒤를 쫓았었다. 이젠 하다하다 내가 정말 스토커가 된 기분이야. 네 앞에 다신 나타나지 않으려 했는데⋯⋯ 널 이대로 놓아 버릴 수가 없었어."

진우의 무테 안경 너머로 붉게 충혈된 눈이 보였다. 감정을 추스르는 듯 그는 이마를 잔뜩 좁히며 라연을 바라보았다.

"내 전화 안 받을 거 아니까. 미술관은 네가 곤란해질 테니 갈 수 없었고⋯⋯ 너에게 꼭 해 줄 말이 있는데 방법이 떠오르질 않았다."

"선배⋯⋯."

"아무것도 모르고 널 만났을 때에도 난 한눈에 알아봤어. 네가 내 운명이란 것을. 믿으려 하지 않겠지만 넌…… 내 정혼자였으니 까."

지금 무슨 말을 들은 건지 라연이 상황 파악도 하기 전에 진우는 쉬지 않고 말을 이어 갔다.

"아주 오래전에 우린…… 결혼을 약속한 사이였다. 나는 너밖에 몰랐고 너만 생각했다. 지금도, 800년 전에도."

매몰차게 선배의 마음을 거절했지만 여전히 미안한 마음이 컸다. 그렇기에 갑작스런 연락에도 불구하고 망설임 없이 진우를 만났다. 그의 마음을 받아 줄 수는 없었지만 함께했던 고마운 시간만큼은 지우고 싶지 않았기에……. 미안함에 눈도 제대로 맞추지 못하고 있던 라연이 뜨악한 표정이 되어 그를 쳐다보았다.

"알아듣지 못하는 내가 이상한 건가요?"

"후회하고 있어. 차라리 처음부터 네게 말해 주는 게 옳았는 데……. 믿지 못하더라도 그때, 너에게도 말해 줬어야 했어."

"선배가 지금 무슨 말을 하는지 하나도 못 알아듣겠다고요!"

"나도 첨엔 믿지 않았어. 최면? 전생? 그런 허무맹랑한 얘기, 코 웃음 치며 흘렸었지."

긴 이야기를 준비하는 듯 진우는 만지작거리던 물 잔을 들어 쉼 없이 들이켰다. 빈 잔이 테이블 위에 놓여졌고, 그의 이야기는 계 속되었다.

"오래전 심리학과 교수의 최면 실험을 돕는 과정에서 나는 내 전생, 아니 우리의 전생을 보았어. 그 뒤로 꿈을 꾸면 네가 보였고 너를 사랑하고 있는 내가 있었다. 황당하지? 이런 말을 하는 나도 꽤 오랫동안 믿지 않았으니까. 내가 널 많이 사랑하긴 하는구나, 그래서 이렇게 꿈속에서도 널 보는구나 그렇게만 생각했었다. 근데 시간이 흐르면서 자연스레 깨닫게 되었어. 전생은 내가 만들어 낸 환상이 아니라는 것을."

"설마, 지금 저보고 그 말을 믿으라는 건 아니죠?"

"미친놈이 하는 헛소리라고 생각하겠지. 갑자기 나타나서 뭔 똥 딴지같은 소리냐고. 하지만 사실이야. 내가 본 전생은 거짓이 아니다, 라연아."

"이런 질문을 하는 것조차 우습지만 어떻게 꿈이 환상이 아니라고 자신하죠? 무슨 근거로요?"

라연의 질문에 대한 대답은 카페 직원이 차를 가져오면서 잠시 미뤄졌다. 그윽한 커피 향이 무색할 만큼 라연의 머릿속은 조급하기만 했다. 얼른 이 말도 안 되는 상황에서 벗어나고픈 생각뿐이었다.

테이블에 놓인 커피 잔 속의 커피가 잔물결을 멈출 무렵, 진우가 입을 열었다.

"각성. 그래, 그게 맞는 것 같다. 언제부턴가 꿈을 꾸지 않아도 기억이 나기 시작했으니까. 바로 어제 일처럼 생생하게. 전생 속, 너에 대한 내 마음이."

"믿진 않지만, 설사 그게 사실이라 해도 달라지는 건 없어요. 전생이요? 그게 뭐요? 이제 와서 그게 무슨 의미가 있죠?"

"나도 첨엔 그렇게 생각했다. 전생은 그저 지나간 기억에서나 존재하는 것일 뿐, 지금 이 순간이 중요하다고……. 내 곁엔 라연이 네가 있었으니까."

"선배, 이러지 마요. 선배가 이러면 내가 너무 미안하잖아. 나 때문에 선배가 망가진 것 같아…… 마음이 너무 아프다구요."

진우가 입을 삐딱하게 벌린 채 헛웃음을 지었다.

"너 지금, 내가 제정신이 아니라고 생각하는구나."

"선배……."

"널 먼저 만나고 사랑한 것은 나였어. 전생에서도 그리고 현생에도. 그런데 그자가…… 매번 널 내게서 빼앗아 버렸어. 뱀보다 더 교활하게 네게 접근해서 우릴 갈라놓았다고!"

뭔가 잘못되었다는 생각이 들었다. 정말 미치지 않고서야, 진우는 있지도 않은 거짓말을 아무렇지 않게 늘어놓을 사람이 아니었다. 왜? 도대체 왜 이런 말도 안 되는 말을 하는 것일까. 저리도 비장한 표정으로, 저리도 진지하게…….

라연은 하는 수 없이 진우의 말을 들어 보기로 했다. 믿지는 못하지만 더는 선배를 이상한 사람으로 몰고 싶지 않았으니까.

"설마 그자가 관장님이라고 말하려는 건 아니죠?"

진우가 긍정의 대답을 하지 않자, 라연은 기가 막힌다는 듯 재차 물었다.

"선배, 아니죠?"

"제주도에서 처음 그를 봤을 땐 나만 알고 있을 거라 생각했어. 네가 전생을 기억 못 하듯 그도 모르고 있을 거라고. 근데 지나고 돌이켜 보니 그건 내 착각이었다. 네가 관장이라 부르는 그자도 분명 알고 있을 거라 확신해."

"무슨 소리예요? 관장님이 알고 있을 거라뇨?"

"처음부터 이상하게 생각했어야 했는데, 설마 이런 일이 있을 줄은 몰랐지. 일개 어시스턴트를 관장 비서로 임용한다고 했을 때 의심부터 했어야 했는데 말이야."

쿵, 쿵……. 조용하던 심장이 크게 뛰기 시작했다. 그럴 리가 없다고, 말도 안 되는 소리라고 라연은 아랫입술을 사리물며 천천히 고개를 저었다.

"그, 그건 선배가 모르고 하는 말이에요. 그전에 이미 관장님과 전 만난 적이……."

아닐 거라고 변명을 하는 도중에도 라연의 머릿속에선 수많은 의문들이 꼬리에 꼬리를 물고 불어났다. 처음 캠퍼스에서 서준을 만났던 그때가 떠올랐다.

아무리 예쁘고 마음에 드는 여자라고 할지라도 절대 먼저 다가가 말을 걸 사람이 아니었다. 적어도 라연이 알고 있는 은서준은…….

그런데 그날, 은서준은 다가와 말을 걸었고 그 뒤로도 우연처럼 계속 부딪쳤다. 설령 그 만남들이 진짜 우연이었다 하더라도 서준이 왜 그녀에게 알은체를 했던 것일까? 왜?

라연의 동요를 눈치챈 듯 진우의 표정이 다소 여유로워졌다.

"의도적으로 네게 접근했던 것이 분명해. 그자는 그렇게 음흉한 자니까. 전생에서도 넌 그자 때문에……. 이번에도 그는 널 힘들게만 할 게 틀림없어."

"선배."

라연은 자세를 고쳐 잡으며 진우를 똑바로 쳐다보았다.

"내가 백번 양보해서 선배가 말하는 환생이란 것을 믿는다 해도 달라지는 건 없어요. 만에 하나 관장님과 헤어진다 해도…… 선배에게 가지는 않아요. 절대."

"그렇게 단정 지어 말하지 마. 사람의 마음은 언제든 바뀔 수 있어."

"사람의 마음이 바뀔 수 있을지는 몰라도 노력으로 사랑이 얻어지지는 않아요. 가질 수 없는 사랑이라면 보내 주는 것이 진정 사랑이 아닐까요? 미안해요. 선배에겐 이 말밖엔 해 줄 말이 없어요."

애원으로 일관하던 그의 태도가 일순간 비아냥거림으로 바뀌었다. 진우의 입가가 조소로 일그러졌다.

"그자가 널 사랑하는 이유가 전생의 기억 때문이라 해도 넌 그의 곁에 있을 거니? 지금의 네가 아닌, 지난 기억의 미련 때문에 널 곁에 두는 거라 해도? 그래?"

"선배야말로 지금 이러는 거, 그 말도 안 되는 꿈 때문 아닌가요? 난 아니라는데, 난 선배를 사랑할 수 없다고 하는데, 왜 나를 놓지 못하는 거냐고요!"

"난 전생을 알기 전부터 널 사랑했으니까! 지나간 기억 때문이 아닌 너, 지금의 유라연을 사랑한다고! 그자만 끼어들지 않았어도 우린 지금 이러지 않았을 거니까!"

"아뇨. 언젠가는 깨달았을 거예요. 관장님이 아니었어도…… 선배에 대한 내 감정이 사랑이 아니라는 것을, 말도 안 되는 전생 운운하지 않아도 알았을 거라고요."

다급해진 진우의 음성에서 쇳소리가 섞여 흘렀다.

"너는 그자에게 속고 있어. 그자는 아니야. 그놈은 안 된다고!"

"더는 선배와 할 얘기 없어요. 이젠 정말……."

라연이 자리에서 일어섰다. 그녀의 입술 새로 가는 한숨이 새어 나왔다.

"선배 보는 일, 없었으면 좋겠어요."

테이블을 벗어나 걷고 있던 라연의 뒤로 진우의 성마른 음성이 들려왔다.

"내 말 듣지 않은 거 후회할 거야. 후회할 땐 이미 늦은 거라고!"

걸음이 잠시 멈칫했으나 라연은 뒤돌아보지 않았다. 더 이상의 대꾸는 아무런 의미가 없음을 알기에 더는 지체하지 않았다. 다만 퇴색해 버린 진우와의 추억이 아쉬워 라연은 주먹을 질끈 쥐며 걸음을 옮겼다.

'반가워서 그랬다면 믿겠어? 그쪽을 학교에서 처음 봤을 때, 아무 생각도 할 수 없을 만큼 그렇게…… 반가웠거든. 내가 알던 사람과 참 많이 닮았어. 당신.'

'내가 오래전에 알던 사람도 쪽빛을 좋아했어. 그 사람 때문에 나도 그 색을 좋아하게 됐지. 라연 씨와 나의 공통점을 하나 발견하게 된 셈인가.'

새삼 오래전 서준이 했던 말들이 떠올랐다. 알던 사람과 많이 닮았다고, 그래서 반가웠다고…….

혹 그럴 리 없겠지만, 정말 그럴 리는 없겠지만 진우의 말이 사실이라면 라연을 닮았다는 그 사람은 전생의 라연 자신이란 말이 된다. 도저히 믿으려야 믿을 수 없는 이야기였다. 이 무슨 말도 안되는 궤변이란 말인가.

큰길로 나온 라연은 도리질을 치며 마음을 재정비했다.

'말도 안 되는 일이야. 선배가 잠시 이성을 잃은 것뿐이라고. 전

생이라니, 전생이라니! 생각하고 말고 할 필요도 없어. 깊게 생각하지 말자. 그래, 잊어버리자.'

손목시계를 확인하니 서준과 약속한 시간에 임박해 있었다. 여유롭게 버스를 기다릴 겨를이 없었다. 라연은 택시를 잡기 위해 오는 차들을 향해 서둘러 손을 뻗었다.

16. 사랑도 화석이 될까

문과대학 건물로 바삐 걷는 라연의 이마에 땀이 송골송골 맺혔다. 처음 인사하는 자리에 30분씩이나 늦어 버리다니…… 실례도 이런 실례가 없다. 라연은 사이사이 숨을 고르며 심리학과 교수실이 있는 3층을 향해 빠르게 계단을 올랐다.

오후 8시가 넘은 건물 안은 제법 한산했다. 드문드문 학과 사무실에 불이 켜져 있었지만 복도를 지나다니는 학생들은 거의 보이지 않았다. 또각또각, 그녀의 구두 소리가 귀에 거슬릴 만큼 주위는 고요했다. 3층에 다다른 라연은 빠르면서도 조심스레 교수실이 있는 곳을 향해 걸어갔다.

마침내 교수실 앞에 도착한 라연은 노크를 하기 위해 살짝 문을 건드렸다. 그때, 제대로 닫혀 있지 않았던 문이 안으로 스윽 열렸고, 안에서 익숙한 서준의 음성이 들려왔다.

"형, 다시 한 번 당부하는 거지만 쓸데없는 말은 하지 마. 라연인 아무것도 모르고 있으니 농담이라도 꺼내면 안 돼."

"끝까지 완벽한 키다리 아저씨가 되겠다? 진짜 궁금하네. 후원해서 대학 공부까지 시키고 비서에서 연인으로 발전시킨 그 대단하신 아가씨가 말이다. 너의 그 전생 타령이 이런 결말을 가져올 줄 누가 알았겠냐."

"쉿! 조용히 해. 조금 전에 학교에 도착했다고 했으니 곧 올 때가 됐어."

둘의 대화에 놀란 것도 잠시, 누군가 자리에서 일어서는 소리에 라연은 허겁지겁 발소리가 나지 않게 뒷걸음질을 쳤다. 최대한 그곳에서 멀리 떨어져야만 했다.

듣지 말았어야 할 이야기를 들어 버린 것만 같아 심장이 미친 듯이 뛰기 시작했다. 알지 말았어야 할 사실을…… 알아 버린 것이다.

역시나 교수실에서 서준이 나오는 모습이 보였다. 어떤 표정을 지어야 할지, 당장 지금 자신이 무슨 표정을 짓고 있는지 알 수가 없었다. 구두가 바닥에 달라붙은 듯 걸음이 떨어지질 않았다.

몸에 딱 맞는 심플한 디자인의 블랙 재킷에 회색 바지를 입은 근사한 모습의 그가 라연을 향해 고개를 돌렸다. 서준의 시선이 어스름한 빛 속에서 느껴졌다. 라연이란 것을 확인하고는 그가 환한 미소를 지어 보인다. 열린 문 사이로 새어 나온 빛이 서준을 더욱 빛나게 감쌌다.

"어서 와."

"제가 너무…… 늦었죠?"

혀가 얼어붙은 듯 말이 쉽게 나오질 않았다. 라연은 여전히 그

자리에 선 채 다소 어색한 투로 말을 이었다.

"처음 인사드리는 건데 제가 결례를 하고 말았네요."

"아냐. 형도 방금 왔어. 왜 그러고 서 있어? 얼른 와."

"조금 뛰었더니…… 숨이 차서요. 이놈의 저질 체력 같으니."

라연은 어설프게 웃으며 힘겹게 발걸음을 옮겼다. 후들후들, 다리가 제 것이 아닌 양 심하게 흔들렸다.

"얼마나 빨리 달렸길래 그래? 미련하긴."

서준이 다가가 라연의 팔을 잡았다. 라연은 저도 모르게 그의 손을 밀어냈다.

"괘, 괜찮아요. 먼저 들어가세요."

"무슨 일…… 있었어?"

서준이 자신의 손을 밀어낸 라연의 손을 다시 잡으며 물었다. 라연은 차마 그의 얼굴을 쳐다보지 못하고 몰래 입술을 깨물었다.

"무슨 일 있었구나?"

"아뇨. 땀이 나서 얼굴이 엉망이 됐을 것 같아서요. 숨도 좀 고르고……."

"지호 형은 우리 형님들과는 달라. 긴장하지 않아도 돼."

"죄송해요. 늦게 와 놓고 이런 모습까지 보여서."

서준이 느릿한 손짓으로 라연의 머리를 쓰다듬었다.

"그날 많이 힘들었구나. 많이……."

라연은 대답 대신 고개만 저었다. 아니라고 대답하려는 순간, 목이 메어 와 입을 열 수가 없었다. 이 혼란스러운 감정을 어떻게 추슬러야 할지 당황스러울 뿐이었다.

서준의 손이 조심스레 라연의 볼을 감쌌다.

"형에겐 내가 양해를 구할 테니 오늘 약속 취소할까? 이렇게 힘들어할 줄 알았으면 약속 잡지 말 걸 그랬다."

라연은 미세하게 떨리는 손을 들어 자신의 볼을 감싸고 있는 그의 손을 떼어 냈다.

"정말 아니에요. 그만 들어가요."

"당신도 만나 보면 좋아하게 될 거야. 내가 정말 좋아하는 형님이니까."

서준은 다정하게 라연의 어깨를 감싸며 함께 방으로 들어섰다. 안에 들어서자 무슨 일인가 궁금해하며 서 있던 지호가 그들을 반갑게 맞이했다.

학교 근처의 카페에 자리를 잡은 세 사람은 미뤘던 인사를 간단히 나눴다. 테이블을 사이에 두고 라연의 맞은편에 앉은 지호가 사람 좋은 미소를 지으며 말을 건넸다.

"내가 맛있는 저녁이라도 사 줘야 하는 건데 이렇게 차만 마시게 해서 어쩌나. 강의 시간이 빠듯해서 학교에서 만나자고 했는데, 나 때문에 번거로웠죠?"

"아뇨. 늘 다녔던 곳이라 익숙하고 좋아요. 저야말로 늦어서 죄송합니다."

서준의 말대로 지호는 푸근한 인상만큼이나 편안한 사람이었다. 그러나 지금 이 상황도, 맘씨 좋아 보이는 서준의 사촌 형도 라연에겐 그저 무의미할 뿐이었다.

'끝까지 완벽한 키다리 아저씨가 되겠다? 진짜 궁금하네. 후원해서 대학 공부까지 시키고 비서에서 연인으로 발전시킨 그 대단하신

아가씨가 말이다. 너의 그 전생 타령이 이런 결말을 가져올 줄 누가 알았겠냐.'

후원……. 어떻게 된 일일까? 분명 도와주신 분은 전 문화재단 이사장인 송연화 관장님인 줄 알았는데…… 키다리 아저씨라고? 게다가 전생 타령이라니. 그럼 선배의 말이 전부 사실이란 말인가? 그 말도 안 되는 전생을 서준도 믿고 있다는…….

불안하게 뛰는 심장, 떨리는 손, 무엇보다 감정을 감출 수 없는 표정 때문에 라연은 어찌할 바를 몰랐다. 당장이라도 그 자리에서 뛰쳐나가고픈 심정이었다.

"라연아, 유라연!"

라연이 깜짝 놀라 옆을 보니 서준이 손을 들어 그녀의 머리를 쓰다듬었다.

"무슨 생각을 그리 골몰히 해?"

"네? 아 죄송해요. 무슨 말씀…… 하셨나요?"

"아니. 멍하니 있길래 불러 본 거야. 어디 아픈 건 아니지?"

"아니에요. 잠시 딴생각 좀 하느라…….'

차를 마시며 두 사람을 번갈아 쳐다보던 지호가 찻잔을 내려놓으며 말했다.

"라연 씨, 학교 다닐 때 내 최면치료를 경험한 적이 있다면서요? 이렇게 예쁜 학생을 내가 잊을 리가 없는데 왜 기억이 안 나지?"

라연이 겸연쩍게 웃으며 대답했다.

"제가 다른 친구들에 비해 시간이 짧았거든요. 보이는 게 없어서요."

"전혀 보이는 게 없었다고요?"

"아뇨. 아주 짧게 어떤 아주머니를 보긴 했는데 그 뒤론…… 네, 아무것도 없었어요."

"하긴 정말 짧았다면 기록에서 제외했을 수도 있겠구나. 근데, 궁금하네요. 어떤 아주머니가 보였는지. 물어봐도 되죠?"

지호가 아주 잠깐 서준을 쳐다보는 것이 느껴졌다. 라연은 부러 모른 척 태연히 대답했다.

"굉장히 인자해 보이는 분이었는데…… 그분이 뭐라 몇 마디 하고는 사라지신 게 다예요. 그 뒤론 아무것도 안 보였어요."

"그렇구나. 사실 최면이 아예 안 통하는 친구들도 꽤 많아요. 집중력이 부족하다거나 최면에 대해 강한 부정을 갖고 있다거나 이유는 다양하죠. 아무튼 이렇게 만나게 돼서 다시 한 번 반갑군요."

진심으로 환영하는 미소를 짓는 지호와는 달리 라연은 억지스레 입꼬리를 겨우 올렸다. 그러고는 결국 스스로를 제어하지 못하고 돌발적인 발언을 뱉어 내고 말았다.

"그때 교수님의 최면을 받은 동아리 선배가 제게 말도 안 되는 이야기를 해 준 적이 있어요. 전생을 보았다면서 그걸 진실인 양 믿더라고요. 전 그런 거 믿지 않거든요. 심리치료에 도움을 줄지는 몰라도 전생이라뇨. 교수님도 전생이 실제로 존재한다고는 믿지 않으시죠?"

무심코 입에 차를 머금었던 지호가 기침을 하며 서둘러 물컵을 집어 들었다. 라연이 난처한 표정을 지으며 물었다.

"아, 제가 실례되는 말씀을 드렸나요?"

지호가 컵을 내려놓으며 손을 저었다.

"천만에요. 갑자기 사레가 들려서……. 나도 최면을 치료에 이용하고는 있지만 전생이란 것을 직접적으로 믿지는 않아요. 과거 기억의 편린들을 들여다볼 수는 있지만 전생의 기억은…… 그 사람의 심리적인 상태와 관련된 것이라 생각하는 편이죠."

라연이 이번엔 서준을 쳐다보았다.

"서준 씨는 어떻게 생각해요? 전생을 믿어요?"

"어. 난 믿어."

일말의 망설임도 없는 그의 대답……. 라연은 떨리는 마음을 감추기 위해 테이블 밑으로 두 손을 모아 잡았다. 둘의 시선이 스치는 듯했으나 라연이 이내 고개를 돌렸다. 혹시라도 그가 감정의 동요를 눈치채는 것이 싫었기 때문이다.

"뭐, 믿어서 나쁠 거 없잖아? 착하게 살면 다음 생에도 라연이와 만날 수 있겠지."

아무것도 몰랐다면 너무나 달콤할 수 있었던 서준의 말이 그녀는 그저 참담할 뿐이었다. 라연의 그런 기분을 알 리 없는 지호가 둘의 대화에 끼어들었다.

"녀석이 대놓고 닭살멘트를 날리네. 야! 적응 안 된다."

"진심인데. 난 다음 생에도 그러고 싶은데?"

"어쭈 점점……. 니 꼬라지 보기 싫어서 화장실 다녀온다. 라연 씨, 잠깐 실례할게요."

지호가 자리를 비우자 두 사람 사이엔 미묘한 어색함이 맴돌았다. 라연은 긴장을 감추기 위해 찻잔을 들었고, 서준은 그 모습을 물끄러미 바라보았다.

"나한테 뭐 할 말 없어?"

서준의 질문에 라연이 시들하게 대답했다.

"아뇨."

"아닌데? 지금 그 얼굴은 나한테 할 말이 많은 얼굴인데."

"할 말 없어요."

"나한테 뭐 화난 일 있어? 아님…… 도준 형님이 혹시……."

라연이 깊은 숨을 내쉬며 도리질을 쳤다.

"아니, 아니요. 우리 얘긴 나중에 해요."

서준은 뭐라 더 말을 하려다 마는 모습이었다. 라연 역시 답답하긴 마찬가지였지만 입을 다물었다. 무거운 공기가 두 사람 사이를 가로막았다. 함께 있으면 한 시간이 일 분처럼 짧기만 했는데…… 지금은 시간이 너무도 천천히 흘렀다.

'지금이 아무것도 모르던 어제였으면 좋겠어.'

아직은 믿고 싶었다. 뭔가 오해가 있는 거라고, 진우의 말은 터무니없는 거짓이고 서준의 후원 역시 지호가 잘못 알고 있는 것이라고 그렇게…… 믿고 싶었다.

얼마 후, 자리를 비웠던 지호가 돌아왔다. 라연은 몰래 심호흡을 한 뒤 나오지 않는 미소를 겨우 지으며 그를 맞이했다. 그 뒤 라연은 머릿속의 복잡함을 감춘 채 더디게 흐르는 시간과 싸워야 했다.

지호와 헤어지고 오피스텔로 돌아가는 동안에도 라연과 서준은 침묵을 지켰다. 대화를 먼저 시도하려 했던 서준도 이젠 말을 아끼는 모습이었다. 라연이 먼저 말하고 싶어질 때까지 기다리는 것이리라.

오피스텔에 도착하고 엘리베이터에서 내려선 라연이 서준의 뒤에 멈춰 섰다.

"얘기 좀 해요. 옷 갈아입고 서준 씨 집으로 갈게요."

"그래. 기다릴게."

무슨 일이냐고 묻지도 채근하지도 않는다. 갑작스런 그녀의 행동에 짜증이 날 만도 한데, 이 남자는 묵묵히 기다려 주고 있다. 차라리 화를 냈다면 라연의 부담이 줄었을까?

서준이 먼저 뚜벅뚜벅 그의 집 쪽으로 걸어갔다. 그의 뒷모습을 바라보던 라연은 가슴 쪽 옷자락을 움켜쥐며 크게 숨을 들이마셨다. 커다란 돌덩이가 꽉 누르고 있는 것 같아 가슴이 답답했다.

'유라연, 네가 자초한 일이야. 그냥 모른 척 넘어갔어도 됐잖아. 그게 뭐 중요한 일이라고 일을 이렇게 키워 버렸니. 시작이 뭐가 중요해? 이유가 뭐가 중요하냐고! 이렇게 사랑하는데, 내가 저 남자를 이렇게 사랑하는데…… 그런 게 다 무슨 소용이야.'

머릿속으로 아무리 되뇌어 봐도 가슴이 허락하질 않았다. 이대로는 안 된다고, 이런 개운치 못한 감정으로는 관계가 오래 갈 수 없다고 그렇게 경고하고 있었다.

'나보다 더 이성적인 사람이야. 절대, 그럴 리 없어.'

떨리는 손으로 도어록 버튼을 눌렀다. 집에 왔다는 안도감 때문일까. 느닷없이 눈앞이 흐릿해졌다. 라연은 서둘러 집 안으로 들어갔다.

"와인 할래?"

문을 열어 주고 와인바 쪽으로 걸어가던 서준이 뒤를 돌아보며 물었다.

"당신도 좋아할 만한 와인이야."

"아뇨. 지금은 술 마시고 싶지 않아요."

대답하는 라연의 음성은 여전히 건조했다. 서준은 유감이라는 듯 어깨를 으쓱이며 한 개의 잔에만 와인을 부었다.

"그래 그럼."

서준은 와인 잔을 들고 라연이 앉은 맞은편 소파에 앉았다. 어제 와 달라진 것은 아무것도 없는데 방 안의 공기만큼은 무겁게 변해 있었다.

서준과 사귀고 난 뒤로 이 소파에서 라연의 자리는 늘 그의 옆이 었다. 차를 마실 때에도 함께 영화를 볼 때에도 둘은 언제나 나란 히 앉았다. 그랬던 두 사람이 지금은 마주 보고 앉아 있다. 건너편 에 앉은 서준과의 거리가 유난히 멀게 느껴졌다.

"하고 싶은 얘기 있으면 해. 다 들어 줄게."

그가 들고 있던 와인 잔을 테이블 위에 놓으며 말했다.

"당신, 이런 적 처음이라 은근히 긴장되는데?"

서준의 가벼운 웃음에 라연은 함께 웃어 줄 수 없었다. 그럴 기 분도, 그럴 여유도 없었다. 꾹 다물고 있던 라연의 입술이 소심하 게 떨어졌다.

"말을 하지 말까도 생각했어요. 그냥 모른 척 묻어 둘까도 생각 했고요. 하지만 이대로는 서준 씨를 마주하고 웃을 수 있을 것 같 지가 않았어요."

짧은 호흡과 함께 라연의 어깨가 가볍게 들썩였다.

"그냥 다 말할게요. 돌려 말하거나 숨기는 거…… 소질 없으니 까."

"무슨 말이길래 이렇게 비장하기까지……."

"아까 오피스텔로 진우 선배가 찾아왔었어요."

서준의 표정이 눈에 띄게 어두워졌다. 그의 어두운 표정만큼이나 라연의 가슴은 더욱 갑갑해졌다.

"그자가 왜?"

"내가 선배의 정혼자였대요. 서로 사랑하는 사이였는데 누군가 둘을 갈라놓았다고 하더라고요. 그 누군가가 바로 서준 씨고요."

라연은 기가 막힌다는 듯 말하는 중간에 작은 한숨을 내쉬었다.

"이 말도 안 되는 얘기가 전생이었대요. 게다가 서준 씨도 이 모든 걸 알고 있을 거라고 했어요. 요즘 세상에 그런 터무니없는 말로 나를 설득하려 했어요. 전생이요? 그게 말이 돼요? 저는 당연히 의심할 가치도 없는 얘기라 생각했는데……."

라연이 입술을 안으로 물었다 놓으며 한탄하듯 웅얼거렸다.

"하아. 진짜 이런 걸 묻게 될 줄은 몰랐는데…… 전생이라니, 전생이라니!"

고개를 들고 서준을 바라보는 라연의 눈빛이 원망으로 위태롭게 흔들렸다.

"선배가 한 말이 사실인가요? 서준 씨도 정말 믿고 있나요?"

'아니라고 대답해요. 차라리 끝까지 모르는 일이라고 잡아떼세요.'

그렇게만 대답한다면 더 이상 묻지도, 알고 싶어 하지도 않을 거라 그리 다짐하면서 라연은 소리 없이 그렇게 외치고 있었다.

"오래전 나도 지호 형에게 최면시술을 받은 적이 있어."

불안하게 뛰던 심장이 멈춰 버린 기분이었다. 담담히 대답을 하는 그의 입을 막아 버리고 싶었다. 그만, 거기까지만.

"꿈처럼 보였던 어떤 사건들, 그리고 내가 느꼈던 감정들……일종의 환각이라고 생각했어. 당연히 전생이니 뭐니, 그런 거 믿지 않았지. 당신 말대로 말도 안 되는 일이니까."

"그죠? 서준 씨도 저와 같은 생각이죠?"

"그날 이후 매일 같은 사람이 꿈에 보였어. 꿈에서 난 매번 같은 사람이었고, 한 사람만을 사랑했지. 그게 반복이 되니…… 그땐 정말 모르겠더라고. 내가 본 것들이 정말 전생인지, 아님 그저 꿈인 건지."

"같은 꿈을 꾼다고 해서 그게 전생일 거란 건 억측이에요. 최면 부작용일 수도 있고."

"믿지 않을 수가 없었어. 내 앞에 그 사람이 나타났거든. 꿈에서 보았던……."

라연이 거의 울 것 같은 얼굴로 서준을 바라보았다.

"꿈에서 봤다는 사람이 저라고 하지는 마요. 선배의 말이 사실이라고도 하지 마세요."

"아니. 그자 말이 맞아. 나도 알고 있었어. 그리고 전생도……."

"그만! 그만해요!"

라연이 허공의 벽을 짚듯 앞으로 손을 내밀며 도리질을 쳤다.

"아니라고 말해 주길 바랐어요. 아니라고. 선배가 거짓말한 거라고, 전생 같은 거 절대 믿지 않는다고 말해 주길 바랐다고요."

"내가 전생을 믿고, 당신이 내 전생의 연인이었다고 해서 우리가 달라지는 건 없어. 중요한 건 지금 우리 두 사람이 서로 사랑한다는 거니까."

"아뇨. 서준 씨가 전생을 믿는 한 우린…… 아니, 서준 씨는 날 정말 사랑하는 게 아니에요."

참고 있다 생각했는데 한쪽 볼을 타고 눈물이 주르륵 흘러내렸다. 라연은 부옇게 흐려지는 시야를 야속해하며 숨을 삼켰다.

"학교에서 처음 날 봤을 때 서준 씨는 내게 아는 사람과 많이 닮아서 말을 걸었다고 했어요. 미술관에서 내게 다가왔던 것도, 어시였던 날 비서로 만든 것도 전부…… 날 다른 누군가와 착각했기 때문이죠. 그래요. 착각. 말 그대로 착각이에요. 난 선배와 서준 씨가 말하는 그 전생의 여자가 아니니까요."

"라연아, 그건……."

"만약, 서준 씨의 말대로 전생이란 게 정말 있다면 저도 그 꿈을 꾸었겠죠. 당신과 같은 꿈을. 그랬다면 이런 허무맹랑한 상황이 조금은 납득이 되었을까요?"

"내가 말했잖아. 이제 전생이니 뭐니 그런 거 하나도 중요하지 않다고. 내가 당신을 사랑하고 있는 지금이 중요할 뿐이야."

라연의 아래턱이 감정을 주체하지 못하고 바르르 떨렸다. 두 눈을 꼭 감자 그렁거렸던 눈물이 한꺼번에 쏟아졌다. 그대로 눈을 뜨고 싶지 않았다.

"라연아!"

"언제부터였어요? 나를 전생의 그 여자로 믿은 게……."

붉게 충혈된 눈동자 위로 또 금세 눈물이 가득 차올랐다. 덕분에 놀라서 굳어 버린 그의 표정은 보이지 않았다.

"들어 버렸거든요. 날 후원해 준 사람이 송 이사장님이 아닌 서준 씨란 걸. 그러니까 솔직히 말해 줘요."

모든 걸 놓아 버리려는 듯한 라연의 힘없는 목소리, 쉴 새 없이 흐르는 눈물……. 서준은 더 이상 참지 못하고 자리에서 일어섰다. 서준이 곁으로 다가가려 하자, 라연은 손을 들어 그를 거부했다.

"오지 마요. 거기서 대답해 줘요. 언제부터였어요?"

"어떻게 시작한 게 뭐가 중요해? 우린 조금 다르게 시작했다고 생각하면 되잖아!"

"날 후원해 준 사람이 당신이라니…… 당연히 고마워해야 하는데 왜 내 마음이 이렇죠? 왜 이렇게 비참하고 서글프죠?"

"이러지 마, 라연아."

"꿈속의 여자와 닮았다는 이유로 내 인생이 바뀐 거였어요. 재능을 인정받은 것이 아닌, 한 사람의 꿈 때문에 운 좋게 그림을 배울 수 있었던 거예요. 그리고 그 꿈 덕분에 지금껏 과분한 사랑을 받고 있었고요."

말을 하는 동안 라연의 머릿속엔 수많은 기억들이 스치며 지나갔다. 한결같이 바라봐 주던 서준의 따뜻한 눈빛, 무심한 듯 세심하게 챙겨 주던 그의 관심, 배려…… 그 모든 것들이 라연 자신이 아닌 꿈속의 어떤 여자를 향한 것이었다 생각하니 견딜 수 없을 만큼 마음이 아팠다.

서준이 필사적인 표정으로 손깍지를 낀 채, 최대한 몸을 숙이며 말했다.

"전생이니 뭐니 이제 그런 거 중요하지 않다고 말했잖아. 난 꿈속의 여인을 사랑하는 게 아니야. 지금 내 눈앞에 있는 당신을 사랑하는 거라고!"

"꿈을 꾸지 않았다면 날 봐 줬을까요? 날 후원해 줬을까요? 일개 어시를 비서로 곁에 뒀을까요? 날 사랑하게 되었을까요?"

"같은 말 또 하게 하지 마. 시작은 중요한 게 아니라니까!"

"아뇨. 중요해요."

라연이 자리에서 일어섰다. 그의 말대로 이대로는 같은 말만 계속 되풀이될 뿐이기에 더는 그곳에 있을 수가 없었다.

"제가 지금 누리고 있는 것이 전부 제 것이 아니었단 생각이 들어요. 지나간 시간을 되돌릴 수는 없겠지만 지금이라도 제자리를 찾아갈 수는 있겠죠."

"지금 무슨 말을 하는 거야?"

서준이 성큼성큼 라연에게로 다가왔다. 그가 거칠게 라연의 팔을 움켜잡았다.

"무슨 말을 하는 거냐고 묻잖아!"

"당신을 사랑하고 있다고 말하는 중이에요!"

참고 있던 감정이 폭발하고 말았다. 라연은 저도 모르게 그를 향해 소리쳤다.

"모르겠어요? 당신을 사랑하기 때문에 이러는 거…… 존재하지도 않는 어떤 사람 때문에 질투하고 있는 내가 안 보이냐고요!"

"어떻게 해야 믿겠니? 내가 어떻게 해야 당신이 믿어 주겠냐고!"

"그 여자를 사랑했어요? 아니, 지금도 사랑하고 있나요? 다른 말은 말고 지금 내 질문에만 대답해 줘요."

라연을 바라보는 서준의 눈빛은 어느 때보다 짙은 흑색이었다. 흔들림 없는 그의 눈동자가 촉촉이 젖어 들었다. 라연은 자신이 질문을 했다는 것도 잊은 채 그의 눈빛에 마음이 흔들렸다.

'무엇이 당신을 그리 슬프게 하는 거죠? 뭐가 그리 안타까운 건데요?'

믿을 수 없는 현실에 숨이 막혔고, 보이지 않는 존재로 인한 원망으로 가슴이 아렸다. 라연은 차라리 그가 아무 말 없이 안아 주길 바랐다. 잠시 꿈을 꾸었던 것 같다고, 지금은 눈앞의 너만 사랑한다고 그리 말해 주길 속으로 빌고 또 빌었다.

기대, 불안, 후회…… 이 모든 감정이 뒤죽박죽 그녀를 괴롭히고 있는 사이, 서준의 깊이 가라앉은 음성이 그 모든 것을 종식시켰다.

"사랑해."

하늘이 무너지는 기분이 이런 것일까? 라연은 뭐라도 붙잡고 싶은 심정에 소파의 아랫부분을 꽉 움켜잡았다.

"지금 당신을 안심시키기 위해 그 마음을 부정하고 싶지 않아. 내가 나로 살아가는 동안은 변하지 않아. 그 사람이 당신이고 당신이 그 사람이기에."

"그 여자가 내가 아닐 수 있다는 생각은 왜 안 하는 거죠? 서준 씨가 말하는 이 말도 안 되는 전생을 다 기억하는 진짜가 나타난다 해도 아무렇지 않을 수 있어요? 내게 가졌던 감정이 변하지 않을 자신 있냐고요!"

라연의 팔을 집고 있는 서준의 손에 순간 힘이 들어갔다. 그가 뭔가 말을 하려는 듯 입술을 떼었으나 이내 다무는 모습이었다. 라연은 헛웃음을 지으며 그의 손을 뿌리쳤다.

"그래요. 당신은 거짓말을 못 하는 사람이죠. 대답…… 충분히 알아들었어요. 그만 갈게요."

"지금 내가 무슨 말을 해도 당신, 안 믿어 줄 거잖아. 듣기도 전에 마음을 닫아 버렸으면서 뭘 알아들었다는 거지? 이대로 정말 후회하지 않을 자신 있어?"

"후회……하겠죠. 전생이란 게 뭔데, 그런 거 무시해 버리면 그
만인데 고마운 것도 모르고 괜한 트집 잡으며 돌아선 걸 후회할 거
예요."

'알면서도 지금은…… 당신 곁에 있을 자신이 없어요. 전생 같
은 거 믿지 않는다고 해 놓고, 실은 당신보다 더 믿고 있나 봐요.
언제라도 그 누군가가 당신 앞에 나타날까 봐 겁이 나 버렸어요.
두렵고 무서워졌어요.'

라연은 볼에 흐른 눈물을 손으로 아무렇게나 훔치고는 그를 향
해 깍듯이 고개를 숙여 인사했다.

"배은망덕하게 투정을 부렸지만 그동안 후원해 주셔서 감사했어
요. 은인에게 이렇게밖에 인사드리지 못해서 죄송합니다."

"사랑한다면서! 날 사랑한다 해 놓고 지금 뭐 하는 거야! 정말
헤어지겠다는 건가?"

"내가 떠날 수밖에 없어요. 당신은 내가 아닌 다른 사람을 사랑
하니까…… 여전히 잊지 못하고 있으니까. 난 누군가의 대신이 되
고 싶진 않아요."

"하나만 물을게."

깊게 가라앉은 서준의 음성이 아프게 가슴속으로 스며들었다.

"나 없이 살 수 있어?"

울컥하고 무언가가 목구멍을 막아 버린 느낌이었다. 라연은 가까
스로 숨을 내쉬며 힘겹게 입을 열었다.

"살아지겠죠."

"나는, 나는 그러지 못할 거라고 해도 갈 건가?"

"살아질 거예요. 그럴…… 거예요."

뒤돌아서서 몇 발자국 걸음을 떼던 라연의 뒤로 서준의 격한 외침이 들려왔다.

"내가 당신을 이렇게 기억하고 있는데, 당신이기 때문에 사랑하는데! 다른 이유는 없어. 당신이니까…… 사랑한다고."

당장이라도 몸을 돌려 그에게 가고 싶었다. 누굴 좋아하든 상관없다고, 그냥 곁에 있겠다고…… 그러고 싶었다. 하지만 라연은 그러지 않았다. 아니, 그럴 수 없었다.

'당신이 날 얼마나 사랑해 줬는지 알아요. 그래서 더 있을 수가 없어요. 날 사랑한 만큼…… 그 여잘 사랑했겠죠. 그 사람을 향한 사랑이 화석이 되어…… 당신 가슴에 남아 있으니까.'

라연은 더 이상 지체하지 않고 도망치듯 그곳에서 나왔다. 그의 곁에 남고 싶은 마음에서 도망쳤다. 그렇게 사랑을 놓아 버렸다.

거실에 혼자 남겨진 서준의 손엔 와인 잔 대신 독한 위스키가 가득 든 스트레이트 잔이 들려 있었다. 이미 몇 잔째 입에 들이부은 그는 이번에도 서슴없이 노란 액체를 목구멍에 쏟아부었다.

맛은 분명 술인데 마실수록 정신은 점점 더 또렷해지는 기분이었다. 그의 머릿속엔 시종일관 라연의 질문들이 전자음이 되어 윙윙 휘저어 댔다.

'그 여자가 내가 아닐 수 있다는 생각은 왜 안 하는 거죠? 서준 씨가 말하는 이 말도 안 되는 전생을 다 기억하는 진짜가 나타난다 해도 아무렇지 않을 수 있어요? 내게 가졌던 감정이 변하지 않을 자신 있냐고요!'

지금 내가 사랑하는 당신이 그 사람인데 감정이 어떻게 변할 수 있냐고 말하려 했다. 당신만 기억하지 못할 뿐 내 사랑은 변함이 없다고 말하고 싶었다. 하지만 그럴수록 라연의 상처는 더 깊어질 것 같아 입을 다물었다. 지금은 어떤 말도 그녀를 납득 시킬 수 없다는 걸 알기에.

미리 말을 해 주었다면 상황이 달라졌을까? 전생을 기억하지도, 믿지도 않는 그녀가 순순히 그의 말을 받아들였을까? 복잡한 생각 중에 문득 전생에 라연이 천유에게 했던 말이 떠올랐다.

'우리가 다시 만났을 때 내가 너를 기억하지 못할까 봐…… 알아보지 못할까 봐, 그게 나는 가장 두려워.'

누군가가 기억을 하고 있다면 그것으로도 괜찮을 거라 생각했다. 먼저 알아봐 주면 되니까, 기억하고 있으면 되니까……. 하지만 이제 와선 차라리 둘 다 기억하지 못하는 편이 나았을지도 모른다는 생각이 들었다. 어차피 만날 운명이었다면 어떻게든 그는 라연을 사랑하게 되었을 테니까.

'나는 당신에게 약속을 했어. 당신이 기억하지 못한다면 내가 당신을 기억하겠다고. 반드시 당신을 찾아내겠다고.'

설사 전생의 기억이 전부 거짓이라 하더라도 달라지는 것은 없다. 아기씨를 사랑했던 천유의 마음이 거짓이 아니듯, 지금 은서준이 사랑하는 사람은 자존심으로 똘똘 뭉친 비서 유라연이니까. 이대로 그녀를 떠나보내는 일은 결코 일어나지 않을 테니까.

17. 당신을 좋아할 수 있는 지금

라연은 준비실에 서서 분쇄기에 원두를 넣고 천천히 손잡이를 돌렸다. 에스프레소 머신 대신 핸드드립으로 마시고 싶다는 서준의 요구에 의해 원두부터 새로 가는 중이었다.

유라연은 지난밤 은서준과 헤어졌다. 아침에 눈을 떴을 때 지난밤 일이 어쩌면 꿈이 아니었을까 잠시 기대했었다. 하지만 욕실 거울에 비친 퉁퉁 부은 눈을 하고 선 자신의 모습과 마주했을 때, 그 기대가 꿈이라는 것을 확인할 수 있었다.

두 번 다시 얼굴도 보지 않을 것처럼 큰소리치며 그의 집에서 나왔지만, 표면적으로 달라진 것은 아무것도 없었다. 보란 듯이 그가 구해 준 집에서 나왔어야 했고, 다니던 미술관에도 시원하게 사표를 던졌어야 했다. 하지만 라연은 그 무엇도 하지 않았다. 아니, 할 수가 없었다.

언제부턴가 자신을 사무적으로 대하는 선주에게 커피 심부름을 대신 부탁할 수는 없었다. 라연은 무거운 마음으로 관장실 문을 열었다.

잠을 제대로 자지 못해 푸석한 얼굴의 라연과는 달리 서준은 여느 때와 다름없는 완벽한 모습이었다. 아이러니하게도 라연은 그런 그의 모습에 서운함을 느꼈다. 그리고 이내 그러한 자신이 당혹스러워진 라연은 서둘러 커피 잔을 내려놓고 돌아섰다.

"유라연 씨. 잠깐만."

서준이 들고 있는 서류에서 눈을 떼지 않은 채 그녀를 불렀다. 라연은 머쓱하게 그의 책상 앞에 다가섰다.

"그동안 지켜봤는데 내 판단이 섣불렀음을 깨달았어. 관장의 비서직을 맡기엔 유라연 씨는 아직 역량이 너무 부족해. 좀 더 체계적으로 일을 배울 수 있는 자리로 옮기는 게 낫겠어."

앞을 보고 앉아 있던 서준이 창가 쪽으로 의자를 돌렸다. 마치 라연에게서 마음을 돌렸음을 보여 주는 것처럼 그의 뒷모습은 몹시 차가웠다.

"실무 쪽으로는 부관장 밑에서 배우는 게 훨씬 도움이 될 거야. 부관장과는 이미 얘기가 끝난 사항이니 나가면 바로 짐 정리해서 옮기도록 해."

"그냥 학예사실로 보내 주세요. 원래대로 어시부터 시작하겠습니다."

"부관장실로 보내는 것만으로도 이미 내 자존심에 충분히 금이 갔어. 더는 내 안목이 너덜너덜해지지 않도록 옮긴 자리에서 최선을 다하길 바라."

라연은 주먹을 꽉 쥐었다 놓으며 천천히 대답했다.

"네. 알겠습니다."

라연이 돌아서서 문 앞에 거의 다다랐을 무렵, 서준의 나직한 음성이 뒤에서 들려왔다.

"노파심에서 하는 말인데, 집은 옮기지 않아도 돼. 내가 어머니와 살던 집으로 들어갈 테니까."

불편한 요소들을 알아서 정리해 주었건만 시원한 마음보다는 서운한 마음이 앞섰다. 마치 헤어짐을 기다렸던 사람처럼 어떤 미련도, 아쉬움의 여지도 보이지 않는 그가 낯설고 또 원망스러웠다. 라연은 대답 없이 문을 열고 밖으로 나갔다. 이젠 정말 현실이 되었다. 유라연은 은서준과 헤어졌다.

✻

알고 보면 미술관은 부관장에 의해 돌아간다고 해도 과언이 아닐 만큼 화정이 맡은 일은 중요하고도 어려운 일투성이였다. 관장의 업무가 수월했다고 느껴질 만큼 부관장실의 일들은 해도 해도 끝이 보이질 않았다.

자처하여 늦은 밤까지 일을 하고 퇴근한 날에도 라연은 쉽게 잠을 이룰 수가 없었다. 피곤하면 저절로 쓰러질 줄 알았는데 눈을 감고 누워도 잠은 오질 않았다.

언제부턴가 라연은 지쳐 잠이 들 때까지 그림을 그리기 시작했다. 아침에 눈을 뜰 때면 이젤 앞이나 스케치북 위에 널브러져 있는 자신을 발견했다. 라연의 하루하루는 그렇게 연명하듯 지나갔다.

"이렇게 매일 늦는 거니?"

여느 때와 마찬가지로 잡무를 마치고 미술관을 나서던 라연의 앞에 불쑥 진우가 다가섰다. 불편했던 그와의 마지막 기억과는 별개로 라연은 그냥 반가웠다. 잠깐 다투었다 멀어진 친구를 다시 만난 것처럼.

"다른 약속 없으면 시간 좀 내 줄래? 잠깐이면 되는데."

"걷고 싶었는데…… 같이 걸을래요?"

"그래. 걷자."

진우에게서 초조해 보이기만 했던 지난 모습은 사라지고 없었다. 라연의 곁을 묵묵히 지켜 주었던 다정한 선배가 있을 뿐이었다.

"살이 좀 빠진 것 같다. 어디 아픈 건 아니지?"

몇 걸음 옮겼을 때 진우가 먼저 말을 건넸다. 라연은 대답 대신 고개를 저었다.

"일부러 살 빼는 거면 하지 마라. 지금도 너무 말랐어."

"일 배우느라 정신없어서 그럴 거예요. 나는 내가 꽤 잘났는 줄 알았는데 일을 하면 할수록 바보 멍청이더라구요. 머리가 나쁘니 몸이 고생하는 거지, 뭐."

"너 일 못한다고 관장한테 깨졌구나? 그래서 싸웠어?"

라연이 다시 고개를 저었다. 천천히 걷던 그녀가 우뚝 걸음을 멈췄다.

"선배는 잘 지냈어요? 내가 그렇게 싹수 없이 굴었는데도 정떨어지지 않아요? 밉지도 않아요?"

"네가 불편할까 봐 망설였지만 한 번은 꼭 만나야 할 것 같았어.

너에게 사과를 해야 했으니까."

누가 먼저랄 것도 없이 둘은 다시 걷기 시작했다. 보도블록 위로 노란 은행잎들이 바람에 어지러이 굴러다녔다.

"살아만 있어 준다면 아무 욕심도 내지 않겠다고 후회하고 또 후회해 놓고…… 같은 짓을 범하고 말았어. 좋아할 수 있을 때 마음껏 좋아하는 것만으로도 행복하다는 것을 잊고 있었다. 나는 네 덕분에 아주 많이 행복했어. 내 욕심으로 너를 힘들게 해서 미안하다."

"사과는 내가 해야 해요. 내가 선배를 진즉에 놓았어야 했는데…… 그 마음이 어떤지도 모르고 잡고만 있었어요. 이렇게 아픈 것인 줄도 모르고."

이번엔 진우가 걸음을 멈췄다. 그가 갑자기 라연의 어깨를 붙잡고 마주 보게 세웠다.

"너, 무슨 일 있구나? 관장하고 진짜 싸우기라도…… 라연아!"

라연의 눈가에 맺혀 있던 눈물이 볼을 타고 흐르고 있었다. 그에게 들킨 것이 민망하여 라연은 얼른 고개를 돌렸다.

"바람 때문에 눈물 난 거예요. 나 안구건조 때문에 종종 눈물 나는 거 선배도 알잖아. 아무 일 없이 잘 지내고 있어요. 정말!"

"싸운 거면 얼른 풀어. 싸우는 것마저도 부러운 사람이 있다는 거 알면 오래 끌지 마. 한 사람 가슴 찢어지게 만들고 서로 사랑하게 되었으면 잘 지내야지. 안 그러냐?"

라연은 고개를 끄덕이다 흐르는 눈물을 더 이상 주체하지 못하고 그에게서 돌아섰다.

"으씨, 눈물 나니까 콧물도 덩달아 나오네. 선배, 나 잠깐 코 좀 풀게요."

"어허, 아직 애구만. 콧물이나 흘리고 말이야."

뒤돌아선 라연의 머리를 장난스레 쓰다듬던 진우가 손을 내리며 말했다.

"나 대전으로 발령 났다. 연구단지 쪽에 3년짜리 프로젝트 팀으로 합류하게 되었거든. 앞으로는 이렇게 불쑥 찾아오고 싶어도 못 올 테니, 두 사람 싸우지 말고 잘 지내라."

"선배······."

화장지로 코를 감싼 채 뒤돌아선 라연을 바라보며 진우가 웃음을 터트렸다.

"너 이런 모습 관장한텐 안 보여 주지? 순 내숭덩어리."

"잘 지내요. 건강 조심하고."

"그래. 잘 지낼게. 좋은 여자도 만날 거고."

코끝이 발그레한 라연이 그를 향해 빙긋이 웃었다.

"만나러 와 줘서 고마워요."

"마음 같아선 한번 안아 보고 싶은데 그러면 또 미련이 남을 것 같고, 우리 악수나 한번 하자."

진우가 내민 손 위로 라연의 손이 겹쳐졌다. 감추려고 애를 썼지만 라연의 손을 잡고 있는 떨리는 그의 손은 흔들리는 마음을 감추기엔 역부족이었다. 그의 손이 아쉬운 듯 천천히 떨어졌다.

"혹시라도 결혼하게 되면 청첩장 보내지 마라. 안 갈 거니까. 그럼 같이 걷는 건 여기까지. 나 먼저 간다."

진우가 손을 들어 인사를 하고는 바로 돌아섰다. 코끝이 시큰해짐을 느꼈지만 심호흡으로 감정을 추슬렀다. 끝까지 잘 버텼다고 스스로를 위로하면서.

집에 돌아온 라연은 씻을 생각도 하지 않고 거실 바닥에 그대로 누워 버렸다. 잘 버티고 있다고 생각했는데, 살아질 수 있을 거라 자신했는데 이젠 숨을 쉬는 것조차 버겁게 느껴졌다. 서준이 없는 삶은 삭막한 사막처럼 그녀를 서서히 말라 죽게 만들었다.

좋아할 수 있을 때 마음껏 좋아하는 것만으로도 행복하다는 진우의 말이 떠올랐다. 그 행복을 스스로 걷어차 버리고 사랑을 받는 것만이 전부라고 생각했던 자신의 교만을 후회했다. 힘들게 살아온 것이 무슨 훈장이라고…… 어느새 받는 것에만 익숙해진 자신의 이기심에 돌을 던지고 싶었다.

'늦지 않았을까? 그가 다시 나를 받아 줄까?'

후회한다고 해 놓고 여전히 상처받을 걱정에 전전긍긍하는 자신에게 화가 났다.

'이젠 그가 나를 사랑하지 않으면 어쩌지? 다른 사람을 사랑한다고 하면 어쩌지? 나는 과연 서준 씨를 보내 줄 수 있을까? 그가 없는 세상을 견뎌 낼 수 있을까?'

서준에게 상처를 준 만큼, 아니 그 이상으로 아플 각오를 하고서라도 그에게 먼저 용서를 구하기로 마음먹었다. 백 번이고 천 번이고 그가 마음을 받아 줄 때까지.

"라연 씨는 알고 있었던 거야?"

다음 날, 화정이 출근을 하자마자 바로 라연의 책상 앞에 다가오며 물었다.

"도대체 왜, 무슨 생각으로 그런 짓을 저지른 거래? 설마 이러려고 나한테 라연 씨를 맡긴 거야? 그래?"

"저기, 무슨 말씀이신지 통⋯⋯."

"설마 모르고 있었다고 말하려는 건 아니지?"

의중을 꿰뚫기라도 하듯 화정이 뚫어져라 라연의 표정을 살피고 또 살폈다. 그러다 한쪽 입술 끝을 삐딱하게 올리며 하, 하고 헛웃음을 뱉어 냈다.

"두 사람 싸웠니? 어떻게 라연 씨가 모를 수가 있어?"

라연이 난처한 표정으로 머뭇거리자 화정의 표정은 점점 더 드라마틱하게 변해 갔다.

"뭐야? 진짜 싸운 거야? 나 참, 그 난리를 치고 연애를 했으면서 할 건 다 하겠다고?"

"관장님께 무슨 일 있으세요?"

"잠깐 쉬겠다고 휴가를 내고 사라지더니 어젠 재단에 모든 자리를 내려놓겠다고 통보를 했어. 여기 관장 자리까지 모두."

라연이 저도 모르게 자리에서 벌떡 일어섰다.

"관장님은 그럼 지금 어디⋯⋯."

"이보세요, 유라연 씨. 그건 지금 내가 그쪽에게 물어보려고 힐굽이 닳도록 달려온 거 아니겠어요? 근데 애인도 모르고 있다니."

"무, 무슨 일이 있으신 건 아니겠죠? 연락은 해 보셨나요?"

"연락이 되면 내가 그쪽 붙잡고 이러고 있겠어? 벌려 놓은 일은 산더미 같은데 관장이 증발해 버리다니! 미치고 팔짝 뛸 사람은 나라고!"

화정은 빠른 손놀림으로 전화를 걸며 부관장실 밖으로 나갔다.

서준의 소재 파악을 위해 최대한의 인맥을 동원하는 것 같았다. 라연은 맥없이 도로 의자에 털썩 주저앉았다.

　서준을 찾기 위해 라연이 할 수 있는 일은 아무것도 없었다. 그가 무슨 생각을 하는지, 무엇 때문에 이런 돌발 행동을 했는지 물어볼 방도조차 없었다.

　'정말 난 오롯이 당신에게 받기만 했네요. 무엇 하나 당신을 위해 해 준 게 없어요. 좋아하는 음식도, 좋아하는 영화도 아는 게 없어요. 그저 푸른색을 좋아한다는 것, 당신도 나처럼 김환기 화백의 그림을 좋아한다는 것 외에는……. 나는 그동안 내 사랑을 위해 뭘한 걸까요.'

　라연은 책상 서랍에 넣어 두었던 휴대폰을 꺼내었다. 서준이 미친 듯이 그리운 밤에도, 가슴이 터질 듯 보고 싶은 새벽에도 차마 염치가 없어 보내지 못했던 문자를 한 자, 한 자 새기듯 화면에 채워 보냈다.

　[좋아할 수 있게 해 주세요. 당신을…… 사랑할 수 있게 해 주세요.]

　퇴근 후 오피스텔에 돌아온 라연은 자신의 집이 아닌 서준의 집 앞에 멈춰 섰다. 라연은 떨리는 손끝으로 그의 집 현관문을 쓸어내렸다.

　지금이라도 벨을 누르면 그가 반갑게 웃으며 문을 열어 줄 것만 같았다. 아무 일도 없던 그때로 돌아가 설렘 가득한 마음으로 벨을 누르고 싶었다. 그와 나란히 앉아 음악을 듣고 와인을 마셨던 그 저녁으로 돌아갈 수만 있다면 무슨 일이든 할 수 있을 것만 같았다.

방세를 마련하기 위해 버스 대신 걸어 다녔고, 한 번도 앉아서 점심을 먹은 적이 없을 때에도 라연은 울지 않았다.

교실에서 돈이 없어져 도둑으로 몰렸을 때에도, 수학여행비가 없어 텅 빈 교실에 혼자 등교했을 때에도 라연은 묵묵히 견뎠다. 이 순간만 버티면, 빨리 어른이 되면 다 좋아질 거라고 마음속으로 되뇌고 또 되뇌었었다.

라연은 그의 집 문 앞에 등을 기대고 앉아 눈을 감았다. 그 어떤 생각으로도 서준에 대한 걱정이 사라지질 않았다. 그를 향한 그리움이 멈춰지질 않았다.

라연은 누군가의 도움이 절실히 필요했다. 혼자서는 도저히 그 밤을 견딜 자신이 없었다. 라연은 휴대폰을 꺼내 들어 전화를 걸었다. 폰 너머로 다정한 음성이 들려왔다. 라연은 그제야 입가에 안도의 미소를 머금었다.

18. 쪽빛, 영원의 노래

금방 멈춰도 이상하지 않을 만큼 심장이 심하게 요동쳤다. 사랑하는 사람, 자신보다 더 소중히 여기는 사람이 눈앞에 쓰러져 있었기 때문이다.

온몸은 피투성이였고 얼굴은 못 알아볼 만큼 만신창이가 되어 있었다. 안타까운 마음에 라연이 그에게 손을 뻗는 순간, 칠흑보다 더 깜깜한 어둠 속에서 번쩍하는 빛과 함께 날카로운 칼날이 그를 향해 내리쳐졌다.

"아아악!"

가위에 눌린 것처럼 한참을 버둥거리던 라연이 소리를 지르며 자리에서 몸을 일으켰다. 눈을 떴을 때 주변은 시간이 멈춰 버린 것처럼 고요했고 캄캄했다. 라연의 입에선 저절로 긴 한숨이 새어 나왔다. 꿈…… 꿈이었구나.

문득 한기가 느껴져 몸을 움츠렸다. 이마와 목 주변에 서늘한 식은땀이 축축이 흘러 있었다. 몸 전체가 몰매를 맞은 것처럼 쿡쿡 쑤시고 아팠다. 라연은 손을 뻗어 근처에 있는 스탠드 램프의 전원을 켰다. 엷은 노란빛에 감싸인 낯선 방 안을 둘러보며 라연은 재차 한숨을 내쉬었다.

'맞아. 여긴 오피스텔이 아니었지.'

라연은 덮쳐 오는 외로움에 베개를 집어 가슴에 끌어안았다. 살아도 사는 게 아닌 하루, 악몽에 시달리는 밤……. 쓸데없는 자존심 때문에 제대로 벌을 받고 있다고 생각했다. 그를 그렇게 떠나오는 게 아니었는데…….

'어라? 왜 이러지?'

눈물이 툭, 베개 위로 떨어졌다. 꿈속에서의 감정이 여전히 남아 가슴이 미어질 듯 아팠다. 사랑하는 사람이 눈앞에서 죽어 가는 모습, 절체절명의 순간…… 대신 죽어서라도 그를 지켜 주고 싶었다. 살릴 수만 있다면, 그를 살릴 수만 있다면…….

누군지 알 수 없는 그 사람과 서준이 오버랩이 되어 감정은 더욱 극에 치달았다. 보고 싶었다. 서준이 너무도 보고 싶어 가슴이 메어질 듯 아팠다.

'버림받고 싶지 않았어. 다시는 누구에게도 버려지고 싶지 않았어. 그 사람이 나를 정말 사랑하고 있는지 자신이 서질 않았어. 근데 이젠 아무래도…… 상관없을 것 같아.'

사랑하고 있는데, 그를 위해서라면 목숨도 아깝지 않을 만큼 사랑하는데…… 상처를 주고 말았다. 아프기 싫다는 이유로 먼저 그에게 상처를 주고 도망쳤다. 이기적이고도 못난 행동을 하고 말았다.

　오피스텔에서 나온 라연은 윤희의 집을 찾았다. 그녀라면 무슨 이야기든 다 털어놓아도 들어 줄 것이기에, 투정도 아픔도 다 받아 줄 것이기에 라연은 주저 없이 윤희에게 전화를 걸었다.

　『너의 후원에 대한 사항은 서준 씨의 부탁이란 걸 알고 있었지만 이유는 나도 몰랐어. 근데 전생의 연인과 닮아서였다니…… 너무 의외라서 나도 무슨 말을 해야 할지 모르겠네.』

　『이모도 알고 계셨구나. 저는 그것도 모르고…… 재단의 후원을 받으며 학교를 다니면서 나름 자부심을 갖고 있었거든요. 운 좋게 누군가를 닮아서 혜택을 받게 되었을 줄은 꿈에도 생각 못 하고…….』

　『아무리 아들 부탁이라고 해도 가능성이 보이지 않았다면 절대 널 후원하지 않으셨을 거야. 적어도 내가 알고 있는 송 관장님이라면.』

　『전생이 정말 있다면, 선배와 서준 씨 말대로 내가 그 여자였으면 좋겠어요. 나도 두 사람과 같은 꿈을 꾸었으면 좋겠어요.』

　살아질 수 없음을 알았다. 나 없이 살 수 있냐고 물었던 서준의 질문에 터무니없는 거짓말을 했던 것이다. 살아질 거라는 대답…… 그 말도 안 되는 대답을 다시 주워 담고 싶었다.

　'투정이었다고, 질투에 눈이 멀었었다고 하면 너무 뻔뻔스럽겠죠? 가지 말라고 당신이 그렇게 붙잡았는데…… 이젠 이런 나에게 실망했겠죠?'

서준의 모든 것이 사무치게 그리운 밤이었다. 그윽한 커피 향을 닮은 그의 음성, 발끝까지 저리게 만들던 그의 키스, 햇살 속 따스한 나무 향기가 나던 그의 살 냄새, 그리고 모든 걸 다 줄 것 같은 라연을 바라보던 눈빛…….

　눈물이 쉴 새 없이 흘러나왔다. 라연은 어렸을 때부터 지금껏 한 번도 소리 내어 울어 본 적이 없었다. 울음이 날 때면 손등으로 입을 막으면서 숨죽여 울던 그녀였다. 그러던 그녀의 입에서 처음으로 울음소리가 새어 나왔다.

　억누를 힘도, 참아야 할 이유도 없었다. 자신의 행동에 대한 후회, 그를 향한 그리움, 앞으로에 대한 두려움…… 그 모든 것들이 라연을 통제했던 감정을 부숴 버렸다. 지금이 늦은 새벽이란 것도, 바로 옆방에 윤희가 자고 있단 사실도 잊은 채 라연은 처음으로 아기처럼 울음을 터트렸다.

　"보고 싶어요, 보고…… 으흐흑…… 으어엉."

　화장실을 가려고 거실로 나왔던 윤희가 울음소리에 놀라 문밖에 서 있단 사실도 모른 채 라연은 한참을 서럽게 울었다.

　목이 쉬어 히끅, 숨 고르는 소리만 들리더니 잠시 후 울음소리가 멈췄다. 문 옆 벽에 기대어 서 있던 윤희가 조심스레 문을 열었다.

　베개를 끌어안은 채로 이불 위에 비스듬히 누워 있는 라연은 잠이 든 것 같았다. 윤희는 자세가 불편해 보여 바르게 눕히려다 그만두었다. 겨우 잠이 든 아이를 자칫 깨울 것 같아 조심스러웠기 때문이다.

　'누군가의 대타가 되더라도 그의 곁에 있고 싶니? 내가 힘든 것

보다 그를 아프게 하고 떠난 게 더 아픈 거니? 그래. 그게…… 사랑이란다.'

윤희는 이렇게 빠를 수도 있나 싶을 만큼 정을 줘 버린 어린 아가씨의 머리를 조심스레 쓰다듬었다.

'아무 일도 아니라는 듯 받아들일 순 없었겠지. 환생이니 뭐니 그런 말도 안 되는 이유로 사랑을 받았다고 생각하면 나조차도 정신이 아찔해지니 말이야. 하지만, 헤어지자는 말…… 절대 쉽게 해서는 안 되는 말이란다. 특히나 사랑하는 사람에겐.'

윤희는 눈물이 채 마르지 않은 라연의 눈가를 안쓰럽게 바라보다 천천히 자리에서 일어섰다.

'아팠던 만큼 네 사랑이 더 단단해지는 계기가 되었을 거라 믿는다. 은 관장은 절대 너를 놓을 사람이 아니거든.'

몇 주 전쯤, 윤희는 갑작스레 걸려 온 서준의 전화를 떠올렸다.

'제 예상이 맞는다면 머잖아 라연 씨가 최 비서님께 찾아갈 것 같습니다. 그 사람이 많이 의지하고 있거든요. 최 비서님을.'

'왜? 무슨 일 있어? 혹시 형들이…….'

'아뇨. 지금은 설명드릴 수 없지만…… 제가 잘못을 한 것 같습니다. 이런 식으로 말씀드리게 되어 유감이지만…… 제겐 정말 소중한 사람입니다. 저 대신 라연 씨를 많이 보듬어 주세요.'

무엇이든 적게 가지고 있을 땐 욕심도, 불안도 적은 법이다. 하지만 조금씩 불어나서 더는 채울 수 없을 만큼 커졌을 땐 그것을 잃을까 전전긍긍하게 되는 것이 사람의 마음인 것이다. 윤희는 방문을 열고 나가려다 라연의 뒤척거리는 소리에 잠시 동작을 멈췄다.

"천유야…… 안 돼……."

라연은 알 수 없는 잠꼬대를 웅얼거리더니 다시 잠잠해졌다. 윤희는 안쓰러운 마음에 짧은 한숨을 내쉬고는 조용히 거실로 나갔다.

※

라연이 오피스텔에서 나온 다음 날. 서준의 소식은 여전히 들리는 바가 없었다. 흥분하여 길길이 날뛰던 전날과는 달리 화정의 모습은 여느 때와 다름없이 평온했다.

"사랑싸움인가?"

결재 서류에 사인을 하던 화정이 툭 뱉어 낸 말이었다.

"은서준, 늦깎이 연애에 별걸 다 하네. 뭐, 가끔은 자극이 되긴 하겠지만 길어서 좋을 건 없어. 유 비서도 가을 전시 스케줄 봐서 알겠지만 바쁜 일 많아. 밀당 같은 건 대충 하고 끝내."

부관장실을 나온 라연은 사물함 거울 앞에 서서 밤새 운 덕분에 퉁퉁 부은 눈을 쳐다보며 한숨을 내쉬었다. 차라리 사랑싸움이었으면 얼마나 좋을까…….

'믿는다고 해 놓고, 절대 포기하지 않겠다고 해 놓고…… 성급하게 당신의 손을 놓겠다고 했어. 이런 내가 당신을 사랑할 자격이 있을까? 당신을 이렇게 사랑해도 되는 걸까?'

닮았다는 그 여자가 누구든 이젠 상관없었다. 그게 전생이든 최면의 후유증이든 괘념치 않을 것이었다. 서준이 받아만 준다면, 경솔했던 행동을 용서해 준다면 두 번 다시 그의 손을 먼저 놓는 일은 없을 것이다.

"라연 씨, 뭐 해?"

화정이 부르는 소리에 라연의 사념이 멈춰졌다. 후회와 자괴의 독백은 여기까지. 어쨌거나 지금은 주어진 일에 전념하는 것이 그녀가 할 수 있는 최선의 길이라 생각했다.

"네! 지금 갑니다."

라연은 길게 심호흡을 한 뒤 서둘러 화정에게 달려갔다.

가을임을 맘껏 자랑하듯 하늘은 나날이 그 푸름이 깊어졌다. 라연은 은사였던 교수 미진이 건네준 종이봉투를 옆구리에 끼며 예술대학 건물을 나왔다. 유난히 밝게 내리쬐는 햇살에 눈살이 찌푸려졌다.

라연이 아랫입술을 내밀며 훅 하고 바람을 불었다. 허탈함이 바람을 타고 앞머리를 들썩이며 흩어졌다.

'어? 내일 미술관 쪽에 갈 일이 있어서 내가 직접 갖다 주기로 했는데? 전시 날짜까지 아직 여유 있으니 서두르지 않아도 된다고 했었거든.'

근데 굳이 네가 왜? 하고 뜨악하게 쳐다보던 미진의 표정이 라연은 아직도 지워지질 않았다.

'그건 내가 묻고 싶은 말이라고요!'

전시 준비로 어시들도 모두 바쁜 상태였기에 화정의 단순한 심부름에도 아무 의심 없이 움직였다. 누가 생각해도 부관장실의 업무는 아니었는데…….

'후우, 부관장님이 이렇게 골탕 먹이지 않아도 나 지금 충분히

힘들거든요! 그리고 이런 걸로는 저 끄떡없어요.'

라연은 인상을 잔뜩 찌푸린 채 몸을 돌려 건물을 쳐다보았다. 뭐가 그리 궁금한 게 많은지 날 잡았다는 식으로 질문 공세를 퍼붓던 미진이 떠올라 가벼운 몸서리가 쳐졌다. 과제 준비로 질문하러 온 학생들이 아니었다면 꼼짝없이 시달림을 당할 뻔했던 것이다.

어쨌거나 시킨 일은 완수했고, 라연은 오랜만에 찾은 모교의 푸근함에 기분이 차차 회복되었다. 물감이 잔뜩 묻은 발목까지 늘어진 앞치마를 두른 후배들의 활기찬 움직임, 친근한 유화물감과 테레핀 오일 냄새, 근처 자판기에서 풍기는 인스턴트 커피 향기…….

몹시 치열했던 4년간의 기억이 주마등처럼 라연의 뇌리를 스치고 지나갔다.

바쁘고 피곤한 일상이었지만 미래를 꿈꿀 수 있는 공간이 있다는 것만으로도 행복했었다. 늦은 밤 작업실에서 과제를 하다 잠시 짬을 내어 마시던 자판기 커피 한 잔, 캄캄한 밤하늘을 빼곡히 채웠던 별들, 친구와의 유쾌했던 짧은 수다……. 추억을 음미하며 천천히 걷는 라연의 얼굴에 희미한 미소가 번졌다.

"저기, 잠시…….."

뒤에서 누군가 부르는 소리에 라연의 걸음이 멈춰졌다. 설마 아니겠지라고 머리로 생각은 하면서도 가슴이 쿵 하고 내려앉는다.

'아니야, 아닐 거야…….'

생각과는 달리 맥박이 사정없이 빨라졌다.

"혹시 이 학교 학생입니까?"

더욱 또렷한 서준의 음성, 흐릿하게 느껴지는 그의 향기. 라연은 천천히 뒤를 향해 돌아섰다.

"내가 아는 누군가와 많이 닮아서 그러는데, 우리 오래전에 만난 적 없습니까?"

푸른색 섞인 회색 면 티셔츠와 보기 좋게 잘 맞는 남색 면바지, 그리고 운동화…… 학생이라 해도 믿을 만큼 앳돼 보이는 편안한 모습의 서준이 라연을 바라보고 있었다.

발걸음을 옮기면 그가 사라질 꿈인 것 같아 라연은 선뜻 다가갈 수가 없었다. 그녀의 걱정을 덜어 주기라도 하듯 지나가던 바람이 아무것도 바르지 않은 그의 머리카락을 가볍게 건드리고 사라졌다.

라연은 금방이라도 울 것 같은 얼굴이 되어 느릿하게 대답했다.

"작업멘트치곤 너무…… 상투적이지 않나요?"

"예전에 이 학교에서 그림을 그리던 여고생에게 한눈에 반했던 적이 있거든요. 그 학생과 많이 닮으셨네요."

서준이 한 걸음 더 라연에게 다가갔다.

"지나가다 우연히 보게 되었는데 꽤나 잘 그린 그림이었죠. 하지만 내가 놀란 건 그림보다 그 여학생이 들고 있던 도구들이었어요. 나는 구경도 해 본 적 없는……."

그가 어깨를 으쓱이며 뒷말을 생략하더니 다시 말을 이었다.

"그 붓으로 그렸냐고 물었더니 굉장히 불쾌해하더군요. 뒤에서 얼쩡거리지 말고 썩 꺼지라고 하는데…… 그 당찬 모습에 반해 버렸지 뭡니까."

어렴풋 기억이 날 것도 같았다. 잔뜩 긴장한 채로 그림을 그렸던 오래전 그날, 누군가 다가와 말을 걸었고 굉장히 초초해했던 기억이 났다.

'설마…… 말도 안 돼!'

라연은 놀라서 벌어진 입을 다급히 손으로 가렸다. 서준은 어느새 그녀의 바로 앞까지 다가와 있었다.

"사심이 들어가긴 했지만 진심으로 그 학생을 도와주고 싶었어요. 그 학생이 그림을 포기하지 않고 꿈을 이룬다면…… 내가 더 행복할 것 같았으니까."

라연은 입을 가린 손에 더욱 힘을 주었다. 울음을 참느라 꾹 닫은 입술이 보기 흉하게 일그러졌기 때문이다.

"다시 물어볼게요. 그때 그 여고생 아닙니까?"

라연은 대답 대신 고개를 저었다.

"나…… 기억나요?"

서준의 질문에 고개를 끄덕이던 라연의 어깨가 미세하게 흔들렸다. 라연은 그렁거리는 눈물을 가득 담은 눈으로 서준을 바라보았다. 더는 참을 수가 없었다. 힐긋거리고 지나가는 학생도, 예대 건물에서 쳐다볼 누군가도 이젠 상관없을 것 같았다. 지금 눈앞에 서준이 있다는 것 말고는 라연에게 중요한 것은 없었으니까.

라연이 몸을 숙여 그의 가슴에 이마를 기대었다.

"나 좀 아무 곳이나 데려가 줄래요? 여기만 아니면 다 좋아요."

"바라던 바야."

머리 위로 나무 향기 그윽한 서준의 음성이 내려앉았다. 라연의 볼을 타고 안도의 눈물이 또르륵 흘러내렸다.

복잡한 빌딩숲을 뒤로하고 길게 뻗은 도로 위를 얼마간 달렸을까. 열린 창문 사이로 가을이 짙게 묻은 낙엽 냄새가 들어왔다.

어느덧 두 사람을 태운 차는 인적 없는 산 아래에 멈춰 섰다. 한껏 불타올랐던 단풍잎들이 생을 다하고 나부끼며 떨어져 내렸다. 수북이 쌓인 낙엽과 바람에 흩날리는 나뭇잎들 속에서 두 사람의 시간은 멈춰진 듯했다.

서준이 짧은 숨을 뱉어 내며 안전벨트를 풀었다. 그리고 흐릿하게 웃으며 라연을 바라보았다. 라연은 차마 그를 마주 바라볼 수 없었다. 고마움과 미안함에 그저 손만 만지작거릴 뿐이었다.

서준이 손을 뻗어 라연의 손을 잡았다. 그의 손등 위로 라연의 눈물방울이 묵직이 떨어졌다.

"천 번도 더 넘게 상상했어요. 서준 씨의 손을 잡는 상상을……."

라연이 그의 손을 마주 잡아 자신의 얼굴로 가져갔다. 말을 잇는 그녀의 음성이 눈물에 젖어들었다.

"서준 씨 살 냄새가 너무 그리웠어요. 이 체온도…… 다신 느낄 수 없다고 생각하니…… 겁이 나고 서럽고……."

서준이 잡히지 않은 다른 한 손으로 라연의 얼굴을 감쌌다. 천천히 그의 얼굴이 라연의 얼굴 위로 겹쳐졌다. 서준의 부드러운 입술이 뜨거운 흔적을 남기고 그녀의 입술에서 떨어졌다.

"나 없는 동안 야한 생각만 했군. 앙큼한 아가씨."

그의 뜨거운 입김이 훅 하고 라연의 얼굴 위로 흩어졌다. 곧이어 인내심이 바닥을 드러낸 서준의 입술이 그녀의 입술을 삼켰다.

헝클어진 머리, 립스틱이 흔적을 감춘 입술, 흥분으로 고조된 숨소리……. 라연은 어느새 서준의 다리 위에 마주 본 자세로 앉아 그의 가슴에 얼굴을 묻고 있었다. 폭풍 같은 키스가 한차례 지나가고 라연의 허벅지를 더듬던 서준의 손은 그녀의 치마 속에 숨겨진 스타킹을 벗겨 내렸다. 맨살을 드러낸 매끄러운 그녀의 허벅지가 그를 더욱 조이며 다가갔다.

라연의 귓불을 희롱하던 그의 혀가 천천히 목을 타고 내려와 적당히 파인 가슴골에 머물렀다. 풀어 헤쳐진 블라우스 사이로 브래지어가 내려지고, 긴장으로 파르르 떨고 있는 봉긋한 가슴이 드러났다.

서준이 한 손 가득 그녀의 가슴을 감싸 쥐었다. 전체를 부드럽게 주무르던 그의 손이 꼿꼿이 솟은 그녀의 유두를 지그시 눌렀다. 라연은 저도 모르게 고개를 뒤로 젖히며 마른 숨을 토해 냈다.

"하아……."

서준이 라연의 허리를 잡아 끌어당겨 두 사람의 몸은 더욱 밀착되었다. 허리에서 엉덩이로 미끄러지는 손과는 따로, 그의 입술은 라연의 가슴을 지분거리며 애무했다.

발끝까지 전해지는 짜릿함에 라연은 허리를 비틀며 엉덩이를 들썩였다. 얇은 천 아래로 단단해진 그가 느껴졌다. 흥분으로 대범해진 라연은 아랫입술을 침으로 적시며 천천히 앞뒤로 몸을 움직였다. 속옷을 뚫고 나올 것 같은 그의 남성이 아찔하게 그녀를 자극했다. 촉촉이 젖은 은밀한 그곳은 이미 그를 간절히 원하고 있었다.

그의 뜨거운 숨소리와 함께 남겨졌던 마지막 천 조각이 라연의 다리 아래로 벗겨 내려졌다. 그가 조금 멀어졌던 그녀의 엉덩이를 감싸 잡아 자신 쪽으로 바싹 끌어당겼다. 그리고 곧 두 사람은 하나가 되어졌다.

"아, 으흣!"

아릿한 쾌감이 그녀의 몸속 깊숙이 파고들었다. 아랫배로부터 후끈하는 열감이 가슴을 타고 머리 위로 오르는 느낌이었다. 기분 좋은 현기증에 라연은 그의 어깨를 꽉 움켜잡았다.

서준의 거친 숨결이 그녀의 가슴 언저리를 쓸고 흩어졌다. 무수히 많은 색동별이 그녀의 감은 눈 속에서 폭죽처럼 터졌다. 조금 더 그와 하나가 된 만족에 취하고 싶었다. 욕망에 이끌려 몸을 움직이는 라연의 손끝이 붉은 선을 남기며 그의 등을 쓸어내렸다.

"으, 으응…… 아아…… 하앗!"

창피한 것도 모른 채 라연은 자신조차 처음 듣는 야릇한 소리를 내지르며 서준에게 매달렸다. 그의 숨소리가 점점 빨라졌고, 두 사람은 곧 사랑의 절정에 함께 다다랐다. 그리움의 목마름이 너무도 컸기에 둘의 서툰 사랑의 몸짓은 서로를 충분히 적셔 주고도 남음이었다.

라연과 나란히 산길을 걷던 서준의 가슴 깊은 곳에서 천유가 눈을 떴다. 아기씨의 뒷모습밖에 볼 수 없었던 천유가 조용히 웃음을 짓는다. 행복하다고, 이렇게 다시 만날 수 있어서 너무 다행이라고.

낙엽은 산 이슬에 젖어 밟아도 소리가 나지 않았다. 바스르륵, 사르륵……. 아직 가지에 붙어 있는 마른 나뭇잎들만이 바람에 쓸리며 가을 소리를 내고 있다. 덕분에 여전히 쿵쾅거리는 심장 소리가 서준에게 들리지 않을 것 같아 라연은 안심하며 걷고 있었다. 마치 붉은 시내 같은 단풍 덮인 산길은 그저 라연에겐 꿈길 같았다.

"당신 말이 맞았어."

역시나 꿈결인 듯 들리는 나른한 서준의 음성이 라연의 귓가에 내려앉았다.

"사랑하는 이유가 누군가와 닮았기 때문이라고 한다면 배신감을 느끼는 건 당연해. 나 자신조차도 당신을 왜 사랑하게 되었는지, 왜 자꾸 내 머릿속에서 사라지지 않는지 몰랐기 때문에 그런 착각을 했는지도 모르겠어. 당신이 내 전생의 연인이었다고 말이야."

잡고 있는 라연의 손을 만지작거리며 서준이 계속 말을 이었다.

"생각해 보면 꽤 여러 번 당신이 내게 물었던 것 같아. 왜 좋아하냐고, 왜 잘해 주냐고. 아마도 내가 당신에게 믿음을 주지 못했기 때문이겠지."

라연이 말없이 고개를 젓자 그가 콧숨 섞인 웃음소리를 냈다.

"첫눈에 반했던 사람을 오랜 세월이 지난 후에 정말 우연히 만났어. 그리고 다시 반해 버렸지. 사람을 사랑하게 되는 데에 이유는 없는 것 같아. 그냥 마음이 그렇게 이끄니까, 자꾸 생각나고 보고 싶고 그러다 만나러 가게 되고…… 그냥 그렇게 정해진 게 아닐까 하는 생각이 들어. 사랑하는 사람은 어떻게든 만나지는 게 아닐까 하고."

서준이 걸음을 멈추고 라연을 마주 보게 세웠다. 새삼 수줍어 고개를 떨군 라연의 얼굴을 그가 조심스레 어루만졌다.

"그리고 내가 당신에게 잘해 주는 이유는…… 그래야 내가 행복하기 때문이겠지."

"나 같은 게 뭐라고…… 난 당신에게 아무것도 해 준 게 없는데……."

그만 울어야지 다짐했는데 한심하게도 또 눈물이 흘렀다. 행복한 만큼, 서준을 사랑하는 만큼 눈물이 자꾸만 새어 나왔다.

"서준 씨에게 꼭 필요한 사람이 되겠다고 큰소리만 쳐 놓고 아무것도 이룬 게 없어요. 응석에 투정만 부리고 쓸데없는 자존심만 부렸다고요. 이런 내가 어디가 좋아요? 왜 이렇게 잘해 주는 거냐구요!"

"당신이 날 사랑하니까."

"난 서준 씨의 손을 놓으려 했던 사람인데요? 당신을 이해하려 하지도 않았는데요?"

"나를 사랑하기 때문이란 걸 아니까, 괜찮아."

서준이 라연을 자신의 품에 끌어안았다. 그의 따뜻한 손이 라연의 머리를 부드럽게 감쌌다.

"당신과 행복해질 수 있는 길이 뭘까 생각했어. 답은 의외로 간단했는데 내가 너무 어렵게 생각했더라고. 이제 라연 씨의 대답만 들으면 돼."

"난 서준 씨가 하자는 대로 할 거예요. 무엇이든."

"내가 가진 걸 다 내려놓고 처음부터 다시 시작하자고 해도 괜찮겠어? 많이 힘들지도 모르는데?"

라연이 걱정스런 표정으로 그의 품에서 고개를 들었다.

"부관장님께 어제 얘기 들었어요."

"태은그룹에서 내가 맡고 있던 모든 자리에서도 물러났어."

"왜 그런……."

"설마 마음이 바뀌는 건가? 내게 있던 매력이 떨어졌어?"

라연이 어이없는 표정으로 눈을 흘기자, 서준이 큭큭 웃음소리를 냈다.

"나의 형들은 쉽게 바뀔 사람들이 아니야. 특히 큰형은……. 당신을 내가 사는 세계로 데려온다면 분명 말 같지도 않은 이유로 힘들게 할 게 뻔하고, 난 그걸 감당하고 싶지 않아. 그래서 결심했지. 늘 벗어나고 싶었던 그 세계에서 내가 떠나기로."

"나 때문에 가족들과 멀어지는 건 원하지 않아요. 그건 내가 바라는 게 아니에요."

"가족…… 형들도 나를 그렇게 생각하고 있을지 이젠 자신이 없어. 그리고 지금 내게 중요한 건…… 앞으로 나와 당신의 미래뿐이야."

서준이 라연의 두 손을 마주 잡았다. 다소 서늘해진 산바람이 그의 이마를 덮고 있던 머리카락을 가볍게 들었다 놓으며 흩어졌다.

"프랑스에 다녀왔어. 우리가 살 집, 당신이 다닐 학교, 그리고 내가 앞으로 할 일을 알아보고 왔어. 솔직히 말해 부모님께서 남겨 주신 과분한 유산이 없었다면 이런 결정을 내리기 쉽지 않았을지도 모르지. 어찌 보면 전부 내려놓은 건 아닌 셈이야."

막연히 꿈에서만 상상했던 이야기를 막상 듣고 보니 믿어지지가 않았다. 언감생심 라연은 꿈도 꿀 수 없었던 유학, 그것도 사랑하는 사람과 함께라니……. 라연은 그저 얼떨떨하기만 할 뿐이었다.

"당신 대답만 남았어. 나와 함께 떠나지 않을래?"

"꿈같은 이야기지만 너무 갑작스러워서……."

"평생 그곳에서 살자는 건 아니야. 당신이 공부를 마치면 언제든 돌아오고 싶을 때 오면 돼."

"저 때문이라면……."

"아니, 내가 오랫동안 원했던 삶이기도 해. 난 작은 갤러리를 운

영하고, 당신은 그림을 그리고, 함께 여행도 다니고…… 언젠가는
유라연의 개인전을 열어 주는 것."

라연은 그의 깊고 까만 눈동자를 바라보며 생각했다. 어떻게 이
남자가 나를 사랑하게 되었을까, 정말 전생이 있다면 나는 나라라
도 구한 것일까? 아님 먼 훗날 지구를 구해야 할 운명이라 이렇게
미리 행복을 주는 것일까.

"서준 씨의 꿈에서 본 전생의 나는 어땠어요?"

라연은 문득 궁금해져 뜬금없는 질문을 던졌다.

"예뻤나요? 성격은요? 뭘 잘했나요?"

잠시 흔들리던 서준의 눈빛이 서서히 꿈을 꾸듯 아련해졌다. 말
없이 라연을 바라보기만 하던 그가 짧은 대답을 건넸다.

"쪽빛을 좋아했어. 많이."

『나른한 하늘 같기도 하고 처연히 흐르는 강물 같기도 하고…….
쪽은 참으로 오묘한 색을 만들어 내는구나.』

마치 춤을 추듯 바람에 너울대고 있는 푸른빛의 무명천들을 바
라보며 라연이 소곤대듯 말했다.

『오래오래 마음에 담고 싶은 빛깔이야. 이 생이 지나도 변하지
않을 것 같은 내 마음과도 같은 색이다.』

뒤쪽에 멀찌감치 서 있는 천유를 돌아보며 라연이 다가오라 손
짓을 했다. 천유가 머뭇대며 움직이지 않자, 라연이 다소 화가 난
음성으로 다그쳤다.

『내가 큰 소리로 말하면 우리가 숨어서 보고 있는 것이 들통이
나고 말 텐데 그래도 좋으냐?』

천유는 하는 수 없이 움직인 듯 만 듯, 한 발짝 라연에게로 다가 갔다.

『더 가까이!』

역시나 꾸물대며 움직일 기미를 보이지 않자, 참다못한 라연이 그의 팔을 잡아끌어 자신이 서 있던 곳으로 데려갔다.

『그리 멀리 서 있으면 저 예쁜 것들이 안 보이지 않니. 이리 같이 서서 보니 얼마나 좋아.』

『누가 보기라도 하면 큰일 납니다. 저는 다시 뒤로…….』

천유의 말은 들은 척도 하지 않고 라연은 그의 팔을 더욱 꽉 붙잡았다.

『내가 왜 쪽빛을 좋아하는지 아느냐?』

애초에 대답을 들으려 했던 말이 아니기에 라연은 쉬지 않고 말을 이었다.

『너를…… 천유 너를 닮았기 때문이다. 시린 겨울 하늘 같은, 슬픔을 담고 흐르는 강물 같은 너를 닮았기에…… 좋아.』

라연이 뒤척이며 품속으로 파고들어, 서준은 그 덕분에 잠에서 깨어났다. 꿈속의 앳된 라연 대신 성숙해진 라연이 그의 품에 안겨 있었다. 묘한 안도감에 서준은 나른한 미소를 지었다.

'다시는 전생이니 뭐니 그런 이야기 하지 않을게. 당신에게 거짓말을 하고 싶지 않았다는 건 내 이기적인 핑계였는지도 몰라. 그저 편해지고 싶어서 당신에게 무리한 요구를 했던 것 같아. 기억나지도 않는 전생을 인정해 달라고 말이야.'

서준은 기대고 있던 얼굴을 들어, 그녀의 머리에 조심스레 입을 맞췄다.

"으음…… 언제 일어났어요?"

"방금. 피곤할 텐데 더 자."

"치, 누구 때문에 더 피곤했는데……."

라연이 아랫입술을 내밀고는 이마로 그의 맨가슴을 콩 때렸다. 서준이 키득 웃으며 라연을 끌어안았다.

"안 자면 또 피곤하게 만들지도 몰라."

"참아 주세요. 저는 누구처럼 백수가 아닌, 아직은 어엿한 직장인이랍니다. 출근해야 한다고요."

"고마워. 내 제안을 받아 줘서. 그리고…… 청혼도."

서준이 라연의 목덜미에 얼굴을 묻으며 깊게 숨을 들이마셨다. 연한 꽃향기 섞인 라연의 살 냄새가 그를 다시 취하게 했다.

"아직 결혼하긴 좀 이른 나이지만 서준 씨가 준 반지가 마음에 들어서 받아 주는 거예요. 우린 사귄 지도 얼마 안 됐고…… 내가 밑지는 게 아닌가 하는 생각이 들긴 하지만……."

잠에서 덜 깬, 그래서 왠지 더 섹시하게 느껴지는 라연의 음성이 서준의 가슴을 간질였다. 그가 라연의 귓불을 물었다 놓으며 귓가에 속삭였다.

"사랑해."

그의 입술이 그녀의 목덜미를 타고 내려오다 쇄골 언저리에 머무르며 뜨거운 입김을 쏟아 냈다.

"사랑해."

서준이 바스러뜨릴 것처럼 라연을 힘껏 끌어안았다. 꼭 감은 그의 눈가에 숨었던 눈물이 흘렀다.

'비교도 할 수 없는 큰 사랑을 주었기에 고맙고, 다시 태어나 줘서 고맙고…… 이렇게 사랑할 수 있게 해 줘서 고마워.'

헤아릴 수조차 없을 만큼 오랜 세월이었기에 더 많이 사랑하고 더 많이 아껴 주리라. 그 언젠가 이 세상과 인연이 끝나는 그날, 미련 없이 사랑했다고 말할 수 있을 만큼 많이, 아주 많이 사랑하며 살겠다고 서준은 다짐했다.

"사랑한다, 라연아."

"사랑해요."

라연의 수줍은 대답에 젖어 있던 서준의 눈이 웃음을 머금는다. 쪽빛을 닮은 그가 행복을 담는다. 가슴속 깊은 곳의 천유와 함께.

—fin

에필로그

딸랑 딸랑.

만명사 처마 끝에 달린 풍경이 산들바람에 이리저리 흔들리며 듣기 좋은 소리를 냈다. 원통전에 모셔져 있는 관음보살 앞에서 불공을 드리고 있던 라연은 따스한 봄 햇살에 그만 잠이 들고 말았다. 나무로 된 마루에 비스듬히 누워 있던 라연의 머리 위로 노란 나비 한 마리가 날아와 살포시 앉았다.

"불공을 드리러 와서 어찌 잠만 자느냐."

온화한 여인의 음성에 라연이 부스스 자리에서 일어났다.

"제, 제가 잠을 자고 있었습니까? 이, 이런."

라연은 야무진 손길로 머리를 매만지고 구겨졌을지도 모를 치마를 이쪽저쪽 살피며 다소곳이 앉았다. 어린 소녀의 의젓한 모습에 여인은 흐뭇한 미소를 지었다.

머리에 얇은 관을 쓰고 있는 여인은 손에 연꽃 한 송이를 든 모습이었다. 라연은 여인을 가만히 바라보다 문득 시선을 관음보살 쪽으로 옮겼다.

"혹, 제가 생각하고 있는 분이 맞습니까?"

"너의 생각이 무엇이든 맞을 것이다."

"그런데 어찌 이곳에……."

"네가 부르지 않았느냐. 매일 같은 시간, 같은 마음으로."

라연은 합장을 한 채로 여인에게 고개를 숙여 절했다.

"저의 기도를 들어주셨군요. 고맙습니다."

"너의 마음이 간절했기에 내게 닿았을 뿐이다. 그리고 그 대답을 주기 위해 왔느니."

여인의 작은 몸짓이 일으키는 바람에도 향긋한 연꽃 향이 묻어 났다. 그녀가 들고 있던 연꽃을 라연에게 건넸다.

"너의 염원은 이루어질 것이야. 대신 약조한 대로 네가 가장 소중히 여기는 그것, 사랑하는 이와의 기억은 거두겠다."

"그, 그렇다 하심은……."

여인은 더 이상 대답을 하지 않고 서서히 라연에게서 멀어졌다. 선명했던 여인의 모습이 금모래빛으로 반짝이며 흐릿해져 갔다.

"이생의 닿지 못했던 연(緣)에 아쉬워 마라. 인연은 하늘이 주는 것이니……."

여인은 마지막 말을 남기고 처음 왔을 때처럼 노란 나비로 변해 하늘 너머로 사라져 버렸다.

라연이 짧은 만남에 아쉬워하며 울상을 짓고 있을 때, 어디선가 그녀를 부르는 소년의 음성이 들려왔다. 하루 종일 들어도 계속 계속 듣고 싶은 소년의 음성이.

"아기씨, 아기씨! 마루에서 주무시면 고뿔 드십니다!"

라연은 눈앞이 아찔해지며 지금까지 보였던 사물들이 어지러이 녹아서 빙글거림이 느껴졌다. 꿈인지 생시인지 모를 야릇한 기분에 사로잡혀 라연은 저도 모르게 눈을 번쩍 떴다.

"그렇게 잠이 쏟아져서 작업할 수 있겠어?"

작업실 창가에 놓인 흔들의자에 앉아 잠시 졸고 있던 라연은 듣기 좋은 남편의 음성에 눈을 떴다. 서준이 직접 짠 오렌지주스를 라연에게 내밀며 피식 웃었다.

"배가 점점 커지는 것 같아. 쌍둥이도 아닌데 얼마나 더 커지려고."

"8개월인데 이 정도면 양호한 거 아닌가? 발길질도 얼마나 심해졌다고요."

"다리 붓는다면서 오래 앉아 있어도 돼? 쉬엄쉬엄해."

그가 라연의 의자 밑에 앉아 그녀의 다리를 주무르며 말했다.

"히야, 코끼리 다리가 되었네."

"나 지금 이상한 꿈 꿨어요. 어떤 아줌마가 나한테 연꽃을 주셨는데, 꿈속의 나는 한복을 입은 어린애였어요."

서준은 잠깐 놀랐지만 내색하지는 않았다. 그 꿈이 어떤 꿈일지 짐작은 했지만 알은체도 하지 않았다. 그저 조용히 들어 줄 뿐이었다.

"이거 태몽인가? 나비도 나왔는데 뭐가 맞는 거지? 연꽃? 나비?"

"그 아주머니가 뭐라 했는지 기억해?"

"좀 전까지 기억했는데 지금은 기억 안 나요. 아, 인연은 하늘이 주는 거라고 했나? 이 꿈 태몽 맞나 봐."

　서준이 다리를 주무르던 손을 들어 라연의 불룩해진 배를 조심스레 쓰다듬었다. 아빠의 손길에 반응하듯 잠잠하던 배가 툭 하고 울렸다.

　"녀석, 나도 빨리 보고 싶다. 하지만 열 달 다 채워서 건강한 모습으로 나와라. 아빠가 기다릴게."

　"엄마도!"

　라연이 의자에서 일으켜 달라고 서준에게 손을 내밀었다. 자리에서 일어난 라연은 자신을 잡아 준 남편을 다정히 끌어안았다.

　"꿈에서 말이에요. 당신 목소리를 들은 것 같아요. 조금 어리게 들렸지만 왠지 당신일 것만 같았어요."

　"뭐라 그랬는데?"

　"그게 좀 웃기긴 했지만."

　"뭔데?"

　누가 있는 것도 아닌데, 라연은 부끄러운 듯 그에게 귓속말로 속삭였다.

　"아기씨요. 흐훗."

　"평소에 그렇게 불리고 싶었던 거 아닌가? 불러 줘?"

　"아뇨! 사양합니다."

　라연은 키득 웃으며 마무리 작업이 한창인 캔버스 앞으로 다가갔다. 바다인 듯 하늘인 듯 보이는 푸른색들이 연기의 형상으로 화면에서 넘실대고 있었다.

　"제주도 가고 싶어요."

　라연이 남편을 향해 돌아보며 말했다.

"지금 쓰는 논문 통과하고 아기 낳으면 우리 한국 가요."

"그러자."

"이모도 보고 싶고, 김밥도 먹고 싶고, 떡볶이도 먹고 싶고……."

"너울가지에서 개인전도 해야지."

라연이 아랫입술을 삐죽 내밀며 투덜댔다.

"먹고 싶은 거 더 이야기하려 했는데 말 돌리는 것 좀 봐."

커튼으로 반쯤 가려진 창문 사이로 따사로운 햇살이 스며들었다. 보기 좋게 살이 오른 만삭의 아내, 곧 태어날 배 속의 아기, 아내의 그림으로 가득한 작업실……. 서준은 꿈꾸던 행복 안에 자신이 서 있음이 감사했다.

라연이 꿈에서 보았을 관음보살의 말처럼 인연은 하늘이 주는 것이라 믿었다.

그 인연의 끈을 놓지 않고 이어 준 천유의 마음에 감사했고, 매일같이 천유의 천복을 빌어 준 어린 아기씨에게도 고마웠다. 그리고…….

"거기 예쁜 부인!"

"응? 나요?"

고개를 돌리고 서준을 바라보며 해사하게 웃는 라연에게 고맙고 또 고마웠다.

"사랑해."

"나도요."

서준이 다가가 뒤에서 라연을 감싸 안았다. 오랫동안 기다려 왔던 인연인 만큼 둘의 사랑은 영원을 노래할 것이었다.

작가 후기

　5년 전 어느 봄날, 가야금 연주가 정민아 씨의 '상사몽(相思夢)' 앨범을 듣고 있을 때였습니다.

　願使遙遙他夜夢 (바라거니, 언제일까 다음 날 밤 꿈에는)

　一時同作路中逢 (같이 떠나 오가는 길에서 만나기를)

　황진이 님의 시조이기도 한 상사몽의 이 구절을 노래로 들었을 때, 서준과 라연의 이야기를 떠올렸습니다. 환생(還生)이라는 큰 주제도 이때 정해졌습니다.

　글을 쓸 때마다 분위기에 맞는 음악들을 찾아 듣는 편인데, 이번 글을 쓸 때는 팝페라 가수의 곡이나 국악풍의 노래를 주로 들었습니다.

　임태경 씨의 옷깃, 카이 씨의 다른 세상에서, 정민아 씨의 무엇이 되어 등이 '영원의 메모리즈'와 잘 어울리는 곡이 아닐까 생각합니다.

몇 년 전, 이 글을 연재하던 도중 갑자기 몸에 이상신호가 와서 더 이상 글을 쓸 수가 없었습니다. 꽤 오랫동안 한글 파일을 열어 볼 수조차 없었고 치료가 된 후에도 용기를 내기가 쉽지 않았습니다.

오랫동안 잠자고 있던 글이기에 후기를 쓰게 된다면 참 많은 이야기를 하고 싶었습니다. 하지만 지금은 다시 글을 쓸 수 있게 된 것만으로도 그저 감사할 따름입니다.

그동안 저에게 힘이 되어 준 분들에게 감사의 마음을 남깁니다.

사랑할 줄 아는 사람으로 키워 주신 부모님, 내 남자 HS, 내가 살아가는 이유인 나의 분신 한이, 목하 열애 중인 소중한 여동생 HY&JM커플, 곧 부모가 되는 남동생 융융부부, 그리고 나의 힐러(Healer) 똘이……. 모두 사랑합니다.

글이 막힐 때마다 조언해 주셨던 일기 언니, 마감 지키라고 톡으로 응원해 준 W양, 고마운 이웃사촌 HJ언니, 기억하고 응원해 주신 욱이엄마 님, 환생물 안 좋아하시는 섬섬옥수 님, 서울에서 뵈었던 로부해 회원님들, 여러분 덕분에 완결까지 달릴 수 있었어요. 고맙습니다.

아울러, 예쁜 책 만들어 주신 다향 출판사 분들께도 감사의 인사를 드립니다.

'영원의 메모리즈'는 제게 욕심을 버리는 순간 즐길 수 있다는 것을 깨닫게 해 준 작품입니다. 지금 이 글을 읽고 계실 독자님께도 기억에 남는 작품이었기를 빌어 봅니다.

올해 90세가 되신 할머니의 수복강녕을 기원하며,

공교롭게도 2015년 5월 생일날 아침,

최원 드림.

Perdurable
영원의
메모리즈
Memories

초판 1쇄 찍음 2015년 5월 22일
초판 1쇄 펴냄 2015년 5월 29일

지은이 | 최 원
펴낸이 | 정 필
펴낸곳 | (주)뿔미디어

편집장 | 이재권
기획 · 편집 | 이은정

출판등록 | 2002년 9월 11일 (제1081-1-132호)
주소 | 경기도 부천시 원미구 소향로 17, 303(두성프라자)
전화 | 032)651-6513 / 팩스 | 032)651-6094
E-mail | dahyangs@naver.com
블로그 | http://blog.naver.com/dahyangs
홈페이지 | http://bbulmedia.com

값 9,000원

ISBN 979-11-315-6420-2 03810

www.bbulmedia.com

www.bbulmedia.com